U0962724

警世录

——何建明灾难三部集

天津爆炸现场

征战埃博拉

北京保卫战

何建明 著

作家出版社

图书在版编目（CIP）数据

警世录：何建明灾难三部集 / 何建明 著. -- 北京：作家出版社，2017. 7

ISBN 978-7-5063-9624-0

Ⅰ. ①警… Ⅱ. ①何… Ⅲ. ①报告文学 - 作品集 - 中国 - 当代 Ⅳ. ①I25

中国版本图书馆CIP数据核字（2017）第182698号

警世录——何建明灾难三部集

作　　者：何建明
责任编辑：丁文梅
装帧设计：丁奔亮
出版发行：作家出版社
社　　址：北京农展馆南里10号　　**邮　　编：**100125
电话传真：86-10-65930756（出版发行部）
86-10-65004079（总编室）
86-10-65015116（邮购部）
E-mail:zuojia@zuojia.net.cn
http://www.haozuojia.com（作家在线）
印　　刷：三河市北燕印装有限公司
成品尺寸：170×240
字　　数：370千
印　　张：23.25
版　　次：2017年8月第1版
印　　次：2017年8月第1次印刷
ISBN 978-7-5063-9624-0
定　　价：43.00元

作家版图书，版权所有，侵权必究。
作家版图书，印装错误可随时退换。

战胜灾难，从来就是人类自我成长的重要部分。而在灾难面前，如何反省自我，是人类在今天和未来更需要补上的一课。

何建明

目 录

天津爆炸现场

本文献给在天津港“8·12”特别重大火灾爆炸中英勇奋战和光荣牺牲的所有消防员

序：爆炸的威力

到目前为止，有关大爆炸的真正原因，我还没有找到一个业内专家来回答这个问题。倒是在天津港瑞海公司危险品仓库大爆炸之后，网上关于大爆炸威力的议论声一直不断。

我在网上搜索到一位看起来绝非是“外行”的网友如此分析道：从波形记录结果看，第一次爆炸发生在8月12日23时34分6秒，近震震级ML约2.3级，相当于3吨TNT。第二次爆炸在30秒后，近震震级ML约2.9级，相当于21吨TNT，具体威力相当于53枚战斧巡航导弹一起轰炸。究竟21吨TNT炸药有多大的破坏力呢？首先必须要对TNT炸药有所了解。有一定物理知识就会知道，理论上1焦耳=0.102公斤·米。从能量角度来进行换算，1公斤TNT爆炸可产生420万焦耳的能量。也就是说，1公斤TNT放出的能量可以把1公斤的物体移动420公里，或者把100公斤的物体移动4.2公里。那么21吨TNT当量=8.7864×1010焦耳的能量释放，究竟是一个什么样的概念呢？参照其他同类数据就能有更清楚的了解。MARK Ⅱ手榴弹，军事战争中最常用型号的手榴弹。内部填充70克装的奥克托TNT混合炸药，其威力相当于纯TNT的175%。在杀伤力方面，MARK Ⅱ手榴弹杀伤半径为5-10码（4.5-9米）。21吨TNT约等于17万颗手榴弹同时轰炸的效果。

17万颗手榴弹一起炸开是什么威力？我不得而知。但作为曾经的军人，在新兵训练时，有一个老兵曾告诉我：他当新兵时的一次训练中，有一次实弹投掷出了意外，一颗手榴弹爆炸，当场有两名战士炸死，其中有一位的腿与胳膊炸到了三丈高的岩崖上……

17万颗手榴弹放在一起所产生的威力可想而知。

问题是，天津港大爆炸不仅有“17万颗手榴弹”同时爆炸的威力，且这一大爆炸还引发了五六千辆汽车及几千只集装箱的同时大爆炸！日常中，我们看到马路上有一辆汽车发生爆炸，其火光冲天的情形令人胆寒，现在现场有五六千辆汽车一起爆炸和燃烧，你见过吗？你胆战吗？

炸药所产生的爆炸是惊天动地的，而钢铁一旦被燃烧之后则如火山喷出的熔岩一般，可将天映红，可将地燃焦，可将巍峨的山体化为烟烬……更不须说血肉之躯在其中会变成何种样子！

——这就是天津港“8·12”大爆炸时很多人所看到的威力。而另一些人看到了，却也被这样的威力彻底地熔化成了烟尘，他们是这次大爆炸中最悲壮的一群人，他们多数是消防队员。

下面要说的是一个三口之家。但这个三口之家现在因为大爆炸而彻底地“碎”了……

丈夫江泽国在此次爆炸中永远地离开了家人和战友。他是大爆炸中牺牲的21名武警消防队员中职务较高的一位，生前是天津市公安消防总队开发支队司令部政治协理员，主持消防开发支队特勤队工作，少校警衔。

当晚，妻子任倩囡清楚地记得，22点50分时，她给丈夫江泽国打电话催促说：“你休息了吗？不要工作太晚……”

“知道了。你快陪宝贝睡吧！”丈夫说。

“爸爸，你答应我要到北京天安门去玩的，怎么老不算数呀？”7岁的女儿突然凑到母亲的手机前，说道。

“好好，女儿，爸爸下个星期天就带你去北京看天安门啊！”江泽国说。

“爸爸再见！”

“再见。”

这是这一家人留下的最后的对话。不到一个小时后，天津港新区的瑞海危险品仓库发生火情，作为增援力量的消防开发支队特勤队在岗值班最高指挥官江泽国接到命令后，率战斗队伍以55秒的时间，飞速奔赴火情现场。

他是指挥官，他的车在最前面。到达火情现场时，按照规程和惯例，他肯定是第一个跳下车，并且站在距现场最近的位置侦察火情，判断现场情况，并迅速做出战斗部署。

然而，这一次与以往所有的灭火现场的情况不一样——噼里啪啦的零星爆炸伴着火焰到处喷燃，其火焰的亮光也不同以往。

“立即让后面的车辆往后撤，注意火情!”战友们看到江泽国最后一个犹如雕塑般的身影：一边观察着迎面炽烈的火势，一边说着最后的这句话。

随后，巨大的爆炸开始了。

随即又是一次更大的爆炸!

几十秒内，天变红了！方圆几里内都在下着“火雨”，凡是被“火雨”落着的人，不是死，便是伤。凡是被“火雨”落着的房子、车子都在燃烧，路面被烫焦或烧出个坑。树在燃烧，田野也在燃烧。天津港区的许多地方都在燃烧……

从8月13日零点左右开始，当她得知丈夫工作的地方发生大爆炸后的每一分、每一秒都在给江泽国拨手机，后来手拨麻了，就干脆要了辆车，直奔滨海新区爆炸地点。

远远看到爆炸现场那冲天的火光，任倩囡的腿就软了。但她清醒地意识到自己不能倒下，她要知道丈夫到底活着还是出事了!

火场早已一片混乱。但唯一不乱的是被拉得紧紧的牢牢的警戒线。

“我是江泽国的妻子！告诉我他在哪儿？快告诉我……”任倩囡见人就喊，见人就问。

没有人告诉她，也没有人回答她。似乎所有的人都在向她摇头。

她哭了。哭瘫在地。

她看到无数呼啸的救护车、警车、私家车以及出租车……甚至是大卡车，都在向医院奔跑。

是啊！到医院找丈夫去!

于是任倩囡来到距火场最近的泰达医院。她奔跑到泰达医院时，又一次惊呆了：大门口、走廊里、楼梯上、急诊室内，全是一个个烧得木炭似的伤员和面目已经无法辨认的死者……

“江泽国在哪儿？你们见过一个叫江泽国的消防干部吗？”她每见一个伤员就去辨认一下，又向他们打听和询问。但没有人回答她，所有人似乎都已经麻木了。他们不是呆呆地看着她，就是十分恐惧地向她伸出双手，那痛苦不堪的状态，任倩囡过去从未见过。她想到了自己的丈夫，丈夫会比他们伤得更严重、更痛苦吗？

找了一个遍，还是没发现自己的丈夫。任倩囡的心猛地咯噔了一下：难道他……

从小胆怯的任倩囡从不敢看死人的脸，但这一次为了找自己的丈夫，她不得不去查看一具具躺在那里或遮或盖或裸露的已经被烧得没人样的尸体……她的手抖动得不行，但又必须坚定地凑上前去仔细察看、辨认每一具尸体。

她心如刀割。每一具尸体她都希望那不是她的丈夫。可她又特别特别希望早一点看到她的丈夫……她的心被利刃撕裂和绞碎了！

她终于倒在地上，一下失去知觉。

江泽国一直处于“失联”状态。凡是“失联”的人在当时的爆炸现场基本上是靠爆炸核心点最近的地方。也就是说，距爆炸核心最近的人，存活的概率几乎是零……

江泽国到底身在何处？作为增援力量的消防特勤队指挥官，根据他当时所在的位置和逃生出来的其他消防队员的证实，其命运显然是凶多吉少。

时间一天又一天地过去了，江泽国仍然处在“失联”中。三天过去了。进入第四天的搜救仍在紧张地进行之中。多数牺牲的消防队员都在爆炸现场周边找到了，难道江泽国被炸“没”了、炸“化”了？或是被土埋了起来？

“再找！必须想法找到，哪怕是他的一发一物……”天津总队的领导连续下达命令。毕竟是一位校级警官，江泽国的“失联”牵动着许多人的心，更何况已经是爆炸后的第四天了。

“出发！”穿着厚厚防化服的“抢险敢死队员”们，又一次向爆炸核心区进发。根据幸存者的判断，当时的江泽国应在距爆炸核心点二三十米之处，专家们认为，如果江泽国不幸遇难，那么有可能被爆炸泛起的土渣和飞滚的集装箱埋压在哪个地方。于是，敢死队员们一遍遍地在爆炸形成的直径约百米的大坑四周寻找，但仍然没有江泽国的任何踪影。

会不会被强大的爆炸冲击波“冲”走了呢？

“扩大搜索范围！”指挥部再度下达命令。

抢险敢死队员们开始向爆炸核心区的外围搜索，五十米、六十米……搜索至一百多米处的地方，是瑞海公司的那栋小二层楼。此时的“楼”就像餐桌上被吃剩的鱼骨架，所有的墙壁和门窗不知飞到了何处，墙柱楼架也是斜歪扭曲的。眼前是仍在燃烧和冒烟的大片废墟。

一楼什么都没有了，各路搜索队早已若干次地搜索过，据说多具遇难者尸体被拉走了。

“上二楼再找找!”领队的警官带着两名敢死队员攀上残留的几块楼梯板，艰难地登上二楼，随后一间间地仔细搜索……

“这里有人!”突然，他们在第二间的一个墙角柱子下的一堆废墟里，看到了一名已经没有了生命迹象的遇难者。

死者的脸部已经彻底烧焦并模糊了，胸部以下的衣服也全部烧成灰烬，五脏六腑流落在外……可以肯定，爆炸那一瞬间，遇难者是正面对着火场的。

“是我们的战友！开发支队的……”将遇难者的身体翻过来的那一刻，搜索队员们看到了遇难者后背残留的战斗服上还有“开发”两个字。这是天津消防总队开发支队消防队员特有的战斗服。

“应该是江泽国同志……”抢险敢死队的领头张大鹏对牺牲的烈士进行了现场辨认后，沉重地宣布。“老江的头顶有些秃，我们常在总队一起开会……”很快，DNA也证实，遇难者正是江泽国烈士。

妻子任倩囡不敢相信那具面目全非的尸体是她的丈夫，她甚至没有胆量去触摸那早已冰冷的残体，只是捧着江泽国生前穿着警装的彩色照片，一个劲地哭诉着：“你到底啥时带孩子去北京天安门广场呀？你说话呀！说呀……”

丈夫永远不再回答妻子的问话了，更无法实现对女儿的承诺。首长和队友们则怀着巨大的悲痛，默默地悼念自己的战友。同时还在思考一个不解的问题：爆炸现场的威力到底有多大，怎么就把活脱脱的一个人冲出一百多米啊!

许多日子后，我询问过相关的专家。他们告诉我：瑞海危险品仓库的爆炸当量，如果不是有障碍物，其爆炸引发的冲击波可以将一百五六十斤重的一个人抛出数百米远，也可以将整个人体炸裂成千百块……

多么可怕的威力！多么恐怖的爆炸！而我们的那些消防队员就是在这样的大爆炸之中，经历了生生死死的考验。他们在这场旷世惊天的事件中到底表现如何，《爆炸现场》将告诉你那些细节和撼天动地的英雄精神……

1 警铃响起时

天津港大爆炸后，许多人在追问：为什么那个叫瑞海的公司将那么多危险化学品堆放在一个距居民区如此近的地方？背后是否有腐败贪官在插手和经营这家企业？而当那么多消防队员牺牲之后，许多人又在追问他们为什么不能避免“无谓”的死亡，为什么不赶紧躲开爆炸？甚至有人在不停地嘀咕：为什么中国的消防队员那么没知识、指挥官为什么那样“瞎指挥”？

关于天津港大爆炸确实有太多的“为什么”！有些“为什么”我跟大家一样，恐怕根本就无法彻底弄清楚。好在国务院事故调查组还在深入调查，最终会做出一些客观的结论。然而，我所要告诉广大读者的是：有些事情并不像公众所质疑的那样简单，比如消防队员和他们的指挥员该不该避开大爆炸，现场指挥是否得当，像这样的问题似乎充满了正义的追问。其实，当我们采访清楚所有基本事实之后，可以用一句简单的话来回答：天津港瑞海公司的大爆炸事故，消防队员们在现场的行动无可挑剔，甚至从消防队员的角度而言，他们做得极其完美，无论牺牲的和活着的人，在现场表现得尽心尽职，也尽情尽性。

没有在现场的人，可以说得很轻松，可以不负任何责任地“畅想”和“谴责”。但消防队员们不行，他们的任何一个行动都在“命令”和“规程”之中。也就是说，他们接到火警后，所有行动都是“规定”好了的，即使面对百分之百的死亡。像天津港大爆炸这样的现场，能活着回来的简直是万幸，是“意外”，是绝对的命大！

无论是那些只有十八九岁的年轻消防队员，还是久经沙场的老消防警官，他们都这样告诉我：一旦接到火警，所有出警的队员，必须在一分钟内完成出警，也就是说，那一分钟内，你无论在睡觉，还是在吃饭、洗澡，即便是上厕所，你都得完成战斗前的一切准备，穿上战斗服，飞奔着登上消防车，奔赴火灾现场……

一分钟，是消防队出警最长的时间。一般消防队只给50秒、55秒时间。

他们训练有素，钢铁意志，行动迅速，绝不犹豫，视死如归！英勇和牺牲，对他们而言，中间并不间隔任何距离，时刻连在一起，我因此理解了为什么天津港大爆炸中我们的消防队员牺牲得那么惨烈和巨大……

“8・12”大爆炸，到底是谁最早获得的火情是谁最先报的警？据天津消防总队值班室的“119”火警处电话记录，是一位市民最先拨打了电话，说是滨海新区有“油罐”爆炸了——其实是滨海新区瑞海公司的危险化学品集装箱发生了小爆炸的火情，虽说最初的小爆炸威力并不大，但它引发的火情仍然比一般的火情要大得多，于是就有市民报了警。

时间是2015年8月12日晚上22点50分左右。

“119”火警报警系统是个自动传输系统，还有人工值班，一旦有人报警后，值班人员就会迅速地记录下报警的内容和大致方位，随后由值班指挥员向相关消防队发出命令。

丁零零——！几乎是同一时刻，天津公安消防总队的“119”系统应天津滨海新区消防支队的请求，立即向距滨海新区最近的四个消防中队发出紧急增援的警情和命令。现代化的通信设备给了下达紧急命令的快速性。在警铃响起的同时，每个消防中队值班室的传真机也自动地将“出警命令”传输给了消防队。

当晚22时55分前，天津公安消防位于天津滨海新区的八大街消防中队、三大街消防中队、开发区特勤中队和保税区天保中队四个中队级消防队接到总队下达的出警命令。

“快快！有火情，立即出发！”消防队员们无一例外地在60秒内将车开出营区，奔赴火场。快最好，慢于60秒的，总队值班系统实时录像记录在案，将追究责任。这是铁的纪律！

四个消防中队，距火灾发生地最近的当数八大街中队。这一夜值班的是2013年入伍的战士张梦帆。小伙子长得机灵，所以中队干部一直将他放在值班室。值班室是消防队的“指挥首脑部门”，虽然平时在中队编入“通讯班”，其实真正值班的可能就一两个人。八大街值班就张梦帆一人，他吃住在值班室。“我的腿在一次出警时受过伤，所以中队领导后来就让我守在值班室值班。”张梦帆解释道。

今年中秋节那天（9月27日，距大爆炸一个半月后），我来到他所在的中队采访，小张领我到他当时值班的那间房子内。里面已经破碎不堪，靠窗口放着一张床，这便是张梦帆生活的主要“根据地”。床头依然保持着爆炸那一刻的原状：满床的玻璃碴和碎石块，还有断裂的钢窗条……

“我们中队离爆炸现场约三里路远，当时的冲击波将我们的营房震得七零八落，一片狼藉！”小张随后带着我看了看其他房间。那一刻，我才真切地体会到“8・12”大爆炸的威力：三里路之外的消防中队营房内，天花板基本上全部被掀落，玻璃窗上的玻璃所剩无几，甚至有的钢窗框都变了形。尤其令我吃惊的是中队阅览室内，十来台电脑和书架上的书，不仅撒落一地，且上面覆盖着一层厚厚的尘埃……

“当时随爆炸冲击波一起袭来的什么东西都有，我正在值班室与前方战友用对讲电台联系，突然营房四周像被一股热乎乎的飓风压过来，力量大得你根本站不住，人倒了，天花板落下了，屋里所有的东西乱七八糟地被打翻了，整个房子像一只摇晃的船在海浪中漂荡……我们不知怎么回事，以为是大地震来了！”张梦帆说这话时，双眼仍然布满了恐惧。

“你能回忆一下在接警的最初时的情况吗？”我想了解消防队员们在大爆炸那天自始至终的每一个细节。

“好的。”张梦帆从落满尘土的“接警终端”——其实是一台自动传真机（爆炸后已经不能用了）上拿下一份当时的“接警命令单”给我看。

在这份全称为“灭火求援出动命令单”上，清楚无误地写着两个时间：一是天津消防“119”接到报警的时间：“2015-08-12-22：52：20”，就是第一个报火警的时间。另一个是天津消防总队向消防灭火中队“下达命令”时间：“2015-08-12-22：54：22”。天津消防接到火情报警后，在2分2秒钟后做出了派部队增援的命令。这时间包括了天津消防总队值班首长了解基本火情后拟定增援方案和战斗部署并下达命令的全过程。从这2分2秒钟的时间可以看出，我们消防系统的战斗行动之快捷、果断，令人敬佩和感叹。

在国家灭火救援最高指挥部——公安部消防局的总值班室里，指挥中心主任尹燕福指着全国灭火指挥系统大屏幕，告诉我：无论在哪个地方出现紧急火情，我们的消防指挥系统都可以在几分钟内向所在地区的消防官兵发布命令，而且这个命令一直从北京通向最基层的消防中队。也就是说，北京的警铃一按，几秒钟、几十秒钟内就可以指挥并启动一个地区、一个中队的消防力量奔赴灭火现场。“当然，出动多少兵力、增援多少力量，需要根据实际情况。但我们的指挥系统自上而下、自下而上是畅通无阻的。”尹燕福说。

“天津港大爆炸发生后，当我们从前方基本了解火情后，不到两三个小时内，我们就调动了河北、北京、山东等几个省市的消防兵力支援，很快基本控制了火势蔓延。但天津港大爆炸来得突然，现场的火情变化在最初时完全超出了一般火情的发展，所以造成了我们消防队员自建国以来一次伤亡最严重的后果……”尹燕福说到这里，声音有些哽咽。

蘑菇云腾空而起，满天火光映红天津港区，几千辆汽车片刻间烧成铁疙瘩，数万户居民楼的门窗片甲不留……这是全中国甚至全世界人通过手机和电视视频所看到的当晚爆炸现场情景。

那一刻，是天津消防队员们最为悲壮的时刻，也是所有视频上没有留下的印痕，而我的文字正是记录了他们在这一刻的所有表现。

张梦帆在警铃响起的第二三秒钟时，便向战友传递了“出警”的命令。

“上级的‘出警铃’响起与部队出动之间是没有间隙的，就是说，我值班室里的警铃响起，我们全中队的战斗员们就要立即投入55秒的出发前的战斗准备行动，并把消防车开出营区。这时间内我作为值班员，就是负责把上级命令中的内容交给通讯班长，再由他带着命令交给中队指挥员。具体出动多少辆战斗车、火情在哪儿，上级的‘命令单’上都有详细的文字表达。”张梦帆把“8・12”当日的“命令单”拿给我看。当时上级给予中队下达的“火情（灾害）描述”和相关要求是这样写的：

灾害类型：火灾扑救。

灾害等级：一级。

注意事项：请参战官兵携带必备灭火、救援器材，速到现场科学处置并及时上报情况。注意安全，做好个人防护和现场警戒。

原始的出警“命令单”上留下的文字可以说明，公安消防指挥员们对当时参战的一线消防队员们不仅有着非常专业的要求，而且特别强调了在灭火现场要“科学处置”“注意安全”，尤其强调消防队员“个人防护”。我想读者还应当需要特别留意“命令单”上另外几个字：做好“现场警戒”。这句话的意思，消防队员除了在现场要确保灭火正常进行外，还有一项特别重要的任务是，防止火场围观的群众发生危险和火灾的次生灾难。消防队员们每次执行任务都具有双重责任：灭火和保护群众。

“我们的消防队员们一边冒着随时牺牲的危险，一边又在不停地劝阻和驱赶许多在现场围观的群众。如果不是我们消防队员用自己的生命在保护围观的群众离火场远一点的话，大爆炸那一瞬间，还会有多少人失去生命？”天津公安消防总队政委岳喜强有点激动地对我说。

岳政委的话，让我想象着爆炸现场的一些情景：瑞海公司的院子起火之初，附近的居民和路过的群众，出于好奇纷纷朝火场四周靠近与围观，不同方向的人数绝不下几百人。

“大家务必不要靠近现场！”

“快往后退！退——！”

“退——”

23时左右，起火的瑞海公司院内外，已经聚集了相当多的消防车和消防队员。正当各路消防队员准备灭火的同时，他们的四周也陆陆续续出现了越来越多的围观群众。

“危险！你们不能往前走了！”

现场的消防队员和驻地跃进路派出所（港区的这个派出所与瑞海公司一路之隔）民警不停地将围观者劝阻至警戒线之外，大声喊话：“火场危险！往后撤！越远越好！”

“撤！不能在这里围观！撤——”民警中领头的是当晚正在所里值班的派出所教导员王万强。他一边在现场指挥其他民警将警戒线往外拉，一边向围观人群不停地高喊着。就在他再次将离火场较近的那根警戒线往外拉的那一瞬间，惊天撼地的第一声大爆炸响了……十余秒后，又一个更巨大的爆炸响起！王万强在一团火光中消失了……

“我们是在8月30日那天才找到王万强同志的遗体的。”10月的最后一天，我来到天津港公安局所在地，一位局干部告诉我，“当时我们找到万强同志时，见他的尸体已经不成样儿，半个脸没了，上半身也被什么东西给劈掉了……惨不忍睹啊！”

这位王万强的战友颤抖着双唇回忆道：“大爆炸之后，王万强同志一直处于‘失联’状态。火灾后的第十天，也就是8月23日那天，王万强的父亲王胜朋先生来到我们局里。他老人家见了我们领导后第一句话就说：‘领导啊，我儿子没给你们丢脸吧！’66岁的老天津港人，儿子找不着了，他却对我们说这样的话，你说让人感动还是悲伤？后来老人家一定要到派出所去，说要看看他儿子工作的地方。我们领导陪他去了跃进路派出所。干警们知道他们教导员的父亲来了，便赶紧集合迎接。老人家见了干警们后，说：万强不在了，你们还要把工作干好，我代儿子拜托了……之后，他说要到火场那边去喊喊儿子。那个时候，火场核心区还处在警戒状态，我们只能陪他站在远远的立交桥上往火场那边遥望。老人家当时眼望着还在冒烟的爆炸场地，连声喊着：‘万强！爸爸来了！爸爸想带你回去！你在哪里呀——’那一刻，在场的人没有一个不跟着掉眼泪的……”

“大家不知道，其实我们局里的干警当时为了避免更多的围观群众无谓伤亡，何止牺牲了王万强一个好同志！副局长兼消防支队队长陈嘉华牺牲了！分局局长刘峰牺牲了！跃进路派出所所长刘学军至今还在医院躺着，身上缝了77针，一只眼永远没有了……”这位干部说。

有关天津港公安人员的事暂且放一下，让我们还是再回到八大街消防中队的干部战士们接到出警命令后的事吧——

“根据上级指令，我们全中队的战斗力量全部出动，包括了全中队4辆消防车。”张梦帆说。

现在我才明白，通常一个消防中队有3辆或4辆消防车，特勤中队会有5辆消防车。这些车辆都各有其责，第一辆车被叫作“第一班车”，一般都是指挥车，出警的最高指挥者坐在上面，还有负责通讯、记录和录像等工作的文书一名，其他都是战斗员，五六人、三四人不等；第二辆、第三辆，是供水车或战斗增援车；最后一辆是警戒车加增援车。在灭火现场，各车之间保持一定距离，这得根据现场情况决定，如果现场狭窄拥挤的话，有时几辆车会挤在一起作业。

“8·12”火情出现后，天津消防总队给港区范围内的4个消防中队同时下达了紧急增援令。距火场最近的八大街中队首当其冲。

“那天晚上10点多钟后，中队的有些同志已经上床了，尚未休息的同志看到不远的地方升起了火焰，大家很快知道是火情。就在等待战斗命令时，总队直接按动的警铃响了，我在值班室也同时收到了自动传输过来的‘出警命令单’。像往常一样，我把出警单交给了通讯班的訾青海，每次出警他是跟在指挥员身边的文书，所以在战斗中前后方的联系也是我们俩，可根本没有想到这一次我们俩是最后的诀别……”尽管已经两个多月过去了，一提起牺牲的战友，张梦帆依然无法控制悲伤的情绪。

“我们现在都不愿意再提起那天的事了！”张梦帆说，如果不是首长提前跟他说我是专门从北京来的作家的话，他和中队那些活下来的战士都不会轻易提起“8·12”大爆炸的事。“简直就像噩梦一样，好端端天天在一起的战友们，转眼就没了……我至今还是不相信这是真的！”

在国庆节我去采访时，被爆炸破坏的八中队营房基本保持了原状，我看到战士们临时挤住在一楼的两间通铺上休息。中队还有7名战士没有出院，留下的原八中队战士暂时不再执行任务，由总队另调来充实力量帮助八中队执行日常出警任务。

进入消防队，会深深感觉弥漫着一种悲伤和压抑的气氛。战士们相互之间很少说话，个个表情凝重。“现在我不太去二楼了，一上去就会出现错觉，訾青海、杨钢、成圆、蔡家远……他们都会嘻嘻哈哈地过来跟我说话，我受不了……”张梦帆念叨的这些名字，都是牺牲的战友，与他一样年轻。

“訾青海才20岁，再过20天他就到了退伍期限。‘8·12’爆炸的前一天，我俩还在商量他留下来当士官的事呢！我对他说，你留下来吧，还有谁比你条件更好的呢？訾青海要个头有个头，各项工作都出色，又特别听话，电脑玩儿得好，尤其是电脑上画画特厉害！中队长、指导员都喜欢他，每次出警总带着他。这回也一样，结果他和中队长、指导员都没有回来……我受不了！受不了！”张梦帆突然将头压在桌上，失声痛哭，哭得异常悲伤，令人无法安慰。

啊，大爆炸给这些年轻的战士们留下的心理阴影何时才能消失？我焦虑地想。

“抱歉。”片刻，张梦帆抬起头，用袖子擦脸拭泪，“我们中队出动了4辆车，26名战斗员，除了几个在家站岗的和炊事员外，就是我了。我是值班员，必须坚守岗位，负责与前方联络并及时掌握情况，同时还要把上级的指令传达到前方……"

"他们离开营区后你跟他们联系过吗?"我问。

"联系过。一路上我一直没中断过与指导员、中队长的联系。因为我们要掌握火情的准确位置和具体情况，所以我一直在跟那个报警的人联系，但没有打通对方的手机。这前后也就半个来小时，当时我就坐在值班室通讯台前，突然感觉窗外一片热浪压过来，赶紧一边喊着'危险！大家快往外面跑'，一边带着手持电台冲向楼下。就在这时大爆炸开始了，随即又是一个更大的爆炸声。"张梦帆的眼睛变得溜圆，仿佛爆炸现场又出现在他眼前。"走到楼下往火场那边一看，一团蘑菇云高高地在升起，天都是亮的……我的心一下就凉了，我知道我的战友必定凶多吉少，赶紧拿起电台和手机跟前方联系，但谁也联系不上……"

"这种事我从来没有碰到过，真的吓坏了。但好像那个时候又特别胆大，因为我知道这时中队留下来的战斗员就我一个人了！我应该挺住，应该坚守岗位，应该把中队撑起来呀！"一个1993年出生、仅当兵三年的张梦帆，竟然在最关键的时刻会有这样的想法，令人敬佩！

大爆炸让中国消防队的一代年轻人突然成熟了起来！

然而，令张梦帆没有想到的是，正在他为前方的战友生命万分担忧时，营房外突然拥来几百名周边的群众，他们惊恐万状地跑着过来，寻求张梦帆及营房站岗的消防战士的保护。

张梦帆有些感动了：最紧急关头，老百姓信任的还是消防队员、子弟兵。百姓认为，此刻警营才是安全和可以安身的地方。

"大家不要紧张，要注意安全！注意秩序！"张梦帆觉得自己的责任一下大得需要他挺直腰板站出来，"就在这时，一个只穿着内衣的年轻女子突然拉住我的胳膊，一边哭一边乞求我保护她，我感觉她浑身在发抖，甚至有些失去理智地死拉着我不放，好像离开了我她就有危险似的。现场的群众，都被大爆炸吓坏了……好一阵后，我才把缠着我的那位女士安置在一个草坪上，让另外几个稍稍镇静些的群众代为照顾。我又赶紧回到营房。那个时候我们的营房已经不像样了，到处都是横七竖八的被震碎的玻璃、拧断的钢条和倒了一地的天花板，总之乱成一片。就在这时，我的手机响起了，一看是三班车司机王大力打来的，赶紧接，只听他说：‘我现在找不着回去的路了，找不着……’就挂掉了。第二个电话是前方车也就是第一辆车的司机潘友航打来的，他断断续续地说：‘我受伤了，伤得很重，一身血……’就再也没有了声音。当时我急得拼命喊啊！可就是没有人再回答我、没有人应我。我看着空荡荡又乱七八糟的营房，想哭又觉得嗓子里像被啥东西堵住了。但脑子的意识没有糊涂，我当时只想着一件事：寻找到前方的战友，了解他们在前方到底发生了什么，他们现在是活着还是……”

之后的几十个小时内，张梦帆独自一人坚守在八大街那幢千疮百孔的消防中队营房，等待着大爆炸现场那些战友们的生与死的每一个消息——只有他了，营房内站岗的烧饭的战士甚至连家属院的大人和小孩子都往火场去寻找他们的战友和亲人去了……

这是离大爆炸现场三里多远的一个消防队的情形。大爆炸现场的情形又是怎样呢？

2　逃生者讲述火情现场

在增援的4个消防队中，八大街中队因为路近，所以他们是第一个到达火灾现场，故而也是距爆炸核心区最近的几个消防中队之一。

我问那些从爆炸现场死里逃生的受伤战士们还记不记得大爆炸前的现场情形时，几乎没有一个人能回答上来。

为什么？“他们绝大多数是被强大的爆炸声‘震’失了记忆!”医生这样告诉我。

“能恢复吗?”

“要看具体情况。轻者，有可能。重者，一般不太容易了。”医生回答。

而我知道，凡是在爆炸现场的人，似乎无一例外地双耳被震得穿孔。这样的伤病者仅恢复听觉就需要两三个月，通常全部康复需要一年半载，有的则永远失去正常听力。

杨光是八大街中队排长，是仅存的一名干部，另外三名干部全部牺牲在现场。

“当时我们中队出动了4辆消防车，第一辆指挥车由代理中队长梁仕磊负责；第二辆是供水作战车，另一位排长唐子懿在车上；第三辆是水源引导车，指导员李洪喜在这辆车上；我在最后的抢险救援车上，负责后面的警戒和随时准备救护伤员等工作。因为每辆车分工不同，一般情况下几辆车之间前后有一百多米的距离，这一天情况也跟平时差不多。抵达现场时，我估测了一下，大约我那辆车的位置距离着火中心点有二百米，与中队长的第一辆指挥车相隔一百来米。中间还有我们中队的第二、第三辆战斗供水车。”杨光个头不高，但是位十分精干的小伙子。“我是在读大学时当的兵，后来又上了消防专业学校，所以有些解放军的战术功夫在这次大爆炸时用上了，因此身体恢复得还算可以。”

杨光在中队的最后一辆车上，这并不能说明他的车就比前面几辆消防车安全，那个在大爆炸第二天就在媒体上广为流传的“刚子”就跟他在一辆车上。“刚子”叫杨钢，是杨光的兵，“四班车”上的班长——战士们叫第四辆车为“四班车”。

“刚子是我们四班车的司机，那一天是他在开车。”杨光是几个还能记忆得起大爆炸前情形的消防队员之一。

“到达现场后，我观察了一下火场的火势，觉得这个火有点不太对劲，因为现场有不少围观群众在嚷嚷说是油罐爆炸了。可我在消防学校学过，如果是油罐爆炸是有征兆的。但这一次喷出的火焰跟油罐爆炸燃出的烟火不一般，冒的烟是白色的，火光也特别的亮，还伴着声音——噼里啪啦的响声。就在这个时候，我听前一辆车上的指导员在喊：‘三班车寻找水源，抢救车在后面警戒……’我看到他说完就自个儿往火场方向走去。于是我就命令车上的人下来执行警戒任务，将周边围观的群众驱赶到警戒线之外。这个时候，车上的杨钢正在倒车，准备将我们的消防车停在合适的位置。从我们到达现场，到第一声爆炸，前后也就是二十来分钟……”杨光说。

杨光他们的消防车在全中队最后面，我想知道更前面的三辆车的情况。

“孩子，你在第一辆车上？”坐在我面前的小伙子太年轻了，所以我便这样称呼他。

“嗯。”他叫刘钰清，河南周口人。

“你今年多大？”

“96年生的。”他低着头回答，一脸腼腆。

难怪，周岁才18岁。看着他头上、脸上尚未愈合的伤疤，我非常心疼。

“当时你们的车距离火场有多远？”

“四五十米吧！”

“那时火灾现场有人吗？”

“有。已经有人了，是地方消防队的，还有公安民警……”小伙子说。

“你车上的中队长那个时候在做什么？你看到了吗?”

“他……他比我们先下车，下车后他就往着火的前面走去，訾青海好像跟在他身后。”刘钰清又摇摇头，说，“我记得不是很清楚，医生说我双耳穿孔了，很多事情记不得了。隐隐约约记得我们的车先是停在距火场很近处，也就四五十米的地方。后来班长突然命令我们车子往后撤，一直撤到了距火场一百米左右的地方。这是中队长下的命令。”

“他自己跟着车往后撤了吗?”

“没有。他还是在前面……这个我记得。”刘钰清的双眼认真地盯着我，他确认这是他看到中队长的最后一个身影。

“就在我往后走的时候，突然第一声大爆炸就在头顶炸开了……”刘钰清说，“当时我的头盔一下就被飓风似的热浪掀没了，我身不由己地像被啥力量往前推了一段，是反火场的方向。我一眼看到路边有一辆装运集装箱的大车子，就一个箭步钻到了车底下。当时满脸被尘土蒙住了，还有火星烧似的，心想不能这样憋死在车底下呀！所以又从车底下钻出来了，好像双脚刚刚站稳，突然又听身后比第一次大好多的响声，之后我感觉双脚从地面上飞了起来，后来就再也不知道怎么回事了……”

“也不知等了多久，待我醒来时，发现身边我自己中队的战友一个也没了，倒是有另外一个消防中队的一位战友，后来才知道他叫赵长亮，伤得很严重，倒在地上，死拉着我的腰带，让我救救他。其实当时我们谁也看不清谁，脸都是黑的，身上的衣服还在烧。”刘钰清说，“我赶紧拉起那个三大街中队的战友往外走，可就是拉不动。后来硬把他搭在肩上，我们就这样一拐一拐地往爆炸火场的相反方向走。不知走了多久，实在走不动了，恍惚中有人把我们背上了皮卡车。再醒来时就已经是几天后的事了。”

“你所在的第一班车上除了你和中队长梁仕磊外，还有谁?”这辆车最靠前，每一位消防队员的生命最令人揪心。我想知道他们的命运。

“还有……还有驾驶员潘友航，班长毛青……其他的我想不起来了。”怎么可能呢？一个班的人天天在一起咋会想不起来？但刘钰清很吃力的样子让我相信小伙子真的有些想不起来了。

“好了好了，别想了。我问其他人吧！”我抚摸着小伙子的头，很是心疼——经历大爆炸后的这些年轻的消防队员的记忆力都不同程度受到伤害，需要很长时间恢复。而我这一次到八大街采访的时间是国庆节，距“8·12”已经48天了，或许还要一个48天他们才能基本好转。

“还应该有李鹏升、徐帅、訾青海、成圆，这辆车上总共七个人，三人牺牲了，还有两位在医院里没回呢！”后来是排长杨光拿着一个小本本指着原先留下的“中队花名册”，才帮我理清了我想知道的。杨光其实也一直处在“点不清”状态，我几次尝试问他能不能说明白全中队到底谁牺牲了、谁还在医院时，他始终没有给我说清楚。看着通铺上坐着的这些活着的小伙子，我既为他们庆幸，同时内心总隐隐作痛……

现在，又一位小伙子站在我面前。

“你叫什么名字？”

“叶京春。”

“嗯？你是北京人？”名字中的“京”字使我特意这样问。

“不是。跟刘钰清是老乡，都是河南周口的。”

“那你们是一年兵？”

“对。2013年入伍的。”

“那你跟北京有什么关系？你的名字里有个京字。”

“是。我是在北京出生的。”叶京春比刘钰清似乎嘴巴灵活一些，说，“我出生时，爸妈都在北京打工。”

“明白了！”我点头，“那天的事你还记得些什么？”

小伙子点头：“我在二班车上，就是第二辆车。我和蔡家远一起铺水带……”

“就是灭火的那种帆布带？”

“对。”叶京春说，“我们一到达现场，就负责铺设供水带。我和蔡家远一共铺了10圈，每圈20米，正好铺完。从火场那边往回走，这个时候就响起了第一次大爆炸……”

小伙子的话停了下来，低下头。我看看他，又看看安静地坐在一边的其他几位消防队员，他们也都低着头，我感觉我问的话有些刺痛了他们的心……

“事情虽然过去几十天了，但大家还是不想回忆当时的情景。”排长杨光拍拍叶京春，问，“行吗？跟何主席说说吧！”

叶京春重新微微抬了一下头，眼睛盯着桌子，说：“当时我不知怎的一下被推倒在地，等反应过来，一摸脸，尽是血。随后身后又响起一个大得没法形容的爆炸声……等再醒来的时候，发现自己被冲到了路边的一辆大卡车底下。我拼命地喊蔡家远和同一车的唐排长，还有陈剑、周倜……但没有一个人回答。当时四周都在掉火球，我赶紧用衣服裹住头，因为我发现头盔没了。耳边尽是嗡嗡的声音，听不清到底是什么声音。后来才知道是耳孔穿裂了。在车底下待了一会儿，觉得也很危险，就爬了出来。这时看到车底下还有一个人，他的脸在燃烧，烧煳了！我赶紧把自己身上的衣服脱下来，给他扑灭火。他好像也是消防队员，但根本看不清是谁了，他伤得特别重，身子的前面都是火星。当时看到战友烧成那个样，像是忘了我也是伤员。我费了好大劲才把那个重伤员从车子底下拖出来。他根本不能走了，我使劲挽着他，一步一步往火场的相反方向走。但没走多少步，我觉得实在走不动了。而且现场十分危险，火球飞来飞去。我的眼睛灼烫得像烤着了，找不到正确的方向，我怕这样下去会再次伤着身边的这位战友，于是见脚下是草坪，估摸这个地方安全些，便将他放下了。我对他说：'放心，我马上去找人来救你啊！'就开始跌跌撞撞往外走……"

采访了一大圈，我才搞明白那个被叶京春从车底下拖出来的重伤员是三大街消防中队的云南少数民族战士岩强。

岩强能活着，简直是个奇迹。他的故事我们在后面说。现在来说叶京春。

"我凭着感觉往外走了一段后，遇上同样受伤的特勤中队的王林和刘荣龙，因为跟王林是河南老乡，所以知道是他俩，他们伤得也不轻，尤其是刘荣龙，眼睛看不到。我们几个就相互搀扶着往外走，那时啥都不想，老实说，只想两件事：一是赶快离开火场，怕再来大爆炸。二是希望自己的战友能一样侥幸活下来……"

"可是，一个多星期后，我刚刚能看手机时，却看到我的战友蔡家远牺牲了……"叶京春拭泪，颤抖着嘴唇说，"我不相信这是真的，因为我俩在爆炸现场一直是肩并肩地在一起铺水带，我不知道他怎么就被炸没了……"

天津消防开发支队的领导后来告诉我，他们在搜寻到蔡家远的尸体时，发现他身上没有什么伤，完全是被强大的爆炸气浪活活震死的。

叶京春的父母在大爆炸的第二天中午就赶到了天津。在医院里，当有人指着躺在重症病床上、头部被白纱布包得严严实实的昏迷之中的伤员说，这是你们的儿子时，叶京春的父母流着眼泪直摇头。

“爸、妈，是我呀！”数天后，叶京春醒来后，模模糊糊床前站着两个人，他吃力地想睁开眼，可剧烈的疼痛让他只能眯开一条极小的缝……这回他看清了。

“是我们的儿子！”父母又哭又喊起来，那是幸福和庆幸的欢呼声。

然而，儿子叶京春丝毫没有高兴的神情，反倒一天比一天悲伤，因为之后的每天里，他都能听到自己战友牺牲的消息，以及还有诸多令人揪心的、一直处在“失联”状态的消防队员。

八大街中队的指导员李洪喜在第三辆车上。除了在后一辆车的杨光所说，现场听到李洪喜下达那声命令之后，看到他继续往前面的火场前进的身影外，再也没有人能够说得清他们中队最高指导官牺牲时的情形。

我找到了与李洪喜同在第三辆消防车上的湖南籍战士肖旭。

又是一个太年轻的战士！“哪年兵？”我问。

“去年。”

也就是说，到大爆炸时，他才刚刚满一年兵龄。

“你们李指导员当时是跟你坐一辆车吗？”

“是。”

“还记得你最后一眼看到他在现场做什么？”

年轻的战士想了想，摇头，“我们车是负责供水的，我是战斗员，每人身上扛两卷水带。一到现场，我的任务就是铺设水带……”

我有15年军龄，也当过新兵。要做好新兵，其他的什么都不用去想，只想把“首长”交代的任务一丝不苟地完成便是。我因此理解眼前的小战士肖旭。

小战士讲的现场一幕，令人惊心动魄，胜过任何精心设计的好莱坞大片的情景：

“我记得到现场后，只看到有交警在现场，他们在劝阻那些围观的群众。我下车后就背着水带，按照平时训练的要求，一直往第一辆战斗车那边铺去，感觉越往里走，空气越热，估计距着火的地方也就几十米远。铺完背着的水带后，我就往回走，快到我们的车——第三辆车时，后面突然传来一声巨响，我就像被谁用力推了一下，踉跄几步，摔倒在地。还没等明白过来，只听我的班长杨建佳大喊：‘赶紧跑！’我也不知发生了啥事，爬起来就往火场的相反方向拼命跑，好像才跑了十几步，突然后面轰的一声巨响，像天裂开似的震响，感觉自己的身体一下被从地上掀了起来，等再摔下来时，见身边全是树，有的树在烧，还有路边的汽车也在烧，地上也有东西在烧……我用手一摸，摸到了一只头盔，也不知是不是我的，就赶紧往头上一扣，却发现脖子上的系带已经断了。我摇摇晃晃地支撑起来，刚跑几步，又听身边噼里啪啦爆个不断，好像也是爆炸声，是爆炸，当时除了两声大爆炸外，手榴弹一样的小爆炸一直没有停过。我就又趴下。就这样，跑跑趴趴，一路跌跌撞撞往外走。这时看到我同车的班长杨建佳和一个支队干部，他们也都受伤了。那个支队干部伤得很重，眼睛已不能认路。也不知咋回事，走着走着，那个支队干部走丢了。我跟班长喊了好一会儿也没有回音。我只好跟班长两个人往外走，结果发现走错了，走进了一片集装箱堆里去了。我使出吃奶的力气，上到了一个集装箱上，往四周一望：到处一片火海……我想这下坏大了！朦朦胧胧的烟火间，我看到有人也在往我这个方向走，于是就喊：'不要往这边走了！方向不对！别走了！'我见他们停下来了，就从集装箱上跳了下来，这一跳不要紧，我发现自己的脚疼得要命，原来我一只脚上的靴子掉了，脚底心被灼伤了。再一看，怎么杨班长没了？我赶紧喊：'班长''班长'，但没有人回答我。当时我真想哭了，但哭有啥用？于是只好独自一个人找路，找啊找，终于从倒塌的集装箱堆里找回了原来的路。这个时候我又遇见了另外两个消防战友，一个重伤，一个眼睛烫伤了。重伤的根本不能走路，我就和那个眼睛灼伤的扶着他往外走。我们谁也看不清谁，还没有来得及相互问一声是哪个中队的，身边就来了辆车子，我们赶紧截下来，将重伤员塞上车。我当时看到，车上好几位伤员，有的头和脚还搁在车窗口外，而且不停地在流血，那个惨状我一直忘不掉……"

叶京春说到这里，止住了话。一双眼睛盯着天花板，眼珠一动不动。

我知道，当时在大爆炸现场，这样的车有很多很多，他们多数是天津市民自发驾车赶来抢救受伤的消防员、群众以及死者们……

"我后来听说，那个被我和另外一名战友送上那辆汽车的那个重伤员叫岩强，是三大街中队的。"又一个人提到了"岩强"这个名字。

"刚来到消防队时，我有些遗憾：因为我们虽然穿的是武警军装，可并不是扛钢枪的战士，而是拿水枪的消防兵。后来慢慢才知道，拿水枪其实也是为人民服务，一样光荣……"望着天花板的叶京春，独白似的喃喃道。

我看到他的脸颊上，淌下两行热泪。这一刻，我也热泪盈眶。

3 “刚子”走了，一起走的还有他中队的三位主官……

许多人还肯定记得，8月13日凌晨两点来钟，微信圈里有一则“刚子走了”“我回补（不）来，我爸就是你把（爸）”的截图微信，被瞬间转疯了！

八大街消防中队战士“刚子”牺牲的消息也随之成了大爆炸后的第一天即13日那天点击率和传播率最高的一则新闻。大家所说的“刚子”就是杨钢，跟排长杨光在同一辆车上的消防战士。

杨钢到底怎么牺牲的，我采访杨光排长时，他说他也说不清，他知道的情况是听新战士张化维说的。“张化维是中队文书，2014年新兵。他与我和杨钢同属第四辆车的战斗员。”杨光说。

现在轮到张化维接受我采访了。我问他：“刚子怎么牺牲的？你在现场看到他了吗?”

张化维肯定地点点头：“爆炸前我看见杨钢正在倒车，后来就突然爆炸了……我被冲出了好远，身上全着了火。回头再看我们的车子时，已经面目全非，连铁皮都着了火，烤得红红的……”

“那你怎么知道刚子当时就牺牲了?”这是个细节。

张化维愣了一下，盯住我，然后缓缓地说：“第一次爆炸时，刚子正在倒车，坐在驾驶室里，出不来。第二次更大的爆炸，大火在眨眼的工夫就把车子烤煳了……”我用歉意的目光回应了这位年轻的战士。

事后支队领导告诉我，刚子确实牺牲在他所工作的岗位上——大爆炸袭来的熊熊烈火将他和他的“战友”（消防车）一起化为了灰烬。是DNA帮助大家最后确定找到了“刚子”。

刚子牺牲的前两天，才刚过23岁生日。这位普通的农家子弟，生前默默无闻，不想一场大爆炸，让他的英名传遍大江南北。

刚子是最早被确认的遇难者之一，这是因为张化维的原因。小伙子是吉林四平人，一看就是个特别让人喜欢的机灵鬼。

“我是中队文书，平时养成了注意观察周边情况的习惯，以便向中队首长及时汇报。这一天爆炸现场也一样，当我被莫名其妙炸得浑身是伤后，站起来赶紧喊了几声‘杨排’和‘李队’等人的名字后，见没有人回应，就知道坏大事了！再看看我们的车子全着了火，其实当时根本分不清哪是我们的消防车，哪是其他车，现场没有几样不着火的。天上都在落火球，地上活着的人都还带着火到处瞎闯。我毫无方向地瞎走，走了一段，发现我们中队的李鹏升和支队的耿科长。耿科长是支队信息通讯科的，我是文书，平时常跟他有联系，所以认识他。李鹏升重伤，不能走路了，疼得坐在地上哇哇直喊。耿科长的眼睛烧伤了，到处乱走，喊他也听不到。我就赶紧把李鹏升背到稍安全些的地方，又回来把耿科长往外扶。这个时候来了一辆公安的车，车上的人见我们是受伤的武警消防队员，便扶我们上了车。耿科长满头是血，却还想着部队的事，对开车的公安民警说：‘送我们回单位，我们要赶快向上级汇报这里的情况，让首长增派部队来救援。越快越好……’就这样，那车把我们拉到了中队部。”

我再翻开独自坚守在中队的张梦帆的采访记录时，看到了小张说过的这样一句话：“记得最早回来的是李鹏升和支队耿科长。当时在家值班的一名岗哨兵后来送他们到了医院……他们回到中队的时间大约一点半。”

这就对上了。

刚子牺牲的消息应该是张化维从现场带回到中队的，之后消息在战友中传开了。

于是也就有了另一批前往前方支援的消防战友们发出的“我回补（不）来，我爸就是你把（爸）”这英勇悲壮的微信。

这微信像一面战斗的旗帜在通往天津滨海新区火光冲天的爆炸现场的高速公路上猎猎飘扬，那一幕，着实显示了危难之时中国人民和消防官兵们的伟大精神是何等的坚不可摧！

“刚子”——杨钢的老家在重庆忠县马灌镇白高村。在刚子牺牲的12天后，他的骨灰被父母接回老家，在英雄的故乡，万人夹道迎接他们的年轻儿子回家。我用手机搜索了一下当时的新闻，其场面催人泪下。当地的一篇新闻稿上有这样一段话：

> 夜幕降临了，一位老人仍然坐在灵柩旁，轻轻地抹着眼泪。一群稚童读着悼念横幅上的字迹：闯儿，你是我们的骄傲……
>
> 杨钢53岁的父亲杨大国眼睛通红。他说，杨钢的乳名叫闯儿，父母希望他长大后闯出一番天地。16岁办身份证时，觉得闯儿不正式，才改为杨钢，男子汉像钢铁一样。
>
> “闯儿从小就喜欢练武，七八岁的时候，他做了一个沙袋，每天在家里打。”杨大国说，“他爷爷参加过抗美援朝战争，他十分崇拜爷爷，立志长大后也要当兵。”
>
> 入伍四年里，杨钢每周给家里一个电话，他总把自己在中队的好消息告诉家人……

英雄现在回家了，他无须再给家人打电话了。他在长眠的土地上用年轻的生命和鲜血浇灌的花朵告慰亲人。

刚子的牺牲和所有与刚子相关的新闻，都令人感动。然而刚子仅仅是大爆炸中牺牲的一百多位消防队员中最普通的一位。

在杨钢所在的中队，除他之外，还有7位消防队员成了烈士。其中有杨钢的指导员李洪喜，代理中队长梁仕磊和排长唐子懿，还有其他4名战士。当8月13日刚子牺牲的消息传遍全国各个角落时，他中队的其他战友的生死音信，几乎全无。

“我是看着他们从营区出发的，但从第二天之后的几天里，营区内几乎一直就我一个人守着，我感到非常恐怖！”值班员张梦帆说，“杨钢牺牲的消息刚刚得知，午饭后他姐姐就到了部队，我们不知道是告诉她还是瞒着她。中队干部的手机一个都打不通，何主席你也是当过兵的，你想想一个中队突然一名指挥员都找不到了，我这个值班的小兵该怎么办呢？前方的情况又紧张万分，从营房向爆炸现场望去，仍然烟火滚滚，又不时爆燃起一团团火焰，我真想放下值班电台，到火场去找我的战友和中队首长们，可我又不能离开营房，怕万一受伤的战友回来一时没人送他们去医院……”

8月13日零时之后的天津滨海新区，皆处在十万危急之中，更何况正在参战的消防队。

现在，人们最担心的还是爆炸现场的情况——

作为最先到达火情现场的八大街消防中队排长杨光，在大爆炸前，是全中队最后一辆抢险救援车的指挥员。当时他正在执行指导员李洪喜的命令，带着几名战士背对着火场在警戒，正是这站姿使他成为了全中队唯一一名死里逃生的指挥员。

“我们到达现场后，发现当时比较混乱，所以为了保障前面的战斗车能够正常投入战斗，我的任务就是确保我们全中队现场灭火战斗不受干扰，所以才去执行警戒任务。平时在其他灭火现场也是这样做的，我当时感觉警戒任务比往常更重要，因为一般火灾越大，围观的群众也越多，也最容易发生次生灾害，这就更需要做好警戒工作。”杨光说。

“许多人在这次大爆炸中牺牲了，主要是谁都没有想到还有第二次更大的爆炸。这第一次爆炸与第二次爆炸之间相隔也就不足30秒，我们都是在第一次大爆炸后刚刚有意识，想做出动作时，第二个更大的爆炸就来了，这一次的威力简直不可描述，太大了！任何一种防备都没有用，只能顺其生死……”

杨光是我到天津港爆炸现场采访的第一位消防队员，是他特意带我到了爆炸现场去参观。那天是中秋节，距大爆炸发生已经40多天。我俩在距那个大坑一百来米的地方，观看了一下已经被完全“整理”了的爆炸现场，但依然能感觉一片凄惨和爆炸之威力。几千辆车厂被高高的集装箱挡着，透过夹缝，还能看到它们的本来面目，其惨状实在恐怖；大坑周边那些骷髅楼房，虽然没有倒地，却在北风吹拂下摇摇欲坠，让人绝对不敢靠近它们。我与杨光所踩的地面尽是烧焦了的灰烬与废墟，我清晰地看到里面残存着消防队员的战斗服，不知是哪位烈士留下的。杨光和我面对遗物，默默哀思。

“第二次大爆炸后，我感觉自己就像小时候调皮从高处摔下来，口腔里都咬破了！”杨光一边寻找自己当时在现场的方位，一边回忆道。

“全变样了。原来的街道和方位认不出来了。”他轻轻地摇头，伤感地说，“我也是爆炸后第一次到这儿，如果不是你今天来采访，可能我永远也不想到这里来了。”

杨光个头不高，说话极少。不知是以前就这个性格，还是爆炸后整个人都变了。

“你曾经在解放军部队待过？”我想起杨光说过的一句话，便问。

“是。”他说，“我开始是在解放军入的伍，在北京军区的一个军械库当战士。我是大学上学时被招兵的。大一读了三个月就被招兵到了军营。后来因为又想上军校，转到了消防队。最后，在昆明消防指挥学校毕业后分配到天津八大街中队的……也许因为在部队和警校经过正规训练，所以遇到大爆炸这样的事，现场自我处理意识比别人强一点。”但杨光立即又一转话语，“可假如轮到像第二次那样的大爆炸，绝对是难有机会活命的。我能活下来，除了当时我们的消防车距火场比较远一点外，主要是当时人站着的姿势正好背对着爆炸现场。许多牺牲的战友都在距离着火现场的最近地方，能活下来的就是命大。”

“大概趴在地上一分钟左右，我就起来了，因为两次大爆炸后的粉尘太多，躺伏在地面根本吃不消，人呛得要命，加上天上一直不断有火球飞来飞去，危险太大。”杨光说，“但起身后发现，到处是火，什么都看不清，路灯被炸断了，除了火烧的地方，其他地方一片漆黑。还有偶尔能看到地上有火球在滚，后来才知道那有的是被火烧着的人在滚动自救。我首先想到的是我们中队的那些战友到哪儿去了？往四周看了看，结果谁都没有发现。再看看我们的战斗车，全在燃烧，烧得通红。指导员呢？中队长呢？一排长唐子懿呢？我想喊，但嗓子像塞满了沙子，完全是哑的。那一刻，我马上意识到，如果找不到中队长指导员他们怎么办？我是排长，我是不是应该主动担起寻找中队战友的责任？可战友们在哪里呢？不会都……我不敢往下想。于是看了一眼还在发生各种小爆炸的火场后，便开始往外撤。说实话，我想只有离爆炸现场越远的地方可能还有继续活下来的希望，我的战友如果与我一样幸运，他们应该在爆炸的相反方向。求生是那一刻的本能——许多活下来的战友事后都有同一个意识：距大爆炸现场越远，就越有活下来的希望……”

为了活下来，那些劫后余生的消防队员们展开了一幕幕自我拯救的惨烈战斗……

4 从火海中爬出来，又将自己送进了医院……

“当我意识到全中队干部中可能就剩我时，心想：为了其他可能活着的战友，我必须爬出爆炸现场，与其他战友一起活下去！”杨光说，当他彻底意识到爆炸现场和战斗车辆四周找不到一个活着的战友时，他的这份意识强烈地支撑着自己拖着浑身是伤的身体，朝大火的相反方向艰难地前进着。

他摸着黑走啊走，结果发现到处是散落的集装箱，那凌乱不堪的集装箱将整个现场破坏得无法辨认，不知道到底哪条路通往可获救的地方。

“救救我！快救救我啊！”一堆集装箱缝隙内，有个烧得满地打滚的群众在呼喊。杨光赶紧上前搭了把手，帮助灭掉其身上的火后，将其安顿在较为安全的一个集装箱内。

“谢谢。谢谢你的救命大恩！”那人在哭。

“最好赶快离开这儿吧！”杨光说。

“太疼了！歇一会儿再走。”那人说。

“千万要注意安全。”杨光说完就继续绕过一个又一个集装箱往外走。

“啊！啊——快来救救我吧！”突然听到有人在喊。杨光走近一看，一阵惊喜：“陈剑！是你吗？”

“我、我是陈剑，你是？是杨排长吗？”

“是。我是杨光！”

“呜呜……我们中队的其他人到哪儿去了呀？他们还活着没有？”陈剑终于

忍不住了，拉住杨光，痛哭起来。

“我、我也不知道他们……”杨光的泪水也顿时像决了堤的洪水，一泻而不止。

“是排长！陈班啊！”这时，又有一个“黑脸”消防队员站在杨光、陈剑面前。

“孔维强你也活着！太好了！快，我们一起把陈剑扶起来！”杨光一下兴奋起来，他看到了自己中队的两名战士，顿时心底有了信心：八大街消防中队还有人活着！中队还有希望！

杨光、孔维强一左一右搀扶着腿被砸断的二班车上的班长陈剑，艰难地在一片燃烧着的集装箱“火葬场”里寻觅着生路。

“我们仨相互鼓励着往前走。时而哭几声，时而又笑几声……哭是一想到可能再也见不到其他的战友，笑是他们两个战士开玩笑地说，如果八大街中队只剩下我们仨人的话，说推荐我当中队长，他们俩就各当排长，问我同意不同意，我就说同意，批准了！他们就笑，笑得有些凄然，一点也不感觉是幸福的‘荣升’……但陈剑因伤势很重，流血很多，一直在喃喃道，可能活不下来了，要死了。我和孔维强就安慰他，有我们俩在，你陈剑就放心吧！”我见回忆中的杨光双眼噙着泪花。

“后来我们终于走了出来。也见到了一些车辆，可他们好像都不愿停下来。我和小孔急得不知如何是好。”杨光说，“后来终于拦到了一辆警车，他也不愿带我们。他说了一句话才让我们明白过来。那位公安同志说：你们能自己走路就自己赶紧想法到医院去，我们是去爆炸现场救人的，那里许多人都被炸得爬不起来了，救他们最要紧！原来是这样。”

三个人中好在还有一个手机。杨光便给住在天津市里做生意的叔叔打电话求救。

“叔叔是一家公司经理，有车。他能救我们……”杨光说，“虽然叔叔答应马上来车接我们，可是我们身边的陈剑失血太多，非常危险。于是我打完电话，仍然不放心，对孔维强说，我们不能等了，必须再想法子。我们一左一右地扶着陈剑继续往有行车的地方走。走了一段又开始拦车，一辆私家车停了下来。开车的人让我们看他的车内，我看到里面根本没法再上人了，便让他走了。好不容易又拦了一辆警车，可是开车的司机和警察也都受了伤。‘上来吧，我们一起到医院去吧！’那警察很爽快地说。”

“我估计那司机伤得不轻，不太认识路。距爆炸地最近的泰达医院只有三四里路，他开了好长时间……不过我后来想，也可能是我意识出了差错，错怪了那位司机。因为当时确实路非常难认，二是爆炸后的周边道路根本无法开，另外可能我们心里太着急了。”杨光说。

杨光他们总算到了泰达医院，结果人家根本没有让他们进去。

“那时泰达医院全乱了，门口几乎堵死了。而且还有警戒线被公安人员看着……车子进不去。”杨光一看就更着急了，对孔维强说：“我们扶着陈剑自己进去吧！”

“不收了！不收了！你们赶快到其他医院去吧！”好不容易进入医院后，医生就把他们轰了出来，“这里人太多，医院可能要塌了！你们想法赶紧往市里其他医院去吧！”

警笛与救护车呼啸的道路上，三位跌跌撞撞的消防队员艰难地拦住一辆出租车。

好心的出租车司机一看是消防队员，什么也没问，就将他们扶到车上，随后开足马力，以150时速向塘沽方向驶去……

“中途我曾问过师傅，把我们送到哪个医院。他回答说：越远越好，远的医院人会少一些。”

有一点是杨光和司机等人都没有想到的：远离爆炸地的塘沽石油医院竟然在他们到达之时也已经挤满了伤员。杨光说：“没办法，我只好再给那个叔叔打电话，问他到什么地方了。光等在医院门口也不是一回事，便对小孔说待在这里一会儿我叔叔的车也进不来，我们先往外走吧。于是我背着陈剑，让小孔搭着我的手，我的眼神不好，怕走错和撞上什么东西。背了一段路后，我感觉背不动了，就对小孔说，我们就在路边等吧！坐下不久，就见一位市民拎了两双拖鞋过来，说你们是消防兵吧！快把拖鞋穿上，别让石子啥的划破了脚。我和小孔这才发现我们的一只脚是光着的，而另一只上还穿着千疮百孔的消防战斗靴。要换鞋就得脱下消防靴，脱靴就得脱裤子，因为它是跟裤子连着的。就在脱靴的那一刻，我才发现我的膝盖受伤了——有块铁片刺在肉里。不能碰，一碰血流得更多，又疼。我想跟小孔说，又一看小孔满身也都是伤，更不能跟陈剑说，陈剑处在半醒半昏迷状态。战友们处在如此艰难情况下，我只好默默地捂住伤口，佯装什么事都没有。就在这个时候，我那个叔叔到了，我们就像有了救星。叔叔说，我看你们主要是骨折和外伤，就上骨科医院吧！天津骨科医院在哪里我们也不知道，叔叔说他知道。后来发生了什么事，我就不清楚了……”

由于过度的紧张和伤势严重，还没有到达骨科医院，杨光、小孔就在路上已经昏迷了过去。后来他们都被送到急诊室抢救……十几天后，杨光得知中队其他三位主官全部牺牲的消息后，便强烈要求提前出院。

“八大街中队不能因为大爆炸而没了！我要马上回中队！回中队把活下来的兵带起来！哪怕就只剩下一个兵了！否则我怎么对得起牺牲的中队长、指导员他们嘛！”杨光泪流满面地对医生说。

小孔后来也提前出了院。陈剑因为伤势太重，我采访的时候他仍在医院治疗。

5 特勤队的特别伤亡

天津消防开发支队特勤队，是整个天津公安部队中人数较多、装备精良的队伍之一，故称“特勤队”。在此次瑞海公司火灾发生后，消防开发支队特勤队是第一时间内第二支到达现场的增援消防队伍。

“执行总队的命令，那天夜里我们出动了4辆消防战斗车。”特勤队文书廖健丞接受采访时说。

前面提到的烈士江泽国，就是这个特勤队的最高指挥员。特勤队在消防支队的编制系列中有点“特别”，它既不是营级单位，又似乎比中队级消防队要“加强”些，所以身为消防支队司令部政治协理员的少校警官江泽国，属于“下派”干部。支队长官告诉我，江泽国是2014年通过了支队营职干部“双考”后被任命为支队司令部政治协理员的，此时开发支队特勤队由于人员变动，急需一名年富力强、有丰富基层经验的干部去主政。江泽国就是在这种情况下主动向领导提出到特勤队的请求。

“在很多人做梦都想往上处走的时代，江泽国却主动往下走，仅凭这一点，他的思想境界就值得我们学习。”战友们这样评价烈士。

在天津港大爆炸传出大量消防队员伤亡的消息后，社会上有诸多质疑，其中比较多的一个便是：当官的为什么瞎指挥？为什么明知那么危险还要让消防战士们往前冲？这种议论乍听起来好像很有道理，也够有“同情心”的。其实不然。首先是当官的有没有“瞎指挥”，其次是“当官的”是不是在爆炸来临之时还让消防战士往前冲？老实说，最初时，我也脑子里闪过一念，也曾怨恨过谁在“瞎指挥”，但后来，尤其是进行深入采访、与现场亲历者面对面交谈之后，彻底改变了我的一些不正确的臆想。

我们还是来听听亲历者是怎样讲述现场发生的那些永远不会闪现在镜头里的人和事吧——

首先是在这场大火灾中，所有一线指挥员都毫无例外地冲到了最前线，甚至是第二线的更高一级的消防指挥员比如天津公安消防总队的领导们、比如身在北京的公安部消防局主要领导，同样毫无例外地在大爆炸一两个小时之内到达了爆炸现场。关于这方面的内容，下面的篇章中会有许多情节中无法避开地讲述他们——尽管天津消防总队和公安部消防局的领导一再叮嘱我“要多宣传牺牲的烈士和基层消防队员”“尽量不要出现我们的名字”等话，但有些关键情节我无法避开他们，否则就会出现整个现场情况的“中断”。其次，我可以明白清楚地告诉所有想了解此次大爆炸现场的人：当时冲在爆炸现场最前面的基本上都是一线消防队的指挥员。其三，这是一场当时谁都不清楚里面到底是啥东西在燃烧而引发的大爆炸，即使如此，现场的指挥员们仍然因为他们的果断、专业和及时的处置，使得消防队员的伤亡减少了许多——这是不容置疑的事实。

江泽国，作为增援部队中的一支“铁军”的最高指挥官的牺牲，其本身就是一个说明。

在特勤队，官兵们称江泽国为教导员或指导员，因为在基层中队官兵们不习惯叫他的正式头衔——政治协理员，这个官衔是司令部机关的。江泽国喜欢跟战士们打成一片，喜欢带着战士们在抢险灭火的一线战斗。“跟我上!”“听我指挥!”特勤队的官兵熟悉江泽国这种特有的“江式命令”。2012年“平安夜”那晚，位于滨海新区的戴斯碧海湾酒店百乐门娱乐会所发生火灾，江泽国带了8辆消防车第一时间到达，连续进行了数小时与大火的殊死搏杀，最终将火情压住并彻底熄灭。让官兵和当地群众记忆犹深的是，在灭火中间，现场群众反映说大火中仍有一名人员被困时，江泽国当机立断，对身边的三名消防队员一挥手：“跟我上!”只见他带着战友顶着浓烟烈火，强行闯入火场120余米，经过十几分钟的艰苦搜索，最终在一个办公室内将处在极度危险中的被困人员成功救出。江泽国是第一个冲进去、也是最后一个从火里跳出来的人。

“8・12”深夜发生在滨海新区的这场大爆炸现场，江泽国率领特勤队的4

辆消防车因为路程关系，是第二支第一时间内到达火灾现场的增援消防队伍。

从营地出发，到火场、再到江泽国牺牲的时间先后也就是三四十分钟。这期间，与江泽国在一起时间最长、也是最后一名听到和看到江泽国在爆炸现场说什么、干什么的人，是特勤队指挥车上的火场文书廖健丞。

10月15日下午，我见到了仍在养伤之中的廖健丞。他讲述了特勤队和江泽国在现场的珍贵细节：

“总队给我们下达的命令单上没有明确的火灾发生地的详细地址，我们从营房出发后马上跟报警人联系，他说在五大街发生火灾。就在这时，我手持的移动电台里听到八大街中队的人在说，火灾是在七号卡门那个方向。我们赶紧往目的地急驶而去。”廖健丞说，“到那里后，江指挥就让我跟着他前往火场侦察火情。当时我们看到的火很大。江指挥走在我的前面，也许看到火势太大或是他觉得先前赶来的消防力量不够使，便转身对我说：‘你去领指挥车往前一点。’我一声‘是’后，赶紧往回走，随后带着指挥车往里开，大约距火场中心地一百来米。这时江指挥就命令：把水枪架起来。可在架枪之际，又发现火势实在太大，水枪起不了多少作用。‘改用车载水炮！’江指挥又命令道。于是我们的战斗队又改用车载水炮，车上的人都在车下面观察水炮的射击状态。就在这个时候，江指挥一边看着水炮的喷射情况，一边在观察前面的火情，突然急促地转头跟我说：‘小廖，情况不太对劲！你赶紧让后面的人和车辆往后撤一点……’没等我说‘是’，他自己则又朝前面火场走去，我知道他是继续想侦察清楚火情。跟随江指挥无数次出勤参战，我知道情况变得紧急了，便赶紧往火场的相反方向跑，想把江指挥的‘后撤’命令迅速传达执行。哪知就在这个时候，第一次大爆炸响起了……”

说到这里，年轻的小伙子低下头。

“我不知道其他人的情况，反正我被炸飞了……”廖健丞说，“当时我趴在地上，有意识，但人动不了。想站起来却根本动不了。就在这时，第二次大爆炸响起了，又把我炸飞了！”

“好奇怪呀。这次更猛烈的爆炸，竟然把我炸得能站立了起来！”廖健丞讲了个不可思议的情况，连他自己一直不敢相信，“我感觉天地都是烘热烘热的。眼睛睁不开，更看不到现场是什么。我摸着瞎喊：‘有没人啊？’没有人回答我。我试着走了两步。感觉脚下好像有物，便使劲扒开眼皮，露出一条缝。

发现是第二辆车上的战士王林。他肯定也受伤了，但我看不清他。他见我不能走路，不认方向，便牵着我，拉着我往外走。不一会儿，见到了跟我都在第一辆车上的司机仝风江。他的伤非常重。上衣还穿着，但消防战斗服和脚上的靴子没了，所以腿脚烧伤很严重。我们就这样继续往前探路，寻找死里逃生的路。我们又遇见第三辆车的战友王录雨和第二辆车的邓海斌。他们也伤得不轻，个个满身挂彩，血流满面。我问他们'知道往哪儿走吗？'没有一个人知道。我说：四周的集装箱乱成一片，但毕竟它比我们肉躯身子经得起摔砸，先找个好一点的集装箱躲一躲吧！仝风江挑了一个结实一点的集装箱就先钻了进去，我们随后也跟着躲了进去。但进去以后也觉得不是长久之计，因为集装箱被不知何处飞来的火球、杂物砸得哐哐响，像落在我们头上一样。我就问谁的手机还在？有人就马上塞来一个手机。我就让王录雨拨119和120，很长时间后总算通了，我们像找到救星似的拼命喊着'赶紧来救我们'！对方问我们在哪里？我们哪知道在哪里！算我平时当文书见识多一点吧！我就说：你们不是可以用卫星定位找到我们吗？那时候求生是唯一的，脑子里蹦出一个好主意就是捡回一条命。没过多久，还真就有人来营救我们了，是我们自己支队的战友。见到他们的那一刻，我们几个都哭了——那是庆幸活下来的激动的眼泪……后来我们就被抬上了支队的特警车，一直被拉到了泰达医院，又径直进了重症室。我不知道其他人到底哪天醒过来的，反正我是第四天眼睛才能睁开，双眼是被掺和着化学毒物的烈火灼伤的……”伤愈后的廖健丞在讲述那一夜惊心动魄的生死瞬间时，平静得让人不敢相信这是一个20来岁的年轻人。

“唉，现在我只要一合上眼，耳边就会响起江泽国指挥在火场命令我的那句话：'小廖，情况不太对劲！你赶紧让后面的人和车辆往后撤一点……'我内心真的很自责，假如当时我以最快的速度将江指挥的命令传达到后面的战友，或者假如我当时拉着他一起离开火场往后撤……那有多好啊！唉！”

小伙子说到这里，突然戛然止言，一个劲地叹气。

“这不是你的错。”在我用手轻轻放到他肩上的那一瞬，我见廖健丞的耳朵、后脖和后脑毛发间尽是被石粒子或其他什么东西所砸出的疤凹。我试着摸摸其伤处和那条骨折过的腿，问他：“还疼吗？”

小伙子摇摇头，沉默不言，忽然又抬起头，告诉我：“我们是消防特勤队，每次跟着江指挥总是冲在别的队伍前面，所以若有牺牲，我们总是最多，这次更不例外。江指挥带领下的特勤队第一辆车上，连我共8个人，牺牲了5位，除了江指挥外，还有李远航、宁子默、陈博文和林海明。这几个人中，就林海明年岁大一些，他是我们班长，去年才结婚，林班长牺牲时，我们的嫂子怀孕才三四个月。李远航、宁子默、陈博文，分别是1994年、1995年和1996年出生，陈博文从入伍到牺牲，总共才穿了320天的警装。他们牺牲得都很壮烈，后来发现他们的尸体时，没有一个是背着火场的，都很英勇……”

现在，这位因指挥员江泽国的一句话而从大爆炸现场捡回一条命的消防队员已经将自己的“生日”定在“8月12日”，以铭记救他一命的江泽国和其他牺牲的战友。从廖健丞口中，我还知道了当时与他一起在第一辆车上的另外两位战友仝风江和董志雄仍在医院治疗（我采访时），他们的伤势非常重，也是捡回的命。

在特勤队，因江泽国而在大爆炸现场捡回命的不止廖健丞三人，还有一位叫唐明，他是特勤队的中队长。平时他与江泽国交替着在第一辆指挥车上执勤。“‘8·12’这一次正好是江泽国，而如果不是他就一定是我……”

2002年入伍的唐明中队长是天津本地人，是个训练有素的指挥员。消防车队到达现场时，他指挥的第三辆车与第二辆车同江泽国所在的指挥车之间有一个拐角，直线距离很近，中间隔着马路和一条绿化带。从指挥角度，他们成为独立的一个单元队伍。这时，消防队员根据各自的作战安排，忙着寻找水栓和架设水带，由于火场范围比较大，现场消防队来的有好几个，唐明感觉有些乱，尤其是见自己车上的班长尹艳荣正在往前面走时，便立即制止其余队员：“你们不要乱跑了！”他的这一声喝令，救下了其余消防员——就在剩余的队员停留在车子后面的那一瞬间，大爆炸发生了……

“第一次爆响时，我们几个一起趴在车边，正好车子挡住了爆炸的冲击波，所以爆炸后我们几个还完好无损地挤在一个地方。”唐明说，“但也就是转眼的工夫，第二次大爆炸响了！我感觉像是地面上突然掀起一阵巨大的气浪，把人悬了起来，后来就不省人事了……”

“我醒来时，发现身边没有一个人。所以就拼命地喊：‘特勤队的人在哪？’没有人回答。我又喊：‘还有人吗？’”唐明说。

“中队长，我还在。杨秉霏……”现场终于有人回应唐明。

“我见一个‘火人’——浑身上下都在着火，脸全是黑的，头顶上也在冒烟……他说他是杨秉霏，我有些不敢相信。但走近一看，确实是杨秉霏，我的副中队长。”

“别管我了，你去找找他们吧！”杨秉霏伤得很重，他推开唐明，说。

“那不行！你根本走不了路，站在这里太危险！先躲一躲再说。”唐明拉着杨秉霏，躲进五六米处的一个集装箱内。

哐！咚——集装箱的铁皮上不时响起阵阵震耳欲聋的火球狂砸声。

一段时间后，唐明觉得集装箱外壳被砸的声响不像刚才击鼓般密集了，于是就扶着杨秉霏钻出集装箱，开始向外摸着行走。

“现场一片漆黑，走路只能借着那些正在燃烧的汽车什么的亮光。回头再看看满头是血的杨秉霏，感觉他有些支撑不下去了，于是我就想到了我们消防车上的呼吸器……”唐明说，“当时现场应该有不少消防车，除了我们中队的外，至少应该有十几辆消防车，但多数被爆炸烧得面目全非。好不容易见一辆烧得不太厉害的消防车，我就上去从后排座位底下找出了一台呼吸器。在这个烟雾弥漫的爆炸现场，有台呼吸器无疑是救了我们一命，特别是对伤势极其严重的杨秉霏而言。”

“中队长拉着我往外走的那段路程，我感觉像是走了回万里长征……太长、太艰苦了！”副队长杨秉霏接受我采访时这样回忆说。

杨秉霏拿出一张他在医院养伤时的照片——那具被白纱布绑裹得严严实实的“白色木乃伊”，看上去颇为恐怖。“在医院住了45天才算基本恢复。”杨秉霏说。

“其实当时在爆炸现场看到的惨景，我就立即意识到我们的战友肯定有很严重的伤亡。扶着满头是血的杨秉霏往外走的时候，我就有一种必须把活着的战友照顾好的决心，再不能出现第二次伤亡。杨秉霏不仅是我的副中队长，更是我们中队留存下来的战斗种子，活下来的人都应该是中队最宝贵的种子，我是中队长，我必须给他们最好的保护，绝不允许再有任何伤亡了……”这份“保留战斗火种”的信仰，支撑着这位同样身负重伤的消防中队长继续在现场指挥，帮助了一个又一个的受伤的消防队员离开死亡线……

第二辆车的战斗员刘荣龙过来了。他是扶着另一位已经不能走路的战友王林一起从爆炸现场走出来的；刘荣龙很了不起，除了他救起了自己中队的战友外，还将其他中队的一位全身烧伤的消防队员背出火场，送上一辆私家汽车。

“后来我才听说那名伤员叫岩强，是三大街中队的，特高兴。”从刘荣龙的嘴里又一次听说了“岩强”这个名字。

另一位中队消防员高志刚过来了。他摇摇晃晃走过来时，身上还带着一团团火……

“我们都是特勤队活下来的，我们必须好端端地走出去！必须!”唐明用尽力气鼓励大家，因为他是中队长。

后来医生给唐明检查：发现他除了双耳穿孔、左脸和身上多处灼伤外，右胸的几根肋骨被折断。

特勤队无愧是一支英雄的铁军。“8·12”那天出勤的消防队员中，除江泽国等7人英勇牺牲外，其余人都不同程度地负伤，刚从医院出来的高志刚从手机里调出一张他受伤时的照片给我看——“够吓人!”我只说了三个字，赶紧让他把手机收起来，而我知道，高志刚是全特勤队参战消防队员中受伤比较轻的一个。

在三大街中队，我见到了那个40天后才醒过来的人……

6 张超方是个奇迹

其实张超方是我采访的第一个消防员。那天中秋节我到津门与天津消防总队领导座谈结束时，已是下午四五点钟了，这时得知有位大爆炸中昏迷了40天的消防队员，前几日才苏醒过来。

很快到了张超方所住的医院。“他还在重症病房，你们不能进去。”医生对所有大爆炸中受伤的病号管理得特别严，尤其是仍在重症病房的伤病员。

“我们是消防的，何先生是北京专程来采访的作家，麻烦你们开个先例……”陪我去的天津消防总队王参谋一亮“消防的”身份后，医生竟然很痛快地答应了我们的要求。

“你们别待时间长了，伤员仍需要休息。”

“明白。”

我们和医生达成默契。

远远地，我就看到了“重症病房”四个字。轻声轻脚走过一段走廊，护士指指靠右边的一个病房，请我们进。

这是我第一次走进天津港大爆炸伤病员治疗的重症房，那天的日子很好记——2015年中秋节，9月27日，距大爆炸已经40多天。

中秋节应该是团圆的节日，但在张超方的病房里只有他一个人，显然是考虑到重度烧伤者的治疗需要，不能有外界细菌感染。我穿着一身防护服，与护士一样。伤员直冲着门，半躺着，身子也是赤裸的——烧伤员一般都是这样，除了特别的伤口包扎处，其余尽量外露，这有利于伤势恢复更快些。

张超方是醒着的，我第一眼就感觉这小伙子不一般：身材高大，那张病床装不下他的四肢和躯体。“小伙子，你是英雄，向你敬礼！”开口，我以一个老军人的身份，向这位消防队员行了一个军礼。没想到他竟然立即回礼——用他绑着白纱布的右臂。

“他醒来那会儿，见谁都敬礼！”一旁的护士张红敏说得我们都笑了。仅凭这一点，我就认定张超方是个军人素质很好的小伙子。

“2013年兵……今年可以退伍了。”他说话还不怎么利索，基本要靠眼神和摇头来表示。他断断续续地跟我说。

“现在还想退伍吗？”我问。

他摇头。一场伤亡惨重的大爆炸，反而让很多天津消防队员改变了原本的打算。他们竟然不仅没有被如此惨重的伤亡吓倒，反而对消防工作更加热爱。这也许是只有在中国才会出现的一种并不多见的崇高的献身精神。

“他进来时头和身子全被烧黑了，后来我们按照医生的要求用纱布把他基本都包了起来，也一直不知道他是谁、叫什么。到了8月27日才有公安机关通过DNA知道了他叫张超方。”护士张红敏介绍说，“整整40天，他一直处于昏迷状态。专家费了巨大的努力，才慢慢将他从死亡线上拉了回来。我们也觉得太了不起，是个奇迹！”

“那你们就没有担心过……他可能醒不来？”我希望多了解些情况，便这样问。

张红敏看了一眼张超方，笑：“除了他自己外，所有人都有过怀疑……你想，一个人10天醒不过来就够吓人的了，20天再不醒来，就是不得了的事啦！昏迷40天后醒过来，那是神仙了！他就是神仙！”护士又笑了，很开心的笑。

张超方的脸部肌肉虽然不能笑，但可以看到他的瞳仁是闪着欢快光芒的。

“他能奇迹般地醒过来，要我看，得感谢他的母亲。”护士说。

“他母亲8月18号到医院后，每天都在他身边呼唤他的名字，一直到最后把儿子叫醒了……”护士显然很激动。

“真有其事？”

“那当然。”张红敏说，“他是8天前才醒过来的（我采访他是在9月27日下午——笔者注），醒来前一天，他母亲在他身边叫他的时候，他还不能睁开眼睛，但我们都看到他眼角流了眼泪，证明他意识已经醒了，只是昏迷时间太长，眼睛一时睁不开。直到第二天在医生的帮助下，他才慢慢睁开了眼睛，能看到我们屋里的人，他向我们一个个地敬礼，逗死了……”

张超方似乎也清楚我们在谈论他的“逗”，于是他又举手敬礼了。

重症病房不允许如此放任，我主动站起来告别。我和张超方之间的敬礼又是非常自然了。

出病房后，我最想见的一个人就在门口等着。她就是张超方的母亲张风云。

坐在我面前的消防队员的母亲远比我想象的要年轻很多。可不是，一个19岁的小伙儿的母亲，也就40多岁的人嘛！在大城市里，40多岁的女性没有嫁人的还不少，她们一打扮还跟姑娘似的呢。相比之下，40多岁的农妇——军人的母亲，岁月的“风云”还是明显在她脸上刻下了一道道深深的痕迹。

下面是我从这位母亲口中了解的有关她与儿子张超方之间的事——

河南妈妈张风云是个地道的农民。两年前儿子到天津当兵，告诉家里说是消防兵后，当妈妈的张风云从此天天为儿子担心，因为她听说过，也在自己的家乡见过，只要谁家发生了大火，消防队员们就要往里面冲，去灭火。如果是小火还好些，可能剐破一点皮肉；如果是大火，那几乎都要死人。她知道，被火烧死的人十分可怕，虽然没有亲眼见过，但电视里、乡村的宣传画上的照片都有，那焦炭一样的惨状，多看一眼就会做噩梦……现在，自己的儿子当了消防队员，做妈妈的她内心有说不出的担忧啊！

平时大伙儿夸她张家有个出息的儿子在外当兵，光荣。可作为妈妈的她，脸上露着笑，心里却是苦的：不知哪一天，儿子去参加灭火战斗，也……她不敢想，不敢往下想。于是，她给远在天津的儿子“规定”：每个星期要给家里打个电话，报个平安。

“妈，没事。我们每次出勤都很安全的。没事，你和爸就放一万个心吧！”儿子坚持每个星期给家里的妈妈打电话，每次的通话中，这句话几乎都会有。

妈妈永远不放心，说：“不怕一万，就怕万一……方，你出去当兵妈没拦着你，可你得给我完完整整地回来，少一块皮都不行！知道吗，妈要给你在家里找个好媳妇儿，妈还要抱大孙子呢！”儿子的名字超方，从小她就唤他叫“方”。

“哎哟——我知道了，知道了！妈，我们天津消防几十年来在全国都是先进，首长经常跟我们说：‘全国消防学天津’。我们能出啥事？”

就这样，儿子和妈妈在不停地“强调”与不停地“保证”中度过了两年。2015年的夏季过后，儿子服役期满，可以回家了。妈妈已经暗里物色好了邻乡的一位出色的姑娘给儿子做对象，所以夏季过后的所有日子里，除了田里的活以外，妈妈的心思完完全全放在暗地里张罗儿子的婚事上，却淡忘了每周一次的电话里多叮嘱几句安全方面的事。

“怪我，怪我昏了头。”张超方的妈妈在接受我采访的时候，眼泪立即流了出来，擦也擦不尽。她悔恨自己。

“8月13日一早起来，电视里在报天津港发生了大爆炸，那火冲天的高，一片火海，我的心就像被铁钩子钩破了，疼得喘不出气……孩子他爸就开始给儿子打电话，可没有人接，怎么也打不通。我就想哭，可就是哭不出声，只有流不完的眼泪，一直流，流不停……”她说。

8月13日下午，政府派人来家里，通知张风云的丈夫立即动身去天津。“是我儿……出事了？”张风云死死抓住政府的人，欲问个究竟。

“我们也不知道。只是听说那边出了惊天大事，死伤的人不知其数，而且多数是消防员……”在资讯如此发达的今天，政府的人知道无法隐瞒什么，只好如实说。

“方——”妈妈一听，立即昏死过去。

张超方的父亲先抵天津。此刻的天津尤其是大爆炸的滨海区，仍然火光频现，烟幕盖天，到处是惨不忍睹、满目疮痍的场面……

“听他爸说，他们到天津港区后，在几个医院到处找儿子，部队的同志跟着我们一起找，但那个时候乱得很，伤员一个个都烧得像个‘木炭人’，不知谁是谁。他爸说，送到医院里的人，如果死了的，基本上变了形，基本上认不出是谁；活过来的伤员也不好认，不是已经被医生包扎起来的，就是那些刚刚送进来还血肉模糊的……但我们的儿子我们认得出，他爸一眼就认出了。他爸给我打电话，说我们的儿子在，没事！我一听就大哭了好一阵。我们是农民，八月份我们家里正忙着农活，地里的玉米要收。孩子在医院里一直不醒，他爸就说让我过来，他回家收玉米。当农民的就是命苦，儿子重要，地里的庄稼也重要。我就这样过来了，大约是八月的十八九号，来了几天后，医院和部队的同志正式告诉我，我的儿子找到了，是用啥DNA找到的，不会有错。我想我的儿子咋会弄错嘛！后来听人说还真有弄错的，烧得太厉害了，谁也认不出谁了。方儿没有醒来的那些日子，我天天到医院，我的心全被爆炸装满了，装得堵到嗓子口也快要炸了！可还得忍住，因为我的儿子还没有醒，他一天没醒，我的嗓子眼就像被火灼一天，有时候连声音都发不出来……”

坐在椅子上的张风云像是个独语者，听清她的声音需要特别的仔细，于是我挪动了一下自己的座位，离她更近些。

关于张超方的伤势，医院方面给我提供了一些信息：

8月13日下午由泰达医院转到天津市第一中心医院重症监护室。会诊结果：40%深度烧伤，急性颅脑损伤，硬膜下积液、呼吸衰竭、急性肾损伤、右手深度烧伤至骨头外露……一度被天津医院方面确认为爆炸事故中最重伤员。深度昏迷。

8月19日，由医院主治医生、整形烧伤外科主任李小兵为其实施第一次手术。手术后仍深度昏迷。

8月25日确认他是消防员。第二次手术。DNA比对方知他是三大街中队消防队员身份，但仍并没有确认他是谁。深度昏迷。

9月2日第三次进行手术后，确认他是开发区消防支队三大街中队消防员张超方……仍处于重度昏迷状态。

妈妈张风云说：“部队领导很细心，待DNA确认出来后，才允许我进重症室见我儿子。第一眼看到儿子时，我心疼得没法形容。全身都被纱布包着，脖子真的肿得像水桶粗……最要命的是儿子躺在那里一动不动，咋叫他就是不应我。我的眼泪没断过，活了几十年没流过几滴泪，可那些日子我的眼泪像决了堤的水，没法收住。护士张红敏和李成霞两个姑娘特别好，她们对我说：世界医学上有这样的奇迹，一个美国姑娘曾经昏迷了42年，还醒过来了！我开始不相信，后来又打听，说还真有这人，那姑娘叫爱德华达·欧巴拉，1970年得病后长期昏迷，她的母亲就一直守着女儿，天天呼唤女儿的名字。母亲在照料女儿38年后去世。之后欧巴拉的妹妹又担起了照料她的任务，一直到2012年欧巴拉苏醒并微笑着离开人世……欧巴拉的故事给了我极大信心。我儿子年轻，加上政府和部队特别的关照，连李克强总理都亲自到病房要求医院尽全力拯救我儿子的生命，所以我相信他能够很快醒过来。”

张风云的声音突然变得清朗起来："从那开始，我就鼓足信心，坚持每天下午4点进病房给儿子擦身、护理，同时一遍遍地叫他。一直唤他到医生赶我走的那一刻。儿子在重症室，医院规定每天只能在下午4点后的一个小时里进病房。为了这一个小时能唤儿子，我就在医院附近租了间房，天天不到下午3点钟就来到医院门口。只等时针指向4点，就小跑步奔到方的床头，开始一遍又一遍地叫他、喊他，一直叫喊了几十天……"

"这期间你儿子一直没有反应？"我对这个医学问题感兴趣。

"开始没有，后来慢慢有了些反应。"母亲说，"我做了思想准备，只要儿子还在呼吸心跳，证明他是活着的，我就坚持天天唤他、喊他，尽管中间他还经历了非常危险的休克期、感染期和4次大手术，但我们都相信孩子会醒过来。"

"9月21日那天，我像往常一样，凑到他耳边连叫了他几声，突然发现儿子的眼角在淌眼泪。我把医生和护士也叫了进来。他们跟着高兴，说这孩子有希望了，马上会醒过来了！最高兴的还是我这个当妈的，随即我在方的床头给方的爸拨去电话，又让他爸在手机里唤儿子，这么几下，我又看到儿子有表情了，而且他突然做了一个动作：他把手伸了过来，摸我的脸，那个时候，我的眼泪哗哗地流个不停，嘴里喃喃地说着：'好儿子、好儿子，你妈这些日子担心死了、吓死了呀！'方就开始用手给我抹眼泪……那个时候我觉得自己是世界上最幸福的母亲，因为我的儿子不仅回来了，而且还对妈妈那么亲、那么爱……"

一个深度昏迷了几十天的伤员真的要苏醒过来，其实还需要医学方面的辅助。医生们会诊后认为，张超方到了可以正式苏醒的时候了，也就是说，他能够睁开眼睛了！但一个几十天没有睁开过眼睛的人，一下见到光明时，是需要许多医疗方面的工作准备的。

9月22日，也就是我采访张超方的前五天，他睁开了眼睛，看到了久别的母亲，看到了救治他的医生和一直守护在他身边的消防队战友与首长们……40天后苏醒过来的张超方首先抬起右手，又一次深情地许久地抚摸了母亲的脸，然后庄严地将手举到了右脑边，向所有他看到的人行了军礼。

满身仍然插着许多管子的英雄消防队员行军礼的照片在这一天传遍了祖国大地。

张超方在昏迷40天后醒来成为天津港大爆炸事件中的一个让人感到些许安慰的奇迹。

7 岩强，复活的“烧焦人”

你绝对不会见过一张已经没有了鼻子、没有了表皮，自然更不会有眉毛什么的人脸……但云南佤族姑娘见到了这样一张脸，而且这张脸偏偏是她新婚才半年的丈夫的。

她无法相信，更不敢去认辨。但她必须去认辨，也必须去把这张脸拾起来重新修复。啊，多么的惨烈！多么令人揪心与绞肠的伤痛啊！

“你看看，这是当时的他……”姑娘从手机里找出当时她年轻丈夫躺在担架上准备进手术室时的一张照片。

“天哪——”我看了一眼，就赶紧别过头。真不敢看……烧得竟然这个样！

什么样？脸型特征都没有了，如同一张“黑板”——人怎能忍受如此巨大的创伤，竟然还活了过来！

这便是前面许多消防战友提及的那个岩强。

我进他的重症房间之前并不知道他会烧伤成这个样子，只听天津消防队的官兵经常提到“岩强”，说他是此次大爆炸中活下来的伤员中伤势最严重的一位。“他的双手烧掉了，现在的两只手是靠植入自己的肚子中长出来的……就是移植的。”他们这样对我说。

医学真伟大！我想一想就觉得很不可思议。然而，一个活生生的从死亡中走出来的人就在我面前。快50天了，他的脸部除了一双瞳仁在闪动外，仍然没形——人工做的鼻子也没有长出，想想，一个平面的肉体上，只有一双红红的人眼在闪动地看着你，你会是怎样的反应？

随我一起进病房采访的小范吓得跑了。但我必须留下来，并且需要与岩强好好聊聊……可他还不能多说话，只有那双红红的眼珠闪动地看着我。他躺在病榻上，全身仍然是赤条条的，多数地方则用白纱布绑着。“他的下身已经是炭化了……”他的战友在我进岩强的重症室前就曾悄悄告诉我。

我有些不明白。“就是男人的蛋蛋已经没了。”人家补了一句。

“什么?”当时我听后立即停下脚步。因为内心突然涌起巨大的波澜：这以后怎么生活呢?

没有人回答我。

在天津消防部队，似乎这并不是太严重的问题，活下来比什么都强，这是大家的共同心态。

我走进岩强的重症室后，似乎也开始接受这一认识。

毫无疑问，岩强是我有生以来看到的烧伤最严重的一位。其实，如果不是采访天津港大爆炸事件，我就根本没见过什么烧伤者，而这回偏偏还遇到了烧伤最严重的人。

所有的感觉便是心疼。心疼这位年轻的云南佤族小伙子。同时也为他庆幸——能活下来总比什么都强。

“当时我也这样想的。尤其听说他的战友牺牲了一大批时，我觉得无论他被烧成啥样，只要还能有一口气、看一眼我，我就心满意足了。”一旁站着的岩强妻子这样说。

我感到不可想象的是，这位美丽而年轻的姑娘——其实她也还是新娘，竟然一直挂着满脸灿烂的笑容。

我被这笑容强烈地感染了，也就不再惧怕，特别想近距离地与岩强交流——我知道他还不能说话，可他的眼神告诉我他完全能够理解和听得清我们在说什么。我问他是否还记得大爆炸时的情形时，他摇头。我又问他，全身烧成这个样知不知疼时，他也摇头。我接着问他知不知自己有一个世界上最最美丽、最最善良的妻子时，他竟然重重地点点头。

“哈哈……”岩强的妻子是位特别开朗的云南佤族姑娘。她笑倒在一旁的陪病床头，床边坐着的是岩强的岳母和姑娘的姐姐。她们都是过来陪护的。这几位纯朴的云南佤族女人，竟然幸福开心地搂抱在一起欢笑，初冬的病房里顿时格外温暖。我知道，在她们眼里，岩强已经是一个完整的生命，回到了她们中间。

“这就足够了！”在我采访时，这五个字在姑娘的嘴里至少重复说过四五次。

“真的，我看到他一天比一天好起来，我就很满足了！”姑娘脸上的灿烂笑容没有半点是掩饰的，是那种从心底里透出的幸福笑容。我完全被她的那种豁达所感染，再也没有对伤得如此重的岩强有任何恐惧感了。

“我叫叶芬，我们是初中同学……”落落大方的她竟然自我介绍起她与岩强的恋爱史来：他2005年出来当兵，那时我已经在上职高。2008年他回家探亲，我知道他的情况，但我们没有联系。第二年初他不知从谁那儿把我的QQ号拿到了，就给我发信息。我那时在重庆，一个娱乐公司打工。当时QQ上我不知他是谁。他说是老同学，这个时候我才知道是岩强。虽然我们几年没见，但感到他当兵后很有男子汉气质，讲话不像地方上那些男孩子没谱，我就一下觉得当兵的就不一样，靠得住。于是这一年我就趁工作休假时到天津来看他，而且以后每年都来。每次来总很开心，因为他在部队表现特好，一直是先进，我们就这样谁也离不开谁了，一直到今年春节我们办了结婚手续……

叶芬像倒水似的把与岩强的几年恋情讲给我听。我注意到只有一双眼睛会表达感情的岩强，此刻双眸睁得圆溜溜的，灯光下可以看出那里泛起闪亮的泪花。

岩强和家人其实并不太清楚岩强当时在爆炸现场是如何死里逃生的。我听他的战友讲，第二次大爆炸之后，当时有几拨同样受重伤的战友见过“满身是火”的岩强——我从几个曾经救援过他的消防队员口中听过同一种描述，最后我分析得出结论：前后共有四拨、约六七个人曾帮助过岩强从爆炸现场脱离危险。除了前面已经提到的几位外，还有一位叫陈高强的列兵，他可能是最早帮助岩强把着火的衣服脱下来，又给他把脸上的火扑灭的人。

“他大叫过一次，但后来就再没有声音了，不说话了。”八大街中队的叶京春可能是第二个在爆炸现场与身负重伤的岩强接触的消防队员。叶京春见到岩强的时候，岩强的脸已经完全没了形，“黑里有点红，像刚从窑里出来不久的炭……”叶京春的描述足够惊悚。

岩强自然不知自己是如何被抬进医院的。

“像他这样的极度烧伤者，成活率极低。这位消防员是例外。”负责治疗岩强的武警医院主治医生告诉我，“可以说，我们是集中了国家最权威的专家和资源才把他从死亡线上救回来的。”

岩强绝对是位幸运的生还者。在我采访的前十天，他仍然是“可能救不活”的最后一名天津消防队员。而在这之前的几十天里，仅他岩强一人，动用的医学院士、烧伤专家和移植专家不下二十名。即便如此，在每一个阶段的治疗中，每位专家都不敢拍板保证让被大爆炸“烧焦”了的消防队员存活下来。然而他活了下来，而且活得一天比一天好。

这样的奇迹连医学院士都不敢相信。可它就发生在天津港大爆炸的事件中。我想从医院方面打听点关于救治岩强的相关细节，可医院的大夫一两句话就给我打发了回来：“那个烧焦了的云南小伙子？算他命大吧！”

“能说得详细一点吗?”

“还有很多人没有救活过来，所以我们不想提啥功劳了……”人家却这样回答我。

顿时我默然。久久不知如何把对医院方面的采访进行下去，故后来甚至放弃了这一块的调查专访。

大爆炸留给人太多的伤痛，死里逃生者就变得更加珍贵。岩强是所有死里逃生者中最幸福的一个，因为他伤得比任何一位活下来的人都严重，而那些与他烧得同样严重、兴许还轻不少的人都没能活下来。我知道有的消防队员送到医院时还能说话、还有意识，甚至还帮助过其他伤员联系家人，但最后自己却永远地离开了人世，有的消防员从现场送到医院的当天死了，有的是过了两三天后不行了，也有的是经历十几天的抢救仍然没能活下来。

相比之下，“烧焦了”的岩强确实命大。

这也让我终于明白了为何面对留下终身残疾的岩强，妻子叶芬及其家人仍然感到幸福!

有一条活生生的人命在，有一个能够看着这个世界的人在，有一位英雄的丈夫和光荣的儿子能够在身边，这就足够了——叶芬和岩强的母亲都向我表达了这份最真切的幸福。

在旁人眼里，躺在重症室床头的岩强也许仍然有些恐怖，更不用说敢多看一眼现场拉回来时、治疗初期的“烧焦”岩强的容貌，但他的年轻而漂亮的妻子叶芬似乎根本没有意识到这些。她打开手机，落落大方地向我展示了她与

“烧焦”后的丈夫第一次“见面”时所拍下的照片——反正我只草草地扫了一眼就再也不敢看了，可是那个“没有了脸”的岩强的惨状则永远地烙在了我的脑海里，如果不是小伙子现在好好地活了下来，我也许会对美丽活泼的佤族姑娘叶芬说：删了它！

现在我用不着这样做，而且悄悄地把她手机里的这张“烧焦”岩强的照片复制到了我的手机里……

“进医院后他一直处在休克状态，医生也不让我见他，而且当时他们非常明确地要求我随时为他准备后事……”只有说到这个细节时，我发现叶芬变得沉重起来。

“你怎么知道他出事了？”我问。

“大爆炸第二天清晨我就知道了。”她说，“头天晚上，也就是12号晚上，我们俩聊天聊到大约十点半。后来我就睡着了。第二天天津港大爆炸的事传开了，我一看是他工作的地方，知道凶多吉少，就赶紧打他手机，但一直联系不上。他在天津有不少朋友和战友，我拼命地与他们联系，等了有一两个小时，终大有一个岩强的战友给了我一个岩强部队里的电话。从那个电话里我知道了岩强已经被送到了医院。一听他送到了医院，我当时既害怕又有些欣慰，害怕是他肯定伤得不轻，有些欣慰是毕竟他人还在、找到了，并没有像其他消防队员一直‘失联’……你问那个时候我啥心情，怎么说呢？一颗心就像被铁钩子吊挂了起来，不知疼是啥了，嗓子常常被一团团火堵住了，说不出话。”

叶芬说到这儿，停顿了片刻。我看她的嗓子突然又好像很干……连喝了几口矿泉水后，她又接着说：“我当时问电话那头：‘岩强他严重不严重？’人家就对我说：‘你过来了再说。’我的心又悬了起来，心想：绝对不是啥好事。他们好像瞒着我，是不是他……我不敢往下想。一分钟也不想再耽误了，我当即就订了机票。13日下午5点多到天津。岩强的战友和一位天津的朋友到机场接了我。我们直奔医院，但院方不让我见他，无论我怎么求他们，就是不让我见。传出的只语片言和岩强战友们的表情告诉我：我的他……”叶芬转身用手指指半躺着的岩强，继而说，“随时可能离我而去……”

美丽的她，第一次在我面前低下了头。当她再次抬起脸时，我看到她的双眼噙满了泪水。其实，当时还有一个细节叶芬并不完全清楚：岩强进医院的第一天就已经把气管切断了，完全靠人工维系呼吸和进些医疗营养补给。

“对不起。”但她是笑的，有些勉强的笑。

“那几天我不知自己是怎么过来的。”她继续回忆，“天天跑到医院等啊等，打听啊打听……终于在第四天，也就是16号那天，说要给他动手术。动手术前，两位医生在部队同志的陪伴下，跟我说，岩强伤势非常严重，现在必须马上进行脑部手术，情况并不乐观，让我要有思想准备。我从他们的表情上看得出，岩强的生命仍然处在极其困难时期，随时可能发生变化。我第一次哭出了声。后来我被人拉到一个地方休息去了。过不了一会儿，听说马上要手术了，我提出，希望在岩强进手术室之前让我看一眼他。当时有几个想法：一是我到天津已经几天了，都没有见过他，所以我一定要看看他到底伤到啥份儿上。二是我内心确实害怕这是最后一次与他见面。第三个最重要，我要让生命垂危的丈夫知道，他的妻子就在他身边！想给他一份力量，活下来的力量！后来我的要求获得了批准，能在重症病房推出来到七楼的手术室中途的电梯口，让我看一眼。医生告诉我，绝对不能接近他，必须远远地看着他。现在想想太残酷了，我等了那么多天，快把头发都等白了，却不让我近近地看他一眼。我当时准备了好多好多话想对他说，想在他进手术室前跟他说，说我爱他，说我自从有了他之后是多么幸福，说跟他这样的勇敢的消防战士结婚后自己在外面再也不怕被欺负了……后来我真的看到他了，大约在7米之外的地方，看到他被医生推着进电梯。那一眼我永远永远地刻在了脑海里，那个模样的他，我根本不认识！他连一点样子都没有，是一团白纱布裹包着的、躯体一半露在外面的、被烧得如同黑炭似的他……不知用啥来形容，虽然我知道他一定伤得非常厉害和严重，但真的看到他时，我完全呆了，根本不相信人会被烧成那个样……”

叶芬有些气塞，不得不停下话来。

少顷，她又说：“我知道医生不可能给我多少时间，我事先准备好了手机，我早想好了，不管什么情况，我一定要留下他受伤的照片，尤其是他进手术室前的照片，万一……当时确实考虑到了他的‘万一’。我看到他出现的第一眼后，立即按下了手机上的‘照相’键，随后不管三七二十一地向他大喊一声：‘岩强……我等你！’我得谢谢医生，他们似乎有意留出了我喊这五个字的时间。”

此时的叶芬已泪水满脸。我感觉自己的采访本上也掉了一滴泪水——那是从我自己的眼睛里落下的。

“从8月13日下午约莫六七点钟到医院后，我就没有一天离开过，天天等着岩强，每天都祈祷他能够重新好端端地回到我身边。”

“可我等得好苦呀！”她的眼泪又出来了，“眼看着别的伤员一个一个出院，唯独我的爱人——岩强他不仅不能出院，就是每一个转好的消息都不容易知道。医生每一次来告诉我的都是‘又要动手术了，要做好思想准备啊！’你想想，我啥心情？每次我好像都希望医生再给他动手术，可又不希望再折磨他……前后他做了十多次手术，而且都是危险的大手术！我的头发都快愁白了。”叶芬执意要从她一头秀发中找出几缕银丝。

“一直到9月30日他才正式从重症室里搬出来，我心头的大石头才真正落下了……”叶芬破涕为笑，重新恢复了她那灿烂的笑容。

叶芬告诉我，岩强的生命力特强，“真的像岩石一样强大。我不知道他家人给他起的名字就给了他这个命！”叶芬挺会联想。

病房里时不时传出欢声笑语，这也是我绝对想象不到的。

“烧焦人”岩强彻底复活了！他的复活，在他妻子和家人心中填满了幸福，也为中国烧伤病学科创造了一个新的奇迹。当然，多少也像前面的40天后才苏醒过来的张超方一样，给天津港大爆炸这场灾难增添了一份安慰。

8 周秀政委说："当时我想逃命也不可能……"

"为什么?"周秀是天津消防总队天保支队的政委，大校警衔。我们第一次见面是在天津空港区的一个吃饭的地方，这位"老政工"干部这天在饭桌上愤愤不平，"我们消防部队哪个地方错了？我们的指挥员哪个地方做得不到位?我们的年轻战士有的才十八九岁，他们牺牲了；我们的干部也个个都是冲在最前面的，凡是牺牲的干部都是在战士前面；我们这些没有牺牲的人，绝对不会在现场有任何退缩的表现，我可以负责地说，拍着胸脯说：我们的消防官兵在这次爆炸事件中，个个表现出色，没有逃兵，没有失职，也没有做任何对不起人的事!"

"大作家，我希望你能够为我们说几句话，就说我刚才说过的几句话……你要说了，我替全体参战的天津消防官兵向你致谢。我喝这三杯!"周秀政委拿起酒杯，一连三杯下肚。

我很感动。然而真正感动的是他和他们这些领导消防队伍的干部们在此次爆炸中的表现，尤其他们所做的是那些外界并不知道的事儿——

官方媒体从没有报道过此次天津港大爆炸中有关参战的消防队伍中的领导者的情况，这也让大家对事故发生后造成的消防队员巨大牺牲有一种抹不去的阴影。毫无疑问，百姓对这样的事故和消防队员的牺牲之多，出于本能与自然的看法是：领导者有不可推卸的责任。

"我们一直在被问责。"周秀政委说，说得很沉重。"但这与我们领导者在爆炸中的表现是两码事。"他说。

我理解。爆炸事故的责任到底怎么回事，应该由已经组成的国务院事故调查组最后下结论。而我现在的关心和关注点是在爆炸现场的消防队员们的表现，记录和叙述爆炸现场，具有精神意义。一个民族，一个国家，尤其是一个13亿人的迅猛发展之中的国家，说不发生一点儿事故简直是天方夜谭。当然我们盼望我们的国家不发生任何事故，但这只是主观愿望。客观现实与我们主观愿望之间总有一段很远的距离。

我们现在关注的是那些在现场发生的与生命相关的惊心动魄的事儿……

“事发那天我不当班，妻子和闺女都不在家。可是那天夜里我就是睡不着，于是我决定回支队去睡觉。”周秀政委说。天津保税区消防支队距大爆炸发生地是一段并不近的距离，这支队伍2012年才建成，主要负责天津保税区的消防工作，但原来的编制和部署兵力有些特殊，他的支队有一个中队远在支队管辖区之外的天津新区，并且与爆炸发生地比较近，故而也就有了他的所属消防中队——天保大道消防中队造成重大伤亡的事儿。

“不知何故，那天晚上似乎有些感应，心里一直不着落。后来想想，也不是什么特别，因为我们这些在一线工作的消防指挥员，你只要责任心强一点，把单位的事儿、把官兵的事儿放在心上重一点，你就可能整天觉得心里有事，一感觉心里有事，你就会有种说不出的担心。心事心事，可能就是这样产生的。”周秀说。

“我家在南开大学附近。10点来钟回家后就是感觉心躁，睡不着，就让司机接我回支队部。”周秀回忆道，“在往支队部走的时候，至津汉桥离天津空港区还有五六公里的地方接到天保大道消防中队副中队长李英辰的报告：大爆炸了！其实他报告时，我们几乎同时可以在远远的地方看得见爆炸方向的情况了。用火光冲天、映红半边天都不为过。我知道肯定出大事了，就让司机立即掉头直奔爆炸现场，路上一边调动支队力量前往爆炸现场，一边与支队通话后命令所有可以出动的干部全部到现场。我到现场的时间是13日零点5分，也就是说大约在爆炸后的20分钟后到达的……”

“现场的火势太猛，是我干了30多年消防工作所从来没有见过的场面。太吓人，又可怕，完全不可控。”周秀说，“除了浓烟滚滚外，刺鼻的气味远远地就能嗅到，关键是还不停地有轰隆隆的爆炸声，虽然比我赶到之前的两次大爆炸威力小，但那种爆炸跟人的生命相拼时，绝对也是威力巨大的。”

“喂喂。你是周秀政委吗？现场到底是怎么回事？”

“周政委吗？你在现场吗？到底发生了什么事你赶紧报告一下……”

“哎呀周秀同志啊，怎么一直不接电话呀！把我们急死了！到底是什么东西爆炸了？”

“什么什么？还有东西在爆炸？你距爆炸现场有多少距离？不行不行，你得往里再近一些看看，到底爆炸威力有多大！对对，马上报告！”

“周秀啊周秀，北京方面每一分钟都在等着我们的报告，你快将现场的情况说一说到底是怎么回事……还没弄明白？那你得在现场给我钉着！绝对不能动啊，中央领导等着情况汇报呢！你必须钉着啊老周，我们全仗着你报来现场情况啊！”

周秀突然感到自己被一级级、一条条庞大的领导体系牵住了！他们有自己的上级天津消防总队领导，有天津市领导，有公安部领导，甚至中央办公厅等方方面面的领导，认识的和不认识的，重要的和更重要的领导都把电话打到了周秀的手机里……那一刻，周秀眼望身边冲天的火光，知道自己的双腿和整个生命必须牢牢地、死死地、一分一秒都不能移动地钉在那个火光冲天、爆炸依然不断的现场！

“跑一步、退一步你都是逃兵！所有的领导和方方面面都知道你在现场到底是前进了、坚持了还是后退了、逃跑了。我就像一个灵魂赤裸的人，被方方面面所有的人俯视着、透视着，死死地瞄准了，想逃命都没有可能。脑子里闪过一丝念头，必须、立即和坚决地熄灭它。更何况我是一名老共产党员，一名消防队伍的指挥员，一个那么近距离挨着爆炸现场的人。总队首长、天津市、公安部、党中央、全国人民都在关注着爆炸现场的一切未知的危情和真相……我无法走，也绝对不会走的！这时的我感觉到肩上的责任和使命。那种情形下，你宁可在爆炸中化为烟烬，你也不能有丝毫的逃生之念。”周秀说这话时我感觉他想哭，想惊天动地地哭出来。但他没有哭。

他低下头，慢慢地从衣袋里掏出手机，翻页给我看了两则短信：“是我当时给闺女发的……”

祝闺女开心快乐幸福，爸爸永远爱你。

我的密码……

这是周秀在爆炸现场发给远在外地度假的女儿的“遗言”，后一条是他的银行卡密码。他已经准备好了随时牺牲。

“怎么啦?”女儿迅速发回一条短信。

周秀看过后，眼泪奔涌而出。可他马上坚毅而从容地把手机往口袋里一塞，去距爆炸现场更近的地方侦察情报，以便向上级汇报……

众人不知，其实大爆炸之后的时间里，何止是周秀政委到了现场。

当晚，天津消防总队政委岳喜强、总队长周天和另一名副总队长正在北京参加会议。“我们刚刚躺下，就得到市消防指挥中心的电话，说大爆炸了。周天总队长和副总队长立即返回天津，公安部消防局则要求我留下来配合他们的指挥处置。几分钟后，我来到公安部消防局指挥中心，几位主要领导都在场，他们跟我们一样非常紧张地投入了调集力量、布置灭火的战斗……”岳喜强政委说。

“我是零点五十分到现场的。”天津总队副总队长陈勇说。

“我是一点零五到现场。”总队政治部惠主任说。

“我从北京赶到现场大约是一点多……”周天总队长说，“很快我见到市领导也到了现场。”

从后来的新闻上我知道，13日清晨三四点钟国务委员、公安部部长郭声琨与副部长李伟、公安部消防局局长于建华到了爆炸现场，消防局政委王沁林则坐镇指挥中心协调增援等紧急事宜。而郭声琨等领导从北京赶到天津港爆炸现场需要一个多小时，那么也就是说，习近平总书记和李克强总理对天津港爆炸事故做出的批示时间肯定比这还要早……这一夜，中南海、公安部、天津市委市政府、天津公安局、天津消防总队，直到像周秀他们的消防支队级机关，有多少领导在为这场灾难忙碌和担心，我们自然可以预想得到。

从宏观讲，他们也都在“爆炸现场”……

9 真正的“现场”：除了逃生，便是死亡

保税支队所属的天保大道消防中队，一直是支队英雄的战斗部队，此次的大爆炸中，他们牺牲5名消防队员，分别是：王琪、田宝健、袁海、宁宇和庞题。

“他们都是我特别喜欢的战士，可他们都走了……”中队长汤立旺说自己的“命大”。而我在支队部就听有人说他与另外两个消防队指挥员李洪喜和江泽国有“天津消防三剑客”之称。“我们是三个消防队的一把手，我跟江泽国还是老乡，同八大街中队指导员李洪喜是一起提干的，我们三个人熟悉又默契，碰到重大火灾，我们总会一起赶到现场，又能相互配合，并肩战斗。但这一次我例外，我也就成了‘三剑客’中唯一活下来的一个，所以我说自己命大。”

汤立旺中队长说他对这个结果至今不知是福还是其他什么。“别人都说我有福，但我自己有种孤独感和悲伤感，因为我的两个好战友没了。”他说。

汤立旺不是逃兵，是因为他正在脱产参加支队的基层指挥员培训班。“以我的性格，爆炸火情一出现，肯定会跟江泽国并叫上李洪喜一起到现场最近的地方战斗去的。”汤立旺说。后来汤立旺也去了现场，只是作为爆炸后的支援队伍去的，这是后话。

汤立旺的中队是天津消防总队在火情出现的第一批四个消防战斗队之一，也就是说他们在爆炸之前就到达了现场。据当晚领队的刘副中队长介绍，他的中队距爆炸现场相比而言，比前面的八大街中队、天津港务局消防队，稍有一些距离，但由于爆炸威力巨大，这个中队同样面临着死亡的威胁……除了中队

长汤立旺外，这个中队还有两个人“命大”，一个是柴俊杰，一个是小战士朱伟宗。柴俊杰当时在总队参加“攻坚组”培训，躲过一劫；小战士朱伟宗那天接到通知让其到支队参加“十一比武”集训队，要求12日下午去报到，但没有车，小朱就没有去。中队长汤立旺知道后有些生气地命令：“你给我马上到支队报到！谁说到支队就要派车？坐九号轻轨车去！马上就去！”小朱被中队长劈头盖脑教训了一顿，老老实实地坐了轻轨车于傍晚前到了支队。

“中队长，我太谢谢您了！否则……”大爆炸后，小朱有一次异常感激地找到汤立旺中队长，偷偷向他致谢。

“谢什么呀？你以为借故不到支队参加集训就是对了？给我记住：我们是消防队员，不管干什么，都必须时刻听从命令！”中队长怒斥道。

“是！”小朱向中队长行的那个军礼，足足有两分钟，一直等汤立旺走了很远才放下。

小朱到了支队受训，当晚上中队接到出警的命令后，走在最前面的“一号车”（即前班车）上的战斗员，换成了另外几个……

“我和他都在前班车上。”2011年入伍的湖南兵王盼，指指一旁坐着的2013年入伍的河南兵连天琪说。

“能谈谈你们在爆炸现场的经历吗？”我重复着在许多消防队员面前问过的问题。事实上他们回答的情况基本差不离，但即使如此，我依然感到他们之间稍稍的差异，却都是那样的惊心动魄。

保税支队天保大道消防中队平时作风严谨、战斗力强，所以当总队的出警命令一下达，他们是最早到达火情现场的消防队伍之一。毫无疑问，越早到的消防队，距爆炸核心一定是最近的，伤亡程度也一定是最严重的。

“开始我们都以为是正常的一次出警任务。但等车子快到跃进路拐弯时，就觉得这次火情有些特殊。”王盼说，“后来我们的车开到距火场约一百来米的丁字路口停下，因为前面被其他消防车挡住了。”

“走，到前面去看看。”指挥员刘副中队长一挥手，王盼、连天琪和庞题三位年轻战斗员就跟着领导往前走。

前面的火情十分紧急。刘副中队长对王盼说：“调我们的前班车再往前，八大街中队需要支援。其他车和人员注意安全……”

王盼：“我接到命令后，与天琪就往回走，边走边用对讲机跟后面的车辆联系，命令前班车‘往前靠’。就在我们正好可以看到往前开来的前班车时，第一声大爆炸响起了……我一个激灵，钻进了路旁一辆运集装箱的车子底下，并且对着手中的话机喊了几声‘爆炸了！’……”

连天琪：“第一次大爆炸时，我下意识地往后看了一眼，发现火光正朝我方向扑来，便下意识地转身就跑……但赶不过扑来的火光，我感觉一股巨大的热浪，将我推出几步，然后冲倒在地。倒地后，我发现头盔没了，耳朵像被无数针尖扎了一样，疼得就想喊。这时我站立了起来，也是下意识的。而就在这时又一个更大的爆炸来了……这一次整个身子是被掀到天上似的又重重地摔下来一样，根本没有了重心。”

王盼：“第一声大爆炸后，我不是在用对讲机跟支队汇报‘爆炸了’后就往一辆车子底下钻了嘛！等爆炸声刚过，我就赶紧往外钻，这时发现头盔没了，当时到处火球乱飞，我害怕头被飞的火球击中，就连忙将战斗服往脖子上面提了一下。然后又掏出手机拨号想向支队报告时，第二次大爆炸响起了，就什么都不知道了。等再醒来有些意识时，发现身边的一个集装箱的车轮着火了，烧得通红。再一看，那集装箱旁边竟然还有几个人。我忙喊：‘你们赶紧出去吧！车轮要爆炸了！’那几个人就跟着我往外走，这时我才发现自己有些抬不起腿，原来小腿发麻，再一看，知道自己的小腿完了。也奇怪，那个时候，只有一个念头：赶紧活着离开现场……我不知道自己到底后来跛到什么程度，反正能拖着一条残腿走出几百米的死亡线实在太不容易，而我就是这么走出来的。”

王盼是幸运的，他毕竟已经开始向爆炸现场的相反方向撤离。而与他同一辆车上没有下来的司机王琪和坐在王琪后面的战斗员宁宇面对着火场，被连续两次巨爆化为了烟灰……班长庞题应该是与王盼他们一起跟着副中队长走向八大街中队的，但临近大爆炸的最后时刻，庞题与连天琪、王盼他们分开了——是永远地分开了。

“王子林傻了，一个人站在那里一动不动，脸上、胳膊和头顶上都是血。”王盼说，“我认出他了，他是中队第三辆车的司机。我看他那个伤样，便问：‘麻子你没事吧？’他外号麻子。又问：‘你能走吗？’王子林这回说话了：‘能走。’走不远，又遇见了自己中队第二辆车上的战斗员胡荣蒲。我问他怎么样，他回答说没事，其实他也伤势很重，只是在现场当时我们这些能活下来的人感觉自己能够站立起来走路的人，都认为‘没事’。‘有事’的不是已经牺牲了，就是倒在地上根本动弹不了的。王子林伤势最重，他已经走不动了，我和胡荣蒲硬扶着他往外走。这时又遇见开发支队的一位战友坐在地上痛苦不堪地叫喊着，我把他扶起来，劝他赶紧往外走。这边的王子林也在说他不行了，走不动了。这可怎么办呢？我一看这样下去，他们都很危险，所以只好采取临时救援了——同胡荣蒲一起，将王子林和开发支队的战友拉到路边，让他们坐下。我就走到马路中央拦车。第一辆车没拦着，人家不停。第二辆是大车，但也只能坐两个人。我们就先把王子林扶了上去，又让开发支队的战友也上了。等那辆大车走后，我发现胡荣蒲怎么没了？所以只好独自一个人坐在马路上等人来救援……”

胡荣蒲：“其实当时我已经走不动了，处在半昏迷状态了。”

“你们第二车上几个人？”我问胡荣蒲。

“6个。郑毅排长带头，班长是刘小福，还有我、翟磊、司机田宝健和袁海。”胡荣蒲这样回忆，“我们第二辆到达现场后，发现后车轮压着别的中队的水带。排长就让我下车去拖开水带。我刚下车，第一声大爆炸就响起了。当时我感觉火扑过来似的，不由自主地趴在地上。等爆炸声过后，我看到我们的车子玻璃窗全碎了，车子也在摇晃。我对司机田宝健说，你就别动车了，大家赶快下来吧！可还没有等我的战友们起身，第二次更大的爆炸声响了……等我再醒过来时，看到我们的消防车成了一团火在熊熊燃烧，人都不知到了哪儿去。”

胡荣蒲在现场当时有一点没有注意到：在他听令下车拖水带时，通讯文书袁海也一溜跳下了车。袁海的任务是现场摄像，每一次任务中都有他的这一任务。这一次也不例外，但这一次等待他的是两次巨爆——后来没有找到袁海，找到的只是一堆认不清的遗骨……

班长刘小福：“当时我和郑排长坐在车的同一侧前后排，司机田宝健与翟磊则坐在另一侧的前后排。我和郑排长这边恰巧靠爆炸这一侧。第一次爆炸后，虽然车窗玻璃全碎了，但我们都还清醒。郑排命令我们趴下，将头低卧。可是第二声大爆炸后，我一看翟磊还在，前排的郑排长和司机田宝健不知到了哪儿去……”

其实田宝健已经牺牲。郑排长命大，受了重伤。

刘小福：“我一看靠我这边的车门扭扁了，翟磊说他那边的车门飞了。这时翟磊欲站起来，结果没站成，一看是腰带卡住了。我就试着下车，没想到一下车就腿软了——我的腿断了，爆炸时被车门砸断的，只好就地坐下。刚坐下，就听有人喊：赶紧往外撤，这儿太危险了！我想动，但太困难了。这时看见中队第三辆的司机王子林，他一瘸一拐地正往外走。他问怎么样，我说你走吧，我走不动了。他就摇摇晃晃着往外走，好像没走几步就跌倒了。我是后来第三辆的战友罗斌发现后背出去的……”

翟磊：“我把腰带卡解开后，再等下车时就见不到一个人了。我就喊，似乎有人在回答我，但就是没有人影。后来我明白，那是我自己的回声。哪知道，当时我的呐喊根本没出声音，是哑的，嗓子在冒火。‘救命！’突然我听到有人在喊，细一看，发现一个集装箱里有个人，是个老百姓。他的腿断了，一步也走不动。我就背他出来，走了一段路，有辆车过来，就送他上了车。到现在我不知道他是谁。送走这位老百姓后，我又折身回去找战友，没有找着一个人。这时我看见有消防队员过来，我们把一个受伤的群众扶上车，我跟着他们一起忙乎，后来突然眼睛一花，啥也不知道了。等醒来时，发现自己到了泰达医院。一住就是13天……”

在现场，第二辆车的班长刘小福还躺在草坪上。

天保大道消防中队的第三辆车上共有4个人，在两次爆炸时，他们的车头正对着火场……

2014年入伍的新兵常凯凯：“爆炸后，我在自己的消防车旁边看了一圈儿，没见一个战友，到处都是火球，感觉是世界末日到了。当时脑子里想了很多，但想不出个头绪。就在这时，一个通红的大铁片唰地从我身边飞过，好在我脑子没坏，身子一闪，躲过一劫。等我再想逃生时，却发现自己的眼睛看不清了，额上和头上，尤其是左眼在不停地流血，右眼已经睁不开，所以就不知东南西北往哪儿走了。瞎摸一段后，见到了李英辰，我们车上的指挥员，我俩就肩搭肩地往外走，他好像还能辨方向。”

罗斌：“爆炸前我坐在班长常凯凯的旁边，我们俩一同被爆炸震出去的。等我醒来时，常班长不知到了哪儿去。但我看到草坪上躺着受重伤的前辆车的班长刘小福，他根本动不了，我就背着他往外走。走了一段，看到了常凯凯班长和副中队长李英辰，我就拼命喊他们，可他俩像啥也没有听到似的不理会我。我背着刘小福，累得不行，就靠草坪一起倒在地上。刘小福不行了，已经昏迷。我着急，用力拍打着草坪，想引起旁人注意。这时常凯凯班长和副中队长发现了我们，就过来与我一起拦车，将刘小福送上往医院的路。我们自己又拦了一辆工程车，完成了逃生的路……”

罗斌后来住了半月时间的医院。

常凯凯伤势重，住院36天。

王子林是天保大道消防中队受伤非常重的一位，我采访时还在医院住着。其父亲王金保陪护，其父说：我13日中午就到了，因为老家河北衡水到天津不远。

“儿子的第一个手术是做胳膊。”父亲说。

“当时我坐在车上，火是从方向盘左边烧进来的，所以我的左手第四指骨折，缝了一排针。右手大拇指骨折……”王子林说。可以想象一下，大爆炸的那一瞬，巨大的冲击波挟着高温火团从王子林所在的汽车左侧袭来，当时双手握方向盘的他，除了面部和全身受伤外，握方向盘的双手竟然能被冲击得骨折，那么他和战友们暴露在外的头颅又会是怎样呢？一只只钢盔没了，即使系着带子，也都飞到几十米甚至几百米之外的地方去了。头盔没了的头部便成了大爆炸的袭击对象……王子林的第一个大手术是13日早晨5点开始一直到中午12点30分才结束，做的是脑颅手术。

父亲：“他醒来时不认识我们。两周后我们才感到放心了。”

王子林伸出胳膊给我看，“一共做了四次缝合。估计残疾了。”他说。

“遗憾吗?”我问。

“不。比起没有回来的战友，这算什么!”王子林毫不含糊地说。

天保大道消防中队副中队长李英辰和其他参战的官兵们，也无一例外地先后被送进医院抢救。截至我到中队采访那天，仍有近10名伤员还在医院治疗之中。5个没有进医院治疗的战斗员则全部牺牲在爆炸现场……

10 爆炸瞬间留下的最珍贵“对话”

我得感谢交通部公安局和天津市公安局的积极配合。起初采访这一块是我感到烦恼的事，而我又特别想了解离爆炸现场最近的那几个地方公安消防队的情况——他们几乎全军覆灭……

承认失败和承担责任，是得有勇气的。关于天津瑞海危险品爆炸事故的整个责任问题，国务院事故调查组已经介入很长一段时间了，我知道专家们一直在紧张地进行着各种科学分析与现场调查，尤其是对那些责任人、责任部门的调查极其严谨与深入，相信很快会有结论。

老实说，像这样一场共和国历史上史无前例的大爆炸，又造成这么大损失，任何一个有良心的人，如果你在其中沾点责任的，那么也没有什么可回避的了。勇敢地承担责任也是一种可以弥补的美德与品质，做人有多种做法，甚至死了后还可以挽回一些负面影响。

天津港大爆炸事故全过程要反思的东西太多。这并非是本文所涉及的主要内容。爆炸现场的有关消防队员们的英勇牺牲与战斗精神才是我最关心的，因为这是生命的强大与脆弱表现得最为真实的瞬间，而且作为人类永久生存下去的一种教训，将这样的过程和现场记录下来，其意义会超越事故本身的责任问题，它是我们人类与自己制造出的灾难斗争的一种血的教材，了解和铭记它可以使人类更清楚、更理智、更科学地生存下去。

幸福总是在苦难中酝酿的。平安多数也是由危险铺筑而成。

天津港大爆炸发生后，公众知道地方消防队牺牲惨重，但大家并不清楚一个情况，那就是为什么？这也是我采访前一直想弄明白的。

机会来之不易，但它来了——

接待我的是一位“老消防”，警号为：005745。他叫崔振海。大爆炸发生地的地方公安消防支队四大队大队长。

“我们全队共有5个民警，43个战斗员，战斗员都是合同工。”崔大队长的话马上让我明白：这样一个消防队，其实除了5名身着制服的公安民警外，其余消防队员均为非正式编制人员，即聘用合同工。

“大队原来共有6辆消防车……”崔大队长看上去年岁近五十，说话很少。问一句有时还不能完整地回答你一句。

“爆炸遗留下来的惨象，很多亲历者一般都不愿意回忆了。”陪同采访的公安同志悄悄说。

“那天你们出警多少人?”我问。

“27人没有回来……”崔大队长看了我一眼，说。

“一个都没有回来?”我追问。

“有。有几个回来了。”接受采访的除崔大队长外，他身边有一位年轻的公安民警，叫王慧明。他比较清醒。“我原来不是这个大队的，爆炸事故后新调来当防火民警的。”王慧明说。

崔振海大队长开始回忆那天出警后没有牺牲的人员：“是宋橙、陈英建……”他很费力说出两个消防队员的名字。

“不是还有刘斌?”王慧明说。

“嗯，刘斌是。”崔大队长的记忆很成问题。从其表情看，似乎他很不愿意接受这样的提问。

“齐宏旺是不是?”王慧明又说。

崔大队长干脆头也不点了。看得出，他早已深深地陷入了长久的痛苦之中——许多从爆炸现场走过来的人都患上了这种病。是啊，换了谁都可能这样：昨天还是一支完整的队伍，一夜间几乎大半的小伙子们没了，作为大队长的他，那是一种什么感受与滋味?

无人知晓，唯有崔振海自己心里装着。

他原来的四大队驻地已经一片废墟。因为他的大队就在瑞海公司院子一路之隔。那条路现在已经没了，原来叫跃进路吉运一道。不知谁起的名字，“吉祥运输之道”——天津港区条条都是道，通向瑞海公司的这条“吉祥运输之道”自从这个公司源源不断运进化学危险品后就再也不“吉运”了，最后连整个跃进路在内的所有“吉运”之道全都化为了焦土与废墟。

我第一次了解到这个情况后，心头顿增惆怅，同时也为某些单位感到悲哀。尤其是这个港区的公安消防支队，因为他们的支队部和所属的消防四大队恰恰就与发生大爆炸的瑞海公司是邻居——不是很有些讽刺意味吗？

或许是瑞海公司的老板太心黑心狠了：明明知道公安消防就在隔壁，他就胆大妄为地把危险品源源不断地运到他们的眼皮底下。要不就是大家都习以为常了，没有把那些闻一下就会死亡的剧毒品放在心上……呵，生命那么廉价！亲爱的同志，你们可以无视他人的生命，但你们就这样不珍惜自己生命吗？

一切都是废话了。现在我想了解的是爆炸最核心区的所有细节和现场情况——

崔振海是少数几个活着的知道爆炸核心区前后情况的人，从他嘴里“撬”出的每一个字都极其珍贵。

他说了：“我们那个院子附近百姓都知道是‘公安基地’，里面除了我们公安消防支队和四大队所在外，还有一个交警支队和跃进路派出所占一个楼也在里面……我们的门牌号是855号。”

天，瑞海公司的老板真是胆大妄为，竟然对着隔壁的“公安基地”发动了如此一次震惊中外的大爆炸！看来，有关部门和单位确实该严防眼皮底下的那些盗贼与极端狂妄分子了！

当晚在“855号”公安基地第四消防大队值班的是教导员张干生。

“张干生是今年春节前才调到我们大队的。”崔振海大队长沉痛地说，“巧了，这天是他当班……”我们都清楚，如果不是张干生值班，那崔振海今天就不会坐在我的面前了。

命运就是如此残酷！

“那天大约晚上10点多钟，大队刘副支队长打电话向我报告：说瑞海着火了。我家在港区外，一听这情况我就赶紧穿上警服。瑞海太熟悉了，天天挨着的近邻。它要着火了，非常危险。因为我们都知道它是危险品转运公司，到底有多少危险品，还有没有我们不知道的危险品，我的心一下悬了起来。所以直奔现场，车子开得很快……到了跃进路后，完全呆怔了：前面一团好大的火球，朝我的车直冲过来……等清醒过来时，发现玻璃全部碎了，几扇门扭得弯弯曲曲不像样了。好在车子没翻，我是从副驾驶座位上钻出来的。当时耳内已经听不到周围的声音了，手脚全是麻的。我约估了一下自己当时的位置，距爆炸中心地带差不多300米。四周一片漆黑，天上不停地掉渣、铁片，它们不是带着火，就是冒着烟。我猜想这回麻烦大了，我的队伍肯定凶多吉少，所以就往里走。可路上不能走，掉满了各种铁片碎物，多数还在燃烧。就走绿化带。途中遇见一个伤员，将他背到绿化带上，便赶紧到处打电话求助，但都不通。心里想着自己的消防队员，又赶紧往前走。见了一个受伤的消防员，他有一个手电，我们就一起往爆炸地走去。先到了我们公安基地院子的办公楼，一看，啥都没了，只剩下一个框架，那情形真的太吓人了……"

崔振海有些讲不下去了。后来我知道了当时的一个情景：大楼的门卫宋陆陆竟然活着！是崔振海他们在这个门卫平时值班室的后面几十米处发现了他。几个人想方设法地将宋陆陆沿着进来的原路搬放到了安全地带。崔振海等又返回院子，到他工作的那栋楼寻找战友。

"一、二层是我们消防大队的，三、四楼是支队机关的。"崔振海说，"一层的人不知到了哪儿去。二层不好上，梯子全扭曲了。费劲上去后找到了一个聂金星，当时还有生命特征，就将他抬了出来，后来到了医院就死了。楼上还有几个就不用说了，都已经牺牲了……"

"在院子里没有找到自己的战友，我就跟着后来支援来的六大队同志在院子内外和跃进路一带找，记得先后抬出了13具尸体。13日当天我们进不了瑞海那个院子，仍在到处爆炸，大大小小的，火光冲天。"崔振海说。

"14日我进到了瑞海院子，也就是爆炸核心区。当时现场到处在燃烧，还不时有爆炸声。也顾不得危险不危险了，我只想寻找到自己的队伍，他们到底在哪里，是个啥情况……"崔振海开始哽咽了，"搜索到大水坑和一大堆集装箱旁边时，我看现场三三两两、横七竖八地躺满了我们的消防队员……我抱起两具尸体，却发现太轻太轻，一碰便化了，碎了……当时就像我的心碎了……"

崔振海大队长说到这里，竟然一边抹着泪水，一边甩袖而去。

我感到震怔，同时又马上默默地点点头。这时，我发觉自己的眼眶也是热的、湿的。

太惨了！无法想象的现场！

“我说说吧。”一直在旁边听崔大队长回忆的王慧明接话。

“你说。”我点头。

“我介绍点情况，可能对你作家有用。”小伙子说。

我想他原先既不是这个中队的，当时又没有参与到大爆炸之前的那些出警消防队伍之中，他会有什么有价值的东西？

我错了。从小伙子的口中，我了解到了大爆炸现场最为珍贵的一段“对话”——太珍贵了，这也许是爆炸时唯一让我们可以知道到底是怎么回事、我们的几支最靠前的消防队员如何“全军覆灭”的真相。

王慧明说：“我原来的消防六大队，驻扎在临港产业区。由于距12日晚上出事的瑞海公司比较远，所以那边起火之初的第一批出警队伍中没有我们大队。这里面有个特殊情况：虽然当时我没有在大爆炸的现场，但偏偏可能我是唯一掌握爆炸前那几分钟里所发生的现场情况的……”

“怎讲?”此话令我暗暗大吃一惊。

“因为12日傍晚时分，我们六大队出了一个警，是一个小区出了火情。大约9点钟回到大队驻地。我是那次出警的领班人，负责现场所有战斗行动。手中持着一台对讲机。那对讲机与全支队所有的对讲机在同一个频道上，也就是说，其他消防队与支队联系或通话，我都能听到。”王慧明说，“完成那个小火警任务回到驻地后，我想起了在出警前，支队值班室值班的赵勇科长曾要求待我们的任务结束后向他报告一声。由于我磨蹭了一会儿，没有及时向赵科长报告。到了10点来钟，我就听电台里赵科长在喊道：‘五大队的警力都调过去，去瑞海。’又听五大队大队长说：‘我们的队员还没睡，可以立即投入战斗。’一会儿，电台里又响起五大队大队长赵飞的声音：‘赵科长，我们已经到达现场，什么任务？请指示。’就听赵勇科长又大声喊道：‘撤退!’‘撤退!’‘快撤退——’与此同时，电台里立即传来一声巨响，响声很短，短得我根本没有听清是怎么回事时，我突然感觉身子摇晃了一下。当时我以为自己是不是出现了错觉？而就在这个时间，第二次大爆炸声传来了……这一次我所在的地方虽然距瑞海爆炸地有近20公里远，但地动山摇的震荡和远远所看到的冲天火球，清清楚楚。而对讲机已经没有声音了……”

至此，我才明白王慧明提供的这段来自对讲机的“现场对话”，是何等的重要与宝贵。它是我所知的那些牺牲的消防队员们在大爆炸之前最具体、最真实、最生动，也是最重要和最后的一段记录。同时它又直接或间接地向我们证明了许多东西。

我从心底里无比感激年轻的民警王慧明。

王慧明自己的故事才刚刚开始。他的对讲机里什么声音也没有了。可他的手机这时响个不停。

“老公！老公我快要死啦！”是身居距大爆炸现场特别近的一个叫“金域蓝湾”小区的妻子向他哭诉和求助着。

天！王慧明的头一下“嗡”地晕了。但他毕竟是消防队员，马上清醒地对生死线上的妻子说：“冷静！不管什么情况，先保护好自己……到大街上找个空地待着。听到没有？喂！喂喂？”

妻子的手机断了。再也打不通。王慧明两眼一黑，身子摇晃了一下。

“慧明！你在干什么呢？知道什么情况吗？”手机又响了，是自己的消防队的大队长打来的。

王慧明清醒了一下自己的脑子，回答道：“是四大队旁边的危险仓库爆炸了……”

“啊？那——上面有没有下达什么命令？我们的任务是什么？”王慧明的大队长立即着急地一连催问。

“上面？我们的‘上面’估计已经没有了……”王慧明悲观地对大队长说。

手机沉默。立即又听得大队长的声音：“不管什么情况，我进队，你回家救老婆！”

王慧明竟对大队长固执起来：“不行，摊上这么大的事，我怎么能只想自己家里的事？”

话尽管这么说，但王慧明也确实为近在爆炸咫尺的妻子着急，电话、手机一起打，拼命打，但就是不通。

其实，这时的爆炸现场方圆千米之内的居民小区和单位群众，全都处在极度恐慌和生死逃亡的时刻。王慧明的妻子在逃命之时，后背被砸，好在不是太严重。这是很多天后王慧明参加完抢救战友的战斗后回家才知道的。

现在他王慧明要到爆炸现场执行任务。

他和大队长差不多同一时间到了大队部。“没有上级的命令我们大队是不能随便动的。”大队长急得团团转，一边是火光冲天，兄弟消防队的战友们全无音信，一边又是驻守于石油化工小区的消防职责——消防六大队最核心的任务就是看好身边的这个石油化工重地！

“上级没了。我们不能眼睁睁地连上级都不去救呀！”大队长的眼睛红了，“妈的，不管他了！去现场！救人要紧！”

大队长与民警赵国强各带一辆消防车，向爆炸现场飞驰而去。

王慧明则和另一位民警王磊开着警车紧随其后。

这一夜的凌晨时刻，天津港区的所有高速公路和普通公路上，无数飞驰的车子都在奔向爆炸现场，都在为自己的战友与亲人的生命担忧……

但，王慧明等到达爆炸现场后，他们全都傻眼了：一切都在燃烧，一切都已烧尽，一切都完了……

“比如我现在的四大队，所有出警的人员几乎全军覆没。”王慧明虽不像崔振海大队长的内心受伤那么重，但年轻人的内心也不平静，“把我调过来，就是考虑剩下的这支队伍怎么带。这是个大问题。崔大队长从事故发生到现在没有整休过，我们四大队原来的驻地没有了，换防到了这个新地方，人员也重新补充了18位。但这些合同工消防队员仍然缺乏经验，需要增强战斗业务培训，全大队专职民警就我们几个，你都看到了，就下面这些人……”

王慧明指指简易楼下排着队的新四大队消防队员们，如此说。

“学习雷锋好榜样，忠于革命忠于党……”吃中饭前的消防队员们排着队在唱歌。虽然他们并非武警消防部队，但这里的合同制消防队伍也是军事化的管理。只是我看着这样一些刚刚经历生死残酷考验的年轻消防队员们一脸的疲惫相，内心格外痛楚。

11　派出所的故事

在整个爆炸现场的采访后期，我突然发现了还有一支队伍没有事先纳入视野，那就是与爆炸核心区近在咫尺的跃进路公安派出所。前面已经说过，在与瑞海一路之隔的“公安基地”大院内，共有4个公安系统的单位驻扎于此。其实还有一个单位也驻于此地，那就是跃进路派出所的干警们。

“我们所共20个民警，2个协警，10个保安员。”副所长宋洪源在接受采访时介绍道，“所长陈学东还在医院治疗，他的一只眼睛不行了，身上共缝了70多针。教导员王万强是在当晚就牺牲的……”

“我们港区公安是这次爆炸中损失最惨烈的单位。许多人不知道真相，还对我们公安队伍有不少看法，其实我们真的很委屈。这次所有牺牲的人员中我们占了92个，其中12个民警，80个是消防战斗员。受重伤的有53个，四五十天过去后，他们中仍然有十几个人还住在医院没出来呢！”一位死里逃生的天津港区公安局干部很压抑地跟我说这话。

“当晚在现场时，我们在家的局领导干部都自觉主动地赶到了现场。两声爆炸，死的死，伤的伤，彼此都处在‘失联’状态。可就在这时，各个层面的‘上级’都打电话给我们，可又找不到我们，第二天有领导就怪罪下来，追问我们‘为什么不接电话？’你让我们说啥呢？我们当时就差那么一点也被炸死，还会有手机吗？现场那么乱，哪儿去接电话？不可能的事！因为没有电话，因为没有联络工具，因为没有任何装备，最初的爆炸现场救援，是我们全靠手拉手、命搭命在进行的生死救援！是在与宝贵的时间、不断爆炸的危险剧毒品殊死决战！我们都是在第一时间赶到现场后，就往里冲，大家当时啥都没去想，更不会去顾忌有没有剧毒品会不会对自己身体有啥伤害，一心想的是救自己的战友。后来冲进去一看，我们的人死伤太惨了，就赶紧在现场能救一个算一个……”

这位天津港公安干部说：“有些话我必须说一说，作为人民的公安，保护人民是我们的职责。这一次也是这样，如果不是我们公安干警在爆炸前的现场劝阻和驱赶围观群众，将数百人及时从跃进路一带引领到安全地带，后来爆炸所造成的伤亡肯定不是现场的这个数字。再想告诉你一件事：这次我们局牺牲的人员最多不用说，光牺牲的领导干部就有一大串：副局长兼消防支队长陈嘉华，分管跃进派出所工作的港北分局局长刘峰，一、四、五消防大队中两个大队长和一个大队的教导员，一个派出所所长、局消防指挥中心副主任等都牺牲了……不用任何粉饰，我们的公安干部就是跟平常一样：哪里最危险，他们就冲锋到哪里，而且总是在最前面。这次大爆炸现场的情况更说明了我们的干部和公安干警们都是过硬的，是在最危险的时候都走在前面的。他们值得我们骄傲。可惜的是，他们都还年轻，就这么走了……”

当晚负责现场指挥的支队消防科赵勇科长就是这样一位英雄。“赵科长是从现役消防部队转业到我们局里的，个人战术素质超强，身经百战，从不含糊。他的家在市区，家里托人曾想请求局里放他在市区离家近一点的单位工作。可局领导觉得他业务强，没有同意他调动。赵勇二话没说，埋头坚守在大队消防一线。44岁的副局长陈嘉华，是交通部的专家组成员，业务也是顶呱呱的，升职港区公安局副局长才半年，人就没了……你说我们咋跟他爱人说？爆炸那天早上，陈嘉华的爱人赶到了爆炸现场。我们看了心酸又心疼，想去安慰她，又不敢去见她，那些日子里，我们局里的同志面对一个个牺牲的战友的亲属，既想躲，又不能躲，天天诚惶诚恐，不知所措，心里比压着石头还难受……”

只有经历爆炸现场的人，方知那一刻人与人之间如此复杂的情感和心思！许多消防队员和公安干警的家属，听说港区爆炸后，都担心自己的亲人遇难逢险，从四面八方拼着命赶到现场、赶到医院，四处打听和寻找他们的亲人，但几乎所有的努力在当时都是白费。那当口儿上他们的焦急与期待，无法用语言形容。据说，他们的家属或亲属们自13日两三点钟开始，纷纷自发地赶到了爆炸现场，或到了港区公安局、市消防总队、支队、大队，甚至消防中队驻地，来向单位询问和找回自己的亲人。

亲人在何处？何处是亲人？公安和消防人员的家属哭的闹的，甚至疯的都有，他们只有一个愿望：尽快知道自己的亲人到底怎么样了。

没有人告诉他们的亲人在哪里，更不知道他们的亲人是死还是活。

有个消防队员告诉我，他看到陈嘉华的家属在泰达医院门口守着，看到每一位抬进来的伤员，便疯了一样地迎上去看一眼，见每一具抬到太平间的尸体也去细细辨认。多少次见她瘫坐在地上，呆呆地半天不说话——“有的已经牺牲的消防队员抬到医院时，形状太恐怖了，像烧焦的炭一样，一团灰墨似的，啥都看不清了，你说她看了不晕倒?!”

陈嘉华是大爆炸一周后的20日才找到的。“牺牲后的嘉华其实啥也没有了，我们只是根据现场所搜索到的一只鞋的大小模样判断是他……”他的战友同时还告诉我，“北港分局局长刘峰同志也是当晚得知火情后赶到现场处置围观群众时牺牲的，他的尸体一直到8月26日才找到，全部腐烂了……”

刘峰在天津公安系统是位“名人”。大爆炸之前，在公安部与中央电视台联合举办的第四届“我最喜爱的人民警察”评选活动中，刘峰作为全国交通公安系统唯一的一名代表参选，并获得“全国特级优秀民警”光荣称号。当时刘峰还是天津港区公安局经侦支队支队长，有关介绍他的事迹这样说：“在经侦工作两年多时间里，刘峰破案31起，抓获犯罪嫌疑分子21人，挽回经济损失4000余万元，还在工作之余资助多名贫困大学生。”刘峰的事迹在央视播出后，其个人博客开通后，“粉丝”达27万人之多。但就是这位“人民最喜爱的警察”，在三个月后的这场大爆炸中英勇献身。

“你应该到跃进派出所，跟一线的民警聊聊，他们是最现场的一个集体。”陪我采访的公安同志说。我说那是肯定的。

最初采访的计划中没有跃进路派出所，但随着“爆炸现场”的谜团慢慢“拨”开，我所要追寻的消防队员“现场表现”其实应当包括跃进路派出所的民警们，因为他们虽然不是消防战斗员，但几乎每一场灭火战斗现场，都有协助外围和维持现场秩序的公安民警，他们是战斗的一部分。尤其是天津港大爆炸事件，正如一位天津市公安局领导一再强调的那样，假如没有跃进路派出所民警们在当晚现场处置围观群众，那么整个爆炸事件中伤亡的人数就绝对不是现在这个数，或许增加一倍、两倍之多。

公安民警的这一功劳应当被记录在案。否则不公平。

那么，跃进路派出所的民警和保安人员当晚在爆炸现场做了些什么？他们的表现又是怎样呢？

“当晚，所里值班的有5人，教导员王万强，民警陈伟轩、张凯和李宝安，还有一位协警张洋。平时我们所里三位领导——所长、教导员和我是轮流排班。我是前一天即11日的班，陈所长排在13日的备班，教导员王万强正巧是12日当日班。”来到跃进路派出所，副所长宋洪源说。

“当晚爆炸响起后，我在家里立即跟所里联系，但没有人接。其实那个时候，派出所已经被炸粉碎了。”宋洪源说，“我正想跟陈所长联系，这时邢敬增警长给我打来电话……”

邢警长插话：“可能陈所长先跟副所长联系时宋副所长正在给所里打电话，于是陈所长把电话先打到了我手机上。他问我睡了没有，并告诉我辖区着火了。我一听就赶紧从床上跳起来，穿上衣服下楼，再开车直向新区方向急驰……就在中途，突然一声巨响，是第一声大爆炸响了。我猛地踩住了车，停在旁边的桥下。当时不知为什么有那么大的震荡和响声，也不知道是啥爆炸了，但震荡和响声太明显了！我心里隐隐约约地感觉这是不好的兆头，就掏出手机想跟所里同志再联系一下问问情况。就在这个时候，第二次大爆炸声响起，这一次太厉害了！我手上的手机不自然地从我掌里飞了出去，落在后车座旁的一米多远。回头再往响声和着火的方向看去，见一团蘑菇云的火球腾空而起，好高好高……”

“这时我已经多少明白今晚将是我们所里遇到的一场前所未有的大灾难了！”邢警长说，“许多领导都联系不上了，我试着跟上司、分局长刘峰联系，没回音。我又回头跟宋副所长联系，这回拨通了……”

宋洪源副所长：“我接到邢警长的电话时，已经赶到了基地附近。程晓军警长也随即到了。不一会儿邢警长又到了。在初步判断前面的现场灾情后，又一时联系不上所长与教导员的情况下，我们三人一商量，决定成立现场紧急指挥小组，处置眼前的爆炸事故与营救战友的战斗。这个时候，大爆炸刚刚过去，现场的小爆炸到处都是，火光冲天，四处火球乱滚，极其危险。但我们心里着急，知道自己的兄弟们和基地都在爆炸核心地，不能耽误半分钟时间！所以根本顾不得自己的个人安危，便往里冲……就在这时，我们也见到了局里的卢政委，我们一起往里走，先见到了一位保安，把他救了出来，但伤势太重，医生没能将他抢救过来……对不起，我有些说不出话了。”

另一名警长程晓军接过宋副所长的话，说：“当晚听到爆炸声后，我马上下楼，刚到一楼就接到宋副所长的电话，就开车奔现场过来。我们所里几个人会合后，简单地说了几句就往里走。可是太难走了，像踩地雷群似的。在距爆炸点150米左右的地方，看到路上躺着一个人，血糊糊的，上前一摸，死了。只好将他拖到一边。又往前走，到我们派出所的楼边一看，心里透凉透凉，整个楼只剩下一个架子，还不时有烧焦的框框和杂物往下掉。喊了几声，没有人回答。这个时候，突然在爆炸中央有噼啪作响的新爆炸物四处乱飞。我就往外退。退到路边的草坪上，见有3个躺在地上的伤员，有一个只穿了裤头，问他是哪个单位的，他说是交警。另外两人连话都不能说了。我对他们说，赶紧往外撤吧。我扶着不能动的，又带着两个勉强还能走路的往外撤。把这3个人安置在稍安全的地方后，又往里走，这回到了院子的东门，发现一名保安还活着，就背他往外走。这个时候，宋副所长等几个人也赶到了，我们几个把受重伤的保安救出危险区。等再回头往爆炸现场走时，陆续看到不少受伤的群众惊恐地朝外面走。这个时候我的手机突然响起，对方急促地问：‘你是程警吗？’我一看手机显示的号，惊愕不已：因为这是个山东泰安的手机……”

这到底是怎么回事？

程警长连忙问：“你是谁呀？”

“我、我陈伟轩呀！”

这一声把程警长吓了一大跳：“伟轩？真是你啊？”

当晚值班的警员中有陈伟轩，这是程警长知道的，但他不明白陈伟轩为什么用的是泰安的手机。

“是我，我是陈伟轩呀！你快来救救我吧！快……”对方的手机里传来哭泣的声音。

“伟轩，伟轩你不要着急，你怎么样了？”程晓军警长急切地想知道自己的战友什么情况。

“我、我的右脚不行了！你们快来吧！快来救救我……”陈伟轩似乎用着最后的一点力气在呼叫战友。

“好好。我们马上就来。”程晓军知道当务之急最重要的是把陈伟轩救出来。这也是他和所里同志走进爆炸现场获知的第一个仍活着的民警同事。“你能告诉你在哪个位置吗?”程晓军问了一个根本的问题。

“周边全是散落的集装箱……好像在信通和安邦货场中门的围墙边……”手机那边的声音夹杂着吱吱啦啦噼噼啦啦的声音，程晓军勉强能听到陈伟轩的话。

“好！我们马上过来。你要坚持！坚持住!”程晓军立即把陈伟轩的求救消息报告了陈所长等，这顿时让派出所的几个公安民警兴奋起来，这是爆炸现场传来的第一位仍活着的民警消息，很快就连天津市公安局、国家公安部的领导都知道了。

“不惜一切代价要把陈伟轩同志救出来!”领导们的眼睛也都红了。

很快，现场的跃进路派出所的同志组成了两个搜救队向陈伟轩求救的方向前进。

那是一段惊心动魄的营救之路——

警长程晓军：“我接到任务后，带着张富有和李德旺两位民警分头朝火焰冲天的爆炸核心区前进。李德旺走得很急，他绕道到东海路，结果中间有条排污河，因为水很深，过不去，就又沿东海路走了一圈，没成功。这时市局领导把电话打到我手机上，听说救援遇到困难，命令我说：‘就是搭桥，你也要给我把人活着救出来!’我二话没说，就选择了另一条线路往陈伟轩所在大致的方向进发……”

大约几十分钟后，程晓军与李德旺成功会合。

“伟轩，你现在怎么样了?”

“坚持啊伟轩！我们就在你不远的地方。”

程晓军等为了不让生命垂危之中的陈伟轩睡着——因为失血过多的伤员最容易睡着，而一旦睡过去就极其危险，他们一边走一边不停地喊着，鼓励着对方。

就在程晓军和李德旺他们走投无路时，手机里传来陈伟轩有气无力的话：“我在这里……离你们不太远了。”

“伟轩！伟轩你在哪里?”程晓军警长一听，赶忙朝四周的集装箱堆左右察看，寻找战友。

与程晓军形成另一个搜救力量的是李德旺。坐在我对面的一位警察这时插话说："我就是李德旺。"

"啊？太好了！你说说。"我急切地说，像一个听老师讲故事的学生。

李德旺："我跟陈伟轩是好同事。平时亲如兄弟。得知自己所里处在爆炸中心后，我就遵命往爆炸现场赶。开车途中就突然接到一个电话：'德旺，救救我。'我一听是陈伟轩的，当我回头问他时，就再也没有通成话。等我赶到现场，知道所里正在组织营救陈伟轩时，就主动请战。那个时候进现场救人也是准备要牺牲自己的。但我已经知道自己的好战友处在生死线上，说啥也必须进去救他！"

李德旺后来带了4个保安，成为了营救陈伟轩的最大功臣。几乎与程晓军警长同时听到陈伟轩那一声"我在这里……"的声音时，李德旺迅速向四面凌乱的集装箱堆中的每一条缝隙察看——

"他在那儿呢！"李德旺突然在一条狭缝里看到了陈伟轩。平时不爱嚷嚷的他，这时大声喊道："兄弟——我来啦！"

"德旺……你终于来啦！呜呜……"当李德旺出现在自己面前还有十几米的地方，这边的陈伟轩早就远远地颤动着双唇，说着只有自己才听得清的这句话。

"伟轩！伟轩你太伟大了！你能活下来真的太伟大了！"抬着满身是血的陈伟轩，战友李德旺哭了，几乎同时赶到的程晓军也哭了。这些平时见过多少生生死死现场的人民警察很少掉眼泪，然而此刻他们像受了几辈子委屈的孩子，个个哭得像泪人似的。他们冲着仍在熊熊燃烧的瑞海爆炸现场，他们知道在那熊熊燃烧的大火里，正是他们的公安战友和消防战友们的骨肉在被无情的爆炸烈焰吞没着……

"找到教导员了吗？"陈伟轩突然止住哭声，问战友。

战友们摇头。"我们还想问你呢！听说就你跟他俩人一起在外面的火场拉线劝离围观的群众离开现场？"程晓军想核实这一细节。

"是。"陈伟轩没有被炸蒙，还能记得当时的情形，"我跟教导员俩人在距火场很近的地方一直钉着，劝走了几批围观者。后来教导员看到火情越来越严重，就往里走去，让我在警戒线那里钉着，就在这时，大爆炸响了，一连响了两次。第一次我还有点意识好像被掀倒了。第二次醒来时，发现怎么滚到了距火场大约有150多米的地方。也不知过了多少时间，我就从集装箱堆里钻出来，结果看到旁边车底下有个人，死了。我就摸了摸他口袋，找到了一只手机。于是就给德旺、给宋所长和你打电话……”

原来如此！程晓军他们这回才明白，那个说着陈伟轩的话、地区号码则是“泰安”的那个手机是这么回事。

至此，拯救陈伟轩的战斗并没有结束。由于爆炸造成陈伟轩的伤势特别严重，随时有可能在送往医院的半途中出现意外。

“要是陈伟轩出了意外，我就拿你们几个命来抵!”天津市公安局的领导用这样的口吻警告程晓军他们。

“我们把陈伟轩送到医院时，医生竟然先把我拉到了急救室，原来他们看到我浑身上下都是血，其实那些血都是陈伟轩的。”程晓军说。

“接下去的情节我来补充吧。”一直没有说话的一位民警这时插话道，“我叫冯宝军。当听说宋副所长和德旺他们救出伟轩后，我就在泰达医院负责接应。过一段时间后，我看到一个满头是血的人从急救室里走出来，那‘血人’的身边有一位治安警官我倒认识，姓王。他叫住我，说冯警你不认识你所长了？他这么一说，我就上前认了下那个‘血人’，这回看清了：是我们的陈所长。他的眼睛坏了。当时医院乱成一片，找不到医生。过了一会儿，见到一位穿大白褂的，我就拉住他，让他给陈所长看眼睛。那医生仅瞅了一眼，就立即一挥手：‘上手术室!’一问手术室在四楼呢！我就背着陈所长往四楼走。不到几分钟又下来了，因为那里没有眼科手术的医生。我只好又背着陈所长下楼。等再找医生时，人家说：这里不行，人手不够，要抢救更重的伤员，让我们另找医院。这下把我急坏了！说什么也不愿走，非要医院立即把眼科医生找来给我们陈所长马上手术。那医生迟疑了一下，打电话给在家的眼科医生，让他迅速赶到医院。还算好，那眼科医生可能住得不远，没有多少时间就来了。我送陈所长进了手术室，一进去就是五个小时……”

“真是要命!”我不由发出一声嘘叹。

“还没完呢!”冯警官说，“我从手术室出来到了一楼，见到德旺他们和垂危中的陈伟轩。德旺与陈伟轩平时关系就好。这会儿我见德旺推着小车，像飞似的往医院里面奔跑，我瞅了一眼陈伟轩，帮着德旺推车直奔急诊室……刚把陈伟轩交给医生，转头一看德旺这家伙倒在了地上——他是累的和现场吸有害毒气时间太长才倒下的。我忙不迭地又把他送到抢救室。医生粗粗一看，塞过来一个吸氧管。半个小时后，德旺醒了。‘你在这儿陪着所长和伟轩，我还要回现场去……’清醒后的德旺摘下氧气管，扔下一句话就走了。当时我看着他的身影，眼泪夺眶而出。老实说，像李德旺这样的同志，平时在所里并不是表现最好的，可在这个时刻，他的表现让我无限感动、无限敬佩！”

战友间的真情，在战场上最炽烈、最真挚、最亲切。曾经是军人的我，深深地明白这一点。

“派出所的故事”是整个爆炸现场不可或缺的重要部分。他们的悲壮牺牲和救护了现场数以千计周边群众生命的功绩，应该让我们铭记。

冯警官则在最后时刻，给我讲了一个竟然如此特别的故事……

12 火线“绝密行动”

冯警官的话一出，我连连倒抽了几口冷气。

他这样说：“派出所被大爆炸轰得粉碎，但外人不知，当时我们全所的武器，也就是说我们的枪支弹药处在无人保防之中……这是太危险的事！当我们在现场抢救战友刚刚清醒过来时，又突然想到了枪支弹药。枪支弹药是我们的‘第二生命’，甚至有时比个人的生命还重要。尤其像突如其来的失控现场和意外事故期间，比如这次爆炸现场，完全没法控制。如果有坏人趁机抢劫我们的武器，该是何等的危险！”

天哪，这可是大事！我立即意识到这一意外的“意外”如果一旦再泄露在社会上，将使天津雪上加霜，同时面临又一个“大爆炸”……

这事，绝对不能发生！

绝对不能发生的硝烟仍弥漫在新区爆炸现场！

“有多少枪支弹药?”我紧张地问冯警官。

“21把手枪，350多发子弹……”他说。

上帝！倘若这些武器被不法之徒、被恐怖分子拿走了该是何等危险！必须立即坚决地夺回。中央和公安部门对此极度重视，而且不能泄露一点儿消息。

爆炸现场完全失控，谁能保证不出意外?

时间！时间就是保障！时间！时间就是生命！这生命关乎的有可能比大爆炸本身还要严重，它一旦被坏人利用的话，其后果超过危险品爆炸本身。毕竟，瑞海危险品爆炸多少有些非人为的直接因素，而武器丢失所造成的破坏则是另一码事，它带给我们的危险就不再仅仅是天津地区了！最可能是北京、可能是最热闹的王府井……倘若如此，人民怎能还会有原谅的理由？

“我们都感到了责任的重大！而且这样的事以前从未遇见过，如何处置确实非同寻常。”冯警官说，“13日后，爆炸现场全部转交给了部队，我们想进去也得经过事故指挥部批准呢！”

情况紧急又特殊。抢救枪支弹药的行动得到了批准，并在“必须严格保密”下进行。这是中央和公安部向跃进路派出所冯宝军等几个尚能战斗的民警下达的绝密命令。

“任务落在我身上，因为我是所里枪支弹药的保管者。”冯警官说，“经上级批准，我带着治安支队副队长王跃和邵东英警官执行现场任务，其他人在我们后面接应。”

“当时我们遇上一个随时可能的考验：枪械柜和弹药柜随时爆炸……”冯警官说。

“为了确保安全，同时还必须清楚无误地知道每一把枪、每一颗子弹的最后结果，最理想的行动效果是：一点儿不差地将枪支弹药全部抢救出来！”领导向冯警官等强调了这一点。

“可是爆炸现场的情况并不是我们所能人为控制得了的。13日，甚至到了十六七日，现场的各种小爆炸就从来没有停止过。说是小爆炸，其实威力也是相当大的，能把汽车翻跟斗、能把集装箱爆出几米远的，时常有。”冯警官回忆道，“老实说，当时谁也不可能打包票说我们的枪械柜、弹药柜不随时爆炸，或者可能在前面的爆炸时就早已爆开了……”

“务必争分夺秒弄清现场情况，确保枪支弹药绝对安全是首要。”绝密行动从14日清晨开始，冯警官一行“特别行动队”冒着随时丧失生命的危险，再次向浓烟滚滚、爆炸不断、毒气熏鼻的爆炸核心区进发。

“到14日凌晨时分，其实爆炸现场的环境是最差的，因为12日晚上爆炸后形成的现场危险化学品释放出的毒气和各种燃烧物所产生的种种有毒气味交织在一起，置身其中者，每一分钟都非常之艰难，更何况我们还要深入破坏最严重的废墟中去寻找抢救对象。”冯警官说，他和战友前后费了一个多小时，才抵达和摸清了安放枪械和弹药的柜子位置。

“还好，当时我在废墟堆里看到枪柜和弹药柜没飞走，只是枪柜被烧熔了——还好，柜门被锁着。这时我心里才落下了石头……”冯警官说。

“弹药柜比较完整，可上了锁。必须先把钥匙找到才行呀！”冯警官又碰到一道难题。平时钥匙与弹药柜是分离的，他把钥匙放在自己的一个铁柜里。铁柜现在在哪？房子里没有，于是他在周围找。最后在一堆废墟里找到了那个铁柜和里面的弹药柜钥匙。

“354发子弹，一发不缺！”冯警官打开子弹柜，激动地在现场一一清点完毕后，给领导如实报告。

“好！马上把枪支也给弄出来！”领导十分满意，但并没有给“特别行动队”丝毫的喘气时间。

枪柜外壳完全熔化变形了。怎么办？

“现场请求支援！”“请求支援！”冯警官等立即向上级领导求援。很快，一群全副武装的军人和消防队员抬着“家伙”赶到冯警官他们的战斗地点。

呲——电切割机的火枪闪着绿色荧光，对准那只变形了的枪械柜四面出击……14日8点左右，在爆炸现场，一群警官、现役军人、消防队员们，手里传递着一支支铮亮的手枪。

“一、二、三……十……二十、二十一！”

“一把不缺！一把不少！”

冯警官激动地拥抱了现场帮助他完成“绝密任务”的每一个战友：他知道，他们都是冒着生命危险在帮助他，与他一起并肩战斗。

13 寻找“失联”战友

我第一次熟悉“失联”二字，是在前年全国“两会”期间（2014年3月8日早晨），发生了马来西亚航班载有239人的波音777-200飞机突然与地面失去联系的事件，所以“失联”二字很快被大众熟晓了。据说，“失联”二字，过去在台湾用得比较多，它的意思是失去联系的简称。如今“失联”用得广泛，比如某某人、某某干部突然失踪或被纪检部门逮起来了，都称为“失联”。

“失联”多数时候凶多吉少。

天津港大爆炸一发生，“失联”是全国人民最关心、最揪心，也是最忧心的事，因为这一次“失联”人员之多，用公安部消防专家的话说：那是新中国成立以来，前所未有的一次一下“失联”那么多的消防队员！

当然，天津港大爆炸“失联”的何止是近百名消防队员，还有公安民警、普通百姓……

大爆炸的巨大恐慌，除了现场的惨状外，其中之一就是“失联”人数之多，而且随着时间的推移，“失联”人数不仅没有减少，反而不断增加。同时，“失联”时间越长，意味着死亡的概率增大，存活的可能越小。这是大爆炸之后，“失联”二字压在人们心中最难受的字眼。

我们甚至痛恨这二字，但对那些无望的消防队员的亲属们来说，“失联”二字又多少带着一丝丝希望，尽管有的现实明摆在那儿，他们仍然从内心和情感上期待奇迹会出现……“失联”因此成了一种对活着的人既是残酷的摧残，又是一份无望的安慰。

但在基层消防队、在消防总队、在公安消防局的领导和战友心里，寻找“失联”战友，是他们在大爆炸之后的第一时间里就传下的一道特别紧急和异常重要的命令，这一命令从习近平总书记和李克强总理的“批示”中也充分地体现了——“当前，最重要的是抢救生命”。

关于众多消防队员“失联”，从大爆炸响起的一瞬间，就成了整个事件的“焦点”。当然还有如“某某领导的儿子”在瑞海公司任职和操纵什么什么的“腐败”问题也算吊足了许多人的胃口。然而，消防队员的“失联”，无疑是焦点之焦点，关切之关切。

生命第一。生命无法复原。

大爆炸的威力在电视和视频上全世界都看到了，使那几千辆钢铁铸制的汽车瞬间化为了灰烬，而血肉之躯的消防队员怎会在如此威力无比的火焰中逃生而活呢？几万只集装箱竟然如一只只千纸鹤在爆炸热浪引发的冲击波中四处摇荡飞舞……这是怎样的摧毁力？一个活生生的人，怎能在如此威力下得以生存？

“失联”者的命运牵动着所有活着的亲人、同事、战友和那些把人民的生命放在至高位置的领导者、决策者心头。

有人给我讲了大爆炸后一位消防队员的家属为寻找“失联”儿子的情节——

13日傍晚时分。几个从飞机场下来的消防队员亲属直奔爆炸现场，他们见了火光后便哭天喊地要冲进去“救儿子”。现场的警察和军人苦心劝阻这些家属的鲁莽行动，但根本无用。“你们还我儿子！我要儿子！”消防队员的家属喊着、闹着、哭着。

“他暂时失联，我们正在想尽办法寻找……”这样的解释和劝说都显得十分乏力。

家属仍然一次次地想奔着爆炸地冲去，又一次次被拉回来。

“你们快去救火呀！快去救火！”最后，消防队员的母亲精神失常，她认定自己的儿子没有“失联”，那正在燃烧的地方就是她儿子在的地方。“儿子跟我说过：哪里有火光，他就在哪里……”母亲坚持这个理由。

面对这位“失联”消防队员的母亲，在场的人没有不流眼泪的。

是啊，即使是再严重的大爆炸，也许仅仅几秒钟、几分钟的时间就过去了，然而它留给我们活着的人的痛苦又是多么的漫长与深重！

“活要见人，死要见尸！”无论多么无私与大度的人，只要你是“失联”者的亲属或家属，他们都提出了这样的要求，这个要求没有任何半点的过分。谁能拒绝这样的要求呢？

但，天津港这场大爆炸的复杂与特殊，远远超出了我们一般的想象和认识。我记得有位领导在评说此次危险品爆炸现场时，曾连用了三个特别：“特别严重”“特别复杂”“特别危险”，这也说明现场确有许多普通人不了解的情况。比如传说中现场还有几百吨氰化钠，比如第二、第三天全副武装的多个解放军防化队进入核心，比如8月16日李克强总理到现场后指着仍在冒烟的废墟问是不是那些空气还散发着毒……尤其当人们看到那个比球场还大的“炸坑”，周边的土上泛着厚厚的一层白沫时，谁都清楚这样的现场，即使没被炸死，也会被毒死、窒息死。

“失联”者的命运在如此绝境中，有多少生还的可能？我们都很清楚。但我们又有谁真正清楚？

仍然这句话——“活要见人”。哪怕是只剩一个活人，也要不惜一切代价救出来。救出来一个就是少牺牲一个，少牺牲一个就让痛苦的人们少增一份对爆炸的仇恨与担忧，多让一个家庭获得团圆美满……

“政委当时就是这样给我任务的：尽一切可能救人，即使救出一个人，我也给你磕头！”张大鹏，保税支队参谋长，我心目中的英雄，也是此次大爆炸中的真正英雄。他如此说。

在我没有见张大鹏之前，他的政委竟然为了他不能越级提拔而愤愤不平甚至泪流满面——张大鹏并不知道这事，因为那天他不在场。还有一点我同样没有想到：这位比我晚当兵20年的“高大帅”消防支队参谋长，我俩竟然还先后在同一军校——廊坊武警学院待过。

“2008年汶川‘5·12’大地震时，我带了4名消防战斗员在那里战斗了几十天……”他说这话时，我暗笑：此人与我真有缘分——我是“5·12大地震”作家采访团的领队之一，写了本《生命第一》的书。但，张大鹏是抗震救灾的英雄与二等功臣。

“那天十一点半左右，我正在市里的河西区家里，刚躺下，就接支队值班室电话，说政委命令所有支队党委成员全部到火灾现场。我问什么情况，值班室说我们的一个中队出警后，16个人到现在全部联系不上。我想一定出大事了！因为以前从来没有遇到过这么严重的情况。于是从床上一个骨碌就跳了下来，直奔楼下，开动汽车。家属在后面问我去哪儿，我连回答她的话都没顾上，身上穿着一身运动衣……”张大鹏说。

“车一上路，好像比较顺，也没有人指挥，却见所有的车子都在往同一方向奔驰而去。那一夜天津人心急如焚，又心特别齐。大伙儿在大难临头时表现出的无形力量感觉很强大。而我当时内心感到另一份特别的责任，因为我是熟悉火情、具有专业灭火经验的消防支队参谋长。现在、前面，是大火引发的大爆炸，大爆炸后又引发了更大的火灾，我这个灭火消防的部队参谋长，必须去赴汤蹈火，必须去拯救我的所有战友和所有遇难的人。”张大鹏用坚毅而肯定的目光盯着我，说了这样一句话，“当时我确实准备了去牺牲……”

“为什么?”我需要问清。

“因为我的战友已经伤亡巨大，而爆炸现场的通红大火仍在燃烧……必须有人去灭掉这样的大火，必须有人去抢救大火里的生存者和伤员。”张大鹏回答得非常专业并且实在。

张大鹏到现场时，政委周秀已经先到。“大鹏，你负责去火场灭火与搜救!”政委下达命令。

“是。”张大鹏根本没有含糊，而且政委下达的任务也非常准确，你张大鹏是消防支队的参谋长，爆炸现场最重要、最十万火急的就是这两样事：灭火与救人。

政委下达的命令到位且及时。但政委没有注意一点：他的参谋长张大鹏同志连防护战斗服都没穿，只身从上到下都是单薄的运动衣。

爆炸引发的大火已经把整个现场烧得通红。成千成万的汽车与集装箱化为烟烬，消防支队的参谋长的血肉之躯敌得了谁?

参谋长同志根本没有犹豫，他的职业素质驱使他一个立正：“是。”随后瞄了一下风向，从爆炸现场的东南方向直插火场……“想救人，要灭火，地形侦察和火情侦察两不可少。”张大鹏的脑子里立即蹦出这句教科书上的话。

“哎，你给说说，到底里面是什么东西引发的爆炸?”现场混乱不堪，就是因为混乱，所以又总能找到些特殊线索。张大鹏擒住了瑞海公司院区的一个小头目，问他爆炸缘由。

“你救救我的命吧！快救救我吧！”那人没想到自己不仅没被炸死，而且还在极短的时间里有人竟然来到他身边，惊恐万状之中跪在张大鹏面前乞求道。

“活路一会儿我马上指给你，现在你先告诉我到底里面是啥东西引起了大爆炸？”张大鹏需要知道最关键的真情。

“我、我也不知道到底今天怎么啦！是是、可能是电池出了毛病，然而又出了大毛病……”

送走求生者后，张大鹏独自往爆炸区走。依我估测，他与另一方向的跃进路派出所几位民警是大爆炸后第一批进入爆炸核心区的几个英雄之一，时间大约在13日零点三十分左右。而在大爆炸的东南方向，张大鹏是孤胆进入爆炸现场的……冲天的火光映红了这位英雄高大而坚实的身姿，他像一只勇敢而精巧的山猴，一边探着眼前的危情，一边谨慎小心地向熊熊燃烧的爆炸中心靠近，每一步都无比艰难与危险。“每分钟都有五六次大大小小的爆炸，你不知道哪个地方会飞来各式各样的火球与碎块，要眼快脚快，否则不是被火烤焦了，就是让飞来物砸在那里。”他说。

“从吉运一道往里走了几十米，就看见一名消防队员躺在地上，因为他穿了战斗服，看得清。但当我把他翻过来时，发现已经牺牲了，满脸是血，身子也不完整了。”张大鹏摇摇手，并不想再细描述，“再往里走二三十米，发现有生还者，三个，两个是港务局的消防员，另一个是我们总队开发支队消防队员。他们都伤得特别重，其中一个昏迷状态，另两个也只能说话不能走路。见这种情况，我赶紧往回走，寻求援助。不远处就遇上了港务局来的消防支援队伍，于是带着他们用担架将那三位重伤员抬了出去，另又将那个牺牲的一起抬了出去。可是车子不够，我就对港务局来援助的同志说，你先把我的车开走，送伤员去医院，回头你把车还给我就是。那个时候也不会分公的还是私的，能救人出去就是最大的心愿。伤员和援助的消防队员走了，我又回到爆炸中心区，想看看到底什么情况，有没有活着的消防战友。走着走着，我觉得没法再靠近了，那火苗太高，温度也太高，烤得我皮肉发疼。这时我才意识到必须穿防护战斗服，否则无法完成政委交给的灭火与搜索救人的任务。两个字：先撤！”

“你是参谋长啊！”张大鹏飞步从爆炸中心的火光中后撤的那一刻，突然有人发现了他。

他定了定神。“你们是来支援的？太好啦！”张大鹏一看，是自己的消防部队，立即命令道，“给我一套防护战斗服！”

“是！”战士递给自己的参谋长一套战斗服。

张大鹏仅用了几秒钟就穿上战斗服，同时又连续下达了几道命令，其中最重要的一句话是：你们灭火绝对不能轻易打水！要先侦察火情，再研究方案。

“跟我来！”布置完后，张大鹏手一挥，援助消防队官兵跟着参谋长向燃烧着的大坑方向前进……

“张大鹏，现在我命令你立即到总队现场指挥部执行新任务！马上过来！”张大鹏的手机响起，总队长的声音严厉而有力。

“是！张大鹏明白！”

等张大鹏到消防总队所设的现场总指挥部时，他看到了一个个领导神情极其严肃地站在那里，他同时也看到了自己的老战友：开发区消防支队的参谋长、滨海区消防支队的参谋长……

“现在我宣布：根据事故现场总指挥部命令，我总队指挥部决定成立现场救人敢死队，由你们3位参谋长各带9个人，深入爆炸中心区进行现场搜索，千方百计寻找生还者，也要把已经牺牲的战友们给我抬出来……你们要不惜一切代价，甚至不惜牺牲自己，也要完成好这一艰巨而紧迫的任务！你们有没有决心？”首长用血红的眼睛盯着张大鹏和其他两位支队参谋长。

“有——！”张大鹏立即将胸脯挺得高高的，他清楚：他是现役武警！是军人！是共产党员！党和全国人民时刻都在看着自己，作为军人，还有什么时候比此刻更需要去勇敢地迎接考验，接受战斗，哪怕是死和流尽最后一滴血……他用余光看到并排一起站着的另外两位参谋长与他一样雄赳赳、气昂昂。

张大鹏感到浑身是力量，是责任，一分钟也不能再耽误去搜索和抢救亲爱的战友们！

“出发！”总队陈参谋长一声令下。张大鹏等各领9名敢死队员，从不同方向朝爆炸中心区挺进……

“敢死队”这三个特定字眼，似乎在和平时期很少用上，一旦出现，必定是场特殊的恶战。天津港大爆炸现场到了13、14日甚至之后的一个星期内，现场的恶劣环境和不间断的爆炸，给当时进行搜索与抢救幸存者的工作带来极大的困难。而随着时间推移，“失联”者的人数又不断增加，来自社会各方的议论与压力也越来越大，加上数以千计的“失联”者的家属蜂拥天津港及爆炸现场，要求“活要见人，死要见尸”的愿望越加强烈，争取提早每一分钟、每一秒进入爆炸核心区搜索与抢救伤亡人员使得有关部门做出成立“敢死队”的决定。从军事角度和技术角度讲，选择3个支队的参谋长担任“敢死队”队长，显然是周密考虑的，因为消防支队的参谋长是火场业务最熟悉的指挥员，由他们担任“敢死队”队长符合战况与情理。

此时的张大鹏其实已经在爆炸现场孤身进入核心区战斗达四个多小时，里面的情况已大体掌握，因此他当场建议：要接近爆炸核心区，三支“敢死队”得分工，以上风口的东南方向进入为主，西北方向不易进入，那边顺风而燃的火势没有得到控制，危险大。指挥采纳了张大鹏的建议，命令由他和开发支队参谋长带领的“敢死队”由东南方向进入，另一支“敢死队”则从西北方向摸索进入。

“此时天已蒙蒙亮，照理应当比夜间进入现场要好一点。”张大鹏说，“哪知清晨的风大了，最关键的是经历近一夜的燃烧，现场空气极其差，呛人不说，气味难闻，能感觉出空气中有明显的毒味，这对我们闯进去的人来说，危险性增大不少。13日早上，我们的装备还没有用上化学防护一类的东西，只是平常消防战斗服外加一只口罩。噢，另每人背一台呼吸器，这机器沉，15斤，只能用45分钟左右，实际在现场只能用30分钟，因为我们还要除掉来回花费的时间。但这不是最关键的，关键的是当时现场爆炸不断，火势仍在自燃状态，危险性极大。但所有这些，对我们敢死队来说，根本不可能去想这样的危险，因为我们的任务和职责就是冒死救人去。前面再大的困难，就是刀山或断头台，你也得往里冲……”

现场的情况比张大鹏想象的要严重和可怕得多。“几乎每走四五米就有死人。”他说，“那天早晨，我带的那个队找到了7名遇难者尸体，我们一一将其抬出来，送上救护车。”

时间就是生命！倘若现场还有幸存者，那么每一分钟、每一秒钟对他们来说就是生命的拯救马达。

时间就是情感！现场外成百成千的“失联”者家属都在心急如焚地等待一个是死是活的“眼见为实”的结果啊！

张大鹏说，那些时间里，他的眼前总闪出许多人许多样的表情，或是在冲他骂，或是在冲他笑，或是在冲他哭，“更多的是在乞求我，乞求我哪怕是早一分、早一秒钟将他们的亲人找到，告诉他们到底是死还是活……那些日子里，我感觉自己不能停止一分钟时间工作，即使前面是跨不过的火海、避不了的火球，我也得往前冲！”张大鹏感慨万千地回忆道。

越接近爆炸核心区，脚下的路越难走，几乎都要走一步退三步。“火势大呀！各种物质都在燃烧，越烧越烈，钢铁和车胎烧起来后，就是灭火器也非常难扑灭的，更何况当时我们的消防车还不能接近现场。怎么办？根据我的经验：欲争取更好的救援，就必须制止火势。但通往爆炸核心区的道路无法让消防车进入。于是我向指挥部请示，敢死队抽出一部分人力进行现场人工捡废物。千万不要以为这个活儿不重要、不危险，其实在当时这比搜索更危险，因为你得弯下腰去捡东西，你得扛东西，这个时候稍有不慎，就可能被一样‘飞来物’砸着了……所以我要求大家一要仍然拿出敢死队的精神来，二是注意四周火情。安全是第一个！敢死队临行时，周政委用拳头打在我胸膛上，说：你大鹏如果出了事，你带进去的人出了事，我都要拿你问罪！政委的话既让我感动，又令我深感责任重大。敢死队员必须坚决完成任务的同时，又必须个个完好无损地活着从爆炸现场的抢救战斗中回来，这是我的第二任务。”张大鹏说。

一百多米通往爆炸核心区的道路被清理出来了。

“坚决压住火势！掩护我们进入爆炸区……”张大鹏觉得这样的拉锯式战斗不是事，便一面请求总指挥部灭火支援，一面命令敢死队队员，“瞅准火势减弱时机，冲锋进入核心区……”

“是！”敢死队员们毫不含糊，精神饱满，尽管每一小时对他们来说需要付出巨大的消耗，但他们丝毫没有退减战斗力。

通往爆炸核心区没有路，只有满地横七竖八、扭扭歪歪的集装箱与燃烧着的各种废弃物。敢死队员们双脚根本无法落地，地面上不是燃烧物，就是铁尖碎片，胶液残物，又滑又黏，时不时还有坑坑洼洼里溢出的污水……

“这次我们找到了三具尸体，两个是消防员，一个是老百姓。”张大鹏说，“看上去是被大爆炸震死的，脸部完整，内脏估计全粉碎了。”

有敢死队员抱起年轻的战友直哭。“现在还没有时间哭，抓紧时间将遇难者运送出去，或许我们还能找到活着的战友……行动快些！”张大鹏在一旁催促。

“前面就是瑞海公司的院子了！参谋长，进不进？”下午4点多，筋疲力尽的敢死队员刚刚将几具尸体抬出现场，有人一边揉着眼睛，一边指着火焰中的前方，询问道。

“那是他们的办公大楼?”张大鹏眯着眼，朝火势最猛烈的地方瞧去。

“是的，就是那栋楼。”

“成水泥骷髅了!”张大鹏看看表，再察看了一眼烟雾腾腾的现场，当即决定，“暂时后撤，等待战机。”

“当时我看到队员们体力消耗太大，天又将黑下，烟雾浓烈，如果这时再往核心区进发，危险非常大，也不见得有任何战果，故下达了后撤的命令。”张大鹏解释了战术。

但情况并非如想象的那么简单。本来想“加油”的队员们回到现场的临时“营地”根本吃不下饭，一进食就恶心呕吐。而灭火的消防车一停，刚刚减弱的火势则又卷土重来。

灭火不能停。必须24小时不间断地战斗。张大鹏等在现场改进战术。同时，他们认为抢救幸存者的战斗同样不能停，因为只有紧跟灭火的步伐，才可能接近爆炸的核心区。

“我们决定：13日傍晚6点，敢死队向核心区挺进，争取进入爆炸地。实际上自爆炸到现在，还没有人进入瑞海公司危险品仓库的爆炸点。我们的决定，意味着我们是第一批进到里面的人。为了防止意外，有效进行搜索和抢救，我做出战术安排：4人留在‘后方’做援助，我和敢死队中的一位中队长各带4名骨干，兵分两路进入瑞海公司的那个院子——这样的布置，其实我内心有个没有说出来的原因：一旦遇上现场新的爆炸，一个小组牺牲了，另一个小组有可能活着……作为指挥员，我必须做这种无奈的安排。为了抢救幸存的战友和群众，我们敢死队同样必须做好最坏的打算和尽可能全面的考虑。生与死对我们个人来说，已经并不重要，重要的是我们身上肩负着尽快寻找到‘失联’战友的责任，这是第一位的任务。现场的复杂情况，需要指挥员做出正确的判断，因为越到核心区，情况越复杂难控。”

敢死队员排除万难，小心翼翼地进入院子——其实所谓的“院子”连像样的半垛墙都看不到了。“里面的景象实在不能形容！一句话：惨不忍睹!”张大鹏说，“进去后，就在一个烧红的铁架下面发现一具消防队员的尸体。当时看不清脸，他的身上又压着很多废弃物，等将他刨出来，翻过身一看，我看到了他的战斗服是我们支队的，而且不是消防中队战斗员穿的，是支队机关干部穿的那种风衣式的。我顿时明白了他是王吉良……"

天津消防开发支队副支队长"失联"在爆炸之后的第一时间就被上上下下相传和关注，因为他是所有"失联"中职务最高的一位消防官员，中校警衔。

"老王在基层消防队一二十年，身经百战，是位功勋卓著的老消防，我们彼此很熟。在现场虽然无法辨认他的脸容，但从其服饰看，我的估计十有八九是他了，当时我和敢死队员心头极其难过。但也没有任何办法，唯一能做的就是小心翼翼地将牺牲的他移到担架上，再将现场他的所遗物哪怕是一个纽扣，都完完整整地拾起来……"张大鹏说到这里，眼睛已经红了。

"这样的场面，在那些日子里见得太多太多，现在一闭眼就会从脑海里跳出来……"张大鹏哽咽道。

"失联"的王吉良找到了的消息，当晚就在战友中传开。他的亲密战友、同为开发区消防支队副支队长的郝震得知好友已牺牲，痛不欲生地告诉前来采访他的记者："吉良同志从11号起就连值了两天班。当时他对我说：'我孩子大了，父母又不在身边，你们家在天津的，负担重，安心回家好好休整休整，我替你们多值几个班。'他这一替我们值班就……"

是啊，当晚值班出警的消防队员中，何止王吉良一个人没有回来。

44岁的王吉良，是山东德州人，从军25年，还有3个月就可以转业离开消防岗位。但他把最后的生命留在了一生钟爱的消防事业上。其母在2014年底刚刚去世，王吉良妻子得知丈夫牺牲的消息，伏在婆婆的遗像前，悲恸欲绝，说：你去陪母亲却丢下我和儿子不管……

多少亲人在企盼，多少"失联"者仍留在爆炸现场。此刻的他们，是死是活？亲人揪心，战友揪心，全国人民和中央领导跟着揪心。

13日的夜幕已经降临，风与火加之浓浓的烟雾，将整个爆炸核心区笼罩在寸步难行的恐怖迷阵之中。总指挥部决定暂停现场搜索，以确保敢死队和消防队的绝对安全。次生的无谓牺牲，谁也承担不起这份责任。

张大鹏等无奈地在距大火前不远处的宿营地焦虑地等待着战机、等待着天色渐变……

"我们决定14号一早再行动，而且这一次必须抵达爆炸核心区——也就是大家知道的那个大坑边!”张大鹏说。

次日，也就是14日凌晨不到5点，张大鹏便与敢死队员们早早醒来，进了一点食品后便开始向爆炸现场的“死亡之地”进发。

“由于任务明确，并且不再有任何顾及，所以我们很快进入了爆炸中心地带。”张大鹏这样描述他第一眼看到的情形，“那个大坑我们已经能用眼睛看得见了。在大坑旁，有4辆消防车，3辆是开发支队的，1辆是我保税支队的，开发支队有两辆车搅在一起，显然是爆炸时其中一辆飞到了另一辆身上。我们之所以能认出消防车，是因太熟悉我们这些‘战友’了——它们其实跟我们消防队员一样，都是每次与我们并肩战斗的‘亲密战友’。见了消防车，我们就立即投入了寻找有没有幸存者。虽然从完全变形和烧得面目全非的汽车看，我们心里多少有些准备，但只要不见尸体，就意味着可能还有战友是不是活着的期待。于是我们在几辆消防车周围细细察看，寻找可能的幸存者。就在这当口，一位队员突然喊了起来：‘这里有人——活着呢!’我一听，顿时兴奋起来，忙问：‘在哪儿?’那队员立即用手指给我看。可不是，就在一堆废墟旁，一个人躺在那里，似乎还在动……我一边快步过去，一边命令队员们‘不要动他’‘不要动他’。等靠近一看，是一位只穿着背心的小伙子，初步判定他应该是我们的消防队员，于是便问：‘你是哪个单位的？啊，能回答吗?’我刚一落音，躺在废墟上的小伙子声音很小但能听得清楚地说：‘开发……’我一听这两个字，立即兴奋地喊道：‘是开发支队的！他还活着！活着!’这个时候，我们几位敢死队员全都欢呼了起来。这是几十小时来，我们在爆炸核心区见到的第一个幸存者，而且是我们的消防战士！太激动人心了！我和队员们真的是热泪盈眶，不知说什么好。我一边联系外面的救援医务人员，一边让队员们鼓励受伤的战士‘坚持!’‘坚持!’并且不停地跟他说话，防止意外。很快，120急救车出现在不远的地方，于是我们就扛着担架，轻手轻脚地将伤员抬上，又飞步离开现场……”

这位消防队员叫周倜，他获救的消息在当日早上开始传遍天津、传遍全国。

(关于周倜，我必须把现在的他介绍给大家：

我见到这位唯一在爆炸核心区被救生还的消防战士的时间是10月24日下

午，小伙子还在医院治疗，病房里很安静，他父亲一直陪护着。

周倜的伤没有全好，但已经不妨碍正常的人生。

1996年出生。与他同样年龄的许多小伙子牺牲了，周倜能够健康地活在我们中间应当是个奇迹。

“能讲讲当时的情况吗?”我自然要问最想知道的事。

看上去性格偏内向的小伙子点点头，说：“我是中队第二辆的战斗员。当时我们的车子距火场约20来米。我看到爆炸前的瑞海公司院子内的集装箱里噼里啪啦乱响，也不知是什么东西。就在这时突然炸开了，全是火点……我跟了几步，倒在地上。看到其他人都跑的跑，躲的躲。好像大家还没有弄明白是咋回事，就响起了第二声巨响。后面的事我就不知道了。醒来时，用手一摸，像是在一个坑里。我想从坑里跳出来，但没有力气，双手扒着土，就是不着力，几次重新倒在坑里。那里面有水，我只能站站躺躺。可又不敢睡着，怕睡着了再也醒不过来……抬头往上看，都是火，红红的，火焰在坑口上面一耀一耀的，好像要烤到我脸上一样。开始我喊过‘救命’‘救命’，但没人应我。后来就喊不动了，心想：可能旁边没有人了，我得自己想法活下来。所以就又往上蹬，蹬不动，又上不去。再后来就越来越觉得累和困，就想好好地睡一觉。可一想：不对！不能睡，而且也不能一直在坑里待着，必须上去。也不知从哪儿来的力气，最后出了坑。一出坑就把我吓坏了：我这是在哪儿呀？怎么成这样了？我想一定是出了大事，大火灾了！我的中队战友们到哪儿去了？队长他们到哪儿去了？他们怎么丢下我一个人不管了？我想哭，可又哭不出声。烟呛得难受，嗓子干得发闷。我想这回肯定是死定了，可又想我才多大怎么就要死呢？我不能这样死了，我才当兵刚刚一年，以前从家里出来的时候，就跟家里人和小伙伴们保证过，要当个好兵，争取入党，最好还能提干……是，我才19岁，不能死，至少也该有个对象嘛！也不知哪来的这些想法，那几十个小时里，我一会儿睡着了，一会儿被热烘烘的火烤醒了，一醒了就七想八想。但最想的还是看到自己的战友、看到自己的家里人突然出现……我就这样坚持着，盼望着。一直到张参谋长出现，问我哪个单位的，当时我心想：这回我有救了，不会死了。后来我又啥都不知道了……”

坐在一旁的周倜的父亲周进善补充说：我14日11点左右到天津的。我在广东汕头打工，电视里看到天津港这边爆炸了，就赶紧打电话给儿子，他手机没人接。又跟部队领导联系，他们说周倜“失联”了。我一听就飞了过来，跟他妈一起飞过来的。路上就听部队的同志告诉说，周倜他被救了出来。我跟他妈一路上捂着胸口，生怕孩子找不到。等听说找到了，又怕他伤得太重，吃苦太多……第一眼看到躺在重症室的儿子时，根本认不出来。那天李克强总理来看周倜，我们一家好激动。李总理心疼地看了我儿子烧伤的脸，叮嘱医生，说一定要把孩子的脸治好。你看，现在他的脸基本都好了。

周进善从心底里泛着满足。而我的内心则有些空荡荡的，因为像周倜一样被张大鹏他们敢死队从爆炸核心区救出来的伤员，微乎其微。)

镜头还是拉回8月14日早上救出周倜的那个令人欢欣的时刻——

上午9时许，央视记者采访刚刚从“死亡之地”救出周倜的英雄参谋长张大鹏时，这位硬汉竟然哽咽得说不出话。许久，他对着镜头，保证道：“我们要把每一位幸存者救出来！把每一位我们的兄弟背出来，绝不放弃！”

是的，绝不放弃！只要有一丝希望。部队和地方公安部门直到中央领导，都在强调和要求参加抢救与灭火的救援队伍这样做。希望周倜这样的奇迹再次出现……

然而爆炸现场的实际情况一点也不乐观，甚至比见惯了死人的张大鹏所想象的还要严重得多。“送走周倜后，我们又回到爆炸核心区，继续搜寻。在烧毁的一辆消防车上，前排座位上我们看到了一堆白骨，后排的座位上也有一堆白骨，车门下面掉着一条腿……估计这两位消防战友当时正在车上，其中一位正要下车时，爆炸就响起了。”张大鹏的话突然戛然而止。稍久，续言：“当时我和队员们看到现场的这般情景，悲痛万分。后来我对队员们说，想法让战友们回家吧！你们用头盔把他们的遗骸放好，所有的遗物也尽量找到放在一起……就这样，我们几个围着这辆车，寻找了好一阵，将所有能够捡起来的牺牲战友的全部遗骸与遗体收拾好，然后在现场列队默默志哀……”

“大鹏，后方起火了！赶快撤！”下午时分，张大鹏他们仍在核心区搜索，竟然在他们的后面燃起大火，这等于是绝敢死队的路。现场总指挥部立即下达了让敢死队员们后撤的命令。

“这个时候怎么能撤呢？我们进来一趟不容易啊！我请求我们队留在里面继续执行搜索任务，请政委批准！”张大鹏觉得在这紧急关头，撤就意味着又要耽误很长时间。

“张大鹏，你敢违令？你听着：不管什么理由，现在——立即，你给我把所有队员全部撤到安全地带！听清楚了没有？立即执行！”张大鹏从没听过周秀政委用如此口气跟他说话，想了想，无奈只得后撤。

“你们已经连续战斗了数十小时，后援部队已经到了，你大鹏任务完成得出色，现在需要换防了。”临时现场总指挥部帐篷里，政委对瘦了一大圈儿的张大鹏说。

“那不行，谁都可以下，我不能下！”张大鹏一听就急了。

“为什么？就你能？”政委生气地盯着自己的爱将，“没有说不让你再参加战斗，是让你先整休几天嘛！”

“也不行！”张大鹏犟上了，梗着脖子，道，“我是唯一一直在现场指挥的人，里面的情况最熟悉，增援部队不能跟我比。再说，我的许多战友还没有找回来，我能安心歇得下来吗？啊？你政委说说我能歇得下来吗？”

钢铁汉子说着说着竟呜呜呜地哭了起来。他一哭，又让政委收不住眼泪了。“你、你张大鹏能吧！我、我管不住你，你去吧！你只要给我把我们的人、把我们的消防队员找回来我就不撤你的职……”周政委觉得自己没辙了，边擦眼泪，边甩手道。

“嗯，保证！我保证把他们一个个带回来……”张大鹏像受了天大委屈的孩子似的，边哭边重新穿上战斗服，投入新一轮的“死亡之旅”……

从13日零点三十分左右，张大鹏始终在爆炸核心区内组织灭火与抢救，他带领战友们将能够找得见的牺牲的战友一一抬出爆炸现场，又将牺牲的战友的遗物一一寻找收拾好后带回到他们的亲人手里，同时又遵照部队命令，将另一批牺牲的“战友”——那些被烧毁的消防车也一一给拉回到了部队。

2015年8月29日，张大鹏完成现场抢救任务，带着满身臭味和异常疲惫的身体回到家。妻子见后着实号啕痛哭了很久很久，一句“嫁给你就一直操透心”的话，在颤动的嘴边久久不绝……

但从此以后的数个月里，在张大鹏的心海里，抢救“失联”战友的战斗一刻也没有停止过，尤其是夜深人静时。“我现在不敢关灯，一闭眼，脑海里就浮起爆炸现场、那个大坑旁边一片片化成白骨的战友的遗体……太惨太惨！我无法抹去这样的记忆，我觉得对不起这些牺牲的战友，他们多数也就十八九岁……他们是英雄！他们就是英雄！”张大鹏在接受我采访时，一遍又一遍地重复这句话。

是的，我不知道天津瑞海危险品仓库火灾爆炸事故最后到底怎么处理。但有一点可以肯定：那些因公牺牲的消防队员、公安民警，正如李克强总理说的那样，无论是编内还是编外，他们都应该是烈士——为人民的利益和安危牺牲的烈士。

我们应当永远地记住他们的名字。因为他们有的还是孩子，他们是我们的亲人。

笔者本文的收笔时间是2015年12月15日。恰在此时，有则新闻出现在我手机上——

事件新闻链接：中新网北京12月15日电，国家安监总局政策法规司副司长邬燕云15日在北京透露，关于“8·12”天津港爆炸事故，目前国务院事故调查组正在抓紧进行事故调查。事故调查的法定期限是4个月，但技术鉴定的时间不计算在内……邬燕云说，事故报告依法经国务院批复后，会及时向社会公开。

14 最后的安魂曲

人死后不可复活。所有悲伤与痛楚必须接受。这也是人类得以继续生存的本性。

现在的天津港区，有几个地方设置了“8·12”爆炸遇难烈士墓地。几乎每天都有人到墓地献花与烧纸，以祭奠那些在这场大爆炸中牺牲的消防队员和无辜死去的群众。

人的生与死，很多时候就在瞬间。人的生与死，又在很多时候或光芒四射，或毫无声息。生命如此差异，灵魂可否获得同样的安宁呢?

那个嘈杂而纷乱的爆炸现场，那些英勇奋战、突然牺牲的消防队员们能否在结束年轻的生命之后，其灵魂获得一丝安宁，这是大爆炸现场遇到的又一场特殊的困难与困境……

这样的工作从某种意义上讲，远比扑灭一场火灾还要难上几倍，甚至几十倍。

人死不可能复活。人死后所有的悲伤都留给了活着的人。活着的人要面临比自己更年轻的生命尤其是自己的后代们突然不辞而别的永久离去，该是何等的悲痛欲绝!

镜头一:

只差一周便是22岁的甄宇航烈士的遗体告别前有一幕让所有参加仪式的人泪流满面——其母跪在地，一双布满老茧的手颤抖着为永别的儿子点着蜡烛，“航航，妈妈想死你了!”“妈妈以后怎么来看你呢?”“妈妈想跟你去……”

镜头二：

医院工作人员从太平间将江泽国的遗体拉出来，准备往殡仪馆送时，车子突然被两位年轻的消防队员拦住："不许走！""你们不能把我们的教导员拉走！不能！"

"这是上面要求这么做的，再说医院不得已，太平间已经放不下死人了。"拉尸体的人说。

"求求你们了！求求你们晚一天拉走，我们想多陪陪教导员……"两个消防队员竟然扑通跪在地上。

现场，围观的数十人默然流泪。最后达成"协议"：让这两位消防队员、江泽国的战友随殡葬车将烈士护送到殡仪馆。

镜头三：

烈士郭俊瑶的遗体告别时，只有他的姐姐在场。部队领导问她为啥烈士的父母没有来，他们不是与你一起从老家赶来的吗？烈士的姐姐泣不成声道：前天一家人到殡仪馆"认尸"时，弟弟的那张烧黑的脸让他们全家有些"认不太出"，所以从那一刻起，烈士的父亲就"不太认人"了。母亲则每天夜里都睁着眼不闭，问她怎么啦？母亲对女儿说：眼前总有一群孩子，脸都是黑的，有时也能看到儿子闪过，但儿子笑笑就走了，不说一句话……

听完这些话，数十名消防官兵泣不成声。

从爆炸之后，第一批伤亡者被现场抬出来开始，许多人做着与陈晓龙同样的事：辨认死者，安排后事。

"以前做过这样的事吗？"我问这位安静地坐在我面前的中校警官、消防支队作战指挥中心主任。

"没有。从来没有过。"陈晓龙回答。

真是天再大，也就一个圆。一问，陈晓龙的父母曾在我工作过的廊坊武警学院待过，当他报出其父母名字时，我仍旧能记忆起一些模糊的印象——30余年了，往事如烟，我们的记忆削弱多了，但"战友"二字从不模糊。

陈晓龙是大学生入伍的青年消防警官。有过7年的基层工作经历，当过消防中队的排长、副中队长、中队长、指导员。大爆炸前一年，陈晓龙才从基层调到支队作战指挥中心任主任。

"8・12"那天不是我值班。陈晓龙说，刚睡下，大约在11点，突然听到响声，因为我家就在距事故现场三四公里的地方。第一响声，楼房小晃；但第二响声时，楼房晃得厉害。我就从床上滚起来，往外一看，已经火光冲天——在我家的北边。凭经验，我知道这不是一般的火灾，而是什么东西引发的大爆炸了！于是便给天保消防中队值班室打去电话，问是不是出警了。那边回答我：出警了，但现在联系不上。我估计火情十分严重，便下楼，见下面已经很多人了，大家都在议论纷纷。就在这时，我收到了支队值班室电话，说瑞海危险品仓库着大火，你离得近，立即去现场看看情况。我就马上驾车赶往爆炸现场，不到12点就到了那里。现场火情太恐怖，方圆三四公里左右全是火，还有天上落下的东西也都是燃烧物……我立即向支队首长汇报，并接到命令，要求我立即侦察和搜寻我们的消防队员。于是我就往现场爆炸点走，当时只穿了普通的衣着，刚往里走，就感觉空气里的温度特高，烤在脸上很痛。显然是进不了真正的爆炸点，但可以看到靠在外面的几辆被炸毁的消防车，也能看到一些活着的人在往外走，样子都很可怜，浑身血淋衣破，脸都是黑的，一看便知是高温火熏的。再想往里进就不行了，只好后撤。这时与我们的政委和参谋长会合，现场简短一合计，我们做了简单分工：参谋长负责搜救，我在现场接应，政委全面指挥并同上级保持联系。但当时又感觉十分奇怪：一方面觉得非常紧张，另一方面又觉得自己不知干啥。身边来来去去的车子和人特别多，都在说赶紧把伤员送到医院去，送到最近的泰达医院。那当口儿，我好像才找到了自己的大爆炸之后“救援岗位”——去为自己牺牲的战友完成最后的旅程……陈晓龙说。

陈晓龙的任务是什么？不复杂，去确认那些牺牲的战友。在到支队工作之前，他就在天保消防中队当了7年“长官”——从排长一直到指导员，熟悉每一个战士的情况。“你最了解中队的情况，你负责这一块。”支队政委这样交代陈晓龙。

天津港大爆炸之突然和破坏力巨大，伤员和死者的辨认成了非常困难的事：他们几乎都是清一色的“黑脸”，大火熏的；他们几乎都是血肉模糊，冲击波伤害的；如果是牺牲者，面目更不易辨认，断头少臂算好的，最严重的遇难者或什么都没有了，或只剩白骨一堆，轻者也是面目全非……大批亲属从四面八方赶来，每日滚动的新闻发布会需要及时公布死者名单和人数，都需要现场对死者的辨认，而且必须准确无误。

身为“消防支队作战指挥中心主任”的陈晓龙，现在的任务是辨认牺牲的战友，一项从未接受过的“战斗任务”。

到泰达医院的时间大约在3点钟左右，那个时候的泰达医院处在一半瘫痪状态，伤员已经无处安放。因为距爆炸地最近，泰达医院在13日的凌晨几小时里，一片混乱其实也在情理之中。

陈晓龙在最初的时间里，看到了自己支队的两名伤员进了重症室。这个时候泰达医院已经不收伤员了，而医院门外拥来的伤员越来越多。“赶紧往其他医院送吧！”陈晓龙就是在这种“感召”下从泰达医院到了塘沽医院。在那个地方他找到了自己老单位的3名伤员。

“陈主任，放心吧，我们在这儿看护呢！”已经有支队的其他同志在医院陪护着伤员。这让陈晓龙欣慰地意识到部队指挥协调的能力。

“晓龙，我们那些牺牲的战友的亲属有的已经到了，有的正在路上，得把所有牺牲的同志找到，并且不要让他们的亲人看到后特别难过啊！这项任务交给你了，务必要完成好！”支队领导命令道。

“请首长放心。坚决完成好任务！”

陈晓龙并没有接受过这样的任务，也不知道它到底是一项怎样的任务。

死人会在何处？死人在医院里一般都放置在太平间。

太平间是个怎样的地方？太平间是生者与死者相隔最近的地方，可又让生者感觉那么遥远，那么陌生。

这是13日凌晨五六点的时候。陈晓龙听说泰达医院的太平间里已经放了几具尸体，便赶紧往那儿走。一推门，一股冷气袭来，让他的心一颤。再细看里面，摆放着六七具尸体，有的满身是血，有的连衣服都没有了……其容貌更不敢细看。陈晓龙的目光首先停在那个身上还穿着迷彩服的那一具——这一定是我们的消防队员。

是的，是我们的人。第一眼陈晓龙就认出了。第二眼他看到死者满脸都是玻璃碴，伴着的是仍未凝固的鲜血。

是田宝健！这是他带的新兵，他熟悉的兵。陈晓龙的眼泪涌上眼眶，但没有流出来。

为了确认自己的辨认没有错。他伸手去摸尸体的外衣口袋，找到了一只手机。一试，还能用。陈晓龙用手机拨了一下自己的号码……来电显示的三个字正是“田宝健”。

陈晓龙凄然默立在年轻战友的面前，一时脑子空白。后来，他轻轻地掏出几张干净纸，慢慢地给田宝健的脸上擦了擦，可这一擦，让陈晓龙的泪水一下控制不了。他感到异常悲伤的是在他给战友擦脸的时候，发现那张年轻的、仍然留存一丝温度的脸上尽是玻璃碴子，无法擦洗，一擦就会划破更多的地方……

陈晓龙的心犹如刀割。第一次他走出太平间时，觉得整个世界变了，变得都是痛。

还没有从悲伤中缓过气来。天保中队司务长过来向陈晓龙报告：“又有一个同志牺牲了，医院方面说是我们中队的，叫袁海……”

陈晓龙有些迟疑：“袁海?”

“是2014年的新兵。”

陈晓龙点点头：他是去年8月离开天保中队的，那时2014年新兵刚刚下中队，所以他对“袁海”没啥印象。

“走，去看看他。”

陈晓龙再次进了太平间。才一会儿工夫，太平间已经多了好几具尸体，有些人满为患了!

“就是他。”司务长指着其中的一具尸体说。

陈晓龙一看，眉睫不由紧锁：新兵袁海死得比田宝健还惨，脸已经成了一团完全模糊的黑疙瘩……为了确认自己战友的真实身份，陈晓龙轻轻地翻动了一下尸体，看到了死者胸前的“保税”二字。又将尸体翻过个，后背战斗服上四个大字更加醒目：“保税消防。”

“马上向支队首长报告。”陈晓龙长叹一声后，对身边的司务长说。

时间已至13日上午。这个时候整个天津、整个大爆炸现场，都处在一片混乱而又有一定的秩序之中。根据中央领导指示精神，大爆炸现场总指挥部下达了一道又一道命令和指示，其中包括了对“失联者”的确认和死者甄别工作。大批专业人员和志愿者被调集到一线，消防部队更是为了接待数以千计的伤员与死者的家属而派分了多路人员负责善后事宜。

“这项工作的难度完全超出了我们的想象。”一位消防干部这样对我说，她说她从13日凌晨3点被叫到单位后，一直到29日才有机会回自己的家一次，

"没日没夜地陪着那些牺牲的战友的家属……你不能有片刻和稍稍的马虎，要不不知会出现啥情况，可是担当不起的！"

许多消防战士的父母来了后，一听自己的孩子牺牲了，不是当场昏倒就是几天犯糊涂，分秒离不开人陪护。天津消防遇到了前所未有的一项特殊的"灭火战斗"——抚慰那些失去亲人的家属们的心灵伤痛。尽快寻找和确认牺牲者，并让家属在看到自己死去的亲人的第一眼时不那么悲恸欲绝，是当时的重中之重的任务，从某种意义讲，可能比当时扑灭爆炸现场残留的火情还要紧急和重要。

陈晓龙的感觉便是如此。他觉得自己的责任重如泰山，不敢半点含糊。"因为那个时候，死者家属的心是碎的，即使小心翼翼，也会触到他们的最伤痛处。"他说。

但意外的事情总是在最乱的时候出现。田宝健烈士的家属来了，来后的第一件事就是想尽快看到自己的亲人。那个时候迟一分钟就可能让家属的情绪出现异常。见到田宝健的家属时，部队的领导都暗暗捏了一把汗：妈呀，一下来了二三十个亲属呀！

"晓龙，你那边好了没有？可不可以让家属到太平间见见面？"领导打电话问陈晓龙。

"应该可以吧。我跟医院方面联系一下。你们等我的回话。"合上手机，陈晓龙就往泰达医院的太平间走。

"天哪！我们的人到哪儿去了？"陈晓龙一进太平间，立即跳了起来：原来安放田宝健的尸体厢里换成了另一个人！他迅速翻遍了所有尸体厢，却仍然没有找到战友，本来是冰冷的太平间，可陈晓龙顿时急出了一身汗……

"我们是奉市里的命令：医院里的尸体放不下了，统统往各殡仪馆运……"太平间的工作人员说。

"你是说，都运到其他地方去了？知道我们的人运到哪个殡仪馆吗？"陈晓龙只感觉自己的身子又顿时从热变成了冷，甚至浑身有些打战。

"这个我们不知道。"

陈晓龙满头大汗地赶到汉沽殡仪馆，但人家不让他进去：上级有令，现在不能随便看尸体。要等公安部门来做DNA。

"死者家属已经来了，想见一下总可以吧！"陈晓龙急了。

“那也不行。我们得请示同意后方可。”

“那求求你们帮助请示一下吧！”陈晓龙想发火又觉得没用，只得忍气等待。

同一时间里，消防总队领导也在发动其他官兵在其余的天津港爆炸附近各殡仪馆寻找，结果大出意外：没有田宝健。

会到哪儿去了呢？陈晓龙一边等一边在思忖。晚上6点左右，陈晓龙被告知可能进汉沽殡仪馆停尸间了。

阿弥陀佛！人找到了。

“那你就赶紧准备吧，我们陪家属到你那儿估计个把小时时间……”善后组告诉陈晓龙，意思是他们一会儿陪着田宝健的20多位亲属马上到殡仪馆。

“活要见人，死要见尸”，牺牲者亲属的急切心情，完全可以理解。但苦了在殡仪馆的陈晓龙：战友牺牲留下的面目太惨太难看！怎么办？

“求求你们了！马上帮助整一下容吧！”从不求人的陈晓龙，现在竟然觉得自己唯一能够做的就是“求人”。

整容师来了，并且立即上手。

陈晓龙却不踏实：他要亲自看着他们如何缝合他所熟悉的战友的容貌……呵，这是极其痛苦的过程：整容师在已经没有温度与生命的战友脸上、身上，用刀、用针剪裁与缝合，那针针刀刀仿佛都扎在陈晓龙心尖上。他感到痛，痛得喘不过气，然而他又必须坚强地、不动声色地站在整容师的身后，站在战友的面前……

整个整容时间比预期晚了两个小时，因为烈士被炸的地方太多、太严重。

“可以了吧！”当晚9点多，整容师直起身，问陈晓龙。

陈晓龙再一次细细地察看了他熟悉而似乎又陌生的战友田宝健，神圣而又肯定地点点头。整容师走后，他又将事先准备好的一床崭新的被子盖在了他亲爱的战友的身上……

“我的儿啊……”“我的亲亲啊……”停尸间向家属打开的那一瞬，恸哭与哀号声撼天裂地。

“儿啊，你才不到20岁啊！”

陈晓龙默默地背过脸，拭泪不止。

这仅仅是开始。大爆炸夺去消防队员的生命达100多位，共和国消防史上从未有过的一次壮烈。

我知道，大爆炸善后工作中像担任陈晓龙这样任务的有一批人，他们多数与陈晓龙一样，从未接受过如此特殊的任务。

“害怕，真的很害怕。”开发支队防火处监督科副科长张建辉接受了同样的任务，最初他在打开尸柜时都不敢看，“我既害怕这一眼看到的是自己熟悉的战友，又怕认错了人……”

找来的认尸者都是临时抽调的那些对自己单位比较熟悉的“老兵”。即便如此，许多情况下仍然有种种“意外”：有的尸体被现场的水和其他物质所腐蚀，浮肿，甚至严重腐烂，完全变了形，一碰就一股臭水臭气袭来……你即使忍不住，但也得靠近去慢慢通过细节确认死者的身份。有时一具尸体，要翻来覆去几次移动其身子才能最后确认。张建辉说，他就遇到一个烈士的遗体在两个地方，最后费尽功夫才“组合”到一起，并最终确认了身份。

我听过天津港公安局的事故现场搜索组同志说过，他们在爆炸现场后来见到的在最核心区牺牲的消防队员形状，基本上都是双手举过了头的姿势……我请教专家，他们告诉我：这种姿势证明，爆炸的火焰袭来的那一刻，牺牲者会下意识地举起手想“挡”火，于是就有了这个动作。

好惨啊！那些牺牲的消防队员们！

陈晓龙的另外两位年轻战友庞题与宁宇，牺牲得特别惨烈，当前方搜寻他们的战友将其确认是这两位战友时，其面目全无，化至白骨……这样的死者如何让亲属来辨认呢？而亲人的辨认是必须的，否则可能出现的另一种意外会让事态变得更加复杂——安抚死者家属就是对牺牲的烈士们的灵魂的最好抚慰。

“就是没有人了也要给‘造’出个真人来！”领导说了，领导说这话非常坚决，丝毫没有余地。

“人”真能“造”出来？

得感谢现代科技与医学。“人”真的能“造”出来。大爆炸的许多烈士最后的模样就是“造”出来的。

“某某和某某烈士的遗体就是这样‘造’出来的……因为当时要开第一个烈士遗体告别仪式，他俩又是确认的牺牲者，但已经找不到他们的真身了，我们只能采取‘造’了……”陈晓龙经历过这样的过程。

“上面请了北京、上海的专家，也有天津的。他们都是高手，用3D先打印个身体模型，再对着照片进行塑造。”陈晓龙说，“整个过程非常复杂，有一位烈士花了整一夜工夫才塑造完。一般我们都得站在旁边守着，主要是负责看专家们塑得像不像，因为照片上的人跟真人还是有一定差别。我们熟悉战友的模样和平时的表情，尤其像我当过他们的中队长、指导员，平时他们休息的时候我们要进他们的宿舍查铺，所以他们睡后的模样我们也熟悉。”

“唉，谁能想得到连这样积累的一些工作经历，现在都用上了。”陈晓龙悲切地长叹一声说。

“即便如此，意外还是不断。”他说，“那天专家们给某某‘造’好后，都收工走了。我再去看看‘战友’时，发现坏大了：专家给‘他’整的是火化妆……这哪行呀？家属来一看，说不像、不是，那可就坏大事了！”

我不明白陈晓龙说的是什么意思。

“火化妆一般都比较浓些，不像真实的死人。而我们牺牲战友的亲人们，第一次或者开始见的几次都应该是死后的真容。真容接近于平时死者的容貌，所以尽量不用火化妆，这在殡仪馆是有讲究的。”陈晓龙解释后，我才明白过来。

“碰到这种情况你可怎么办呢？让专家回来重新整容？”我问。

“来不及了。人家专家忙了一整夜，又听说去执行另外的任务了。我根本叫不回他们……”陈晓龙说。

“天！你怎么办呢？”

“唉，没有办法。我自己干吧！”陈晓龙又是一声长叹。

真是无法想象。一个年轻中校警官，竟然还要做一件他从未做过的事——为死者整容。

“那是我战友，当时我心头只想的是如何让他的亲属见他时不要怀疑‘他’是假的，否则可就不好收场了！”陈晓龙说得非常严肃，“什么事都可以马虎一点，‘人’的事绝不能马虎。”

“你干过化妆没有？”我真为陈晓龙捏把汗。

“平时连擦脸油我都极少用，哪干过化妆！”陈晓龙说。

看我直摇头，陈晓龙自个儿苦笑了一下，说：“没有别的办法，我只好把殡仪馆的一位师傅叫来，请他一起帮忙。人家毕竟干过简单的死容化妆，比我强一些。所以我们俩人最后配合着把这事整完了……”

“咋整的?”我觉得不可思议。

陈晓龙:“那师傅画这边脸,我就跟着他画另一边脸,淡妆嘛,毕竟人家专家的3D模子放在那儿,大体不会太走样,所以加上我们的又一番化妆,基本上就可以了。不过说实话,烈士的家属进殡仪馆瞅见烈士的那一刻,我的心跟着快要蹦出来,直听到他母亲那一通撕心裂肺的‘我的儿啊’哭喊声出来,我的心才从半空落了下来……”

Grant them eternal rest, O Lord,
And may perpetual light shine on them.
Thou, O God, art praised in Sion,
And unto Thee shall the vow
Be performed in Jerusalem.
Hear my prayer, unto Thee shall all
Flesh come.
Grant them eternal rest, O Lord, and
may perpetual light shine on them.

那天,陈晓龙为战友抹上最后一笔红印,又整了整烈士笔挺的警服,用车子推着烈士出停尸房的那一刻,一曲他既熟悉又陌生的《安魂曲》顿时响起……莫扎特那低沉浑厚的旋律,弥漫了整个殡仪馆,气氛庄严而肃穆,所有在场的人低头哀伤。烈士亲属不可抑制的哭号和战友与同事的低泣声伴在一起,使得告别仪式无比凄苍与悲痛。

这场告别仪式,让陈晓龙感到极其压抑。

“换!换个乐曲!”陈晓龙建议殡仪馆工作人员。

“《安魂曲》是世界名曲,还有啥能替代它的?”人家提出。

“那你听听这个!”陈晓龙没有多说话,他知道自己的战友已经准备好了。

“放!”

顿时,在新一场的烈士告别仪式上,一曲悲伤中带着高亢的新“安魂曲”响起在陈晓龙和那些前来悼念战友的消防官兵及天津各界市民的耳边——

送战友 踏征程
默默无语两眼泪
耳边响起驼铃声
路漫漫 雾茫茫
革命生涯常分手
一样分别两样情
战友啊战友
亲爱的弟兄
当心夜半北风寒
一路多保重
……
战友啊战友
亲爱的弟兄
待到春风传佳讯
我们再相逢

那一刻，在殡仪馆停尸室和医院太平间坚持了12个日日夜夜的陈晓龙，再也无法控制抑压在心底的悲怆，一边默默地一遍遍吟唱着这首《驼铃》歌，一边高高地将右手举到耳旁向躺在鲜花丛中的烈士们行军礼……他希望这些天里自己的努力与陪护，是对牺牲的战友最好的道别与安魂。

（原刊于《人民文学》杂志2016年2月）

征战埃博拉

——中国援助非洲抗击埃博拉纪实

妈妈死了，妈妈的亲人也死了，雅尤玛身边的亲人一个个地死去了，但9岁的她却活了下来。在中国医生的手里，雅尤玛挣脱了“必死无疑”的埃博拉病毒侵袭。康复出院那天，眼泪从这位非洲女孩的大眼睛里流出，她用生硬的中文断断续续地说：“谢谢，谢谢中国医生”“你们……救了我……”2014年春天至2015年春天的非洲大地上，数以万计的“雅尤玛”在中国医疗队的拯救下，从死亡线上活了下来。这是发生在两个相隔遥远的大陆之间的故事。

引子："僵尸"复活

人类总以为自己很强大，其实人的生命极其脆弱。

现在，当我们遇到了比头发丝的十几分之一还要细十倍、只能在显微镜下才看得清的那种叫"埃博拉"的病毒时，几乎没有任何抵御能力。

在非洲丛林和河流丰盛的地区，人类很容易被"埃博拉"缠上，而且几乎防不胜防。这种热带病毒的本事是强大的、超级的，它一旦突破人体的防御系统后，就会将人的骨骼和肌肉之外的任何其他器官及生命组织都视为进攻对象，且无往而不胜。随后，那些进入人体的病毒细胞，会很快自我复制，急速并肆意地袭击人的血细胞，使得血细胞开始死亡并凝结，从而立即堵塞血管，切断人全身的血液供应，脏器迅速衰竭，受感染的器官即刻出现一片片的衰退至彻底失去功能。这个时候，病毒蛋白质则以不可抗拒的凶残势态，向人体发起全面进攻，势不可挡。于是，人的全身皮下出血，所有孔窍跟着出血不止，皮肤和肌肉的表面膈膜开始炸裂，直至生命停止……如此稀怪而令人毛骨悚然的过程，正是"埃博拉"妖魔得意忘形的灭绝人类的"序幕"。

人死了，但"埃博拉"的生命并没有结束，它会潜藏在人的尸体中可达数百小时，其间，不断随腐烂的尸体经一次次涅槃、复强，并等待更多的"美味"到来。居住在非洲的人类有个传统：一个人死后，他的亲属和朋友在下葬时，不停地抚摸死者的身体，而且作为亲属还要为死者剖腹，取出五脏六腑，这过程恰使潜伏期待之中的"埃博拉"有了重新开辟新战场的机会。这时，"大兵团"的病毒开始对付芸芸众生的人类。这一刻，我们人类不用说毫无半点还手之力，就是想躲也躲不过去，结果只能是一个接一个地死去，而且死相极其恐怖，毫无尊严。

40年前的1976年9月下旬，一向非常讲究的传教士马波罗·洛克拉先生的死及其死状便是如此。洛克拉先生是第一位被世界公认的有文字记录的埃博拉病毒殉命者。他生前一向追求的体面和尊严在丧失生命的那一刻也随之丧失殆尽。“眼睛、鼻子、嘴、耳朵，还有肛门、生殖器，全都渗血，皮肤爆裂，四肢萎缩并弯曲……比鬼比魔似乎还要可怕。”洛克拉先生的学生这么描述。

死在南苏丹与原扎伊尔（现刚果·金）北部巴姆巴地区一个叫雅布库村庄的洛克拉，其葬礼该按当地的风俗举行。他的妻子、母亲、岳母等女性亲属，要为他剖腹清脏，清洗消化道中残留的食物和粪便——据说这样可以清洁地去见上帝。但洛克拉的葬礼才结束几天，他的母亲、妻子、岳母和参加葬礼的21个人，一个又一个倒下，并且出现与洛克拉一样的死亡前兆：发烧、呕吐、出血……之后两三天内，一个接一个地死去，一共死亡18人，唯独有身孕的洛克拉的妻子没有死，可后来发现她腹中的婴儿是死胎。

另一幕因洛克拉先生引发的恐怖景象更为惨烈——那天，在洛克拉发病时，曾为其注射的修女比塔也在几天后开始发烧，7天内救治无效而亡。比塔是个善良而热心的修女，村民们平时喜欢与她接触交往，但这一次大家因此付出了代价。接下去的几天时间里，与比塔接触过的几十名村民相继紧随其后死亡。在他们死亡之前有人被送进医院，可任何药物都无法挽救其生命，结果反倒死亡的人越来越多，形成了以雅布库村为中心、半径50公里内的55个村庄的瘟疫区，共有397人死亡。后来，当地一家天主教医院的修女们哭天喊地赶到政府驻地求救。面对突发而来的“怪病”，当时的扎伊尔政府也束手无策，立即求助美国等西方国家。美国派出著名的病毒学家卡尔·约翰逊先生组成一个专家团立即赴病毒流行区。然而，这次却让经验老到的约翰逊感到不可思议的是，他根本找不到这一可以在短时间内立即让人命归天的病毒的行踪。一天，约翰逊先生站在雅布库村边的那条叫“埃博拉”河岸头，无法抒怀内心的压抑与痛苦。那一刻，约翰逊忍不住想起了他祖先在14世纪40年代因一场黑死病而丧失生命与家园的悲惨情形。在那场瘟疫中，人类共死亡7500万人，几乎是欧洲当时人口的近半。约翰逊想到这里，绝望地看着从他身边流过的埃博拉河水，无奈地独自流下了眼泪……这一夜，他向自己国家的政府卫生部和世界卫生组织写报告，在报告中他这样形容："可耻的、无法防止其侵袭的、比当年黑死病更为可怕的'埃博拉'病毒，将在非洲大地形成对人类威胁最大而且无法控制的灾难。"

"埃博拉"由此成名，并成为世界卫生组织列入危及人类安全最高级别的"四级"病毒（艾滋病和"非典"为三级）。

然而，埃博拉的厉害之处并非单一的致命迅速、丑恶无耻，而且异常狡猾。它来无踪、去无影，轰轰烈烈地屠杀人类一场后又突然销声匿迹，久隐于广袤的非洲密森沼地而不见。当我们人类以为它久已灭绝时，它又会跃然而出，再来一次"吃人战争"。

有如此记录在案：1995年4日，民主刚果基奎特市及周围发生又一场"埃博拉"袭击，发病315例，死亡245例，死亡率77 %；2000年8月至2001年1月，在乌干达北部再起"埃博拉"病，发病425例，死亡224例，死亡率55 %；2002年10月至次年3月，刚果共和国发生病例143例，死亡128例，死亡率89 %……由此世界卫生组织给出"埃博拉"病毒（Ebola virus）的一个估计：平均死亡率高达88 %。

"绝对的恐怖和恐惧!""有史以来最厉害和不可治的病毒。""人类的绝杀手""超级生物杀人器"……埃博拉病毒的名气可谓大矣！超过了几乎所有已发现的病毒。

叫人心惊胆战的还有：埃博拉死亡者中竟然还不时冒出些令你魂飞胆裂的"活死人"。何谓"活死人"？用中国人的话来形容，就是复活的"僵尸"。

在埃博拉流行区，据说经常出现可怕的尸体突然会跳起来变成了"活人"，而且像疯狗一样，张着血盆大口，到处追赶所有动物，尤其是人类，逮住后便拼命撕咬，直到让你动弹不得，并传染上病毒，成为另一具"埃博拉"尸体。这绝不是传说和夸张，如果你不怕晚上做噩梦的话，可以用手机搜索一下"百度"，上面有不少埃博拉"诈尸"和"活死人"的图片。我只看了两次，就再不敢复搜了。

你敢吗？我引来一段利比里亚疫区描述"僵尸体"复活的文字：

致命病毒埃博拉仍在疯狂肆虐。近日，亚宁巴县有两名女性感染者死亡后被送去埋葬的途中突然醒来，然后居然蹿进村子见人就撕咬，造成当地居民极大恐慌。人们称这种死亡后又活过来的尸体叫“活死人”。据专家讲，“活死人”现象就是由埃博拉病毒引起的疾病。患者由于染上埃博拉后，连续高烧，陷入昏迷，而这一症状与临床死亡极为相似，所以有些埃博拉患者经常被医院认为已经死亡。但或许几个小时、几天后又突然苏醒过来，并且进入一种极具攻击性的状态。这种意识下的病人，将撕咬所有运动着的动物，包括人类。外人看来，这个“忽然复活的死人”嘴角流着鲜血、眼神呆滞，形象丑陋，完全是一具活脱脱的“吸血鬼”或者“诈尸”。通常在出现这种情况时，人们对埃博拉病毒的恐慌感加之数倍……

现在，本与非洲大陆远隔万里的中国人竟然与“埃博拉”也有了最亲密的接触，命运如何？这是本文的主要叙述内容——

1 死神不请自来

网上的“世界旅游手册”有条醒目的提示这样说：

全球12个最不值得去的城市，非洲几内亚首都科纳克里名列其中。有“驴友”如此说：千万别去这个热带病毒随时送你上西天的地方。

不仅如此，那里简直就是一个垃圾场，是座毫无趣味可言的水上鬼城。此外，政变频发，你绝对不知道那里的下一秒会发生什么。远离这个鬼地方是最明智的决定。

如此不值得去的地方，谁也不愿意去的地方，中国援助几内亚的医疗队却已有23批人员在那里长期驻扎。

说起“中国援非医疗队”，估计中国和世界上很少有人不知，尤其是我们自己。1962年的7月3日，非洲大国阿尔及利亚人民经过长期艰苦的反法武装斗争赢得胜利而宣布独立，但随之这个刚刚独立的非洲穷国面临法籍医生几乎全部撤离、国民缺医少药的困境。阿尔及利亚政府向世界求救，因为热带非洲病几乎每年要袭击包括阿尔及利亚在内的国家，人民生命仍然根本得不到保证。出于国际人道主义和对非洲兄弟的友谊，同样正在被西方封锁的中国政府，经毛泽东、周恩来的亲自批准立即向阿派出医疗队，这个时间是次年的1月，即1963年1月，这是中华人民共和国开创援外医疗队历史的第一个行动，当年我们向阿尔及利亚派出3支医疗队。

之后的几十年里，中国政府向非洲派遣医疗队从未间断过，至今已向非洲45个国家派过医疗队，几乎覆盖非洲所有主要国家。我国医疗队人员超过

1 .6万人次，使2 .6亿非洲人民得到了来自遥远中国医疗健康方面的无私援助。

“中国（CHINA）”“中国医生（Chinese Doctor）”“中国天使（Chinese Angel）”，今天的非洲大地上，中国医疗队的名声传播到了每个角落，非洲人民就是因为这份感情，认识了中国，也在1972年共同举力将中国“抬进”了联合国，在之后几十年里又在各种国际场合支持中国政府的主张。我们现在经常听到“中非传统友谊”这句话，很大程度上就是指的中国医疗队们半个多世纪在非洲播下的可歌可泣的友谊与仁爱精神。

有位被非洲兄弟称为“光明的使者”的中国援非医生叫乔世辉，在非洲工作了12年。1990年刚去时，老乔还只有40岁。“那里都比较穷，但患者多。我每天大约要接待100个患者，我们的医生每人都要负责30张病床，工作量巨大。”乔医生这样描述他这12年中所处的工作环境：“病房通常屋顶是漏雨的。到了雨季，就得用大毛巾堵在漏雨处，如果雨水把毛巾浸透了，我们就把它拧干重新换上，再不行就得用自己的毛巾被，甚至是衣裤。常常一天十几个小时就诊，只能喝两瓶矿泉水。”

“12年中，我得过10次疟疾……”乔医生很平常地数说这一数字。其实，在非洲贫困地区，患上一次疟疾就可能丧失一条生命。非洲兄弟姐妹们因疟疾而丧失的生命在近几十年里已经有60余万人！2015年10月5日，诺贝尔医学奖给了中国的屠呦呦，就是因为她发现了抗疟疾药青蒿素，而她的这一药物被中国一个个援非医疗队带去拯救了数以百万人的生命。因此，人们称屠呦呦是“真正的天使”。

过去我就听过很多关于中国援非医疗队的故事，至今仍然清晰地记着：

1971年第一批到赤道几内亚的是广东省派出的援非医疗队。在他们的第六批援非队员中有位叫何贤杰的医生。何医生在工作两年后突发脑出血，倒在工作岗位上，长眠在远离故乡的非洲大地。葬礼那天，这个国家的总统夫妇亲自到墓地为逝去的中国医生培土，成千上万的当地人出席葬礼。他们多数是何医生生前诊疗过的患者。

关于中国援非医疗队的故事可以另著一书。2014年央视年度感动中国人物榜中，“中国援非医疗队”位列其中，这是祖国13亿人对他们几十年来所付出的贡献和在非洲播种友谊与仁爱精神的一次崇高致敬。

我们再来把目光落到那个在“驴友”眼里“最不值得去”的几内亚首

都——科纳克里。

去过这个“最不值得去”的几内亚首都的中国人和当地的非洲兄弟姐妹们，尽管互不相识、不知道这个国家的总统是谁或又换了谁，但不会不知道城里有座特别漂亮、每天灯火辉煌的中几友好医院。

“这是我国政府援建的，于2011年开业接诊。全院有300张病床，在几内亚是最大的综合医院，在非洲也算得上非常现代化的医疗机构了。”孔晴宇，中几友好医院的中方院长、中国第23批援助几内亚医疗队队长。他在国内的身份是北京安贞医院副院长，著名心脑血管专家。

“我们知道埃博拉在几内亚传播应该是2014年3月24日那一天，我记得比较清楚，因为那天是周一。”孔晴宇说，“医院和我们队里在周一都会开个会，通报一些重要情况。”

这一天，几内亚政府正式向外宣布已经有58例埃博拉病毒感染患者死亡。“在非洲这样的地方，死几十个人，似乎并没有引起当地人的恐慌，人们依然照常扎堆地该歌该舞。他们习惯了身边有人死亡，有人出世，所以当政府宣布一种新的传染病出现时，并没有出现人们想象中的那种全社会的恐慌。倒是我们这些经受过‘非典’的中国医疗队员们重视了起来。”孔晴宇回忆说，“那天我作为中方院长内心立即紧张起来，因为我听队里的几名医生讲，在我们中几友好医院上周接受过两例并发症与埃博拉非常相似。第一例是18日进入我们医院的那个患者，两天后死了。第二天又接收了一位女患者，还有身孕，没过周日就死了。22日又来了一位男性患者，脑出血，当时我们对埃博拉病毒一无所知。但凭经验，也凭10年前我们安贞医院作为抗‘非典’的主力医院的经验，我立即做出了自己的判断：这事绝不能粗心大意，科纳克里可能已经遭受埃博拉袭击，我们医院也就是袭击的第一个目标。那么我们的医生呢？我们的医生有没有被传染上了呢？当时我最紧张的就是这个……”

孔晴宇回忆起当时的情景时，嗓子似乎仍然有些发干。当天开会询问的情况确实令人不寒而栗：

孔晴宇用从未有过的严厉目光盯着队友、北京安贞医院普外科副主任医师曹广：“曹广，18日的那例患者是你接诊的，你说说那患者的情况和你们接诊的过程。”

一向从不把事情看得特别严重的曹广扫了一眼自己朝夕相处的十几名队

员，最后眼神对上了队长孔晴宇，说：“是。那是个黑人，做生意的，44岁，进来后说是肚子疼，呕吐，可看上去不是太厉害。我们初诊后就给他办了入院手续。但第二天就出现了出血现象。这天我值班，一早刚到医院。护士就对我说：18床——就是前一天住进的那个商人的情况不好。我就马上进病房去看。见他在床上躁动不止，翻来覆去的痛苦样子，我上前一诊，发现患者可能已经脑出血了。我就赶紧让他去做CT检查。CT马上出了结果，证明他确实已经脑出血。当时对这个患者的病情我还一直在纳闷：是啥病呢？晚上听说患者已经没了，死了……”

孔晴宇显得非常恼怒，头也不抬地瞥了一眼另一位负责外勤的队员：“你把这个患者死后的情况简单说一下。”

“那……那人死后，被家人拉回了老家。可……可葬礼结束后，几位亲属相继病倒了，并且全部……死了。”外勤队员说。

天啊！中国医疗队员们紧张得面面相觑，会场一片寂静。

孔晴宇继续追问：“曹广，第二例患者的情况呢？”

曹广：“那女的？”

“前天也‘走’了。”女队员吴素萍帮曹广回答道。她说的“走”，就是死的意思。

中国队员们的眼睛都瞪圆了，再没有人敢做鬼脸和开玩笑了，包括平时啥都满不在乎的曹广。

“曹广！”

“哎，孔队，啥事？”曹广被孔晴宇的喝令，震了一下。

孔晴宇：“现在我问你，你要认真地回答。”

曹广小心翼翼地说：“明白。”

孔晴宇：“你在给那个商人就诊时，触摸到他身上了吗？”

曹广：“那是肯定的。第一天我和盖斯姆医生一起去的，患者呕吐时我就在现场……”

孔晴宇立即紧皱眉头。又问：“听说今天你又跟盖斯姆为那个刚进来的脑出血者动手术了？”

曹广：“是。今天动手术时，我们的好朋友盖斯姆情绪不高，我还笑他是不是因为前天被人顶替到北京参加一个培训的事影响情绪了。他摇摇头，说是周日发烧了，累的。嘿嘿，我当时还笑盖斯姆一定是心里不爽。但就在做手术时，我看到了几内亚政府发出的埃博拉疫情消息，因为我不懂法语，问翻译后我就心里咯噔一下，心想：说不准埃博拉已经到了科纳克里，到了我们医院，盖斯姆可能也传染了……”

孔晴宇突然不冷不热地说：“科纳克里？我们医院？盖斯姆？那你呢？我们呢？”

中国医疗队员一听队长的话，全都惊傻了。其实，孔晴宇并没有把最后的“你呢”“我们呢”两个反问说出口，而是用冰冷而严厉的目光扫了队友一眼，特别是曹广和吴素萍。

吴素萍是治疗胃病的内镜专家。18日进来的那位患者出来严重呕吐时，吴素萍与几方胃镜专家盖卡一起为那人做了胃镜，并且在第二天抢救那患者时也在现场。

小会议室里，除了孔晴宇队长的话外，已经听不到其他人的半句话了，大家感觉到的只有彼此的心跳声：紧张呵！

“从现场开始，大家必须高度警惕，绝对不能马虎。在参加就诊时，必须要提前防护，之后要严格清洗……这是纪律，人人都要严格执行，而且相互监督。”孔晴宇最后用异常沉重的口气宣布道，因为眼下谁也不能确定医院连续出现的死亡者到底是不是就是埃博拉患者，可也没有谁能确定他们就一定不是埃博拉患者。然而，从种种迹象看，埃博拉这位具有高超本领绝杀人类的死神已经不请自来了。

“24日那天晚上我根本没有睡着觉，因为我基本判断我们医院已经有3例埃博拉患者了，可怕的是这几天里我们谁都没有防范，我们的医生和几方的医生及护士，也完全成为埃博拉的袭击对象。我虽不是传染病专家，可从经历的‘非典’经历与有限的关于埃博拉病毒的一些知识来看，如果一旦确诊我们这里已经死去的3位患者就是埃博拉的话，那我们和我们医院的所有人都等于是处在疫情重包围之中。而凭我的经验，当时我就基本判断我们接诊的那已经死去的3例就是埃博拉患者。你想想，身为中方医院院长、中国援助几内亚医疗队队长的我，当时的压力和内心的紧张程度啊！”孔晴宇如此说。

他的话不无道理。假如——其实后来证明孔晴宇当时的判断完全准确。他所在的中几友好医院18日的那位商人患者和怀孕的女性患者及22日送进的男性患者全是埃博拉感染者，而且全部死亡。“当时这3位患者入院和治疗过程中，我们整个医院是在根本不知也不懂得如何进行埃博拉病毒的防护的情况下，尤其是我们这些参加诊断和治疗他们的医生，不止一次与患者近距离接触，这意味着他们或者已经被埃博拉病毒传染。如果这几个参加接诊和治疗的医生被感染了埃博拉，但自己并不知道，他们又每天像平常一样回到大家中间，同吃同住、打打闹闹、搂搂抱抱，这不是全体人员都处在埃博拉的遭遇战中吗！一想到这儿，我简直毛骨悚然，大汗淋漓。晚上，我把我们在几内亚所处的困境和当时的危急情况向国内的北京市卫生计生委和我自己的安贞医院领导做了汇报，同时也希望他们能够帮助我们提供些有关埃博拉病毒的基本知识和防治措施……”

这一夜孔晴宇彻夜未眠。其实另外18名中国医疗队员也是彻夜未眠。大家都在为自己的两位直接接触过“疑似”埃博拉的队友——曹广和吴素萍担忧，在为战友担忧的那份心中还重重地存在着另一种更深的忧虑：曹广和吴素萍大夫每天与我们所有的人工作、生活在一起，万一他们感染上了埃博拉，我们这些人会不会也……

“别去瞎想了！想了也没用！听说这埃博拉比当年我们北京的‘非典’还厉害，死亡率达八九十呢！”

“我才不信！哪那么巧，这埃博拉就悄不溜声地到了我们这儿？再说，非洲这地方，怪病太多，咱接诊的那仨，谁知道是啥病呢！睡睡，明天再说吧！”

中国医疗队员的宿舍里，队友们有的对着墙在黑暗里沉思，有的在用手机互相发微信，议论着自己的处境和心境。

这一夜大家过得都不容易。

这一夜，中几友好医院也过得不容易。那位怀孕的女患者已经奄奄一息，22日送进来的男性患者手术后仍然脑出血不止。

这一夜，几内亚整个国家也过得不容易。在前一天公布自己的国家暴发埃博拉病毒后，身处病毒原发地和最严重的地区似乎并没有人对此重视起来，依然我行我素。政府官员哪里知道，那些处在极度贫困的国民和患者们清楚一件事：一旦被怀疑上自己患了埃博拉，必定被强行送进医院打上致命的一针，与其被他人强行地送上“文明的断头台”——当地居民在多数遇上瘟疫时，饱受了这般“待遇”。因此，他们把政府的这种行为称之为“文明的断头台”。

面对埃博拉，穷人如此行，如此为。富人则不一样，他们感觉情况不妙，便会不顾一切地想尽办法从四面八方赶到首都，找到国家最好的医院——中几友好医院。他们知道，在这个国家里，能拯救他们生命的只有中国援建的这所医院和中国医生。其实，18日曹广等接诊的那个叫Savane Mory的患者，就是这种情况。他本人就是一位有钱的商人，当他在埃博拉疫区做生意感觉不舒服后，立即意识到情况不妙，便花大价钱雇人将他弄到了首都中几友好医院，以求不死。两天后，这位有钱的商人确实也见到了中国医生，事实上中国医生也极其负责地给他救治。但由于大家都不知道埃博拉是咋回事，而且世界上根本也没有发明可以阻止这种病毒继续进攻的药物，更不用说如何治疗了。Savane Mory先生的死似乎是注定。可这仅仅是灾难的开始。他自己的死已经够叫人吃惊，关键是他还害死了全家人，而且把最可怕的病毒，从遥远的丛林沼泽地区带到了首都，带到了最易发传染的首都最好的中几友好医院，带到了原本与埃博拉病毒毫不相干的中国人中间……要知道，19个中国医疗队员后面还有近13亿中国人，13亿中国人中有1.2亿人次每天在世界各地与全世界六七十亿人交往着！

孔晴宇平时是个极其冷静的大夫和专家，是给他人做心脏搭桥手术的一流专家，他的承受能力也是一流的。他接受我采访时说过这样的话："在最危急的时候，身在其中的高明的医生一般是不会恐慌的，越淡定，自己的能力和专业越能发挥好。"

"但2014年3月下旬在科纳克里那些天里，尤其是刚刚得知自己的队员与埃博拉患者有亲密接触时，我怎么也平静不下来，尽管表面上在大家面前保持着镇静，内心的焦虑和紧张其实无法形容。"一年多以后，孔晴宇坐在他那狭窄的安贞医院办公室里，这样对我说。

第二天即2014年3月25日，孔晴宇以中方院长和中国援助几内亚医疗队队长名义，召集中几友好医院全院医护人员尤其是中国医疗队员，立即宣布：前几天医院收接的"一号""二号""三号"是严重的疑似埃博拉病毒感染者，从今天起，医院进入紧急状态，一切接诊、收接患者，治疗和后勤等所有环节，必须按照防治埃博拉要求执行。

"你们在原地休息。今天到医院交班的就我一个人去，其他队员全部在自己的房间里，不得外出。更不能擅自到医院外面去，要出去必须向我请假。"

孔晴宇对中国医疗队员们下达死命令。

“有点像关禁闭呵!”有队员嘀咕道。

“队长，我还得跟你去吧。”是翻译罗丽在说话。

孔晴宇点点头：“走。”

之所以这样当机立断地做出决定，孔晴宇是凭自己的判断和经验，因为既然埃博拉是比“非典”还要高一级的通过相互接触和血液、黏膜、飞沫传染的烈性病毒，在无任何药品可以治疗的情形下，隔断与病毒的接触和尽量让病源与人之间没有任何联系是唯一的选择，也是无药可治的情况下的最好选择。其实孔晴宇能果断选择这一决定，还有他昨晚与国内不断联系所及时获取的埃博拉知识和疫情有关。

“但最主要的是我对医院当时已经出现的实际情况和所面临的巨大风险做出的专业判断。”孔晴宇说，“虽然在当天周一的例会上我没有直说已经肯定我们的医院已连续出现埃博拉病毒感染者，但在我心里已经做了肯定。正是这份专业判断之后的肯定，所以让我第二天就正式在全院和中国医疗队面前做出果断决定。要知道，通常情况下，宣布这样的决定，是需要有病毒标本并经专业实验室测验结果报告出来后才可为的。可当时的情况已经十万火急，想想：我们不仅连续接收了三个高度疑似的患者，且其中两个人已死亡，死亡者中又有一个感染了家人，造成家人倒下一片，这不就是典型的埃博拉病毒传染的结果吗？再说，科纳克里虽然落后，但一旦发生严重的传染病毒感染瘟疫时，人家还是会拼命地往好医院跑，从总统到市民，个个都会这样做，而当时我们的医院不仅是首都科纳克里的医疗中心，还是埃博拉病毒传播地，这种危害性太严重和可怕了。何况医院里有我的18名队员，科纳克里及几内亚全国还有我数以万计的中国同胞。”

孔晴宇在25日所做出的决定比几内亚政府卫生部长雷米·拉马27日正式宣布在中几友好医院死去的那个商人为科纳克里第一例埃博拉早了两天，但就这短短的两天，用雷米·拉马部长后来的话来形容，是救了半个科纳克里。这话不无道理，因为埃博拉病毒的传染是神速的，如果孔晴宇不在24日、25日及时布置医院采取有力措施，在中几友好医院这个拥有300张病床的医院，几百位医务工作人员，会在毫无防备的情况下与埃博拉病毒携带者接触并相互传染，再有每天数百来医院看病的人与医院的人交叉感染，这些人又回去，或在家里或在城里与其他人再交叉感染，其结果是什么？其结果一定是整个科纳克里市满街都是埃博拉的疑似感染者。

战争时，几分钟、几个小时就可能决定整个战役的成败；在不可抑制的病毒疫情袭击下，一天、半天的时间同样可以决定数以万计生命的存亡与否。中国人民有过悲痛的教训，当年“非典”期间，人民医院的惨剧便是一例。在那里被交叉感染的“非典”患者，一个个地倒下，一个家庭一个家庭地绝户……作为当时唯一可以到前线跟着吴仪部长、王岐山代市长等领导到处巡视疫情的作家，我的那部《北京保卫战》中有过详尽记载这一幕的内容。

孔晴宇功不可没！一年后的2015年9月26日，联合国授予孔晴宇他们的中国援助几内亚第23批医疗队“南南合作奖”，表彰他们在几内亚抗击埃博拉中做出的特别贡献并坚持长达6个月之久的卓越功勋。这个荣誉在中国援非医疗队及援助非洲抗击埃博拉战斗中的诸多队伍中也是独此一家。

这是后话。

2　生死心理战——21天

这里所说的“他与她”和“他和他”，是指的中几友好医院的中国医疗队员专家曹广和内镜专家吴素萍，以及该医院的几方医生盖斯姆与女护士长苏玛。

他们四人都是好朋友、好同事，几乎每天都在一起上下班，即使下班后曹广还总被盖斯姆拉出去喝酒聊天。这俩人的友情属于“哥们儿”式的，尽管一中一几两个国家、不同肤色，但盖斯姆可不是一般的非洲黑人，他在中国留学10年，是武汉同济医科大学的博士。作为中几医院的普外科主任，盖斯姆属于几内亚极少数高端专家。年轻人性格开朗，不拘小节，中文又说得好，极有人缘，与中国医疗队员们关系更不一般。其性格与曹广相近，俩人又分别担任医院的普外科主任、副主任，所以2012年8月曹广到科纳克里的这所医院后，俩人亲如兄弟，常形影不离。

曹广在中国医疗队里，是“帅哥”一级的人物，加上医艺高人一等，自然很容易获得非洲大妈的喜欢。

黑人女护士长苏玛最喜欢他，经常在曹广面前念叨她女儿如何如何的漂亮、性感。曹广一听这，吓得双手高举地喊着“NO!”，“ Spare my slife”（饶命）。苏玛顿时双手叉腰，胸前抖着一双硕大的乳房，气急败坏地指着“逃亡”而去的曹广背影，说：“你不能看不起我女儿！她是颗黑珍珠，非洲最好的黑珍珠!”

有人告诉苏玛：“曹大夫是有妻子的已婚人士了。”

苏玛满不在乎地回应道：“这不是问题，我们这里的男人可以娶很多妻子，娶得越多，证明你越有地位。”

于是中国医疗队员们私下里常拿曹广大夫开玩笑：“为了搞好中几两国关系，你可不能得罪苏玛哟！”

只有这个时候，平时啥都不放在心上的曹广才会脸上一阵红一阵白。

吴素萍则不一样，她是属于那种稳重型的女性，只要她一站那儿，那些再捣蛋和调皮的病号，也会乖乖地听之顺之。别说是病号，就是那些同样爱调皮捣蛋的几方医生，只要“吴大夫”在场，他们一定会规矩得多。

“盖达先生，你今天的脸色看上去很不好哟！”就在17日上午，吴素萍与胃镜大夫盖达一起工作时，发现对方体力不佳、神经萎靡，便问。

“几小时之前，医院接诊了一个非常病重的患者，折腾了好几个小时，所以今天感觉特别的疲劳……”盖达医生有气无力地回答。

“那今天你多歇歇，有事我来做。”吴素萍像往常一样，温馨地去帮助盖达戴好防护手套、整理整理衣服，关切道。

事后，中国医疗队和吴素萍才知道：盖达说的接诊的那个使他非常疲劳的患者正是医院第一个、也是几内亚首都科纳克里出现的第一例埃博拉患者，而且那患者第二天就死亡，后又造成他家三个亲人死亡。更可怕的是，盖达不日也出现了发热、呕吐，并很快确诊是埃博拉感染。

与盖达大夫一直在一起工作的吴素萍大夫成了埃博拉“重大嫌疑人”！

与此同时，年轻的普外科主任盖斯姆大夫突然也“蔫”了！不仅如此，又开始转为发热、呕吐……

“盖斯姆，你今天怎么啦？无精打采的。”周一，即23日那天，在手术室里与盖斯姆一起工作的曹广，看着反应异常的“哥们儿”，问。

“没事。”盖斯姆轻描淡写地回了一句。这一天盖斯姆大夫比平时任何一天都显得无精打采。

“兄弟，千万别为一点小事烦心啊！机会以后有的是，我来帮你协调。明白吗？”曹广以为盖斯姆内心在为别人顶替他去北京培训实习的事还在生气，便如此安慰道。盖斯姆苦笑了一下，没有作声。

但到了周二，盖斯姆步盖达后尘，也倒下了，并且在两天后，与盖达一样，同时被确诊是埃博拉病毒感染者。

真是晴天霹雳！

今天是周二，我们全体队员没有上班，老大（所指医疗队队长孔晴宇）和罗丽去了交班。没想到上午又说普外科收了一个类似的患者，看来他们没有意识到问题的严重性之前，我们还是不要去医院了。目前病毒疫情还没有得到控制，是不是还要大流行也都不得而知……自己目前感觉还好，但晚上的体温到了 36.9℃，头也有点儿沉，哎，希望没事……

这是曹广在2014年3月25日晚写下的日记。

这一夜其实曹广没有睡好。第二天一早，他赶紧先测体温，再偷偷地观察了一下自己的粪便：有些发黑，但感觉好像不是血性。大夫出身的他，心里有些忐忑。“观察看看再说吧！”

这一天是几内亚官方公布埃博拉疫情的第三个日子。几内亚卫生部门向全世界宣布，截至3月26日，全国共发现疑似埃博拉感染者88例，死亡63例。死亡率高达72%。

死亡率如此之高！几内亚政府对如此严重而无法抑制与防治的埃博拉病毒传染疫情，束手无策，已经向世界卫生组织求助。与此同时，设在科纳克里城里唯一的一所可以检测埃博拉病毒标本的东卡医院忙得喘不过气。作为技术支持的法国利昂医疗机构迅速又向科纳克里派出一个流动化验站，帮助检测埃博拉。在当时，能够检测像埃博拉这样的特异的传染病毒，必须具有四级病毒检测实验室，而在世界上仅有几个国家有这种设备，法国是其中之一。我们中国在当时尚属这种四级病毒实验室的在建国。检测标本才能确诊是否是埃博拉，有了检测结果方可实施隔离与救治措施。然而，当疫情如疾风暴雨突然从天而降时，仅靠检测标本结果出来后再采取对应办法，恐怕早已失去太多遏制埃博拉传播的机会。

中国医疗队正是处在如此最危急的时刻。偏偏在此刻，自己队伍里有两名医生与埃博拉患者“亲密接触”过，怎么办？

一旦确诊，后果不堪设想。彼此又都是医生，谁都清楚结果。

曹广更知道自己现在该做什么和不该做什么。“不能让自己击垮自己！更不能让队友们担心！”怀着这样的心境，所以尽管当晚没有睡好，第二天一早，他仍然装出一副若无其事的样子，休息时照旧拿着乒乓球拍准备去打球。

但这回孔晴宇没有放任他："老曹，你去哪儿呀？"

"噢，是老大啊，我去打球！"曹广回头一看是孔晴宇，回答道。平时队员们都称呼孔晴宇为"老大"，是一种纯粹的尊敬和亲昵。

"现在跟你说件事。""老大"今天的神情很凝重，眼神也没有直视曹广，说，"你是专家，不用跟你绕圈了。现在我们13多亿中国人中，你离埃博拉最近，所以要对你实施隔离……"

"没问题。行！"曹广似乎早已料到似的，应了一声后扭头朝乒乓室跑。

"哎哎，老曹你回来！"

"怎么啦？"

孔晴宇隔着曹广有两三米远，招招手，口气变了："你不能乱跑了。现在就隔离！"

曹广一愣，立即又佯装轻松地说："好、好，我服从、服从。"说着，又调皮地上前要去握"老大"的手。

"别、别，从现在开始，你可不要随便跟人握手什么的……"孔晴宇认真地道。

"这么无情？"曹广半真半假地盯着自己的老同事、老队友，还加中国医疗队的"老大"，想寻找答案。

孔晴宇忍不住笑了。他太了解自己的这位得力干将和老友的性格了。然而此时此刻，孔晴宇作为远离祖国万里之外的中国医疗队队长，他的责任重如泰山，绝对不希望自己的队员尤其是和自己一个安贞医院出来的同事有任何闪失。孔晴宇想起了两年前他带这支队伍离开北京时，曹广的妻子丁汶曾悄悄地跟他说过一句话："孔头，曹广这人啥事不放心上，你给我对他管严点，我可把他交给你了！"是啊，18个队员，他们的家人几乎都悄悄地跟孔晴宇说过类似的话。在几内亚的日子里，孔晴宇几乎每天都在心上扛着这18个家庭的重托和千斤担子。千小心、万注意，看，偏偏现在遇上了要命的埃博拉！偏偏又让曹广这家伙赶上了！想到这里，孔晴宇眼里有些发潮。

"哎，放心吧头，我回自己的房间！"倒是曹广用胳膊捅了捅孔晴宇的胳膊。已经远出十几米的他，回头又添一句，"再见，亲爱的老大——我没接触你，是用胳膊跟你招呼的。"

战友的身影消失了。孔晴宇站在原地良久。他感觉刚才曹广与自己分别的动作很有意思：没有握手。遇上埃博拉病毒传染时，人与人之间见面时显然不宜握手，但礼仪有时仍然不能少呀！怎么办？对啊，用胳膊对胳膊，不也是一种亲近友好的举止嘛！

孔晴宇觉得“战争”一旦来临，会让他们迅速学会平时一些学不到的东西。比如现在他们发明了另一种礼仪——用胳膊进行彼此的“埃博拉”见面礼。不曾想到，他们的这一发明在埃博拉病毒疫区广为流传，名噪一时。

我们再来说另一位需要马上隔离的中国医疗队女队员——吴素萍。

“吴素萍可不像曹广那么啥都不当回事的人，她又是一位女士，平时就极为胆小。我记得那一年外援回国探亲的途中，我们一起在巴黎机场转机，因为一同走的人先上了摆渡巴士，吴素萍晚了一步，当时我就看她脸色煞白。这么个胆小的人，现在我们要向她宣布因为怀疑她是严重的埃博拉病毒感染疑似者，那还不吓瘫她呀！我一想，不行，绝不能光我一个人去向她宣布，得找个人，找个女士，这样一旦吴素萍出现啥情况，好有人去扶她起来呀！”孔晴宇回忆当初的情景时，仍然让我感到有些惊心动魄。

但事情完全出乎意料。当孔晴宇带着队上全副武装的女干部刘晓丽一同去向吴素萍宣布隔离命令时，想象立马会瘫下或哭出来的吴素萍竟然极其平静地对孔晴宇说：“队长你放心，我一定服从隔离，马上就去。”说着，轻轻地转过优雅的身子，朝自己的宿舍走去，像什么事都没有发生似的。

望着队友纤弱但又无比坚强的身影渐渐远去，铁骨铮铮的孔晴宇在那一刻双眼湿润了……

接下去的日子并不好过。“每天、每时，我都在关注着他俩的身体情况，要求他们一天报告5次以上的体温测试结果。而两人的体温报告在当时既是我们医疗队上最重要的报告，而且也是我驻几内亚大使馆向北京方面报告的重要情报，牵动着祖国人民对我们身处非洲大陆的数十支医疗队的关注与关心的每一根神经。我们真不敢有一丝马虎和闪失。”孔晴宇说，在曹广和吴素萍被隔离的日子里，一日三餐，几乎天天都是他和刘晓丽亲自给隔离者送餐，“我一是想让他们放松紧张情绪，二是监督他们是否按要求在保养身体、蓄存体力，这从医学角度讲也非常重要。没有坚强的身体，是不可能抵御像埃博拉病毒这类高强度病毒的侵袭的。”孔晴宇小心翼翼地扳着手指在观察、分析自己战友的每一个细微的变化，哪怕是说话的语气和腔调，更不用说直接决定是否确诊埃博拉病毒感染着的体温。

“那些日子，几内亚在熬煎，我们所在的医院在熬煎，我们两位被隔离的队友在熬煎，我们医疗队的全体队员也跟着在熬煎。”孔晴宇说。

这是与死神较量的煎熬，这是意志和情感的熬煎，非亲历者无法体验，无法想象。

曹广在到几内亚工作后就开始有了记日记的习惯，用他自己的话说，那一段“隔离日记”差点成了他的“遗书”。我们不妨选些内容，看看我们医疗队员用生命抗击“埃博拉”的真实心路——

2014年3月27日

今天周四，自己感觉不错，昨天睡觉还好，早上体温36.1℃。三餐都还有胃口，大小便正常。头稍微有点迷惑，似乎也是正常感觉，下午还打乒乓球，体力如常。不过下午收到坏消息，Gassimou，Gaolie还有我们科里的护士被隔离观察，而且Gassimou还有不舒服，Gaolie也被东卡医院留观。我也只好隔离观察。

中方人员已经接到通知严禁去往中几友好医院。如有突发高烧、头痛等疑似症状，请在采取严格防护措施的前提下将患者送往东卡医院进行排查，不要直接送去医疗队驻地。严格控制当地人进入中方人员生活驻地。关键是科纳克里那个死亡患者我曾经接触过，好在接触很少，这还让我感觉好点儿。今天晚上队委会开会，正式决定将我隔离观察，哎，在这里还要经历一次传染病，真是麻烦。好在今天我还没有什么不舒服，希望自己能安全度过观察期。

当日，几内亚政府公布：全国确诊埃博拉93例，死亡63例。

2014年3月28日

今天天气很好，也是我正式隔离观察的第一天。先回顾一下新闻：

根据几内亚新闻网的最新消息，科纳克里地区确诊4例埃博拉感染患者，目前在东卡医院接受隔离治疗。当地记者联系了几内亚卫生部长雷米·拉马，他给出如下解释：这4例患者来自同一个家庭，他们的哥哥3月18日病逝。根据当地风俗，他们把他们哥哥带回老家村落安葬，村落的名字叫作Dinguiraye。在葬礼结束后，其中一人表现出了一些埃博拉的症状。于是他来到科纳克里就诊，医生给他做了化验，结果为阳性，被确诊为埃博拉病毒感染者，第二天该患者死亡……哎呀，那个死亡的患者就是我查体的患者，好在只是翻动了一下他的眼皮，没有更多的接触。不过，之后跟Gassimou接触了好几天，病房也每天都去，所以在昨晚正式接到确诊通知后，我也要求安全隔离观察，队里也做了相关部署。首先改变帮厨制度，全部由其他5名队委担当，我的饭由队长送来。外出严格控制，周末外出购物限定地点。门诊看病暂停，医疗队作为疫区暂时关闭。医疗和生活物资严格管理，减少浪费及交叉感染。今天我给Gaolie打电话，他说他在吉贝医院，感觉乏力，Gassimou，Madamu Naite、Madamu和Camara也在这里隔离观察，似乎还没有出现特别严重的症状，但都有乏力头痛等症状，还要继续观察。我今天感觉还好，头略痛，但似乎以前也会有这种感觉，体力、体温都没有问题。早上体温36.6℃。既然隔离就好好休息，我把钥匙也交给了队长，买菜也暂定为车昊和老大两个人。上午我把家里好好擦了两遍，也是好久没擦地了，正好用消毒粉清洗一下。早上我吃的牛奶鸡蛋，老大还给我拿了一个大花卷，但我没吃，喂鸡了。下午走走路，看看盘，也挺无聊。休息吧，终于没人找我干活了，好好清闲几天……

几内亚新闻网最新消息：截至3月27日，几内亚共发现103例疑似病例，死亡66例。几内亚政府显然已经清楚，如此突发而高死亡的埃博拉病毒传染将给整个国家的人民生命安全带来巨大危险，但仅凭自身的能力无法控制疫情蔓延，后果不堪设想。

疫情显然势不可挡。

2014年3月29日

今天是周六。早上体温36.2℃，应该没什么大问题了。据说Gassimou他们几个的病情也有所缓解，但愿老天保佑吧。不过今天那个胃镜室大夫报告阳性，完了，我估计Gassimou也危险了，我也没准着上了。今天晚上体温36.9℃，头有点沉，但没什么其他不舒服。观察看看吧再。已经宣布吴老师和我一起隔离观察，看看吧。他们几个不知道能不能挺过去。

当日几内亚政府宣布，截至3月28日，全国共有111名疑似患者，死亡70例。

2014年3月30日

今天是周日。自己感觉良好，早上没有不适。饮食和大便都正常。据说Gassimou他们几个的症状也有所好转，看来问题不大了？那个胃镜室的医生已经转到东卡医院就诊，希望也没有事情。目前距离接触患者已经13天，希望没有事情。现在也没有什么自己可做的，等着就行了。下午高参还打了电话给我，问了一下我的情况，如实说吧，也应该没什么事情……

今天我吃的也还不错，中午大虾、菜花、豆角、米饭，晚上吃的炸鸡翅、扒尖椒、炒芹菜、馒头。今天吃了一块菠萝，一个苹果，两根香蕉，两个橙子。喝掉两瓶水。要说也不少了。这一天我在外面活动了两次，做做自己编的广播操，挺好。

2014年3月最后一天的31日，被隔离的曹广大夫感觉依然不错，日记中这样说："大小便也都正常。希望没事吧。"但外面的情况则越来越不妙。疫情暴发以来，几内亚总统第一次在国家电视台（RTG）晚上8时30分的《新闻节目》中发表讲话，他对死难者表示哀悼，也对多个国际组织和国家给予几内亚的帮助表示了感谢，并宣布自埃博拉疫情暴发至当日，全几内亚共有116例患者，其中72人死亡。这说明，几内亚的疫情已十分严重，到了全国动员的地步。

这一天，曹广在手机里收到了中国驻几内亚使馆参赞高铁峰激动人心的短信：

> 亲爱的同志们，同胞们：大家好，天佑我中华儿女健康平安！同胞们，战友们，不怕！加油！在一起，在一起，我们同舟共济！在一起，在一起，我们坚持到底！在一起，在一起，我们共渡难关！在一起，在一起，我们奔向胜利！
>
> 亲爱的同志们，同胞们：一声声平安报来，一个个悬着的困乏的心慢慢平静下来，一股股暖流温暖全身。团结就是力量，大家可以更加从容地应对眼下的危难，坚持，不怕，我们的心在一起，共同期待胜利的曙光。人不经事不长大，年轻的小伙子们、姑娘们，磨难让大家更加坚强，艰苦的环境增进我们之间的感情……

看了高铁峰参赞并不太“艺术”的文字，曹广微微一笑，但内心依然泛起阵阵激动之情。他感到并不独孤，他知道身后有伟大的祖国，有13亿亲人。需要说一句的是：当时曹广和吴素萍的体温“报告”，连国家卫生计生委的领导都是知道的。远在万里之外的祖国每天也都在关注这两位专家的身体，显然既是对他们两人的关心，也是对整个突如其来的疫情的高度重视。中国吃过“非典”的亏，再不能吃比“非典”更厉害的埃博拉病毒侵袭的亏了。这一点曹广本人并不太清楚。

我们来看看此刻的他。曹广一想到自己的家，内心显然无法平静。两年前赴非洲时，家里人就不怎么赞成，但这是国家的任务，“国际主义义务”，最后还是同是当医生的老岳父开口后才把家里的“矛盾”给化解了。此次几内亚疫情暴发，曹广当然不能瞒着妻子丁汶。“你也是医生，该知道它的严重性。不过你无论如何不能透露给我父母，他们哪能扛得住嘛！”小两口在电话和短信里一直为如何向老人“保密”设计了好多细节。妻子丁汶是中医院的大夫，当年“非典”疫情时与曹广一起奋战在第一线，颇有经验。尽管如此，她仍然极其担心远在非洲的丈夫。

“不管有多困难，你必须第一时间、原原本本地把情况告诉我！听见没有？求求你了……”几次，“异常坚强的她”忍不住说着说着便哭泣起来，如此乞求丈夫。

“没事。我说没事就是没事嘛！”曹广嘴里说的依旧轻松，但眼里已经噙满了泪水。

“那种在生与死门槛上等待‘判决’的滋味，只有经历过的人才能知道。”事后，他这样对我说。

我们再来看他当时原汁原味的“日记”：

2014年4月2日

今天早上起来感觉如常，身体还是挺轻松，测体温36.2℃，不过一会儿就会升到36.4℃，等下午就都在36.7℃。每天都差不多。昨天愚人节，收到了坏消息，Gassimou和Gaolie全部中弹，但好像症状不是很严重，希望大家能有缓机。昨天姥姥他们肯定坐卧不安了，给丁汶打了好几个电话，也是担心得要命。我老娘就没敢告诉她，还让我注意别乱摸患者呢。呵呵，还好她不知道，要不然得给老娘急坏了。这段隔离的日子让我感触很多，昨天医院跟我们视频。医院以后如果能记着当年我为安贞医院担当了这么一件事，也就可以了。再多的要求又有什么用呢？好在我有心疼我的老婆，还有老姐和老娘，这就足够了。哥们儿的问候也不少，这就可以了。这件事也告诉我：对人，尤其是对那些努力工作的人，其实无论你对他多关注或者多不关注，他可能都不会在意，但他的心里会特别感激你的关注，至少我是这样。希望我自己能平安度过此难，这件事对我将来的处事也会大有帮助。还有今天最坏的消息就是我的搭档Gassimou昨天晚上突然死亡了，消息让我非常震惊。这个消息我不敢告诉自己家的人，不希望他们再担心了。生死由命吧……但Gassimou的死让我很疑虑，怎么他会这么快就没了呢？难道真是思想负担过重造成的？前几天听说他不吃东西，还拔针头，真的是故意的？不是疾病造成的精神症状？可我有些不相信，他是医生，但一个见惯生死的人，怎么会这么脆弱？希望我的好搭档能在安拉那里得到安息。唉，这个工作狂还有好多想法没有实现了，真替他惋惜。

盖斯姆的去世，对整个中几友好医院来说是个特别沉重的打击，对中方医疗队的冲击也是空前的，这是因为盖斯姆不仅平时人缘好，而且医术在几内亚也是一流的。像他这样又有中国留学背景的医学专家，非洲太需要了！盖斯姆与中国医疗队的关系自当不用说，有此人的存在，中国医疗队等于有了通往非洲人民和患者的一条坚实的桥梁，不用担心任何麻烦事。

“他是工作狂，平时不知道休息，不知道保护自己。2011年从中国留学回国后，就立志要为自己的同胞服务。在我们中几友好医院，他是几方中工作表现最让人敬佩的一个，有时一做手术，一天甚至几天不见他休息。这回不幸传染上了埃博拉，宣布隔离他后，盖斯姆一直不相信，也不愿意，情绪十分抵触，甚至有同事帮他注射，竟然被他拔掉针管。他说他相信自己不会被感染，最要命的是他已经感染后仍然坚持要上班给患者看病。盖斯姆很情绪化，平时也有这个毛病。可这回他遇上的是无法遏制的埃博拉病毒，他因此丧失了宝贵的年轻生命。”孔晴宇院长讲起盖斯姆时，非常动情与沉重，“我记得非常清楚。3月27日对盖斯姆隔离后，他就非常抵触，这一天一个上午都在跟医院的人吵吵嚷嚷。我最后一次见他是在这天中午。那时我正陪《人民日报》两个记者采访医院几方院长上卡马拉先生，这时已经被宣布隔离的盖斯姆突然破门而入，很情绪化地责问院长为什么不让他工作。我赶紧举手，示意我们现在有事，可否一会儿再说。盖斯姆平时对我和我们中国医疗队专家十分尊重。他看了我一眼，就退出去关上了门。我朝他挥了挥手。没想到这是我最后一次与盖斯姆挥手。4月1日下午2时47分盖斯姆被埃博拉病毒夺去了年轻的生命……”

“他不该走。安拉会在另一个世界保护他的……”医院内的许多病号都为盖斯姆的去世感到惋惜，纷纷为他祈祷。

次日，作为盖斯姆的好友，同处在生死门槛边的曹广向微信圈里的人发出一份长长的悼文——

今天我决定向大家汇报一件非常悲痛的消息，和我一起工作的医生 Dr Gassimou 还有我们科一名护士 Madamu Camara，因为在工作中感染埃博拉病毒，导致死亡。本人也因为曾经接触过患者，以及同 Gassimou 一起手术而目前在接受隔离观察。目前本人接触患者已经 18 天，和 Gassimou 最后一次手术接触 11 天。这件事情的发生，对我们普外科是一次毁灭性打击，这里的外科医生只有我，Gassimou 和另外一位年轻医生。现在一人去世，小大夫也因为病毒阳性目前在隔离治疗，目前情况尚可，希望没有生命危险。本人因为接触患者，并在其后一直与他们二人一起工作，感染危险性极高而在队内隔离。好在目前本人尚无发病迹象。Gassimou 是一名非常努力的医生，他在中国留学 10 年，此次返回非洲工作还不到 4 年。他的汉语说得比较好，对中国有着很深的情谊，我们在工作中的合作也非常愉快。我们的普外科在手术量和住院患者数上，都比去年同期翻一番。吉贝（中几友好）医院开诊还不到两年普外科就遭此惨祸，真是令人心痛。Gassimou 是工作狂，自从他在吉贝医院工作，他一天休假也没有，即便周末，也会经常来探望患者，这和我在北京的状态一样。也正因为如此，我才非常喜欢他。他的这个习惯，估计也是在中国养成的。就在疫情暴发的前一个月，我还劝他休假一个月，因为这是他们黑人的习惯。但他就是不愿意休假，他说他要努力，他要多做手术，也希望我们医疗队在手术方面多多给他帮助。我们来了以后，帮助他完成了第一台甲状腺手术、第一台开腹胆囊手术、第一台结肠癌手术等，每当我们完成一台难度较大的手术，他都会高兴地来向我们道谢。看着他像孩子一样的真诚，我们也很感动。经过一年半的努力，我们的住院患者经常能达到 70%左右，20 张床位最多收到过 18 个患者，这对于我们三个来说，其实主要是他们两个具体管理患者，工作量还是很大的。这也是我目前还没发病的原因。那个患者他们天天都会有很多接触，病毒量肯定远远超过我，这才使他们两人都发病，而且都是病毒阳性。Gassimou 还有很多的理想没有实现，他希望自己还有机会回中国学习，他希望自己多挣钱让自己的老婆孩子生活得更好，他希望自己手术技术再上一层，他希望以后能出国行医。哎，可惜这些愿望都没法实现了。为他惋惜，也为自己失去这样一个同事感到伤心。小盖，走好。他喜欢中国人管他叫小盖。这是我当医生以来第一次看见自己的战友因公牺牲。他们的死让我感触很多。在非洲工作，居然会有另外一种危险。我作为一名医疗队员，真正能体会到前辈们援非的艰辛。当然由于我是当事者，心理上的压力更是巨大。病毒带走了我的两名同事，还有一名在留观期间，我真的能幸免吗？希望自己命大吧！

几内亚的埃博拉疫情继续蔓延，且防控形势越来越严峻。周边国家甚至宣布关闭与几内亚的陆路边境和停飞航班。更多国家先后也宣布了禁止自己的公民到几内亚旅游，据传美国等国家也在考虑限制公民到几内亚旅游的通知……总之，几内亚成了一个恐怖之地，谁也不想在此刻接近它。

截至4月2日，几内亚全境感染埃博拉病毒137例，86人死亡。

4月3日的疫情依然在往上蹿动，疑似人数和死亡人数每天都在增长。到4月4日，首都科纳克里的感染人数发生了质的变化，并且死亡人数也有大的上升。值得关注的是，几内亚邻国利比里亚也已经出现了7名埃博拉死亡者，另一个邻国马里也报告说发现3例疑似埃博拉病毒感染者。

“几内亚必须举国行动起来！”“几内亚必须对这场致命的瘟疫负起责任！”非洲兄弟们开始紧张，甚至愤怒起来了，并且矛头指向埃博拉病毒发源地。公平地说，不是几内亚不努力，而是它实在太穷，太落后，一个国家找不出几十个医生，而且像中几友好医院这样的一流医院，在埃博拉病毒袭击的第一时间里，如盖斯姆等一批最优秀的几籍医疗专家，他们都是冲锋在第一线，而且多半牺牲在拯救同胞的岗位上，其精神令人敬佩。他们中间多数还都是到中国学习过的留学生。在这场意外的病毒侵袭中，死得悲壮，死得惋惜！

在邻国和国际社会的强大压力下，几内亚政府确实也没少下力气。一方面他们在国际社会的支持下，加大预防的宣传力度，落实各项措施，要求本国民众避免加工和食用野生动物，疫区居民减少流动；无论何种原因引起的死亡，死者遗体一律就地处理；保持镇定，不信谣，不传谣，配合政府和国际组织做好疾病控制。首都科纳克里市还号召市民自4月5日至6月5日的两个月内，每逢周六举行全市卫生大扫除，清除垃圾，减少疾病传播，想通过“人民战争”来遏制疫情。几内亚机场也安装了体温检测仪，所有旅客出发时须填写健康表。检测体温超过38℃的旅客将被带到隔离诊室；旅客与病毒感染者有过接触的，接受抽血检测；检测为阳性的，将被送往东卡医院隔离。所有这些做法，让人联想起当年中国“非典”时期我们所采取的一幕幕情景。而这，其实就是孔晴宇他们中国医疗队一直在帮助当地卫生机构和政府部门所出的点子与招数。“当年在‘非典’时我们就这么做，管用。”中国专家们的建议，给了几内亚同行最有效的经验。

然而，此刻的埃博拉病毒如同一个无法无天的吃人的幽灵一样，借着人类束手无策的机会，张着巨大的喷血之嘴，丑陋无比地每一天都在寻找可能的机会，从几内亚开始向外扩移，并且形成越来越强大而神秘莫测之势，等着向人类发起更大规模的绝杀机会……

世界开始因它颤抖。

就在这“山雨欲来风满楼”的时刻，身处暴风骤雨中心的中几友好医院的两位在生死门槛等待“判决”的中国医生，迎来了他们生与死的分界岭——21天隔离观察期的最后时间。

“明天、明天，他们就到隔离21天的期限了！”孔晴宇的脸上终于露出了久未出现的笑意。

“明天就是21天了！这是他的第二个生命诞生日，我们要给他过生日！”北京，曹广家，妻子丁汶这一天是最兴高采烈的一个。她特意从街上买了一个超大蛋糕。拿回家后，儿子奇怪地问：“妈，今天是什么日子？我的生日还没到，你的生日好像也不是呀？为什么买这么大的生日蛋糕嘛？”丁汶一下抱住儿子，在他颊上狂吻了一口，说：“今天是你爸爸的生日！我们一起为他庆祝！”

“不对呀，爸爸的生日不是今天！”儿子摇头。

丁汶又捧起儿子的脸，认真地告诉他：“你爸爸在非洲差点被可恨的埃博拉夺走生命……但现在他已经没事了，明天他就可以从隔离室出来了！所以今晚我们全家要为他庆祝获得新生！”

“妈——你别吓唬我啊！”12岁的儿子一听这些，突然大哭起来，“学校的同学们都说，埃博拉是魔鬼，谁得了谁就要死的呀！爸爸是得了埃博拉呀？

啊，爸爸现在咋样了？快让我跟爸爸说话，让我跟他说话……”

“好儿子，你爸爸已经没事了！”任凭妈妈如何解释，儿子抢过手机，一定要立即跟远在万里之外的爸爸通话。

久别的父子俩终于远隔重洋通上了话——

“爸爸，你咋样了？你还好吗？你咋不告诉我你得了……”儿子一边哭一边说。

“没事没事，爸爸挺好的，啥都没事！你听，我不是很好吗？别哭了，别哭了！你不是常说爸爸是到非洲履行国际主义去了，像白求恩一样伟大吗？爸爸现在有点像白求恩了！你应该高兴，应该在同学面前显摆显摆！”

“嗯。爸爸你早点回家啊！”儿子许久才止住哭泣，并告诉爸爸，“我和妈妈，还有姥姥、姥爷、爷爷、奶奶……全家都在给你点蜡烛，祝你生日快乐！”

“谢谢儿子……”

“祝你生日快乐，祝你生日快乐……”在电脑视频里，曹广清晰地看到全家人聚在大蛋糕前，一起为他歌唱生日祝福歌。那一幕，让曹广泪流满面，泣不成声。

“谢谢，谢谢你们，谢谢……”

下面是他解除隔离当天的日记：

2014年4月7日

今天对我来说是一个崭新的开始，对我来说是一个好日子。到今天为止，我距离接触那名患者已经满21天，最长隔离观察期已到。这21天，本人没有发热，身体也无特殊不适，看来那个患者对我的威胁已经差不多没有了。今天的心情也因为第一个21天结束而感到非常愉快。自己真的已经躲过一劫，天空都显得格外晴。坏消息又来了，昨天病情通报上，我们吉贝医院那名隔离的放射科医生去世了，这是我们医院第三名医护人员因此死亡。而且都和同一位患者有关。他可能是在为患者做检查时感染了病毒。哎，人的生命要说也真是脆弱。这个患者病毒据我所知至少已经造成算他共8人死亡，多么可怕的病毒。安拉保佑他们吧！在这21天里，我失去了两名和我朝夕相处的同事，每当想起他们，还是让我感到难过，甚至至今依然不愿相信这是真的。前几天还在一起工作说笑，今天就已经阴阳两隔，而夺取他们生命的地方就是我们的工作岗位，那个让我们为它不断努力进取的地方。这是不是有点太不公平了呢？今天距我和 Gassimou 最后一次合作手术已经 14 天，再过一周，他对我的威胁也会最终消失。我不愿意把自己的战友说成是自己的威胁，但事实却就是这样，真的叫人无可奈何！小盖（盖斯姆——笔者注）不知道现在在哪，但我相信他无论在哪，都会同样惦记我这个中国朋友，也会希望我能安全躲过这次灾难。这些是我今天发的微博，也是我今天的感受。今天还和（安贞医院的）伍院长、魏院长等报告了我的情况，毕竟最大的风险已经过去。今天是周一，依然在清明节假期。这个清明节也注定成为我另一个回忆。昨天晚上，我和另外一名因接触患病医生而隔离的队员，一起给已经逝去的同事烧些自制的纸钱。虽然我并不信这个东西，但也可以表达我们对自己同事和朋友的慰藉，同时也祈求那些还在隔离观察的本院医护们不要再出意外。

队友能平安无事地从隔离室健康地走出来，这对援助几内亚的中国医疗队来说，无疑是一个伟大胜利。孔晴宇和另外 16 位队员，以最高的礼仪迎接他们的队友曹广和吴素萍。其实所谓的“最高礼仪”，就是孔晴宇要求的“所有队员必须穿上最漂亮的新衣服”，除此无非就是一顿外加了几个菜的美餐和给予近在咫尺、却又如久别重逢的曹广和吴素萍两位“难友”一个个热烈的拥抱——这时刻的拥抱，不仅意味着他们彼此不再担心有埃博拉“疑似”的危险，而更多的是证明他们又一起站在了同一条与埃博拉决战的火线上……

“生的伟大，死的光荣。”不知谁在此时大声念起了毛泽东同志的一句经典的话，于是在整个中国医疗队的小会议室里，一片“生的伟大，死的光荣”的口号声。那声音似乎在向全世界宣告：中国医疗队不惧埃博拉，他们会永远以友好的中国人民名义，与兄弟的非洲人民站在一起，直到击退埃博拉！

也许我们每天生活在平静而舒逸的日子里，无法想象出当时远在非洲疫情风口的孔晴宇他们对生活和生命的理解，也想象不出曹广和吴素萍他们那种被死神拥抱了几十天后又平安回到现实的心境是怎么样的，但孔晴宇他们对生命的体会是切肤和刻骨铭心的。

“难友”从死神那里庆幸地回来，可还有一个以往每天同样战斗、生活在一起的中几友好医院的几籍医生却活生生地被埃博拉夺走了宝贵生命……

“与盖斯姆同样被夺去生命的神经内科主任西业卡也是一位特别优秀的医生。他担任我们中几友好医院的工会负责人，能言善辩，思维敏捷。西业卡特别爱喝中国绿茶，经常到我这里‘蹭’点绿茶去。他在我们的延边医学院留学过，说一口中国东北口音的普通话，对我们中国的人情世故也了然于心，所以中国医疗队员们特别喜欢他。西业卡本人并没有直接接触医院接治的一号、二号、三号埃博拉病毒患者，但他在医院连续几位医生感染后全身心投入他们的抢救，结果也不幸被感染上了病毒。他是在盖斯姆去世后的第十天突发严重症状，5天后便死亡，他是又一位眼睁睁地从我们面前离开的几内亚好医生、我们一条战壕里的战友。西业卡也才45岁，得病前他还有些不好意思地问我有没有绿茶了。还没等我给他送去茶叶，他就再没有跟我有机会聊上几句，一起品一杯飘香的绿茶……”孔晴宇不无感慨地回忆起这些他所熟悉的一个个中几友好医院的几方籍医生，脸上充满着伤感。

是的，我知道这个中几友好医院在第一例埃博拉病毒感染者出现之后，有6名医院的医务工作者献出了宝贵生命……而这，仅仅是几内亚暴发埃博拉病毒疫情所带来的灾难的开始，即使像中几友好医院，残酷的战斗同样也是刚刚拉开序幕……

按照预定的计划，中国援非医疗队分期分批从国内三甲医院中抽调各个医院相关人员组成并且不能出现“空档”。也就是说，不管被援助国发生了什么情况，除了政府与政府之间另有“紧急协商”，按常规后继一个中国医疗队必须及时来接班。

接替孔晴宇他们的新一支援助几内亚的医疗队是北京友谊医院的医生和专家们，领队的是该院副院长王振常。

采访王振常时，他的开场白就带着几分“悲壮”，说：“如果说孔晴宇他们的团队在几内亚与埃博拉是一场遭遇战，打得很意外，也很惨烈。那么我们北京友谊医院派出的医疗队则在几内亚与埃博拉进行了一场肉搏战、持久战……”

王振常他们的医疗队是2014年8月16日到的几内亚的。那个时候，整个西非完全处于一片混乱状态，埃博拉疫情已经失控，全世界都因埃博拉和超高死亡率而惊恐。

“其实在我们出国前一个来月时，就已经听到非洲那边的中国人、中资企业都在往回撤。因此，我们友谊医院这个援非医疗队由原来动员大家‘不怕苦’，变成了激励队员们要‘不怕死’了！”王振常说。

是啊，一字之差，完全是两种结局与命运。再苦，也是咬咬牙就能够过去了。死就完全不一样了。虽然人都固有一死，但真轮到让谁去经历“死”，情况就不是那么简单了。更何况，此次远足非洲去为他国他人之死，何其唐突与意外!

这就是中国和中国人民对非洲兄弟与非洲国家的那份特殊友谊了。

越是在最困难的时候，中国和中国人民一定是与非洲和非洲兄弟站在一起的。尽管埃博拉疫情前所未有的严重与高死亡率，但是中国援助了非洲几十年的医疗队不能中断，绝对不能中断，尤其是在此刻——埃博拉疯狂袭击的2014年夏季。

“原来我们医疗队计划派出19个队员，后来做了临时调整，先去了10个，加配其他部门的3名应急专家随队前往。其余9人则是在10月24日到几内亚首都科纳克里与我们会合的。”王振常介绍，“出发之前，我们全队每个队员都写了遗书，是做好了死的准备的。”

医疗队所有的人员都是第一次到几内亚。队员林海有这样一段文字描写：

> 几内亚地处赤道附近、大西洋的东岸，几乎从未有过台风、地震，也鲜有其他的自然灾害，地理位置和自然环境都十分优越，但由于经济不发达，城市缺乏规划和有效管理。在科纳克里，我们体会不到国家首都的感觉。市里基本建设差，交通状况很不好。但是，这里的人生活虽然贫困，却有着难以理解的幸福感。大多数人似乎整天也没啥工作，聚集在街边无所事事，也感受不到一点点的压力，脸上洋溢着不知从何而来的喜悦。这是几内亚给我最初的感受。

“谁没有家人亲人嘛！在我们到了几内亚后，没几天就到中秋节了。队员们白天忙碌一整天后，晚上大伙围在一起，躺在地上，遥望明月，一边聊、一边说，聊着聊着，说着说着，全都哭了起来。这份思念祖国、思念故乡、思念亲人之苦，只有身临埃博拉死亡边缘的其境方能真切体味。想起那一幕，我今天依然会眼睛发湿……”王振常忍不住拭泪。

友谊医院的医疗队员们可谓是真正的“中国友谊使者”。面对越来越猖獗的埃博拉，非洲本地人节节败退，别国人员纷纷后撤，唯有王振常他们这些中国医疗队员们必须还得向前冲。“我们不像后来去的应急医疗队那样，根本不能穿防服，就只有普通的口罩、手套。几内亚全是黑人，他们爱跟你拥抱，我们不能表现出不热情、不友好，这就很麻烦，很危险，但你丝毫不能退缩嘛！所以，我们可以说是用身体作为盾牌在跟埃博拉决战的！”王振常介绍道，“我们到那里的任务，除了日常的医疗之外，还负责为中资企业人员看病 ,为国家提供埃博拉病毒传染疫情分析。这些任务都很艰巨。在埃博拉暴发期，总统府的安全都成问题。最直接的工作是为中资企业和中方人员看病治病，这是我们的主要任务之一。自己的同胞，在那里有的是帮助几内亚建设，有的是在做生意。不管从事哪一种工作的人，都是我们的同胞，他们的生命安危全由我们来负责。这个任务极其繁重，也相当艰巨复杂。比如我们要负责的那个叫凯乐塔水电站工地上，中方人员就达 500 多人。工人们本来在那里干活很辛苦，现在又轮到了埃博拉病毒疫情袭击，还有其他多种热带传染病，他们有病有灾，我们不帮他们还能有活路吗？为了这些同胞，我们要开五六个小时的汽车路程才能到达，一到就得跟工人和当地非洲黑人混在一起，你不清楚谁可能是埃博拉的病毒的感染者，因此去一次，就可能是一次赴汤蹈火，但我们全队人员没有一个后退的……”王振常的每一段叙述，都一往情深。

“我们自己人病了，发高烧了，一下子也不能诊断到底是普通热烧还是埃博拉病毒传染时，我们的心、我们的魂，都不知丢掉了多少回……”王振常一次次痛苦地低下头颅，声音低得抽丝似的，但却如阵阵洪钟般在我胸膛振荡。

“可我们在那里整整一年半时间里，何止仅仅做这些。”他说，“大伙儿一定记着自己的身份：我们是中国医疗队，是北京友谊医院派出的中国友谊使者。我们既然来到了非洲，我们就该为非洲人民做力所能及的事，播下友谊的种子。所以，只要有空隙时间，只要有可能，我们就出去为当地儿童看病并捐款为当地学校、为百姓服务。看到上学的孩子缺衣少学习用品，我们就捐款为他们添置衣物书包，还给孩子们盖了一个食堂。我们医疗队的党员同志还捐款去慰问那些不幸被埃博拉病毒传染而身亡的中几友好医院的几方医务人员的家属，其中有孔院长他们前面提到的盖斯姆的妻子。当时盖斯姆的妻子刚刚生下盖斯姆的遗腹子，见我们如此真诚地帮助她一家，感动得热泪盈眶，盖斯姆的妻子连声叫‘中国医生好’‘中国好’！”

友谊医院派出在几内亚的这支医疗队，在几乎无援的条件下，在几内亚埃博拉疫情最严重的日子里，孤军作战，为当地培训抗击埃博拉专业防护人员1600多人，而这1600多人后来在几内亚抗击埃博拉的整个疫情战斗中，做出了不可磨灭的特殊贡献。

“这是我们最引以为自豪的。”王振常的脸上有了笑容。他说，“在2014年下半年和2015年整个一年中，我们这支医疗队在当地是非常出名了。我们每到一处，那里的百姓，不管男女老少，都像待亲人一样对我们。用他们的话说，只要看到穿中国五星红旗背心的人来了，他们就觉得自己的生命有了希望、有了保障，他们称我们中国医疗队是他们的‘保护神’！”

转眼一年半过去了，中国医疗队在几内亚的日子让19位北京友谊医院的医务人员格外感到难舍。与埃博拉的一场生死持久战，不仅没有吓倒他们，反而与这个国家、那片土地发生了特殊感情——

想想刚来时这里埃博拉疫情正烈，现在虽未消灭但已渐趋尾声。我们已没有了初来时的惶惶不安，习惯了在疫区坦然地生活。没有了初来几内亚的陌生与新奇，渐渐地习惯了援非的生活。这里依旧的落后脏乱，但我们却开始欣赏当地人们的乐观与无忧。一片小小的空地，甚至是在车辆穿梭的街头，年轻人们也能忘我地追逐他们喜爱的足球；一点音乐的节奏，就会有人扭动起来，哪怕是烈日下、大街旁，也无法阻挡他们内心对生活的激情。这里人对中国人大都很友好，路上常有黑人用蹩脚的中文“你好，你好”地打招呼，也经常会见到我们就竖起大指说：“中国，好！”在这里生活能充分地感受到身为中国人的骄傲，市中心最大的建筑议会大厦“人民宫”是中国20世纪60年代援建的；几内亚国家电视台“RTG”是中国援建的；中国承建的几内亚最大的水电站——凯乐塔水电站近期已经竣工发电，这完全改变了几内亚电力供应的格局；还有更多的难以胜数的道路、港口等基础设施都是中国建设的……

队里的才子林海又拿起笔，如此描述道。

队长王振常则有更多的感慨与自豪：他的医疗队一直坚持到世界卫生组织于2015年12月23日宣布西非埃博拉病疫情解除之日。“这可不容易啊！没有一个医疗队是经历这么长时间的，我们是唯一一支跟埃博拉打了一年半持久战的医疗队，独一无二。几内亚总统亲自邀请我们医疗队员到‘人民宫’给我们授荣誉勋章，这也是前所未有的。”

是的，历史应当记下这个医疗队。

但，我们应该知道，有关抗击埃博拉的故事才刚刚开始，王振常他们用肉盾牌与埃博拉厮杀正酣时，邻国塞拉利昂的疫情简直不可收拾！最惨烈的是塞拉利昂的医务人员此刻几乎全军覆灭，而这中间的一半医生里，多数是到中国留过学的优秀医生……

3 盛产美女的非洲角

这事本与塞拉利昂无关。塞拉利昂本国自己的事——有关疾病等灾难已经够折腾的了，比如艾滋病、疟疾、霍乱等，常随时侵袭和祸及这个全球“十大最穷国家”之一的西非国家。估计任何一个富裕的、中等的和并不太穷的国家一听到“艾滋病”“疟疾”“霍乱”这三种绝杀人类的瘟疫早就已经吓晕了，然而在非洲角的那些国家，这样的疫情就像我们常见的肺癌、高血压、糖尿病那么普通。采访中国医疗队的队员告诉我，他们去之前不会相信一个国家的首都、人口达百万人之多的城市，竟然没有一条像样的柏油马路，晚上大街上没有照明灯，自然也不会有交通警察什么的。

不过，他们的首都大街上有开着坦克的武装军人，拿着冲锋枪的反政府武装，举着大刀横行霸道的暴徒……当然还有很多朝你笑嘻嘻招手的妓女，但你敢亲热去吗？小心艾滋病！

如此一个国家，在全世界却蛮出名。我想恐怕与下面三件事有关：

第一件事是这个国家曾经是欧洲老牌资本主义国家贩卖黑奴的主要来源地，也就是说，世界上著名的黑奴交易是从这里开始的。

不错，这个地处非洲西部，北、东北与几内亚接壤，东南与利比里亚交界，西、西南濒临大西洋，海岸线长约485公里，国土面积7.2万平方公里的小国家，却在1000多年前就是黑人的家园。据说，在2500年前就有人类在这片土地上居住。关于人为什么变“黑”了的提问，似乎没有科学的结论，多数说法是因为环境的影响。非洲那儿热光太厉害，太阳把人晒黑了，遗传下来，一代又一代，最后就变成了彻底的黑人。这是我们普遍认为的古老传说。但塞拉利昂确实是黑人的古老家园，所以这里的黑人美女其实在世界也很出名。我曾到南苏丹去过，发现那里的年轻黑肤女人，真的是太美了，完美的美，身材、五官，绝对的标致，但她们的家里什么都没有，穷得只有几根草秆，但她们就是美，绝对的美，简直有些不可思议。

塞拉利昂和其他邻国比如几内亚等都是靠着大西洋，自然环境也非常原始的那种绝美，如果不是战乱和热带病盛行，这是真正意义上的天堂。

黑人兄弟姐妹们在此自由自在地生活了1000多年后，15世纪中期，喜欢航海的葡萄牙人不请自来，他们在弗里敦河口北岸建起了要塞，一直到19世纪中期。那个时候的葡萄牙人主要在这里进行的是人贩子生意，即奴隶贸易，并且十分活跃，成为欧洲奴隶的主要来源地。后来英国人在此得势，贩卖奴隶的潮势更加疯狂。美洲发现后，黑奴开始流入到这些新兴国家美利坚、巴西、阿根廷等。这是后话。1787年，在废奴主义者的压力下，弗里敦慢慢建起了一个“奴隶集市”，后渐渐变成了一个城市，以供那些原先准备贩卖到伦敦去的奴隶生活。“首都”就这么建起来的。英国人一直统治到1961年4月27日，塞拉利昂宣布独立。

塞拉利昂，这词在最初占领这块领土的葡萄牙人语言中，是“狮子山”的意思，而首都弗里敦在英语里叫“自由城”。

第二件事是塞拉利昂有个反叛武装闹腾了几十年，在非洲极其出名，联合国曾多次干预，却未见效果。领头者叫桑科，出生于塞拉利昂的吉米部落。说起来简直难以想象，这位叫桑科的奴隶后代，1956年参加了英国皇家西非部队，到英国接受过无线电报话员训练。出道前只是一位名不见经传的陆军下士，还干过婚纱摄影。但在1991年3月，这位擅长摄影的前陆军下士福迪·桑科，打着“反对独裁”和“民主改革”的旗号，领导“革命联合阵线”（以下简称“联阵”）扯旗造反后，竟然一举成为可以左右这个国家甚至非洲许多国家的领导者。联合国对此人也十分头痛，常常无奈，并吃过大亏。桑科能够得逞，在于塞拉利昂历届政府内部的腐败和无能，人民对接二连三的军事政变厌烦有关，加上他的超级残忍。就像多数前殖民地非洲国家一样，塞拉利昂自1961年从前英国殖民统治下取得独立之后，无论在政治上和经济上都走了一条极其不平坦的道路。邻国利比里亚有太多内战的“高手”，他们为桑科领导的叛乱提供了便捷的武器来源和边境地域的“自由地”。所以桑科在“胜利”时，可以攻到首都，享受正式的副总统待遇，其多位手下被聘任为政府部长；不顺时，退到利比里亚边境，甚至过境当受保护的高级“难民”。一旦时机到了，他又重返自己的国家，进行又一次的疯狂“战斗”，致使同胞血流成河，政权摇摇欲坠。关键是，桑科这人太残忍，福迪·桑科以嗜杀、残忍著称于世。他所领导的“联阵”称得上是世界上最残暴的一支部队：毒打、屠杀成了他们的家常便饭，最令人发指的是，娃娃军经常使用肢解、挖心等名目繁多的酷刑折磨与他们为敌的人，还美其名曰“从心理上威慑敌人”。桑科组建的这支“少年军”以残忍著称，也确实在善良和落后的黑人家园制造过不少“战无不胜”的历史奇迹。2000年，桑科及其领导的“联阵”再次在世人面前大出了一把“风头”。当年5月，桑科的队伍公开与联合国叫板，绑架了500多名联合国驻塞维和部队士兵并将其扣为人质，全世界为此一片哗然。数百名联合国维和士兵被绑架，这在联合国维和史上绝无仅有。桑科的举动终于惹怒了国际社会，讨伐之声也随之而起。有意思的是，在其“联阵”队伍绑架维和士兵的同时，头目桑科本人却神秘失踪了。正当联合国为人质事件绞尽脑汁时，秘密潜伏在首都弗里敦的桑科，十分意外地被当地平民抓获并交给了塞拉利昂政府。桑科的被捕终于使人质事件有了转机，他的弟子们最终释放了所扣押的全部联合国维和士兵，条件是桑科获释放。但联合国没有退步，安理会一致通过决议，决定设立联合国塞拉利昂问题特别法庭，以审理在塞拉利昂内战中严重违反国际人道主义法和塞有关法律的犯罪分子，而桑科首当其冲。2003年3月，桑科被移交给联塞特别法庭审讯，等待他的是17项反人类罪指控。没想到，还没受审，这个让塞拉利昂人恨之入骨的暴君竟先走一步。2002年年底联塞特别法庭成立后，桑科被移交该法庭受审。2002年10月，桑科突然发生严重中风。从那以后，他的健康每况愈下。在2003年3月受审时，坐在轮椅上出庭的桑科已经无法回答法官的提问。桑科曾以健康原因向联塞特别法庭提出推迟审判的请求，但遭到拒绝。不料几天后，桑科便结束了他罪恶的一生。虽然桑科以一死逃脱了最后的判决，但人们仍然认为联塞特别法庭对他的审判是“向动荡不安的非洲大陆发出的一个明确信号”，那就是：“所有的叛乱武装领导人都将受到法律的制裁。”其后，没了领导人的“联阵”在各方的联合打击下逐渐解体，塞拉利昂终于迎来了和平的曙光。

第三件事使塞拉利昂名声大震，是因为好莱坞拍了部巨片，叫《血钻》出了名。

别看塞拉利昂是个小国，但它的资源和矿产极其丰富。尤其是钻石，储量达2300万克拉，而且质量上优，难得有哪种钻石与此相比。然而因为钻石的缘故，使这个落后贫穷的非洲小国，深深地陷入了以抢夺和霸占钻石为目的的战争时起彼伏，从未间断过。桑科崛起和存在那么长时间，其原因之一就是他带领的队伍占领了拥有大量钻石的边远山区密森地带。从1994年起年，桑科的反政府武装“联阵”不断向塞国东南部地区的各大矿业公司扩充，并通过武装袭击或抓捕这些矿业公司中的外国人为人质，迫使一些主要矿业公司停产甚至关闭，进而使政府的钛矿石、铝矾土和钻石等开采与出口工作陷于瘫痪，而叛军则通过非法出口钻石大获其利。作为支持战争的最重要财源的钻石资源，一直成为塞拉利昂国内战争的争夺目标。交战双方强征大批青少年服役，把他们培养成毫无血性的杀人机器。尤其是反政府的“联阵”一方，往往把大量无辜的平民当作其施暴的对象，动辄割断人们的肢体，其肆意摧残儿童、幼女的暴行更是罄竹难书。据称，因为争夺钻石而引发的战争，使得塞拉利昂死了至少5万多平民。电影《血钻》就是根据这个国家的钻石争夺战为内容的一部好莱坞大片，在世界各地广受观众欢迎。边远、落后又充满原始美和非洲美的塞拉利昂，一夜之间受到了那些具有冒险精神的旅游者们的青睐。

本人没机会去这个国家，但却很想真实地了解一下“血钻”之乡到底如何？否则也无法想象中国援助非洲抗击埃博拉病毒的战斗有多艰巨！说来也巧，就在这个时候，我在网上读到了一位西安的网民朋友“清风云端”先生写的一篇不短的“网文”，叫作《塞拉利昂——我心中的痛》。看照片，“清风云端”先生是位与我年龄相仿的老帅哥，他的这篇图文并茂的博文，我以为写得好，关键是真实。另一个原因是他所经历的“塞拉利昂之旅”恰巧是埃博拉疫情在塞拉利昂全面暴发之前，这种真实相比之下不受外界干扰，是纯属个人的直接感受，因此它可以让我们看到一个离我们很遥远的非洲国家的真实的风土人情。

先让我们一起随“清风云端”先生的文字，去“血钻”之乡的塞拉利昂走一趟。

2014年，西安的“清风云端”先生写道：

我是今年4月9日从南宁飞抵北京，在北京机场与翻译和工程师会合。机场里匆匆吃过晚饭，随后带着翻译和工程师一行三人登机去西部非洲塞拉利昂考察几个矿点。

从北京乘法航大约飞10个小时到法国巴黎戴高乐机场，在那里等待8个多小时转机再次乘上另一架法航并经停利比里亚首都蒙罗维亚机场，到达西非大西洋彼岸塞拉首都弗里敦。整个航程大约2万公里，等回北京那就刚好绕地球一圈了，花费时间大约32个小时……在弗里敦机场接机的是我朋友内蒙古的小杨，他叔叔是大使馆的参赞。有着内蒙人淳朴憨厚的性子和做事认真踏实劲头的小杨来塞国8个月了。见面后他问我怎么安排，我大声告诉他：再次踏上黑非洲大地先尽情玩两天，领略一下异国风情，然后再工作。

“好嘞！”随小杨走出机场，我到了一个满世界黑的地方，那老黑老黑的人影，在我面前走来走去，我就感觉自己显得那么老白老白的了，恍若梦境一般。

坐上当地人开的中巴来到码头。小杨告诉我：去弗里敦市区要坐快艇摆渡，我们的车在对面码头停着。乘船需要20分钟到达对岸。上船每人需要45美元，这是不是有点贵啊，要知道1美元兑换5000利昂呢，1元人民币也可兑换700多利昂。塞国可是全球最贫困国家之一，280元人民币坐20分钟快艇摆渡，到哪里说理去。想想来咱都是坐飞机的主，你不出血谁出血？何况又是第一次那么近距离接触大西洋，心里还真有点小激动不是！

离开码头坐上接我们的车，大约40分钟到了住的地方——北京城乡集团购置的坐落在大洋边上的滨图玛尼宾馆。我住的是单间，另两个住标间，怎么？两个人住标间还要再加30美元，为什么？标间不是可以住两个人吗？现在标间变成了180美元一天！还好，有WiFi。听说中国大使馆正在改建，目前使馆人员现在也暂时住在这里，我们跟他们住在一起，办事也方便，住着更加安全些。赵彦博大使还是我们西安人。

对了，前头忘了说在非洲出海关一定要有里面认识的人，否则海关的人会把你的行李全打开，不停地翻，拖延时间，其实就是叫你给他好处费。小杨认识里面的人，给了5万利昂，不到70元人民币嘛。

到了宾馆已晚上。进入房间一看：哦，还不错，是很漂亮的海景房，落地的飘窗，全透明的玻璃，外跨还连着一个好大的观景台。站在阳台放眼望去，宾馆底下大洋边一座座亮灯的五彩别墅，像彩贝一样镶嵌在大洋岸边，在暮色里显得五彩斑斓。海水被夜色染黑，呈现出一片墨色，天空与海交融在一起，分不清天海之别。远处大洋里货轮灯火阑珊，那或明或暗的灯光，好像是在告诉你，那才是天与海的分界，好一幅美景。

小杨告诉我这里是弗里敦的富人区，岸边直接就是深海，我们明天去的海滩离这有30公里。我问这里岸滩怎么没有什么防护措施如岸堤，他说这个国家海岸线上从来就没有什么台风之类的东东。

我明白了：在这个西非最贫困的国家，老天爷竟然也在可怜和眷顾他们。

第二天，我们到了海滩。哇！眼前立刻被一幅原始的未被人为污染的银色沙滩所震撼！看：海边棵棵椰树自由地生长着，椰树上散开的树叶俯视着眼前银色的沙滩和碧蓝的海水，就像低头微笑看着自己孩子的长者。座座小毛草屋散漫地分布着，如星罗棋布般，粒粒银沙镶嵌在蓝色的大海和绿色的椰树之间。原来它们才是这海的主人。相比之下，海南东郊椰林的毛草顶屋、北海银滩的白沙，那实在都不算什么了。望着眼前的这一切，我不禁油然产生一种投入大海怀抱的感觉。站在滩头，微微海风吹过，带来丝丝潮意，眺望大洋彼岸的美国大西洋城纽约——其实是那么的遥不可及。

有人说洋是海的延伸，可照我说洋是海的大爷。其实它们都是蓝色的，涛声、浪花、波浪说到底都是没有什么差异的。

离开海滩我们来到距二道河海滩大约5公里处一家知名的意大利人开的海鲜餐厅，他们的海鲜都是用木炭烤的，原汁原味，口感美佳，也因此广受外来人喜爱，老板是老两口，都70多岁了。我的口号就是：先享受后吃苦，死了也不怨。这里的海鲜大螃蟹、大龙虾，那真是超级的大，令人吃惊，反正我是没有见过那么大的。对了插一句：龙虾和螃蟹都是20美元一只，我看比国内便宜多了。

从意大利餐厅回宾馆的路上，我们开车在首都弗里敦市区到处转了转，想知道塞拉到底有多贫困，所以专门去的是贫民区。一路开车看去，低矮破旧的毛草店铺，主要卖点服装、面包、瓶装水、水果等生活日用品。街头乱哄哄的，好多人上衣也不穿，包括有个别女的，马路坑坑洼洼，商品也好多是中国产的伪劣品。声明一下：这些伪劣商品可不是我们同胞贩过去的，而是塞拉利昂人自己跑中国进的货，便宜呗。我都无法想象，他们是如何将这些东西从万里之外的中国义乌等小商品市场弄到这儿的。

……在塞拉首都弗里敦玩了两天后，也该开始工作了！

非洲这地方怪，土地不在国家手中，而在大大小小酋长手里，去矿点都要先拜访这些人。拜访是要带礼物的。当然我们见的也不是什么大酋长，也就是村长级的。每个村长级的，下面还有七八个村民小组长级的最小酋长，村民小组住的寨子和村长住的寨子相隔都比较远。在国内时，我们就买好了十来个足球（非洲人喜欢足球）和碳素材质做的打气筒（轻携带方便），还买了国产三四百块钱的手机好几个装了一个大箱。为了安全起见，我们要到当地旅游公司租用两辆车，小杨和翻译去办理，我和工程师在驻地等。这时我就看见使馆的二秘开车要出去，我就叫了他（我这人能拉扯见面熟一片，哈），问能不能带我俩去趟黎巴嫩人开的超市，人家说带我们去没问题，就是回来得靠自己了，他去的地方和我们不是一个方向。我说我有办法回来。就这样，我们到了超市买了一些面包、火腿肠和糖果（非洲人特别喜欢糖果）。知道我在超市看见啥了？美女！收银台坐了个好漂亮的黑美女，真的好漂亮！知道非洲女人为什么身材那么好吗？那是因为非洲人把什么都顶在头上，要顶在头上那就必须挺胸、收腹、提臀，这些女同志都是知道的。本来想合张影，可看了看她身后的两个黑大汉，加之我们又是个“哑巴”，怕误解就算了，好遗憾的。插一曲：前天在意大利餐厅，我叫翻译给一个服务员说想照个相，她说什么现在忙，需要她服务的话，晚上可来找她，我叫翻译告诉她就怕晚上一关灯找不见了（黑到一块儿了）。小样的我来这里是当傻瓜？我心里这么想。言归正传。回来的时候，我们在路边招了一辆出租车，好家伙，里面已经有三个人，是硬要上来的。我向司机看了下我住的酒店册子，就“ok”了一声，车子摇摇晃晃地上路了。路上有人一会儿上、一会儿下的，最多时连司机车上共有7个人。我算对非洲的国家首都有体验了！

到了酒店门口，也不知道出租车要给多少钱，只好打开包包。那出租车司机一看我的钱包是满了，也不客气直接拿了10万利昂“拜拜”了。

语言不通，后悔哦！

此处“清风云端”先生晒一张照片，说：

在非洲老婆是可以娶好多的，只要你养得起，和我照相的这个人是塞拉里昂的官员，他父亲是个省级大酋长，有8个老婆，二十几个孩子，他是老十二，今年28岁。

其实，我在采访中也不止一次听到有人说，非洲、尤其是塞拉利昂，黑肤美女满地都是，“她们长得特别标致，不仅五官精致，鼻子削尖的那种美，眼睛绝对的大和水灵，嘴唇性感。胸大，个头高挑，臀圆润且超级的大，如果不是肤色的原因，堪称世界绝美佳人！”一位多年在那边工作的中铁公司职员绘声绘色地如此说，“当地的这些美女特别喜欢跟我们中国男人好，在她们眼里，中国男人比较含蓄，会治家，会挣钱，对老婆好，而且在她们眼里印度人、中国人，都是‘白人’，这是她们喜欢中国男人的重要方面。”

“有跟中国男人结婚的吗？”

“有啊！我们单位的一名项目经理娶了位黑人美女做老婆。浙江温州人到那边做生意的人娶黑人老婆的也不少，我身边能数得出十个八个。”

嗬，这可是我没有料到的。“能生活到一起吗？”

“怎么不能？他们都成家立业了，而且有的孩子都十来岁了！不过也确实有的时候够呛，主要是文化差异。非洲黑人美女，美是不用说的，但就是比较笨些，连土豆都不会切，更不用说给你做饭做家务了。但她们会经常带你出去参加舞会，那个时候我们中国男人就差很多了，人家那个跳舞水平简直是世界一流啊！”

原来咱中国人也有“低水平”的呀！

我笑。因为跟我说这事的老兄还有一句话：非洲美女不一定嫁你的，1000元人民币也可以搞定。他这话听起来有些不正经，但在那个遥远的穷地方，有人说，那是另一种“扶贫”。似乎听起来仍然有些反动。然而世界上的生活本来就是不平等的，对那些非洲不发达国家人民来说，现在的中国人相对是富了。

“清风云端”先生带着开采矿藏的任务，深入实地周游塞拉利昂的亲历，便是一例。他继续的行程让我们对这个国家和非洲大陆的风土人情有了更深的了解。

一大早租的两辆车和塞国国土部的一个官员来到酒店官员全程陪同，起监督和与地方国土以及酋长的沟通，他就相当于我们手里的“红头文件”……简单用过早餐后，就向南方省的博城和东方省的凯内马（大家请记住这个凯内马，我以后要着重说）出发了。

博城是南方省的省城，离弗里敦200多公里；凯内马是东方省的省城，离博城100多公里，离利比里亚也就100多公里。

我们是先向博城的方向走，大约要走一半路程就要拐到去矿区的土路。车行驶在路上，就像走在我们的国道上，路况相当不错，道路两旁望不到尽头的棕榈树和路边走着头上顶着什么都有的黑妹妹，真是一幅幅非洲特有的乡村风光，我耳边仿佛响起了美国黑人演唱的乡村歌曲。

一路上车不多，走着走着，猛然我发现了新大陆，咦！这些黑兄弟的车怎么回事，他们真是把车用到了极致，你看这带篷卡车货都装的基本满了，还钻进去那么多人，车厢后板外也就是后保险杠上还站着3个人，特别是驾驶室门两侧一边站了个人。有意思的是5人座的小卧车，真是又开眼了，里面直接挤了八九个人。车顶还堆满了货物，连后雨刷器上、四个车门把手上也挂满了大大小小塑料袋装的东西。嚇，这就是非洲特有的一景哦！

在要拐向土路的地方我们接上了事先联系好的博城市国土官员。车继续在崎岖不平的小路上走着，路两旁的植物也有了变化，棕榈树也渐渐被灌木林、茅草和荆枝条包裹，丛林和村寨越来越近了……隔五六公里就有一个小寨子。每当我们经过时，路边的人们从小到幼童、大到老人都会抬头微笑举手……“嗨”“嗨”地和我们打招呼。司机通过翻译告诉我，他们国家的人非常友善、热情。这一点我印象深刻。越向深处去路也越加狭窄，也就只够一个车身位了。这的寨子，都是以毛草房居多，人们的精神状态也变得有气无力，或躺或坐，来回走动的人很少，打招呼的声音也弱了许多。司机告知我们，这里是他们国家最贫穷的地方之一。

再向前，就到了村级酋长住的寨子。由随我们来的两个国土官员请酋长和一些长者到他们的议事堂。所谓议事堂，也就是一个带有毛草顶的大篷放了一些非常原始的长凳。接下来大家坐了一圈，先由部里的官员介绍了我们，说我们是来帮助他们来的，是友善的等等。酋长听到这些马上起身和我们握手、拥抱。我们便把见面礼给了他。50万利昂（也就相当于100美元）两个足球和打气筒外加一部手机，我也不知道这里没电也没有信号手机有何用。只见那个酋长给四五个长者每人两张5000的利昂，其他的都自己留下了。得了好处的酋长，顿时面带笑脸地安排他的代言人领我们去要看的矿点。这当儿，我们的身边又围上来好多看热闹的小孩和大人，我又拿出糖果发了发。

和酋长告别后，我们一行人在酋长的代表引导下来到我们要考察地的所在寨子，拜见村民小组长级小酋长。握手、碰肩（再没敢拥抱）和5万利昂（相当于10美元）后就要徒步进丛林了。这里也是和其他寨子一样又是一大堆人围着、跟着。我看这样不行，怎么工作啊，还得打发了，排队发糖果一人几个，我们看他们除了女的男的其他的乱哄哄也分不清谁是谁，就像老外看我们，也只好叫排队。所有寨子都是一样，大人们从不向前索要，除了手里抱着婴儿的，他们知道这些应该给孩子。在这里，我所带的糖果全发光了。我们从寨子后边进入丛林，翻过两座像馒头状的山到了第一个点。经过拍照、取样（要带回去的样品），交给雇的黑人拿上。然后再要去下一个点。我一问向导后才知道去那里还要翻三座山。怎么办？继续前行吧，否则不等于白来嘛！同行人不想走了，又担心我不认路，上去后回不来。我说没事，有些地方我会做记号的，回得来，放心。我和他们分手后，先找了根树棍，用它打草惊蛇……开始找着记号走也比较顺利。大家知道我的记号是什么吗？烟头！我把它们放在醒目的大石头上和岔路上，要知道我抽烟挺厉害的，一天3包。可走着走着感觉不对劲了：记号呢？再看看岔路也分不清到底走哪条了（丛林中哪有什么路啊，也就是些人走的印记而已）？抬头看看太阳当头照，再看看周边灌木枝比我还高，想用太阳和周边环境作为参考方向是行不通了，只好坐在地下抽了支烟，淡定一下。不是咱还有高科技？于是赶紧打开包拿出GPRS定位。记得我们停车方向是东向南一点，向南多少度呢？立即后悔起来：临离开车子时忽视了没定位，那样GPRS就能引导我找到车了。现在后悔有啥用？为准确起见，我又拿出指南针核对了一下。OK，没问题走吧，走了一段又下了一道坡，这时远远看见了我们来时的那辆车的车顶……顿时心情那个好啊，别提了！下了坡，眼前是一片沼泽地，上山时向导就说了要远离沼泽不要在上面走，可我看看如果绕着走又不知道要走到哪里去了，好不容易看见车了，又想想现在是旱季没那么可怕吧。（插曲：塞国5–10月是雨季，11月至来年的4月是旱季。旱季基本没雨，雨季全季要下4000毫升（4米）。4月是最旱的时候，荆枝条、茅草和灌木枝这时刺人也最厉害。抱着侥幸我来到沼泽旁边，小心翼翼用树棍探探还行，硬硬的。不瞒大家说，当时我走在上面两腿是发软的（主要是心理作用），弯着腰腿颤颤地用手里树棍探路、移动。终于离岸边还有七八米了，这时看看沼泽面上也没什么变化，思想也放松了，把树棍一扔，想着就到了。谁知刚走两步，“扑通”！脚下瞬间一歪，两腿膝盖以下掉入沼泽……着实吓了我一大跳！我马上在趴下的同时，本能地把T恤衫扒了下来，上身趴在T恤上，喘了两口大气，慢慢地爬到了岸上。那个沼泽里的黑稀泥臭哦，我估计这稀泥都沤了几百上千年了。到了车旁，两个黑人司机都笑我，此刻的我根本不像人样了，我脚上的鞋、袜子，还有那两个半截的布裤腿，便永远留在了非洲的这片沼泽地了。还好，损失不大。呵呵。

回来就向东方省凯内马市凯拉洪区前行。路过村级酋长家门口时，我们下车和酋长告别。这时是当地时间下午4点多的样子，发现家家门口开始做饭了，可中午时没见他们做饭呀！问过当地同来的国土官员才知道，这丛林里的寨子太贫穷了，大多数人一辈子都没有出去过，粮食根本不够吃，所以就做这一顿，其他时间就爬上树采些香蕉、芒果之类的吃。还有，绝大多数村寨都缺水，电就更别想了。在来的路上我就看见当地人打水都要去好几公里远的地方，据说那水源还是联合国什么组织援建给打的井，供几个寨子共用。出水口就像我们以前农村那样机械手压式的。当时我就想：既然那么缺水，雨季时又下那么多的雨，为什么不修一些水窖之类的储水池，在雨季里把水存起来呢？

这里的寨子都基本处于半原始状态，这里的人也不知道外面世界的事，孩子也受不到教育，就像我在丛林路边看到的一个男人砍了4棵有碗口粗的，每棵3米来长的树，绑在一起顶在头上运回去。他后边牵了一头牛，我想他为什么不叫牛驮呢？司机告诉我：这里的牛比人值钱。唉！我听后心里很是凄凉。怀着好奇心，我拿了两瓶矿泉水（我们买的水都是从法国进口的，小杨说当地产的最好不要喝），走进一家做饭的地方，把水给了主妇，她马上站起来用英语说了两声谢谢。我看了一下，在大门口地下用三块石头支了个锅，锅下点着砍来的灌木枝，锅就像我们家里电饭煲锅里的胆那样的东西，大约有28公分大吧，里面熬的我看像粟米一样的大半锅糊糊。四五个小孩围坐在锅旁，看到这我马上叫工程师拿几个面包过来，给了她家小孩一人一个。当时我没敢拍照，怕对他们不礼貌。由于他们营养严重不良，加上缺衣少药，塞拉利昂人平均寿命不到50岁。刚给这一家几个面包，突然见我身后围来一大群小孩，而且不少大人们也站在远处看着我。很无奈，我的面包已经发光，便只好摇摇头，摊摊手，表示什么都没了。心想：外国人也不好当啊，特别是不会说当地话的“哑巴”外国人。但我也发现，当我用肢体语言和他们交流时，他们竟然都比较乐观。这也许是非洲兄弟姐妹们能够在如此艰苦的环境里活下去的精神动力吧！

……

离开村寨一路行进，我们现在所在的位置距凯内马有200公里，中途住一宿。两个司机也挺高兴，每人得了100美元。在国外很多国家两个男人或两个女人一般是不住在一起的。如果是一男一女住在一起那是不会加钱的。上了公路到镇子不远看见一个加油站，车一到加油机跟前，我又大开眼界，嚯！纯天然手工操作，没办法也得加啊！

加好油后我们继续朝着利比里亚方向的凯内马市凯拉洪区前行。塞拉利昂与利比里亚、几内亚都相互接壤。当时我们也知道几内亚暴发了埃博拉，在弗里敦时看到一张当地的英文报纸上说埃博拉病因找到了，是人吃蝙蝠造成的，还有一张好大的蝙蝠照片，就像中国当时"非典"吃果子狸似的，并且说几内亚埃博拉好像得到了控制。塞拉利昂和利比里亚还没有一例，当时都觉得那东西离我们远着呢，心里压根儿就没这事。塞拉利昂全国也很坦然，没有加强任何防范，这就给埃博拉在这个国家暴发埋下了致命的隐患。车下了公路也是一路颠簸着到了丛林寨子中酋长家的门口。得知今天寨子里有葬礼，酋长自然也去参加，所以要葬礼结束后才能见我们。非洲葬礼我是知道的，死者放场地中间的木架上，一群人围绕着又蹦又跳又喊了阵子，最后还要直接触摸死者……

我们一停车，一大堆孩子又把我围了起来。这时，一个小女孩引起了我的注意，看上去也就两三岁的样子，肚脐上长一个好大的包，好像是有什么病。她贼亮的小眼睛可怜巴巴地望着我，我就从车上拿了瓶水（我车上也就剩两瓶了）给了她。可我刚一转身，她的水就叫一个女的大人抢跑了，我只好把最后一瓶再给她。这时那个女人又来了，我眼睁睁地看着她又从那小女孩手中抢走了水瓶，打开就喝了起来。我怒了，说你谁啊？那么霸道，一声大吼，那女人无奈地把水还给了那女孩。小女孩不会开瓶盖，我走过去帮她打开，放到她嘴边叫她喝……当时我的内心很是感慨，非洲的女孩子多可怜、多苦命啊！

又有一帮孩子围着我不停地在说着、笑闹着。因为我听不懂他们在说什么，心想音乐不是无国界嘛，不如搞点音乐出来，我嘴里嘿嘿了两声，没想到一下子就互动起来了。黑人天生对乐感有天赋，你看那一双双小手把节奏拍得多有感觉啊！有一个大点的孩子走到我跟前，嘴里用英语说着“中国”“中国”，两只胳膊有趣地摆动着，我不明白是什么。黑司机过来翻译道：李小龙、成龙！哦，是说中国的武术啊！我高兴地笑了。看着这些可爱又可怜的孩子，我想应该为他们做点什么，可糖果、水又都没了。这时，我看见有一个黑小伙头上顶一大桶东西从我面前走过，还带有香味，我感觉是吃的东西。我给司机做了一个动作，司机就把小伙叫了过来，一看桶里就是吃的，是不知道用什么面做的像饼饼一样的东西，每个有鸡蛋糕那么大。我问卖不卖，他点点头。我身上还有不到10万利昂（不到人民币120元），也不知他的一桶要多少钱。我把10万利昂放在他面前，让他自己拿。小伙子看了看，拿了一半。这时，我突然发现身边一下“呼啦啦”地怎么就聚了百十个小孩子啊！也不知从哪跑出来的。刚才买的那点东西不够呀！于是我又比划着告诉那小伙子：我把剩下的钱都给你，能再去拿一桶吗？他马上明白，飞奔朝酋长家门口跑去。我终于明白了为什么他有东西用桶装。顺便说一句：那个霸道女人原来是酋长的老婆。好吃的东西拿来后，孩子们的脸上都有了笑容。他们自觉地排起队。两个司机，一个发、一个维持秩序。站在一旁的我，看着这些穿着破烂衣衫、饥饿不堪的小孩，心里酸酸的……我帮不了他们什么，只能给他们一点点暂时的欢乐和笑容。

“清风云端”先生是2014年4月25日从塞拉利昂弗里敦机场回北京的。他的这份“游记”，真切而自然，是作为一名普通中国公民看到和感受到的塞拉利昂。我们可以从他的文字中清晰地感觉到“朴实”“自然”“落后”“贫穷”“饥饿”与“不平等”，是这个非洲国家的基本景况。如此异常落后和贫穷、弱小而无助的国家，既要经受长期的内战之苦，还要受像埃博拉这样绝杀人类的疫情袭击，可怜的塞拉利昂，你不该承受这般苦难啊！

但可憎的埃博拉，在2014年的夏季，它越过几内亚的丛林，张着巨型的血盆大口，肆无忌惮，又漫无边际地向这个邻国疯狂地侵袭而来，而且仅仅过了数十天时间，埃博拉病毒的感染人数与死亡者皆超过了病毒源头几内亚。

至2014年12月10日，世界卫生组织发布的疫情报告显示，当时的埃博拉病毒感染主要集中在几内亚、塞拉利昂和利比里亚。这三国中，几内亚已经远远地被两个邻国甩在后面。当时塞拉利昂的感染者为7786例，利比里亚是7719例。6928死亡者中绝大多数是塞拉利昂和利比里亚人。在这早前一个月的11月初，联合国开发计划署的报告指出："埃博拉疫情使塞拉利昂丧失了自内战结束12年后所取得的经济成果。"这份报告还警告说，塞拉利昂正面临食物和外汇短缺的困境，而货币贬值将加剧经济复苏的挑战。

"这里的大米价格在上涨，酒吧被关闭，街上行人越来越少，戴口罩和手套的人越来越多，我家附近市场里的食品正在减少。"塞拉利昂疾病控制和预防中心工作人员巴姆在接受《纽约时报》的记者采访时这样说。

而另一位前政府青年与教育部部长兰萨纳先生则在一个新闻记者会上竟然一边抽泣一边说："我的家人和亲属中已经有9人死了，房子里不再有人住，空空的……从来没有这样令人害怕过。"

然而问题是，埃博拉的疫情看起来似乎才刚刚开始，也似乎没有尽头。正如美国疾病控制与预防中心主任托马斯·弗里登在考察塞拉利昂后警告说，这里的疫情正走向"失控"，全世界需要为此紧急行动。托马斯有理由这样警告世界，是因为他的同胞中已经有三位医务人员感染上了埃博拉病毒，他们正在运往回国的途中，可这样的"回国之旅"，又让整个美国感到极其紧张……

已经有人在纽约街头拉起了"该死的塞拉利昂，我们不想让那里的人到美国"此类的抗议横幅。

塞拉利昂，你该怎么办？

4 哭泣的塞拉利昂

据说，从几内亚传到塞拉利昂的第一例埃博拉病毒患者是2014年5月26日这一天。

感染者是一位刚流产并发着高烧的年轻女性，她被送到塞拉利昂东部的凯内马（Kenema）政府医院。当时医生怀疑她感染了当地一种流行的拉沙热（Lassa fever）病。由于之前邻国几内亚在几个月里一直吵吵着流行埃博拉病毒，所以这个医院的医生也给这位女性患者测试了一下她是否携带埃博拉病毒，结果呈阳性。由此，这位女患者成为了塞拉利昂有医疗记载的第一例埃博拉病毒感染确诊病例。专家们后来对这位女患者发病史进行了追索。调查发现，她病发前在家乡出席了一位治疗埃博拉患者的医师的葬礼，与她一起出席葬礼的人中竟然先后有13人感染了埃博拉病毒。

专家断定：塞拉利昂的埃博拉疫情是从这支“根”上引发的，而且它一发而不止，差点把这个弱小的国家给灭了。

“这里的热带传染病太多了，所以如果不是形成疯狂的后果，一般不太会引起整个社会的重视。埃博拉最初袭击塞拉利昂时，他们确实也没有在意。”中国驻塞大使赵彦博虽然是位老外交官，但到塞拉利昂履职才几个月，几内亚就暴发了埃博拉疫情。“老实说，开始我们也没有太在意。因为在2010年，这个国家还暴发过一次霍乱，死了300多人。谁也没有料到邻国的埃博拉能比三年多前的那场霍乱更可怕。”

赵彦博大使在5月份与塞国卫生部长见面时曾经提醒过对方，应当注意加强针对几内亚疫情的边境管控。那位女部长友好地回应他：中国朋友的善意，我们一定放在心上。但事实上，整个塞拉利昂对邻国暴发的埃博拉疫情最初基本上没有重视起来。“我们的人民处在非常饥饿之中，解决他们明天的吃饭问题，是我们政府官员每天最要紧的头等大事……”当地的官员有句口头禅。

也许正是谁也没有在意或认识埃博拉的绝杀人类的超强能力，所以最初在塞拉利昂东部暴发的疫区，有时还被认为仅仅是一些看不起病的贫民的呻吟，“无须放在眼里”。更可怕的还有另外一种情况，那便是塞拉利昂为何成为几内亚之后传播埃博拉最严重的国家的根本原因是：他们的一些医生认为自己可以治疗埃博拉。

这个护士叫穆巴鲁·方妮（Mbal Fonnie)，她是塞拉利昂东部城市凯内马城医院首席护士。方妮确实是位非常出色的护士，她照顾过出血热病比世界上任何其他人都要多，因为这个城市是有名的沙拉热病多发地，而方妮护士过去就在这方面比谁都要强。但这一次她失败了，彻底地失败了，不仅连自己的生命一起搭上，还害了几千条生命。其实，方妮本人并没有不道德的地方，她也是一位无辜者和埃博拉的受害者、牺牲品。她的错，在于她过于自信，以为送进医院来的发热者还是以前的沙拉热病患者，因此当那位怀孕的妇女住进医院后，方妮带领护士们来到病房，按照以前护理沙拉热患者一样的方法照顾患者，结果方妮传染上了埃博拉，她很快死了。死后，方妮的葬礼很隆重，她的护士同事仍然不知道方妮患的是埃博拉病毒感染。她们几乎全体出席了方妮的葬礼，并按照传统习惯，在方妮的尸体上不停地抚摸，这是葬礼的一种必要仪式，结果整个医院、整个护士队伍的多半人死掉了。7月29日，当首都第一例埃博拉感染者出现在中塞友好医院的前一天，暴发埃博拉病毒的塞拉利昂东部城市的凯内马医院德高望重的塞拉利昂首席埃博拉专家舍克·汗医生，在拯救一百多位埃博拉感染者后，他自己不幸也被感染而身亡……消息传出，凯内马举城恐慌。因为人们发现：埃博拉病毒才不管你是穷人还是富人，你是官员还是平民，只要是人类，只要有机会，它都会毫不留情地追杀你，直至消灭。

接近7月底的一天，凯内马城里又一位年轻的女子感染上了。她是当地的富家子女，感觉连续发烧不对劲的她，立即意识到可能染上了传说中极其可怕的埃博拉时，吓出一身冷汗：“身体坏了”“要死了”——所有比她早一两天发热的人都死了，于是这个女子感觉情况不妙，便极度紧张。“再被送进当地的医院也是死路一条。”怎么办？找最好的医院去！塞拉利昂最好的医院在哪？肯定是首都弗里敦。弗里敦的医院哪家最好？塞中友好医院最好！那里有中国医生。中国医生顶好！那个女患者在生命最危急的时刻，调动一切可能的力量，打听到了上面这一切。

“到了！上帝保佑我……”2014年7月底的一天。这位患者在无任何防御的情况下，自己闯进了首都，闯进了首都最好的医院，闯进了中国医生与塞拉利昂医生并肩战斗与工作的中塞友好医院（塞方称“塞中友好医院”）。

这一天，我驻塞拉利昂大使赵彦博原计划回国休假，前一两天已经同夫人一起订票打包准备出发了。31日当晚，他在官邸宴请塞国外交部长，做临别时的一次小聚。突然使馆来电话让赵彦博大使接。

“什么？埃博拉来啦？多少人与患者接触？”听电话的赵彦博大使大吃一惊，忙问。

“共17人，我们中国医疗队的有7人，其中一位22岁的山东护士，她是新来的，是她最初接收那个患者的，而且她……”

“你不要再说了！”赵彦博大使一听情况万分危急，立即打断对方的话，命令道，“你马上通知医院，所有与那位患者接触的人，全部隔离，立即隔离！”

“那……塞方还有10人接触的怎么办？”

“当然一起隔离嘛！”

“是。我们马上去执行大使的命令。”

“怎么回事大使先生？”塞国的外交部长一看大使的脸色不对劲，问。

“可恶的埃博拉进入你们的首都了！而且已经极可能传染到我们的中塞医院，现在初步了解了一下，共有十几个人接触了患者，怎个了得啊！”赵彦博大使搓手不停，心急如焚。

“啊，我立即回去向总统报告！”塞国外交部长说着，转身就出了使馆。

在这之前，塞拉利昂已经有几十例埃博拉感染患者，但因为都在几内亚的交界接壤处。加之自5月份后，疫情暴发地几内亚又不断传来疫情稳定和平息的消息，所以邻国的塞拉利昂政府就没有在意埃博拉对他们国家的影响。如今首都突然冒出疫情，且在一夜之间，连续从中塞友好医院传出十几名疑似患者外，又有几十名发热疑似者。总统府这回紧张了，总统科罗马当晚就宣布全国进入“公共卫生紧急状态”。同时，他通过总统政府网站发布了告塞拉利昂全国人民书，要求所有人民“采取更积极的手段来对付埃博拉病毒的暴发”。原打算到华盛顿出席“美国—非洲首脑会议”的科罗马总统同时改变行程，专程飞往埃博拉病毒暴发地、邻国的几内亚，与几内亚的总统孔塞商讨阻止病毒扩散的进一步措施。总统告全国人民书中特别强调了他将部署部队前去支持卫生部门和专业人员，“对所有发病中心”及“发现有患者的地点和家庭都将采取隔离措施”。同时还宣布，“所有的公开集会都将受到限制，将搜查住房以发现被感染者。议员将被召回，高级官员将被要求取消所有海外旅行，除非是必需的”，而且这些措施最初的实施时期为60–90天。

“那是因为就在我们的中塞友好医院出现埃博拉患者的最初时间里，首都甚至是总统的卫队里也都出现了感染的患者。总统着急了，措施才这么严厉！”赵彦博大使说。据他了解，这是塞拉利昂政府过去十年中从来没有采取过如此严厉的“国家行动”。

从弗里敦中塞友好医院出现的第一例患者到她传染一批医务人员的那一刻起，其实就是塞拉利昂甚至整个西非暴发埃博拉疫情的转折点。随后的埃博拉病毒传染速度与局面大有势不可挡、全球危急之态势！

几天时间内，塞拉利昂迅速成为全球埃博拉最严重的国家。

塞拉利昂弗里敦，卫生工作者正从街头一具疑似因感染埃博拉病毒而死亡的尸体上收集样本。塞拉利昂的埋尸队本周进行了罢工，将尸体抛在该国首都的街头。又一名塞拉利昂医生因埃博拉病逝，成为第五个死于埃博拉的塞拉利昂医生。医疗援助团体“无国界医生组织”高级协调员表示，埃博拉在塞拉利昂肆虐，多个村落惨遭灭村，全球埃博拉死亡人数恐高过官方数字。

光看看当时非洲和世界各大媒体上有关塞拉利昂的埃博拉疫情报道，也会令人毛骨悚然。而我们的中国医疗队却身处疫情的最中心，其情其境，确实“怎个了得！”

赵彦博大使的一封封“特急”电报通过大使馆直发北京的中国外交部。而这些重要的埃博拉疫情报告，也即时到了中南海、国防部、卫生计生委、公安部等。由国家卫生计生委印发的《我国防控和治疗埃博拉方案》也迅速被发往各省自治区直辖市。时间：2014年7月31日。

一天也没有耽误。半天也不敢耽误。全世界都在密切和紧张地关注着西非国家特别是塞拉利昂、利比里亚的埃博拉疫情——那里的疫情似乎已经完全失控，传染和死亡的数量每天都在以成百上千人的数量上升，且丝毫没有减速的趋势。

中国是世界上人口最多的国家，如今每年1亿多人次出入境，尤其到非洲务工和做生意的人，足足有千万人次吧！这千万人中能保证没有一两例带着西非的埃博拉病毒？2003年害得中国人差点全国皆哭的“非典”疫情，我等谁不记忆犹新？那也是香港的一位老兄将病毒传染到了广州，然后再有人把它带到了北京，由此引发了一场空前的疫情……中国人民和中国政府再不会让这样的瘟神进入国境，害我国民。但可恶的埃博拉病毒，远比“非典”厉害，死亡率和传播途径皆超级，它的任性非一般措施能抵御。

苍天有眼，此疫走向让全世界各国都在惊慌失措中关注其变化。

“要尽一切可能，确保我医疗队员的生命安全！确保我在非的所有公民的生命安全！同时要力所能及地帮助当地防治埃博拉。”赵彦博大使接到国内的指令是两个“确保”，一个“力所能及地帮助”。

“那些日子里，我们的使馆简直忙翻了天。”赵彦博大使说，自己内心是最喜欢搞经济和金融，阴差阳错当了外交官。2014年年初才到了西非的塞拉利昂。“刚去赴任时，下飞机后就是摆渡，天黑，又加上是黑人兄弟帮忙摆渡，折腾了几个小时才从机场到了大使馆，就像逃难似的，哪有半点赴任的大使样！我妻子一路上不敢吱一声，到了使馆她哭着对我说：亏你个大使呢，还不如邻居拉犁的老伯！这就是塞拉利昂。但它又是我们中国的好伙伴，在国际舞台上，跟我们从来说一不二。从1971年建交几十年来，两国的友谊是全天候的。对这样的非洲兄弟，在他们遇到困难时，我国都是责无旁贷。面对埃博拉疫情，我们同样如此。”

赵彦博大使是个颜值不低且有激情的外交官，但初闻埃博拉就在中国医疗队的身边暴发时，他的脸色倏然大变……

“弗里敦遇到的埃博拉袭击和暴发疫情，几乎是在完全不设防的同一时间内，更何况就发生在中国医疗队工作的地方，而且接收首例埃博拉的医务人员就是我们的一位才来非洲几天的新队员。那女医生22岁，啥都不太懂。患者来了，她也不知道啥是埃博拉，看对方又发烧，又呕吐的，就照着发热普通患者去照顾、帮助办理入院手续，测量体温等。那患者呕吐时，我们的那位医生就在患者旁边，还帮助去处理污秽物，这不等于跟埃博拉病魔打交道了好一段时间嘛！医生自己又不知道接收的患者是埃博拉患者，她干完活又回到中国医疗队员中间、回到医院的医务人员中间，如此一个又一个交叉接触，你说不是要命吗?”赵彦博大使说，当初有人向他汇报这种情况后，“我的头一下嗡的要炸了！怎个了得嘛!”

可不是。那只有在高倍度的显微镜里才能见到的埃博拉病毒，其形就怪怪的，像一团拖着长尾巴的毛线。然而它的本领则巨大无比，可以在进入血液初期就会从根本上关闭一个人的人体警报系统，从而使你的免疫系统门户大开，摧毁所有的抵抗能力。就在这时，埃博拉病毒则在疯狂地进行自我复制，进入你的血液中开始群魔乱舞，最终使你全身的细胞开始死亡及爆裂，最后导致你全身出血、多器官并发衰竭而亡。整个时间也就几小时或几天时间。无任何现成的药物可以阻止其进攻和袭击人体，故凡属埃博拉进入到的人的生命体内，等待的基本就是死亡。

“怎个了得!”赵彦博大使的惊叹绝非故作。中塞友好医院当时的情况确实令人深度担忧。

22岁的山东女医生前一天才到医院。人生地不熟，在对埃博拉毫无设防的情况下，便与患者“亲密接触”。有人帮她回忆：患者来后，这位山东女医生只穿着一般的工作服，连口罩都没认真戴好，而患者在诊断现场突然又吐又呕，弄得满地污秽。勤快的女医生则赶紧弓腰低身，去帮助患者清理脏物，其时间和接触程度无法深想……

埃博拉在当时的塞拉利昂首都，其实也是个陌生的病，“遥远的传说”而已。所以这位从东部城市逃到中塞友好医院的女患者来到医院时，一起与我山东籍医疗队出诊的还有几位塞方医生和护士。他们对患者的初诊结果是“肠梗阻”，之后便为患者办了入院手续。但在凌晨两三点时，这位女患者突然死亡。

一个生命如此无声无息地消失，这在落后的非洲太习以为常了。所以，当时在中塞友好医院值班的人员也并没有当回事。可第二天上午，医院里突然来了一帮全副武装的警察和军人，说那个已经死去的女患者是逃离而来的埃博拉患者。这一下把全医院的人吓坏了：天啊！恶魔到咱首都啦！

医院立即一片混乱，有人想跑，有人在哭。“所有人必须留在医院，一个都不能离开这儿！”持枪警察和军人堵住所有出入口，不许任何人再随便进出。不一会儿，又有一批全副武装的“收尸队”人员赶来，他们粗鲁而小心谨慎将那个已经变成“魔鬼”的女患者尸体装入白色尸包内，扔进封闭的专车，随后车子拖着一声尖厉的喇叭声，消失在旷野上。

“我们怎么办？啊，我们这些人都跟患者接触过呀！”收尸车走后，被禁闭在医院里的人顿时像困兽一样不知所措，紧张而慌乱。

“保持秩序！万不可乱！”

“所有与患者接触过的人全部隔离！立即执行！”

赵彦博大使不愧是见过世面的人，在这突发危急事件出来后，第一反应就是尽快想办法“切断”与病毒源接触过的人群。他的命令在第一时间传达到了中塞友好医疗的中方人员中间，同时又通过中方医疗队取得塞方医院负责人的一致意见。

此刻的医院门墙紧闭，不得随便进出。

“隔离！”“与埃博拉患者接触过的所有人员全部隔离！”

“1、2、3……共17人哪！”一数，中塞方医务人员共有17人需要立即隔离。按照世界卫生组织给出的埃博拉病毒传染预防措施建议中的要求，凡是与病毒传染者有过接触的人，一般需要3周的隔离观察期，也就是说，必须经过21天的观察检测结果未见异常时方可解除传染危险。

“21天？”“天天等着上帝的判决是死是活？”有人一听就恶心呕吐，甚至出现虚脱。

“必须保证隔离的人有个健康的身体，否则最先击倒他们的并不一定是埃博拉，而是自己的心理因素……”那时刻，驻塞大使馆就是我援非前线的指挥部，大使赵彦博则是指挥部里的最高指挥官，他的话就是命令。

“说起来容易，做起来就复杂了。”赵彦博大使说，“隔离后的当天，我就到医院去看，那一幕现在回忆起来仍然充满惊险感：我们的7个人连同10个塞方人员，共17人，每人一间房子，像关禁闭似的，与外面隔着门。我跟自己的医疗队员说话只能隔着铁门，远远地对话。老实说当时都不知道说啥好，我能做的就是把使馆的电话号码告诉他们，告诉他们随时可以与我和使馆联系。

那个时候我感觉虽然我们的医疗队员们没有当着我的面哭泣，但在离开的那一刻，他们的眼神告诉我，其实他们心里都十分紧张。这不是坚强不坚强的问题，谁遇到了这种要命的事，谁都会异常紧张。要知道，就在这个当口，塞拉利昂的总统卫队里也有人感染上了埃博拉。你想想看：当时的塞拉利昂是个什么样？谈虎色变！谁要是染上了埃博拉，谁等于就被宣布很快就会‘死亡’，你说怕不怕？”

塞拉利昂的总统也开始害怕，整个塞拉利昂都处在害怕之中。中国驻这个国家的大使馆不可能独享其静。

“我们在塞拉利昂的中国人平时有四五千人，几十家企业。这些同胞一旦染上了埃博拉便是大事，他们说不准会有谁把病毒带回到了祖国那麻烦就更大了。我们使馆的责任就是要确保这些同胞同样一个不能染上埃博拉。但谁能保证做得到这些？”赵彦博大使摇了摇头，紧皱眉头，说，“当时我们遇到的最大麻烦是通往外面的航线都断航了，就是这些想回国的同胞也根本搭不上飞机。最后我们打听到比利时的航空公司还有进出塞拉利昂的，于是就赶紧帮助同胞买票或联系包机，结果都失败了。那时一张机票就是一条命，命能买得到吗？所以当时可谓‘一票百人求’。既然在当地买不到票，我们就请国内帮着订票，还真成了！最后150多名同胞就是这样回到了祖国……”

赵彦博大使告诉我：他在几十年的外交生涯里，2014年埃博拉在塞拉利昂暴发的日子里，是他一生中最紧张、最心惊肉跳的“要命日子”：“光向国内发的电报就达300多份，尽是疫情报告和建议。”

我知道这些“电报”多半进了中南海，为中央决策部署将埃博拉疫情阻击在我国境外和帮助非洲兄弟抗击疫情起了不可估量的贡献。

“感谢苍天！我们的那几个隔离的医疗队员在21天后全部安全地回到了大伙中间，还有塞方隔离人员，都从死神那儿走了回来。真是不幸中的万幸。”8月21日那天，赵彦博大使带着使馆的一大帮人，买了鲜花和许多营养品，专程到医院将中方的7名隔离人员和塞方的10人一并接了出来。

“那场景实在难忘，我们彼此都流下了热泪。”赵彦博大使动情地说着。

在埃博拉大暴发的那些日子里，首都第一批集体与病毒感染者“亲密接触”的17人无一被病毒纠缠上而重新健康地回到人们中间，这是唯一的一个例外。难怪后来许多塞拉利昂人常常会这么说：“有中国人在，就能有好运。”

这话确实后来被一次次证实。不过，在中国援非抗击埃博拉医疗队正式到来之前的塞拉利昂并没有那么好运，这个弱小的穷国，差不多继7月底8月初在中塞友好医院连续出现数例死亡和感染病例后，整个首都弗里敦和从南到北、从东到西的国家境域内，所受的埃博拉侵袭与危害，席卷每一个城市与乡村，人们谈虎色变，甚至出现了个别村庄集体追杀埃博拉患者和城市街头乱扔、乱烧埃博拉尸体的情形。总统卫队里出现埃博拉感染者后，总统府内部也曾几度惊慌与不安，据说总统亲自下令从全国调10名最好的医生进驻，结果只有3名。

“至8月底，塞拉利昂近一半治疗埃博拉的专业医生在战斗的第一线死亡，三分之二的医务人员受感染。”世界卫生组织在2014年9月底的报告上这样说。

“乞求你、乞求你们了，如果再得不到援助，我的国家就要彻底完蛋了！”身材高大魁梧的塞拉利昂总统科罗马先生在会见世界卫生组织总干事东方女性陈冯富珍时这样说。

“总统先生真的这么信任我?”那一刻，陈冯富珍很是感动。

“当然，总干事是世界有名的流行性疾病的防控专业人士，你来帮助我们，我的国家就有救！你知道，我的国家一直被内战所困扰，加上流行性疾病不断，百姓生灵涂炭，苦不堪言……如今这埃博拉又无忌惮，上帝对塞拉利昂不公啊！”科罗马是位社会保险学专业出身的总统，他的期待更多的是国家民生安全和社会发展，在会见陈冯富珍之前，已对这位世卫组织的总干事的背景做了详细了解。当他得知在2003年香港“非典”大流行时，就是这位看上去不怎么起眼的东方女性执掌帅印，稳定和抵御了“非典”袭击香港的战斗，顿时满怀敬意。

陈冯富珍受感动的是像科罗马这位如此热爱自己国家和人民的非洲国家的总统。她重重地点点头：“义不容辞！尽力而为！”

数日前，也就是2014年8月1日这一天，陈冯富珍总干事携世卫组织数十位官员飞抵几内亚首都科纳克里，与几内亚、塞拉利昂、利比里亚和科特迪瓦4国首脑举行了紧急会谈，并在会上当即启动了1亿美元的实施埃博拉病疫强化响应方案。她在当日的会上声称，在发现埃博拉病毒近40年的历史中，当前西非埃博拉疫情在感染病例数量和死亡人数及受影响地区范围三方面衡量均为历史最大规模。陈冯富珍警告说，如果疫情继续恶化，其造成的死亡、严重干扰社会经济等后果将是灾难性的。她继而说，伴着前所未有的疫情而来的是前所未有的挑战，如缺乏对疫情准确详尽的评估、医护人员严重不足、部分医疗设施甚至缺乏基本水电供应等。“而最可怕的是，随着全球人口的流动频繁，疫情很难固定在西非一个地区……那是最可怕的后果。”她的这一警告让全世界感到紧张。

美国随即派了三四千人全副武装的军人开赴几内亚，以确保他们在那里的医务人员的安全；法国和英国等派出最先进的医疗设备与人员再度进驻曾经是他们殖民地的地方；在日本，连一些邪教组织都在声称要“以求天意”，到西非那里“豪取”“最高级人体生化武器”……云云百态，足见埃博拉病毒的厉害和它的除病毒疫情之外的其他国际性危害之险情。而这，仅仅是普通世界公民所不能见的，人们所见的是自己的生命会不会受到侵袭与危险。

身处疫情中心的塞拉利昂人，当时他们的感受是：你不知道何人何时会突然倒下，倒下后只有两种选择：上医院是死，强制性地打针与隔离而死；逃离人群躲起来自然死，因为一旦被人知道你患上了埃博拉就有可能在群魔乱舞的棍棒中死去。开始时，政府动员所有的疑似患者上医院治疗，后来医院并不真正欢迎患者了，因为他们的医生几乎都被感染上埃博拉病毒并多数死亡，而且被感染的医生再感染患者和亲友与家人，再去感染与他们接触的其他社会上的人，整个塞拉利昂的疫情暴发链就是这样联结起来的，像滚雪球那样越滚越大，直至失控……

阴沉的云笼罩着星期天，
每时每刻都是我难挨的无眠。
最亲爱的人啊，包裹着我的重重阴影，
已是无际无边。
纵是那雪般洁白的点点香花，
也再难唤醒你。
在那个地方，
黑色的死亡之车已经带走了你。
天使们也不会有意为我还回你……

2014年的夏季，在非洲，在塞拉利昂，无论是首都弗里敦的酒吧里，还是乡村斯里本的草棚内，人们都在哼唱着这首匈牙利犹太钢琴家查理斯于1933年创作的《黑色星期天》。这首被称为“世界最悲歌曲”和“自杀之歌”，后来经黑人女歌唱家Billie Holiday演唱后风靡世界，甚至创造过在匈牙利的布达佩斯因人们唱它而出现了百人以上的连续自杀现象。一度，这首歌在欧洲被禁止演唱。直到作曲者鲁兰斯·查理斯自杀后才算给这首歌的命运画了个句号。现在——2014年的7–9月，这首歌在Billie Holiday祖先居住的塞拉利昂又一次成为牵动万众人心的悲情之源。据说在弗里敦街头，就有过一对青年恋人因为惧怕彼此患上埃博拉而唱着《黑色星期天》之歌，在一个阳光明媚的星期天，双双割腕自尽于家中。在他们的葬礼之后，又有几位年轻人相继自杀。

《黑色星期天》的忧郁旋律，如魔鬼般的声音回荡在西非大地上，让很多村庄与街道变成了葬礼的场所。这种情形在塞拉利昂尤为严重和触目惊心。

2014年9月16日的早晨，一轮红日刚刚露出大西洋海岸线，便被厚厚的一片乌云所笼罩，并且严严实实地锁在天际之上。而乌云之下的塞拉利昂则在疫魔的折磨下迎来了又一个不平凡的日子与纪录：

整个西非已超过2万人感染埃博拉，其中塞拉利昂独占7749人；共有4663死亡，塞拉利昂约占2000之多，“而实际的死亡人数将超过这个数字。”世卫组织的人说。

令人担忧的不仅仅是疫情本身。中国国际广播电台驻西非记者张威伟报道：在这场与“死神较量”的战场上，一些愚蠢的人认为，埃博拉是西方人制造的阴谋，因此在一些村庄发生了这样的事情：一个埃博拉医疗宣讲团队竟然被当地的村民绑架后用刀子割喉而死，其中3名是记者。“他们的尸体是在厕所里被发现的。”张记者还透露：埃博拉痊愈者的血液目前在黑市上疯狂交易，“因为它具有抗疫能力”。

“痊愈者又被杀害的事也已出现……”总统科罗马听说这样的事后，哭了。那些日子，哭的何止是科罗马总统，整个塞拉利昂都在哭泣。

5 去遥远的地方拯救世界

“WHO” 这是世界卫生组织的简写名称。70年前的一次国际卫生大会通过的《世界卫生组织组织法》，宣布了这一全球最大的政府间卫生组织的正式成立。至2015年，它已经有194个成员国。虽然作为联合国下属的一个专业机构，但因为它“行善积德”，而特别受世界各国的尊重和敬意。

2014年8月8日，这个组织在日内瓦向全世界发布了一道通告：在西非暴发的埃博拉疫情正式确定为“国际突发公共卫生事件”，而抗击埃博拉则成为“世界性联合行动”。

承担国际义务，是一个国家的国际责任。中国政府在第一时间履行着自己的国际义务。国家主席习近平在8月10日便就埃博拉疫情专电分别向几内亚、塞拉利昂和利比里亚三国总统表示慰问。这在中华人民共和国历史上也是第一次因为一个疫情而向几国元首发出慰问电。这并非是中国所做的第一个“第一”，紧接其后的是中国政府实实在在真金白银，支援深陷疫情灾难的塞拉利昂等国家的人民（前后共计7.5亿元人民币）。而这仅仅是整个中国援非抗击埃博拉的开始……

有开始便有后续。这后续是因中国人民对兄弟般的非洲人民友谊的情分和整个疫情越发严重的两股力量推助下，形成了一场中国史无前例的援非大行动——一队队中华儿女离别亲人，去遥远的地方拯救世界。

自然，这个行动的最高决策者是我们的国家主席习近平。普通人并不清楚，习近平主席在国家卫生计生委等部门呈上的最初的“西非埃博拉疫情”报告上就做出了重要批示，可以有无数种解释，但最可以联想到的就是中国领导人心系13亿多中国人的安全和遥远的非洲兄弟的生命。一个天平上的两头，都是中国国家主席习近平心头所系的分量。2003年的那场突如其来的“非典”疫情袭击，每一个中国人记忆犹新，因为这个教训实在惨痛。那时，赴任浙江省省委书记不久的习近平有多少个日日夜夜在西子湖畔关注全国疫情动向，布置浙江防疫措施……当年，也仅仅是从香港和广东进入的一两例感染者，结果将整个中国拖入了差点断送了我们国人几十年辛辛苦苦干出来的伟大成果。而如今虽说埃博拉远在西非，但谁敢掉以轻心呢？更何况，仅广东沿海一带，每天就有数以万计的黑人兄弟在那儿打工做生意。还有义乌，一个市场上每天往返于此的非洲生意人就有几百个，假如他们中间有一个两个、十个八个埃博拉感染者怎么办？

非洲兄弟受难逢灾时，咱中国人什么时候不是两肋插刀、倾情倾力帮助？不说当年非洲兄弟们如何将我们抬进联合国，就是全球化的今天，我们强大而快速的中国经济列车，也少不了广阔富饶的非洲大地上的非洲兄弟。

关心了遥远的非洲兄弟国家，不就是关心了我们自己吗？大国领袖的胸怀必须高瞻远瞩、海阔天空，又须炽热感情。

更何况，此刻的中南海，还收到了一封来自世卫组织总干事长陈冯富珍署名的亲笔信，希望中国履行负责任的大国义务，全力支援西非抗击埃博拉疫情。“中国是我的祖国，非洲兄弟姐妹们经受的疫情灾难，如同我的祖国兄弟姐妹经受的痛苦一样，我请求自己的祖国伸出温暖而有力之手，帮助非洲，也帮助我……”陈冯富珍在自己人面前如此情真意切。

“如果再不出手，英国等国的医疗机构想接手我们的医疗机构为其所用……”岂有此理！来自在塞拉利昂我驻该国的大使赵彦博的“报告”更让中国领导人下了决心：必须立即出手，支援非洲兄弟！

9月12日，习平近主席签发命令：中国组织赴非抗击埃博拉医疗队，调动我最好的流行病专家、防控专家和我军传染病医务人员，自带设施，三天准备，16日出发，17日抵达非洲……

这是中国历史上从未有过的医疗远征支援队伍，去万里之遥的非洲大地拯救我们患难的兄弟姐妹。

三天?！三天能干什么？但最高层的命令就是这么说的，必须在三天之内完成一切准备，完成准备完胜的一场在遥远地方展开的特殊战斗。

此间，遥远的地方正处在疫情的水深火热之中，每一天都有成千上百人死于埃博拉的侵袭之中！分分秒秒牵动着远在东方的中国朋友！

何谓“完胜”？习近平主席的批示上有三个字格外醒目：我们的赴非洲抗埃博拉医疗队伍必须是“零感染”……

天，这是何等的要求！

在拥抱死神之中，你必须完全脱身，凯旋；

在枪林弹雨、腥风血雨的搏杀中，你不能以受伤和丧失生命的代价取胜，你必须躲过子弹和血雨，完整无损地归来！

在甚至连空气都被污染的地方，你一边全力以赴地抢救那些生命垂危的患者而同时又必须不受任何感染地完成任务。

总之，我们去多少人、那里的任务和困难无论有多少，病毒传染有多疯狂，所有人都必须完好无损地回到祖国、回到亲人身边。这就是习近平主席的命令。

这道命令饱含着领袖对中国援非抗击埃博拉医疗队的高度关怀、无限信任和期待。

这命令又似乎极其、极其的难以执行……但，“必须不折不扣地执行好习主席的命令！”国家卫生计生委对从各医疗机构抽调的医务专家们如此下达指令。中央军委向整装待发的我军唯一的传染病专科医院的官兵们如此下达命令。

就三天，三天时间必须完成所有出发前的准备……

既然必须做到“零感染”，就必须实现最科学的医疗程序和万无一失的预防措施。而遭受埃博拉突袭的人类，至今全世界仍无药可治，何来“最科学”的医疗程序？既然是去拯救死亡线上的埃博拉患者生命，亲近、接触甚至同受埃博拉袭击是不可避免的，那何来“万无一失”可讲？

李六亿和她团队接受的任务，就是确保我赴非抗击埃博拉人员的“零感染”完胜战斗与回国的目标。这几乎是不可思议的任务，但任务就这样落在李六亿这位文静有加的感染管理学科的女专家身上。

采访她时所看到的第一眼，很难叫人相信如此千斤重任竟会压在这么一个文静的女子肩上。

李六亿，湖南衡阳人，博士，现任北京大学第一医院感染管控处处长、国家感染疾病管理控制专业专家。“我是国内第一批从事医院感染管理学科的专家，1985年毕业后一直跟随自己的导师。1995年到了北京大学第一医院，之后长期出任中国医院协会医院感染管理专业委员会主任委员。这支队伍平时很少有非专业人士知道，但可以说是一支坚强的管理和防控医院内部感染的专家队伍，有一百多位专家，组成了我国的一支高水平的感染管控队伍。我们常说自己是‘幕后英雄’，确实做的也是这份工作。在世界上曾经发生过多起医院内部暴发感染的事件，比如2003年北京大学人民医院‘非典’暴发连续性的大面积感染就是一例，它的危害性非常严重。所以，管理控制医院内部感染是一门重要的学科。像埃博拉这样罕见、难治的传染病毒之所以疯狂地危害人类生命，其中突出的一点，就是在医院内部在未知情的情况下管控失灵而造成的。所以说，从2003年‘非典’之后，我国十分重视这一块的学科建设与研究，我的团队就是负责这样的工作，平时我们各在自己的医院，但一旦有新的学科研究和实际病案时，就汇合一股力量，进行实际上的管控和措施推广。我们的队伍由103位专家组成，平时在一条战线上研究与工作，一有情况，便集中攻关，又定期交流，学术水平与国际同步。因此当国家有任务时，只要相关部门一声令下，我们就会立即形成防控成果与方法……”

万没有想到她是位形似纤弱、内心却格外强大的女专家，更没有想到的是从她口中让我知道了我们国家竟然还有一支专业超众、训练有素的流行性感染防控专家队伍！

“对埃博拉病毒防控，你们也能做到及时准确、万无一失？”这是我最想知道的。时下全世界还没有任何先进的经验与对付疫情的药物，况且我们又不是非洲热带国家，防控这类病毒传染并非我们的所长。

“当然，既然是防控，首要的就是必须做到及时准确、万无一失。”李六亿博士非常肯定地点点头。

我笑了，想起她的名字：“你是不是生来就是为全中国人民服务的？或者说父母心里就是这样期望你的？”

她笑了，美丽地笑了：“许多人对我的名字感兴趣，也都这样问过。”李六亿回答，“我出生的时候，全国人民差不多在六亿左右嘛，父母求省事，或者像你说的那样，希望我为全中国人民服务吧！”

哈哈……我们大笑了一阵。李六亿说自己是湖南人，我坚持认为她应该是江浙人：秀气，文雅，学者气浓，加几分大家闺秀气质。一谈专业，纹丝不漏——是个标准而高水平的医病防控管理专家。

有这样的一批专家存在，真乃国之幸。

“就给我们两天时间……必须把所有赴非洲参加抗击埃博拉病毒的全部医疗防控措施与治疗规范制定出来，而且确保我们的人‘零感染’!”她说。

“这都是两天内赶出来的吗?”刚进门时，李博士就给我看过一本有几十页纸厚的抗击埃博拉医疗《实用手册》，那里面有十几个分类、几十个环节、几百道程序，而且是图文并茂……

“就是两天内完成的。”李六亿肯定道，“这就叫养兵千日，用兵一时。我们的防控管理专家队伍，平时受国家卫生计生委管理，又各自在自己的单位岗位上，一旦相应的任务下达，整个团队就立即行动。我记得那天是周末接到的任务，是国家卫生计生委医政医管局打电话通知我的，要我们立即到1208房间报到。这是间普通办公室，但它又是我们整个援助非洲埃博拉行动的‘总后勤部’——所有医疗队走之前和走之后的专业技术措施保障都是在这间房间里制定并发布的……”

“1208”房间，在2014年的9月中旬的那些日子里，它每天都开着长明灯，昼夜有人在奋战和工作着。领队的就是李六亿，在一旁督战的是国家卫生计生委医政医管局副局长郭燕红。

两年前的2014年9月12日正是周五。“周末接到上面的通知后，我马上把自己的两位青年助手叫到家里，当天就把初稿弄了出来。第二天我赶到1208室，进去一看那里已经有十几位专家在等我。他们都是委里通知来审查和帮我完善《实用手册》的专家。”李六亿说，“随后我们一章一章、一条一条、一段段文字进行推敲、过关。来的都是防控方面的专家，即使如此，我们还是要求每一个细节、每一道环节上必须有三位专家认可把关审定后方通过。可谓严之又严。”

“你们如何做到万无一失，百分之百的准确率呢?”我好奇地问。

“你问到了要害。”李六亿说，“事实上我们谁都没有经历过埃博拉病毒传染治疗的临床现场，更不用说经验了。而且当时在我们接受任务时，非洲那边已经传来了美国医务人员被感染的消息，这更加让我们内心多了一份紧张感。

好在毕竟我们中国感染防控经历了2003年‘非典’之后，特别加强了这方面的学科建设和实际防控能力培养，所以尽管埃博拉病毒传染远在万里之外，仍然并不影响我们以自己的专业为拯救万里之外的非洲兄弟姐妹们的生命的专业能力。”

“不过，也确实遇上不少难题，比如‘个人防护用品穿脱流程’这一节，这是非常关键性的一章。根据我们的经验，能不能保证在临床一线的医务人员‘零感染’，医务人员个人防护用品的穿脱流程在很大程度起着关键性的作用。也就是说，你当医生的，每天在跟埃博拉病毒感染者接触，你个人的防护是关键，否则就极可能被感染。怎么办呢？我们就在一间小小的房间里，十几个人不断地比划着，先是练穿，看每一次穿的程序有没有问题，主要是找问题，再完善措施和程序。再练脱的每一道流程。以我们的经验，严重的病毒感染疫情，医务人员脱防护服的程序远比穿防护服要重要得多，因为穿时的防护服一般并没有感染上病毒，而脱前的防护服通常是接触过感染区或已经黏上了病毒，所以脱仔细、脱时不出任何问题是确保‘零感染’的关键程序。为了这一章内容的制定规范和科学性，我和团队的同志不知练了多少遍穿脱流程，直到再也找不出任何毛病为止。”

“大姐，是不是太复杂了些呀？”打电话的是李六亿很要好的她团队成员之一的庄英杰博士。庄英杰是被派到前线的一名防控专家。临上飞机时，他拿到了李六亿他们赶出来的抗埃博拉《实用手册》，翻着翻着，忍不住给李六亿打来电话。

李六亿一听是“兄弟”庄英杰，便严肃地告诉他：一点也不复杂，你是我们防控专家队伍的人，你更要严格按委里决定的流程去做，否则就是失责。更何况，这个《实用手册》汇聚了一百多位专家的经验与智慧，它不会有错，必须严格执行，所有人员都要执行，你也不例外。

“明白大姐。”庄英杰不再争执了。

“当时我松了一口气。”李六亿说，“如果前线不能按我们制定的流程执行，万一有人稍稍大意一下，怎么能保证‘零感染’呢？若不能做到‘零感染’，那意味着我们整个援助非洲抗击埃博拉战斗就可能带来不可预测的后果！谁也扛不住这份责任呀！”

“听说参加前方抗击埃博拉战斗的医疗队员们，后来上千人在几万次与病毒感染者接触过程中没有一个人感染的主要原因就是你们制定的这个防控流程《实用手册》要求得高，而且比西方几个国家都做得好，所以才实现了这一‘零感染’目标的。”采访参战医务人员中，不止一人向我介绍并要求转达向李六亿他们的感谢之意。

李六亿笑了，欣慰地笑了：“应该是这样。这也是我们的职责所在、专业所在、使命所在。”她说，后来有一次到委里开会，见了从前线回国的庄英杰。他立即把她叫到一边，感激万分地说：“大姐，我能回来，完完全全是靠你的这个《实用手册》，否则今天就不会再见到你了。”

庄英杰向李六亿讲起他在前线有一天临床现场遇上特殊情况，如果不是因为严格按防护服的流程执行，感染将绝不可能避免。

李六亿听完庄英杰讲完惊心动魄的那一幕后，双手按在胸口，轻轻地自言自语了一句：谢天谢地，我们没白费心思。

以李六亿为首的团队在我援助非洲抗击埃博拉医疗队出发前所做的医务准备工作，为整个战役的完胜回国打下了坚定基础。“直到后来所有的队伍全部‘零感染’回国，我才彻底地放下了一颗悬着的心……”李六亿最后这样感叹地对我说。

我忍不住握住她的手，代表所有参战的中国医疗队、也代表全国人民感谢这位“幕后英雄”和她的团队。

要出发了！他们都是“祖国的一声令响”，便背起行囊，去那个从未去过的遥远的地方拯救世界的英雄战士、中华好儿女。

钱军，中国疾病预防控制中心传染病研究所研究员，首批支援非洲抗击埃博拉疫情移动实验室检测队队长，44岁。他和他的队员们是要将中国仅有的两台生物安全三级实验室（简称“移动P3”）设备之一运往非洲并开展埃博拉病毒检测工作。“移动P3”是个什么东西？看过照片才知道，原来它是个像三节集装箱那么大小的“家伙”组成的三台独立方舱组合体，分为主舱、辆舱和中控指挥舱，其内部设备包括了复杂的生物安全柜、高压污物灭菌器、高效充气过滤器等精密设备。实验室按照人流、物流、气流、水流等四大体控制理念，实现对废水、废气、废物的无害化处理等真空条件下的病毒检测设备装置，具有世界医疗高端水平的医疗装备，我国仅有两台。现在要将其中一台运至非洲，参与抗击埃博拉战斗，这也足以证明我国为非洲兄弟国家所尽力量。

然而，如此庞大的物体，要运达万里之遥的地方并确保能正常展开检测病毒工作，这绝非在国内那么简单、方便。“我们自主的‘移动P3’代表着我国的传染病防控检测最高水平，更重要的是也决定我们派出的抗击埃博拉医疗队能否成为主战场上的生力军。国家荣誉显然要靠这‘家伙’体现！”钱军心里清楚，当国家决定动用“移动P3”时就想到了这一层。还有一层意思是：“移动P3”同样关联到我们的医务人员能不能在与埃博拉“亲密接触”时实现“零感染”的重要一环。作为“移动P3”检测队队长，钱军接到命令后的第一时间便来到了京西某地那个停放“移动P3”的仓库，像临行前抚摸自己的“战马”一样，钱军内心对“移动P3”说：伙计，咱这回远行，你得争气！必须争气呵！

“争气？要我争气，还得你们配合！”“移动P3”说话了？！钱军心一惊，它提醒我什么呢？

咱土生土长于中国，现在要到遥远的非洲作战，水土不服咋办？所有操作我的人员能不能也在国内那样得心应手，不出差错？“移动P3”又在说话了！

钱军一惊：可不是。兵马未动，粮草先行。这“草”是世界级水平、我国最好的“草”，如果到了那边“水土不服”麻烦就大了。怎么办？必须做出征前的最后训练，直到考核合格为止。

于是两天时间内，检测队员被拉到这个偏僻的神秘地方，与即将远行的“战马”一起培训。

“你来回答：使用什么成分的消毒液，现有浓度能不能保证杀灭病毒？”

“还有你，请回答以下问题：直接用手打开采备管，还是使用镊子，哪种方法更保险？”

“还有，手套戴几层才能保障安全，两层行不行？三层呢？”

提问1000个，答案1000个。1000个提问，1000个答案，都必须准确无误。

钱军面对自己的队员，有的是老伙计了，有的则是第一次见面，但在这样的提问和回答面前，他铁板一块，“狠”得像只狼——队员鲁会军就这么说他。

“我们面对的是埃博拉这样从未见过面的强大敌人，而且至今对它所知甚少，更何况它一直在不断变异。没有足够的准备，就无法确保自身的安全，更不用谈‘零感染’了。不达到‘零感染’的目标，就是出色完成了100例、1000例病毒检测，也等于交了一份不合格的考卷。因此必须严之又严！”钱军的嗓门比平时提高了几个分贝，他如此警告队友。

他哪是钱军，是铁军！队员们恨死他了！另一个“队友”在出发前也不顺利：“移动 P3”过于庞大，中国竟然找不到自己的一架飞机可以载它而行。要命！这可怎么办？军委一声命令：租用俄罗斯朋友的大型运输机“安124”过来。

尚未出国门，“国际考试”的难题就摆在钱军他们面前。

“同志们，现在我宣布：中国第一支援助非洲抗击埃博拉移动实验检测队出征！”2014年9月16日，国家卫生计生委和中央军委有关方面负责人向钱军等27位援非抗击埃博拉医疗队员发出命令。

“首战用我，用我必胜！保证完成任务，敬礼——！”在钱军带头下，检测队员们向祖国誓言道。

转瞬，一架东方航空公司空客330包机从北京首都机场腾空而起，飞向遥远的非洲……

此刻的机舱内，看上去有些空荡。只见缩在一个座位上的钱军悄悄地在一边擦着额上的汗滴，一边拿着手机不停地用手指比划着。那手机的屏板上一次又一次地出现下面的这些文字：

请放心，我会把队员们一个不落地平安带回祖国！

钱军在给自己队员的家属发短信。最后他给自己的女儿发去一条短信：

宝贝女儿，爸爸带着队伍到遥远的地方去拯救世界，无上光荣，责任重大，谢谢你和你妈妈的支持。我和队友们一定胜利凯旋。

发完所有短信后，钱军发现自己的眼角有些湿润，一摸，原来是泪呵！他轻轻地自嘲一声：没出息！

“钱队长，你是发烧了吧？”突然，有人在钱军的耳边轻轻一声，却让钱军“噌”地跳了起来。

“是老柏啊！”

被称为“老柏”的长者拍拍钱军的肩膀，示意他坐下。“你是发烧了！”老柏名长青，是首批援非埃博拉检测人员中年龄最大的一位，这年52岁。

“没事。可能这几天累的……”钱军不想因为自己的一点身体不舒服而影响初征的队友。

“那不行！”柏长青做了一个果断的手势，道，“你是队长，绝不能有任何闪失。更何况，我们此次的决战对象是异常凶狠又狡猾的埃博拉，感染上它的第一个反应就是发烧、发热……”

钱军笑了：“老柏你也别谈虎色变嘛！我们还在中国自己的领空，离埃博拉十万八千里呢！”

“可你清楚，首先被感染上这种强性传染病毒的一定是体质较差的人，所以我必须马上给你消热治疗……”柏长青说着已经把一杯温水和几片药粒放到了钱军的手边，“马上喝了它。”

钱军看看柏长青，接过药片和温水，一饮而尽。然后颇为感激地说：“老柏，有你在，我会放心许多。”

“但愿我这老兵在关键时刻能顶得上！”柏长青谦和道。

52岁，检测队中最年长的一个。钱军清楚，柏长青同志完全可以不参加这支远征队伍，何况他是三甲医院的一个有60张病床的呼吸与危重症医学科主任，担子很重的大医院重症病房负责人。但柏长青属于自己报名坚决要求去援非抗击埃博拉的队员。他的理由是：要实现“零感染”，就必须在万一的情况下有人能够帮助出意外的队员治疗，我是重症病房主任，我年龄大些，经验丰富一点，遇事会比年轻人处理稳当些。

领导犹豫了半天，最后认为柏长青的意见和建议有道理，于是他便成了远征队伍中少许的两三位“50后”队员。

同一架飞机上的后勤组组长田成刚加入钱军这支队伍纯属是必然中的一个“例外”：在接到上级通知他参加援非抗埃博拉检测队并担任后勤组组长的当天，田成刚是去八宝山的路上，那时的他一手抱着刚刚去世的孩子，一手是接领导打来要他去非洲的电话。显然有关部门和领导们都不知道田成刚痛失儿子的事。

“这个时候领导点名让我去非洲，一方面对我的信任，另一方面说明我家里的不幸他们都不知道。于是我征求爱人的意见，她也是做科研工作的，知道我去非洲是参加抗击埃博拉，她说我们失去了儿子非常悲痛，非洲国家现在每天都有几十、几百个家庭在痛失孩子，你要去，我支持你。于是我从八宝山回来就参加了出发前的准备。当日有几个领导听说我家里的事后，来劝说不让我去。我把爱人的话对他们重复了一遍，领导就再没说话。我就这样参加了钱军的这支队伍……”

钱军事先根本不知道自己的队伍里还有这样的人和事，他感动地拍拍田成刚的肩膀，连声道：“好汉！真正的中国好汉！”

与钱军等差不多时间飞向非洲的中国医疗队包机还有几架。他们分别前往几内亚和利比里亚，以及塞拉利昂。

李进带领的解放军302医院31位专家组成的医疗队最庞大、实力也最强，其中5名博士，6名硕士，5个科室主任、副主任。他们既是302医院的顶梁柱，也是我军、我国传染病领域的骨干。

“报告首长，我们一定不辱使命，完成好任务，为祖国争光，为我军争光。我保证：一定把所有的兄弟姐妹平安带回。如果有一个回不来，我将留在非洲与他做伴！”出征前的壮行宴上，李进当着总后勤部首长和医院领导及医疗队员的家属们的面如此说。

“屁话！谁要你留在非洲？包括你，所有人必须一个不少在任务完成时给我全部回来！这是我给你的命令！”医院领导立即训斥李进。

“是！”李进挺起胸膛接受“军令状”。

那一刻，许多将军、官兵和家属都流下了热泪。

流热泪的何止这一行人。

在沈阳，军区202医院血液净化科护士蔡宇接到援非命令后，望着身边的丈夫与儿子，彻夜未眠，眼泪如注地往下流……最后，她把留了多年的长发一剪铰下，小心翼翼地装进一只盒里，继而推醒丈夫，边哭边交代“后事”：“家里的钱给我父母留一部分，他们把我养大不易，我还没有来得及好好孝敬他们……孩子要中考了，不能分心，你不要让他惦念我。以后你若再想找个伴，得等孩子考上大学后行吗？”

“傻话。我和儿子等你回来！”丈夫说。

“我……怕回不来了。”

“谁说的。回得来！我们等你回来，你一定要回来！”

丈夫和儿子都来安慰蔡宇。最后倒是蔡宇破泣为笑，说：“看来我要真不回来的话你们爷儿俩不知咋过日子呢!”

去了，真能回来吗？其实，所有中国检测队员和医疗队员，在此刻，没有一个能料及到了非洲后等待自己的命运是什么。

“零感染”？平安归来？

在那遥远的地方，真的能拯救世界？真的能保全自己的生命不被那万恶无比的埃博拉病毒吞灭？

所有的问号都是未知的。埃博拉病毒之所以疯狂得肆无忌惮，就是因为它给予人类的皆是未知。

中国援非抗击埃博拉的医疗队、检测队同样对埃博拉病毒皆为未知……一切等待较量后的结果。

6 “国际大考”

非洲在当今国际舞台上扮演着极其重要的角色。非洲几百年来一直受到外强列国霸权者的侵袭。今天的非洲仍然留着许多西方殖民主义国家的色彩。

在中国援非抗击埃博拉医疗队去之前这种情况已经出现，甚至像赵彦博大使向国内发出的紧急电文所指的那样：某些国家以“救世主”自居，先后派遣了不少医疗部队甚至是军队，当然名义上也是“人道”支援，但有一个目的是非常清楚的：借机研究神秘的“生物战”的另一种可能。

本来非洲兄弟碰上了灾难，各国援助符合人道，也在联合国要求之下的合法与正义的行动，有力出力、有钱出钱，很自然的事。但某些霸道国为了强化他们的地位和霸主“尊严”，在援助的外衣下仍然不忘欺弱压软。当全世界包括中国在内的许多国家声明派出自己的援助非洲抗击埃博拉医疗队伍后，某些霸权国家自然充分想借非洲埃博拉疫情展示一下它在非洲的“埃博拉形象”——你们只能干一些基本的治疗和群防工作，检测病毒和科研工作由我们来完成，理由是：你们的医学水平和医学设备还做不到检测这样的病毒和阻止疫情的能力。于此相应地出现了某些国家在当地制定出抗击埃博拉的“分工”：我干什么，你只能干什么……奇怪得很，中国援非医疗几十年，过去在困难时许多非洲国家的城市与乡村只有中国医疗队的身影，而现在，某些霸权国家突然出现，并立即拿出“领导者”与主宰者的架势，甚至出现某国向中方提出他们要进驻中塞医院等无理要求，让我医务人员退之一边，并服从他们的指挥。

看起来这种“负责任”的“人道”，其实同样是赤裸裸的霸道。简单的一句话是：唯他们是，而他人、他国不行。

几十年与非洲人民友好的中国，第一时间派出自己最优秀的医务人员和拿出像“移动 P3”这般仅有两台之一的世界最先进的设备，远涉重洋支援非洲兄弟，可见我中国真挚之心。

整建制的如此大规模的医疗队远征，在共和国历史上是第一次，它意味着很多想象不到的事：比如一路行程，要飞越数十个国家；如“移动 P3”等庞大的设备，空运本身就是一个巨大的难题，沿途国家能否配合也是问题。在路经友好的某邻国时就遇上尴尬：对方不让载我医疗队和医疗装备的飞机进他们的机场进行补给。“那个时候，我们是从中国大陆飞过他们那里，根本还没有接触非洲的埃博拉疫区，但人家就是不让我们靠近他们的机场中心区，理由是怕传染。最后通过各种途径游说，才同意我们暂时停机加水加油，但又一连提出了几个‘不’：人不能下机，飞机不能靠近他们的飞机……你听了又气又好笑。”钱军说。

而这毕竟是少有的奇葩之事。

远行万里之外的他乡异国，遇上的困难和想象不到的事多得很。钱军他们所知的目的地是塞拉利昂，是当时的埃博拉疫情最严重的国家。

北京启程那天，世界卫生组织公布的埃博拉疫情，塞拉利昂已经位居“榜首”。“时不时可以在首都街头看到被扔的埃博拉病患者的尸体……”有报道称。

“我们甚至还在沙滩上看到一位疑似埃博拉感染者，他浑浊的眼里满是求助和对生的渴望，痛苦地蜷缩着身子，挣扎了几下，不动了，嘴巴里塞满了沙子……”队员曹玉玺在到塞拉利昂的第一天的日记里有这样一段描述。

“17 日，我们到达首都弗里敦，开始大家以为既然是首都，一定至少还有些能走的路，能观光的大街吧！哪知下飞机后，竟然还要摆渡半天、走很长的一段路方能到达目的地。触目惊心的是，一路上我们真的看到了半截身子倒在污水沟里的埃博拉病死者……”钱军说。

那样的情景会是什么样？观者恐惧，听者照样毛骨悚然。但中国医疗队碰到的问题远不止这些。

从机场到中塞医院若从摆渡走水路，摇摇晃晃，恶心难受自然难免。可医疗队和检测队带的装备有几十吨重，摆渡根本不可能，必须绕道而行。

“一下飞机我就傻眼了！绕道走要 200 多公里远，几十吨货物拿什么运呀？整个塞拉利昂处在疫情慌乱之中，即使平时也找不到像样的运输车辆，加上9月雨季，总之一踏到塞国，困难比想象的不知大多少倍！”后勤组长田成刚的第一只脚踏到非洲大地时，嗓门就开始冒火。

“先别急。我联系中企看看情况……”赵彦博大使立即安抚，并随即开动所有资源。

俗话说，出门靠朋友，出国可靠的当然找自己国家的大使馆。很快——其实也费了不少劲，赵彦博大使动员了一家中企，派来7辆车子帮助中国医疗队搬运物资装备。即使如此，田成刚仍然不得不征求队长钱军的意见：是不是我们一起先把物资装备搬运过去？

还用说！没有物资装备，我们人去了也没有用啊！钱军说完，先把自己身上的背包一卸，然后朝队员们一挥手：“哥们儿姐们儿，一起帮老田把这些物资搬到车上、运到目的地！”

“好嘞！”

没有一个人偷懒。偷懒者就不会到非洲来。不过，“拼命三郎”真到了非洲也恐怕累垮腰肩。刚到非洲陆地的头三天就把医疗队员们累得半死，加上看到的、闻到的，以及满身出的臭汗，一场“下马威”，差不多耗去了中国好男人、好女子大半身的蓄力。

“从下飞机到最后一辆货卸完，整整四天三夜，我总共睡了不超过7个小时，而且都在机场眯盹，连酒店的钥匙都没拿出口袋……”田成刚说。

太累了。老田应该好好睡一觉。钱军他们轻轻地给他拉上房门。

“等等我！”突然，田成刚从床上跳起，追上钱军他们，“队长，要歇着的是你们这些医疗专家！建房搭棚的事由我们后勤组来完成，你们放心好了！绝对按计划超前建完所有检测和医疗设施！”

钱军看着眼前这位全队的军人“后勤部长”，感动了：“好，相信你！”

关于田成刚他们如何把一件件物资、一桩桩事情安排妥当，设备安装到位，让队员们的吃喝拉撒等事情样样搞定，中间的复杂性，在此不一一累述。总之，“中国速度”又一次在非洲大地显现发威。

问题并非是中国人善于“表现”，而是这一切皆因埃博拉病毒疫情所逼啊。

先是塞拉利昂的新任公共卫生部长弗法纳先生来参观中国“移动P3”安装，问这问那，最后的话是：“这先进玩意儿到底什么时候能够用起来？”

钱军说："我们以最快速度。"

部长眨眨眼，期待地说："你明天最好就能用起来！"

钱军张大眼睛："？"

部长："我的国家现在每天都有成百上千疑似者等待'判决'。"

钱军点点头："明白。"

总统科罗马又来了。非常欣赏地看着中国的新鲜玩意儿，赞叹不止。

"一天能检测多少例？"总统最关切的是这个。

"正常情形下应该可以20多例。"钱军回答。

"太少，希望更多些。"总统认真地看着中国朋友，并且更加认真地："希望更多更多些，我的人民正在经受死神最严重的侵袭……你们是我们最值得信任的朋友。"

钱军重重地点头说："我们一定会尽全力！"

总统满意地转身而去。留下中国检测队队长钱军长长的凝视目光——他知道，这些天，整个塞拉利昂都沉浸在巨大的疫情悲伤与压抑之中：或是传来总统身边的人也患上了埃博拉，或是首都的感染者超过了千人，或是三天"闭门日"还未结束又传来一医院暴发十几位医务人员同时感染……还有更严重的，比如在《科学》杂志上发表埃博拉研究文章的9位专家，无一例外都倒下了，其中一位是塞拉利昂的首席专家。

钱军的心沉重起来，这是他在国内预先想到的所有问题之外的问题。"老田，能不能提前一天或半天完工呢？"这话憋了半天，钱军才勉勉强强跟田成刚开口道。

"行！争取明天就好！"田成刚一边捶着累弯的腰，一边抹着不知是汗滴还是雨滴，冲钱军说。

9月23日，也就是检测队、医疗队离开祖国、入塞的第六天，在时断时续的电力供应中，一个400平方米的固定实验室和1000多平方米的工作用房改造完成。检测所用的实验准备间、样本保存间、核酸检测实验间、污染物消毒间、器材储备间和工作区设施监控室等一应俱全，所有从遥远的祖国大陆运抵塞国的其他医疗设备、物资各就各位，并一一清点入单。

中国检测队员们各个摩拳擦掌，可内心又有些紧张不安：毕竟这是头一回检测埃博拉病毒，谁也没有经历过，关键是我们对这个超级病毒一无所知，更何况我们的“移动 P3”远道而来，是否也水土不服？是否对神秘嚣张的埃博拉检测有效？还有我们的队员对如此毒性、恶性、坏性的超级家伙心理上存不存畏惧？这都是问题。这都必须经过考试才能过关。

“大家心里是不是比较紧张？”一个高大英俊的帅哥出现在检测队员面前。同事们都认识他，此人叫高福，中国检测队里的学术权威，中国最杰出的细胞研究科学家，“院士”的头衔就代表了一切。一台“移动 P3”、一个高福院士，谁都能估量此次对非抗击埃博拉的援助力量之大，几乎是在亮“家底”，足见诚意和重视。

“怎么样，若心里有点虚的话，我上？”高福从来就是乐观派，啥事到他那儿“皆不是问题”。他问中国疾控中心一起抽调过来的年轻专家曹玉玺，这位“首战”骨干是高福精心挑选的，并决定带赵翔和王力华两位检测员一同执行这一天的任务。毕竟，在国内、在一路上的各种新闻和传闻中，埃博拉已经被说得神乎其神，恐怖之恐怖，好像谁遇上它就是末日。医疗队员也是人，是人就有恐惧心理。中国队员也不例外。高福深知此理。

“哪能劳您院士大驾嘛！放心吧，我们行！”曹玉玺带着两位助手，毫不含糊地回答。

“行，是咱中国的好男儿！”高福的脸上立即绽开了花。随即，他又绷紧面孔，“人家今天送来五份‘阳性’标本，是来考咱们的，这算是初试，及格不及格，你们可知道其分量啊！”

“明白。保证完成任务！”

“好，去吧！”高福一挥手，像给学生布置完作业后一样，潇洒地拍拍站在一旁的钱军，说，“走，我们到办公室等结果。”

在规定的时间里，曹玉玺他们带着结果从实验室出来。

“怎么样？与标本一致？”钱军有些迫不及待想知道结果，因为这将关系到整个中国检测队和医疗队能否按预期展开援助工作，当然更重要的一层还涉及我们中国的国家形象。

“不知……”从来干脆利索、毫不犹豫的曹玉玺，这回拿着检测“结果”，站在队长和院士面前竟然有些结巴起来。

“怎么回事？”钱军急了。

“说吧。是什么情况？”高福关心的是我们的检测与人家送来的标本结果是否一致。

“四个标本一致，一个不太一样……是弱阳性，而且很弱，不像是。”曹玉玺尽管把结果说得很明白，但话中有些犹豫不定。

高福：“整个测试程序没有错？”

“绝对没有错。”曹玉玺坚决地。

“这到底是怎么回事？”队长钱军显得紧张地看看刚刚从实验室出来的队友，又看看紧锁眉睫的高福院士，扔下一句话便急匆匆地走了，“我去打探一下情况。”

“先别急！我先看看结果报告，你们一会儿到我办公室……”高福从曹玉玺手中拿过五份标本检测结果，回到了他的办公室。

曹玉玺等收拾干净后再来到高福的办公室时，院士正在五份标本的检测结果报告书上“唰唰”地签着自己的名字，一边口中道：“我们的结果没有错，就是四阳一阴！”

“对对，就是四个阳性，一个阴性！”几乎在同一时间，钱军兴冲冲地来到高福办公室，说，“刚才我让队员鲁会军跟提供给我们标本的南非拉卡实验室联系了一下，在那里找到了一位中国留学生，请那个留学生打听清了情况，你们知道怎么啦？”

曹玉玺早就憋不住了：“钱队，快说到底什么情况？”

“本来就是四个阳性、一个阴性。”钱军说出实情。

“奶奶的，真是在考我们呢！”曹玉玺的脸一下“噌”地涨红了，“这不是存心嘛！”

高福院士笑眯眯地拍拍曹玉玺的肩膀：“息怒。”然后平静地对队友们说，“其实这也很正常。在西方国家，一些人从来就很怀疑我们中国人能做跟他们一样的事，更不相信我们能做超过他们的事。我在跟他们打交道的十几年里，太明白清楚这一点了。不过我们中国人呢，就是有那么股精神，一股不服气的精神，就是不信邪，不信世界上别人能做到的事，我们就做不到。这不，埃博拉病毒在我们中国没有遇见过，但我坚信我们一样能研究出战胜这一病毒进攻的关键点，同时也能在疫情暴发地拯救非洲兄弟姐妹的生命！”

“高院士，你实在是‘高’！说得太好了！”钱军和检测队员们的情绪一下被胜利激奋起来。

“这样算不算我们的初试合格了?”曹玉玺关心的是这个。

“那当然。”高福院士肯定地说，“一会儿，我就可以对外正式宣布：我们中国实验室检测队已具备了检测埃博拉病毒核酸阳性样本的能力了!”

“好！也就是说：我们可以正式上岗了?!”曹玉玺一下蹦了起来。

“高院士是这个意思吗?”钱军也异常高兴地双眼盯着高福。

“是这样。”高福院士重重地朝钱军点头，又朝欢欣鼓舞的曹玉玺等说，“大家先回去好好睡一觉，真正的大考还在后面呢!”

“那也不怕！咱们中国人哪，做人有骨气，办事要大气，待人要和气，抬头有精气，浑身是正气，立足世界上，扬眉又吐气……”哎，瞧他曹玉玺，学唱着歌手阿权的腔调，哼着《咱们中国人》的歌曲，满是来劲哩!

中国检测队的全体人员都在欢笑。这确实值得庆贺，因为这既是中国援助非洲抗击埃博拉医疗队的关键医学手段，同时也证明了中国自制的“移动P3”实验室的国际水平。当时在埃博拉疫情区除了正面“交战”各自能力外，同时相关国家其实也在较量各自的医学科技装备。美国、英国、法国的“P3”实验室在中国医疗队未抵达之前的一些日子里，趾高气扬，十分傲慢。

现在，中国“移动P3”来了，他们自然先要看看热闹，也不乏别有用心者在期待看到出在中国人身上的一些“洋相”什么的，因为西方世界的某些人从骨子里不太瞧得起中国人和中国人所创造的任何科学技术。

其实从某种意义上看，这也是公平的，毕竟是我们人类共同面对可憎的埃博拉病毒，意气用事不符合常理。

较量总是硬碰硬的，实战检验也绝对不能丝毫马虎。

9月28日，埃博拉病毒的实毒检测在中国“ P3”实验室正式开始。这是真正的实战——埃博拉的病毒妖魔就放在检测队员面前，要求识别和识破它!必须百分之百的准确，否则将影响另一个百分之百的生命!

早晨，8名检测队员按照规定穿戴上厚厚的防护服，庄严地排列成一列，接受队长钱军和专家组组长高福院士的命令。

“不再重复了，大家已经对检测的规范倒背如流，现在需要的是稳定心境，沉着操作，滴水不漏……”高福院士一向把最复杂的科学道理用最简单朴素的语言传递给自己的同事。

“我们的口号是……”队长钱军则是另一种风格，他追求的是队员的战斗精神和意志。现在，他是战斗出征前的指挥员。

“来之能战，战之必胜！”鲁会军、曹玉玺等8名检测队员铿锵回应。

“投入战斗！”钱军下达正式命令。

“是！”

神情严肃、斗志高昂的检测队员们迈着整齐而有力的步伐，走进“P3”实验室，从此拉开了与恶魔正面厮杀的战幕。

2014年9月28日，中国首个援助非洲的埃博拉病毒检测队实毒检测于当日10时30分正式开始。

半个小时后，灭活样本。即由检测人员通过用物理或化学手段杀死病毒的过程，灭活本身不会损害病毒体内有用抗原，以为后续实验所用。

“移动P3”实验室从外形看，有点像我们电视里看到的“空间站”一样，只不过它是停落在地面上的由三个不同封闭体连接为一体的设备，其内器材名目繁多，可计千数种类之上，俨然是一个科学实验场所。里面虽然各种器材井井有条，各就其位，但仍然无法像建在地面之上的其他建筑物那样，想怎么大就建怎么大，想要多高就盖多高一样，“移动P3”是一种可车载移动的实验室，空间十分有限，且严密封闭，检测人员在内十分辛苦，甚至连挪动脚步也需谨慎细微，有时在原地一站就是几十分钟。更何况，埃博拉病毒检测非同寻常，仅检测人员所穿戴的防护服装和随身防护配套器材就达数十斤。关键是，每一位检测人员在工作过程中必须高度警惕和全神贯注，神经极度紧张加之每个程序皆在极端严密和规范下进行，意志、耐力、态度、技术、责任等，皆在这里获得彻底的考测与检验。自然，在已知和可以想象得出所有的恐怖与残忍，埃博拉病毒的实毒检测更需要异常的心理准备。而中国检测队还有另一个考验：你是唯一的一个发展中国家，你的“P3”能不能站在死神的门槛评判任何一位埃博拉疑似者的生与死——可怜的非洲兄弟姐妹将生命交代给了检测人员，你的一声“YES”或“NO”，将决定他们是走出死神门槛，还是被推进恶魔门内。但同样，当一个病毒标在“P3”实验室暴露的那一刻，中国的检测人员毫无疑问也在接受一场生死的抉择……

一个、两个、三个……五个、十个……

病毒样本在一个又一个经过检测人员的手。突然，“敌情”异常！

“P3”内气氛倏然紧张。只见鲁会军的双手剧烈地颤动着：他手中的镊子在夹出病毒样本时竟然从盒内拉出一段长长的异物……

什么东西?

不清楚。

室外的监视屏前，队长钱军的眼睛一下贴前十几厘米，问实验室内指挥战斗的副队长孙宇。

是一根带针头的输液管。“前线”报告。

天，这绝对是最危险和易传染的病毒体!

要不要中止实验?副队长孙宇紧急请示。

此刻的钱军肩头一下压上一座山：继续实验，极有可能让队员意外被病毒感染，如果撤离战场，意味着首战败北。怎么办?

或许只有3秒钟的时间，或许连3秒钟都不到，但这一刻，“P3”内外的所有中国检测队员们的心悬在了空中，等待队长钱军的最后决定……

钱军神色严峻，双眉紧锁，旋即，他轻轻地摇了摇头，然后重重地吐出八个字：沉着稳住，继续实验。

是!沉着稳住，继续实验。

只见实验台上的鲁会军长吸一口气后，稳住身子重心，然后缓缓移动右臂——夹镊子的这手如此小心翼翼地将输液管一点点地从病毒样品盒中抽出针头，再轻轻投入装有消毒废液瓶内，直至密封置妥。

我用了上述不足50个文字来描述，其实在实验室现场的鲁会军他们那里，就是一场与病毒恶魔惊心动魄的超级肉搏，稍微不慎，就有可能被埃博拉病毒击中致命，而且这种恶果是连环性的，像触雷一般。

“好样的!他们胜利啦!”钱军在屏幕前看得真切，当他看到鲁会军稳稳地操作完这一套程序后，似乎再也支撑不住地将双手紧紧捏住操作台的台沿足足有两分钟之久的情形时，热泪和欢呼几乎同时迸发而出。

当日下午4时左右，埃博拉病毒实毒标本的核酸检测开始。

4小时后，病毒检测结果出炉：24个样本，17个阳性，其余被排除。也就是说，塞拉利昂有关方面送至中国检测中心的24个埃博拉疑似病例中，有17人被确诊为埃博拉病毒感染者。

这是中国援非抗击埃博拉医疗检测队用自己的“P3”仪器第一次检测出的埃博拉病毒，其意义非同寻常，它不仅让我们从未接触过埃博拉病毒的中国医疗队和中国“P3”技术设备通过了一次“国际大考”，而更重要的是给疫情危急的西非国家带来了巨大振奋！谁都知道，当一种传染性病毒突袭人类并造成不可逆转的死亡现象时，阻止病毒继续侵袭、及时治疗那些感染的患者是最紧迫的事，然而要做到有效、及时地拯救那些垂危的生命，关键是要弄清楚其到底是否真的感染上了病毒，方可采取针对性的治疗。在西非，像埃博拉这样的病毒感染，其本身很不容易分清到底是否与一般的发烧、疟疾等其他热带病有什么差异。第一时间及时、准确地诊断出是不是埃博拉病毒感染，不仅对挽救患者本人至关重要，还同时可以防控他人受其意外感染。所以，当西非数个国家出现埃博拉的疯狂侵袭时，检测疑似患者是否真正感染上埃博拉病毒是最紧迫的事。因此从某种意义上讲，在当时，谁掌握了检测埃博拉病毒的技术与能力，谁就是主宰这场与魔鬼争夺命运存亡的主角。

埃博拉疫情，催生的不仅仅是拯救了多少非洲兄弟生命的事儿，还有比这更重要、更长远的问题。

中国作为与非洲国家保持长期友好关系的国家，中国的医务人员、中国的医用试剂、中国的医疗“P3”检测实验室，帮助这些疫情国家在关键时刻，及时准确地提供了患者的病情诊断，拯救的既是那些挣扎在死亡线上的患者，也拯救了处在风雨飘荡中的国家和民族的命运。

这一天，鲁会军、孙洋、卢义、邓永强、杨帆、曹玉玺、张晓光、苏浩翔这8位中国医疗检测人员的名字，牢牢地镌刻在中国和世界疾病控制事业的历史丰碑上。

我知道，后来的中国“P3”实验室，为西非埃博拉病毒疫情的几个国家都进行了成果卓著的检测结果，其检测数量和检测结果，都在同行中名列前茅，深得世界卫生组织高度评价。而最根本还在于及时有效地拯救了那些数以万计的埃博拉病毒感染者的生命，同时也帮助了更多其他病患者的精确治疗。而这又是什么呢？

非洲人告诉我：这是“ if everyone cared”——

我们于树上遥望天际
错把恒星当卫星
我从未梦想我拥有你

当今夜你和我在这里
咏颂着阿门，我充满了活力
如人皆有情，就没人哭泣
如人皆有爱，就没人说谎
如人皆分享，就没傲慢无礼
我们将见证没人死去
我们躺在繁星之下
有自己非常渺小的认识
如有人像你我一样的相爱相依
可想世界会是怎样一番情景

我听人说，当中国“P3”实验室启动并获得成果时，塞拉利昂总统科罗马得知此讯后，兴奋地命令他的“大内”特意打开几瓶法国红葡萄酒，又让放了上面这首名曲，自己亲自哼起它。总统沙哑的嗓音，正与此曲吻合，最动情的是身处国家危亡之际的科罗马总统在哼唱这首歌曲时异常动情，那闪光的晶莹在他黑白相间的眼睛里格外引人注目。

据说当时整个总统府被深深地感染了，于是这一句“如有人像你我一样的相爱相依，可想世界是会怎样一番情景”优美的词曲在弗里敦城内久久回荡，一直传到中国大使馆、传到中塞友好医院……

7 院士高福出事!

在中国检测队中有一位最重要的人物，就是高福。他是院士，中国传染病研究的“国器”级人物。他怎么会出事！他能出什么事嘛！他出了事还了得！

偏偏，他高福这回真的出事了！出在远离祖国和家乡的非洲那个地方，出在他从事和研究的病毒对手的战场上……

这事说出来有些尴尬，但不说就有违于客观真实，否则去遥远的非洲拯救世界也就不显得那么惊心动魄了。高福先生是我认识的众多院士中最年轻的一位，而且也是特别喜欢的一位。言喜欢是因为他属于中国院士中的“另类”。过去的几十年里，我曾至少采访过包括钱学森、王淦昌、袁隆平等几十位院士。他们都是德高望重的优雅老师。但高福不一样，绝对的洒脱“酷哥”型，绝对诗人气质，如果他从文，一定是位天马行空的大诗人。我由衷欣喜地从高福身上看好中国新一代院士的能量与精神。

他在非洲“出事”的一年多后，我到高福做研究工作的所在单位中科院的办公室采访他。

院士的办公室、一个科学院院士的办公室是啥样，在进他办公室之前我有过不少设想，想到最多的是：特别阔大，放满各种实验仪器，以及堆积如山的资料和起码五六个助手围着他转……可一进高福的那间十几平方米面积的狭小办公室，看着零乱不堪的现场，我忍俊不禁地笑了：竟然还有比我办公室更乱的地方啊！又心头自语：我喜欢此人。未见本人，为何就喜欢了？我自语自答：肯定也是个不拘小节之人。

果不其然，几分钟后，大院士出现在我面前的那一刻，就证明了我的判断：他高高的个头，帅帅的样儿，一说话就是机枪似的连续不停，并且是个彻底的外向型专家，完全新一代的院士，与我早年采访过的钱学森、王淦昌等老一代院士相比，高福院士就是现在年轻人特别喜欢的那种“高富帅”院士。

又一次从一个人的名字那里找到了相对应的命运：高福、高福，你真的实在是又高又有福啊！

一听我如此奉承，院士哈哈大笑——竟然还是个笑点极多的人。那天从一开始，我们俩就聊得十分开心。当时我想，在这样的人身上，即使世界到了末日，那些恶魔也会退舍三分。

高福根本不顾你找他是干什么的，一上来便滔滔不绝地对你讲他小时候和家庭以及自己在学术上的那些看起来似乎与我采访的主题没什么关系，但到最后却发现——全都相关！

高福其实在他的“命”里并非“福星高照”。

院士的出身普通至极，父亲是木匠，母亲是家庭妇女，但就这个普通的中国家庭，出了3位博士，而且有两个是在牛津大学毕业的。高福6个兄弟姐妹中4个上了大学。

“我的家族，农民为主，并不富裕。到这一代，家庭条件很一般，负担也重。但父亲很重视孩子的读书，我是家里长子，弟弟小我不少，可父亲在我上大学时说：你只管上学，家里的事你别管，所以我们家6个兄弟姐妹都成了学霸，其中4个上了大学……”高福说。

大学之前的高福，虽然长得帅，但缺乏“斗争精神”，中学老师对他的评语上写道：要能跟坏人坏事做斗争。

以为能当院士的一定在上大学专选北大、清华是一种误导。高福说他和两个弟弟最初上的都是农业大学。高福上的就是山西农大，而且还是兽医专业。

“学兽医没有什么不好，那至少是生命科学的一部分嘛！”当院士后的高福如此高谈阔论没有人敢在他面前说“不”。

“大一时我就开始对微生物感兴趣，别人听课时睡觉，我却在纸上乱写乱画，画的尽是微生物……后来考上了北京农业大学（后更名中国农业大学），之后考到了牛津大学，全是微生物，当然后来就是高级微生物理论了，且是跨学科的。”

后来高福又到哈佛深造，从此公共卫生领域最重要的病毒研究成了他的主攻方向，而从微生物入手，以研究和击破病毒对人类的进攻，让病毒学专家的他常常“激情澎湃”“热血沸腾”——他如此评价自己，与我对话时的状态也证明了他属于具有“诗人气质”的科学家。

“人生是规划出来的，又必须时刻准备离开某一既定的道路。”院士说。听起来这是一句相互矛盾的话，但听他解释后方恍然大悟，“暂时‘离开’，是为了更远更高的目标，人生选择不能一条道走到黑。那不是科学的选择，今天的人类，万千物类和学科间，已经相互依存，各得其所，又彼此引证与促进……”

他用自己的成长过程引导我们一条真理道路：“我牛津博士毕业后，证明我拿到了世界著名的学位，但这并不证明我就是世界一流的科学家，于是我继续寻找世界一流的导师，我便到了哈佛。这就是一个新台阶，我的重新选择，让我的论文成为了权威杂志的封面文章。之后我又回到牛津，当了3年老师。2004年回国，出任中国科学院微生物研究所所长。2011年就任中国疾控中心副主任。2013年当院士……”

高福成为院士，似乎没有一点儿让人意外的事，完全是自然而然的归宿，像他这样特有本事的人，我还见过一位叫陈章良的家伙，他们都属于特别厉害的新一代科学家，后者是农业专家，现为中国科协副主席。高福的科学研究方向是消灭与对付世界上那些形形色色的种种病毒，这可不是一般的科学方向，是“人体风暴”的战略与战术。何谓“人体风暴”？我在“百度”上一搜索，差点吓死：尽是美女们的裸体姿态！

高福知后必定大笑我“邪知”。

“我讲的人体风暴，是指存在于我们人体中的细胞因子风暴。简单而言，就是我们人的生物机体内的细胞免疫能力系统。埃博拉病毒实际上就是在我们人的机体中形成的一个特殊的‘人体风暴’。平时，我们人是有很强的抵御外来病毒侵袭的能力，因为我们有自身的‘细胞因子’反应，但埃博拉病毒与众不同，它的攻击能力特强，就像网络世界里的一位‘超级黑客’，似乎有些所向披靡，令人防不胜防。因此当它一旦攻击我们人类时，我们就不适应了，原本固有的免疫细胞因子反应出现混乱，反应过度，变成了‘细胞因子风暴’最后机体自己死了。这是我从病毒原理的角度认识埃博拉的第一点。第二点，从西非几个国家的埃博拉患者的死亡情形看，埃博拉病毒的感染有个规律，就是人体接触造成的后果居多，非洲人喜欢搂搂抱抱，尤其是一个传统的风俗习惯很让人忧虑：那里的人一旦死亡后，亲属与好友都要在死者下葬前抚摸尸体，甚至对尸体进行清洗……这个过程，病毒的传染是最危险和最严重的。其三，其实人类发现埃博拉病毒已经有30多年时间了，它并不是一个新冒出来的病毒，但这一次危险性特别严重，患者死亡率超高，则证明此次出现了'超级毒王'，也就是说，这回西非埃博拉病毒是存在我们人类不曾有特别武器可以阻止与消灭它的超级传播者。加之非洲国家消极预防、没有疫苗、没有治疗，造成特别严重的疫情也在预料之中。但这种情况出现后，我的内心其实是平静的，因为任何一种病毒，即使是强大和奇异得我们人类无法想象得出，可怕到令我窒息，在我看来它依然是我们人类完全可以战胜的病毒而已。针对埃博拉，我自己很快有了对付它的方向，那就是：早诊断、早隔离、早治疗。然而遗憾的是西非有几个国家没有采取这些措施，其结果也是在想象之中……"

到底是院士，而且是姓"高"的中国院士。高，实在是高！我心底里很敬佩他。

"不过，这回的埃博拉确实有些厉害。"高福说，"有个苏格兰的患者，好了9个月，后来又出现了病毒复发，她是参加在西非埃博拉治疗的女护士。这证明，这回的埃博拉病毒又有了新的变异：从急性病毒，又转为慢性病毒。最近又有病例证明，一年多后，发现了埃博拉病毒竟然还潜藏于男子的精液里……这说明，我们人类对这个病毒的研究和了解远不够，也让我们专业人员感觉肩负的责任重大！"

"诗人气质"的院士这一刻脸色有些凝重。毕竟，他是科学家——我心头说。

"可当国家决定援非医疗队要去埃博拉疫区，而且由我担任业务主责任时，我没半点犹豫，去呗！这是我的强项，我又有院士的头衔！再说，院士也是一个'战斗员'呀！战火之中，院士就该像战士一样冲锋在前，且应该在与敌人拼刺刀的最前沿……"

"埃博拉很吓人，你身为大院士，就没有一点儿怕？"我希望高福说出心里话。

"醉卧沙场君莫笑，古来征战几人回？"他竟然用一句古诗回应道，"我要再怕它，那它埃博拉就真可以横行整个世界了！"

他真的是诗人！豪情满怀，豪气冲天！

诗人自有诗人的性格，院士更有院士的性格。院士出征，中国援非医疗队员们的底气倍增。

“有高院士在，咱还怕啥！”上飞机离开北京的那一刻，中国援非医疗队员们心里不免有些紧张和恐慌，但上了飞机就听高福院士的“空中课堂”，顿时轻松许多，“尤其是他那通俗简洁的语言，生动形象的比喻，身体力行的胆识，科学严谨的作风，让我们从心底敬佩院士……”队员倪大新概括评价的这几点，高福甚为满意。

“踏上塞拉利昂土地的那一刻起，我们就进入了战斗的状态，除了睡觉，几乎没有一分钟是在闲着。其实睡觉时还常常在想着如何与这个国家的卫生部门和医疗机构进行合作抗击埃博拉事宜。”高福从抽屉里拿出一个紫皮笔记本，随手翻开内页，上面密密麻麻写满了字，“从出发那一天起，我就开始记日记，从西非回国后，有媒体听说我有这东西，就好心帮助整理出一些内容，以‘院士日记’的方式去报纸上发表了。”院士很愤青地说。

厚厚一本，沉甸甸的“院士日记”，记载了一位援助非洲抗击埃博拉病毒战斗的中国院士的特殊日子，令人好奇。

> 在最近一系列紧张的准备与没完没了的会议之后，今天终于出发去弗里敦——塞拉利昂。没有写日记的习惯，但这件事太重大，太有意义了！决定从今天起开始记“流水账”……

院士日记的开篇语这样写道。

“你是哪一天出事的？”我问。

高福的眼神一下溜得圆圆的，盯着我不放，意思是：我出事？出什么事？谁说我出事了？

哈哈哈……我笑。笑后告诉他：“你不是去后没几天就在那边发高烧了吗？”

“噢——这事！”高福满不在乎地说，“是高烧。他们开始吓得以为我感染上了埃博拉……”

“当时你真发高烧了？”

“是。还是好几天居高不下，确实把队里的人吓坏了，虽然他们没怎么告诉我他们是如何紧张的，但可以想象得出来。谁让我是院士嘛！”

高福好像从来没有把自己在塞拉利昂发高烧的事放在心上，可我在采访其他同去塞拉利昂的中国医疗队成员时，他们说当时高福院士发高烧的事还真把中国医疗队吓得喘不过气来，其实何止是近在高福身边的援非医疗队，据说高福发烧着实还牵动了中南海的神经……

这也难怪。中国医疗队临出发前，习近平主席就有话在前：我们出去的队员和专家，必须实现“零感染”。这是命令，也是党中央对中国医疗队的高度关怀，更是一条红色底线。为何这么说，大家清楚：埃博拉太厉害，中国已经有过2003年“非典”袭击的惨痛教训，绝不允许有一个比“非典”病毒更厉害的埃博拉病毒传染到国门里来！绝不允许！再说得直白些：要阻止埃博拉进入中国并不是做不到的事，但要让进入埃博拉传染区的中国医疗队“零感染”其实是比登天还要难的事。假如感染上了怎么办？假如感染上了又治不好怎么办？

谁对此问题想过了吗？我问驻塞国的赵彦博大使，赵彦博大使涨红了脸没有回答出来。我问中国防控中心的高级官员，他们也含糊其词地说不出一个清晰的答案。我只能问高福。

高福这样回答：“我们去一线的人，每个人都做了回不来的准备。但确实我们谁也没有真正想过假如自己感染上了埃博拉后会怎么办。作为病毒专家，我可以向你说句实话：我坚定地相信，即使我们中国医疗队员中谁感染上了埃博拉，我和队友们一定会把他从死亡线上抢救过来……”

“这是你事后的信心？还是初心？”我无比怀疑。

高福却肯定地回答：“当然是初心。”

“信心何来？”

“我是病毒专业的院士。在离开祖国的出发前，我就已经分析清楚了埃博拉的病毒传染特点与途径，而且我在飞机上就向同行的中国医疗队友们亮出了我的主张与观点。”高福说。

“在我看来，这仅仅是认识阶段，而真正的埃博拉防治恐怕并非那么简单，比如院士你到塞拉利昂后的感受是否与出发前有所不同？”我仍抱怀疑，尽管他是院士。在人类与传染病毒的每一场大较量中，专家失手和死亡的例子并非少数。

“确实如此。”院士这回点头了，很诚恳地说，“你说得对。任何科学仅仅建立在认识之上是脆弱的，只有被实践证明了的经验才是可靠和管用的。这回西非的埃博拉卷土重来且形成对人类严重打击的势如破竹的势态，事实上远比我们一般的、常规的认识病毒传染要复杂得多、严峻得多，关键是这回变异了的埃博拉病毒，具有超级强度的进攻能力。稍有失慎，就会酿成大祸。在我们去之前的中塞友好医院连续出现塞国埃博拉防治专家连续死亡的教训就是一个强有力的说明……”

我打断高院士的话，直截了当且非常具有要害性地问他：“你就一定认为我们中国专家比他们当地的专家能力强吗？还有我们有‘秘密武器’？”

“从一般意义上讲，我们国家的医疗能力和水平要比塞国的强。他们的专家基本上是从我们国家的学校和医疗机构学习毕业回去的，就是说我们两国的医疗专家的水平可以用师徒关系来比喻。但有一点不能忽视，因为他们回到自己的国家后，几乎天天要跟热带感染病毒打交道，实战经验并不比我们差，某些方面甚至还优于或超过我们的经验。只是他们受到一些本国传统习惯的影响和不能根本上摆脱本国的传统文化，比如不像我们特别重视和注意在任何时候与病毒感染者之间保持距离。在飞机上给队员们上课时，我也特别提醒大家到埃博拉传染区后，最要时刻记在心头的就是要使自己的任何时候都与感染者保持必需的距离。这是最能保护自己的措施……”

“可我读了你到塞拉利昂之后的最初十几天的日记，感觉似乎你天天与塞方人员接触，尽管他们都是些官员和专业人员，但你也并不清楚他们中间可能就是埃博拉的感染者呀！你不是犯了一个教导别人不要犯的大错而自己偏偏又犯了的错误吗？”

“你的话很戳人心呵！”院士大笑，然后又严肃道，“真是这样。虽然我是专家、是院士，但我更是中国人，是一个满怀对非洲人民感情的中国医疗队员。一到那里，我的心跟所有人一样，看到当地的疫情之严重，问题之多，所以心里着急，更何况有些情况远比在国内想象得要复杂和沉重得多，比如防治埃博拉最需要做的发动民众和官方迅速行动，需要迅速普及基本预防知识和措施等，这些问题如果跟不上，埃博拉的传染将会日趋严重，挡都挡不住，也就是说，死人会越来越多，甚至完全失控。我们中国医疗队到达塞拉利昂最初的日子，也是埃博拉疫情暴发越来越严重的日子，街头出现乱扔尸体，大批塞国抗埃博拉专家死亡，民众仍然毫无保护措施。所以，我们到达后，整天忙着跟塞拉利昂政府和当地医疗机构进行沟通和建议建立相关防护疫情的措施，以及如何以最快的速度建起我们的病毒检测中心和介入对感染者的治疗等工作，我是中国医疗队的业务方面的负责人，自然里里外外都要出面，既当战斗员，又当指挥员……有些时候明明知道不该与当地官员和治疗一线的医疗人员贴得那么近，但那是工作，那是战斗。设想一下：你是一名已经投入战场的战士，如果一颗子弹从你身边穿过，甚至擦破了你的皮肉，你还参加不参加打仗了？肯定要继续战斗嘛！这是战士的责任和命运所决定了的，不可能改变。而你要继续战斗、继续打仗，下一颗子弹就可能击中你的脑袋。这就是战场留给战斗员的命运。我说过，我既是院士，也是战士，到了塞拉利昂，到了埃博拉疫区，没有谁能逃得过、躲得了那里的空气和那里的人，更何况我们中国医疗队去的目的就是为了拯救处在水深火热的非洲兄弟姐妹们，哪里顾得上每一分钟、每一件事都百分之百地按照原先设定的'规矩'做嘛！事实上你也没办法完全做到，人家总统和部长见了你中国朋友，一高兴就跟你碰胳膊肘（埃博拉流行期间，见面礼由拥抱或握手变为碰胳膊肘），你能退后避之？跟总统和部长碰胳膊肘后，他的随行助手你就冷落人家了？你还得跟人家碰胳膊肘……这么一来，谁知道对方是不是埃博拉的潜在感染者！不是我们还没有去时，就有总统的卫队队员感染埃博拉而死亡了吗！"

"你的发烧就是在这种情形下出现的，所以把同行的整个中国医疗队吓坏了！甚至国内的领导们都紧张得不得了啊！"我说。

高福笑："这些我倒不是知道得太多。"

"院士出事，咱中国援非的面子何处搁？"我说，"关键是你这人太珍贵了！你出了事，不仅关系中国少了一个大院士的问题，而是意味着西非这场与埃博拉病毒搏斗厮杀的战斗更加残酷，让人感觉不可遏制似的。"

"你这么一分析，我还突然感觉我真的不能'光荣'啊！"高福幽默道。

"院士出事了！"这消息在刚刚到塞拉利昂的中国医疗队里算是一条不胫而走的"内部消息"，且是有关人士要求"严格保密"的纪律。

"军心不能涣散，国家形象更不能受损害。这就是我们当时考虑的为什么一直没有把高院士出事的情况对外说过的主要原因。"长期驻扎在塞拉利昂的中国援助医疗队的王耀平队长如此说，"当时我们在前线的压力确实太大了。别说大院士出了事，就是一般的队员出了情况，大家都会特别紧张。想想看：一方面我们刚到非洲，还没有全面展开工作，另一方面党中央及有关部门的领导一再要求我们必须做到万无一失、“零感染”，全国人民都看着我们。所以高院士出现高烧的情况后，我们真的非常非常的紧张……”

高福啊高福，你名字里的每一个字都包含了满满的吉祥之意，可你到底能给中国医疗队带来多少好的命运呢？

9月29日，在刚刚完成病毒标本的检测“国际大考”后，中国医疗队一片喜庆的气氛，因为过两天便是“十一”国庆节，全队上下沉浸在少有的轻松快乐之中。出国半个月，大家一直处在高度紧张和劳累之中。现在检测实验室已建成，中塞医院通过日夜奋战也焕然一新，正式接收埃博拉病毒感染者的战斗也将拉开帷幕。于是借距“国庆”还有一两天的时间，队里决定举行一个庄严的仪式：重温入党中国检测队在党旗下宣誓誓言。

“院士，你是标准的‘高大帅’，你站在最前面，这样摄影录像留下的形象也光辉照人！”一群年轻的女军人将高福推到了宣誓仪式的最前面。这会儿我们的院士竟然像个初出茅庐的中学生一样腼腆，红着脸，扭着身子，嘴里嘟嘟着：“这合适嘛？合适嘛？”

合适！

一支整齐的中国共产党党员队伍，在遥远的西非国家的一块空地上，举着右臂，向镰刀加斧子的红旗宣誓：

“……拥护党的纲领，遵守党的章程，履行党员义务，执行党的决定，严守党的纪律，保守党的秘密，对党忠诚，积极工作，为共产主义奋斗终生，随时准备为党和人民牺牲一切，永不叛党！”

这一天是2014年9月29日。这一天，高福的“日记”上这样记述：

上午9点30分出发去WHO。（天气晴。间歇性大雨）自己驾车。

10点开EOC会。讨论几个事项后，又开始“吵架会”。中间停电……感觉无奈。

午饭在滨图玛尼。

下午2点20分我开车去医院，帮助指导那里的工作，忙了一下午。

晚6点我开车回来。同行的有张必科等三人。

晚7点晚餐。

饭后感觉特困。睡了一会儿。9点30分，检测队员开会……

院士的“日记”内容很多，我做了“截短处理”，因为他的内容直截了当，时常切中时下弊病，并且总有独特的“科学论断”，比如他言及“领导的明白与糊涂之我见”：

领导就是要在大部分人（群众）糊涂时指明方向；当大家都明白方向，认真做事时，领导便要开始“糊涂”——思考未来之方向，给各个战术的层面进行新的布局，在“糊涂”与浑浊中理清思路，找到新的方向……

但这一回，院士自己却因忙碌的疲惫和过度的自信，出现了一次少有的“糊涂”，直令整个中国医疗队崩溃。

30日起床，有人向队长钱军报告：高福院士体温 38 .1℃。

“怎么搞的？他发高烧还了得！”全队惊恐！

“一刻也不能耽搁！”钱队长当机立断安排了对高福院士进行埃博拉病毒的检测，结果呈阴性！

阴性？那怎么还会高烧呢？是不是病毒还在潜伏期，没有到发作可检测程度，而没有被检测出来呢？

“吃药！药量加倍！必须把高烧压下去！”队里的几位负责人紧急会聚在一起，悄声细语地在开“秘密会议”……

“尽量不在队里扩散影响。”

“要不要向国内报告？”

“这个……”队长钱军开始踱步。

“还是不报的好。”

“如果院士一旦……咱们谁也担不起这个责任呀！”

“可一旦报上去国内还不一片惊恐呀！”

“队长，你拿主意吧！”

争执持续不下。大家的目光聚到钱军身上。

“你们看我有啥用？”钱军显得有些怒了，脸色铁一样的板灰，声音强压着问，“你们谁给我说清楚：高院士这两天到底在干什么？到了哪些地方？还有，跟谁接触过……”

钱军问的这些问题，其实是关键之关键。病毒传染病，就是“传染”二字令人胆战心惊。在场的都是中国传染病专家，谁都清楚钱军所提的问题的要害所在。为了百分之一千的保险，钱军队长对高福院士进行了疟源性疟疾病毒检查，依然是阴性。

“高院士从到这里的第一天起，就每天要跟当地卫生部门打交道，至少接触过当地各色各样的人几十个，而且在不同场合。”有人说。

“他在国内就是出名的‘工作狂’，到这儿后每天工作在十五六个小时以上。他既要指导我们队员们的工作，又要到中塞医院等病毒治疗现场察看……比谁都靠近病毒前沿!”

“他是院士，总该不比我们缺少警惕性吧。再说他的专业水平比我们都强，不至于吧?”

“正反方”激烈争辩，似乎谁也说服不了谁。

“怕的就是他太自信，太忘我工作了……”钱军一边听着大家的争执，一边摇头感叹。

“现在重要的是要把他‘控制’起来，而且不能让外面的人看出来他被‘控制’了！这是第一点。大家务请注意了：对高院士的‘控制隔离’，要做到外松内紧，不得让外人看出来，因为这涉及可能产生的重要的国际影响！你们都明白吗?”

钱军没有把话说得那么透彻，但关于这一点中国医疗队的所有人都明白，因为从中国医疗队到达塞拉利昂的第一天起，多个国家的医疗队和国际媒体及相关情报机构早已“盯”得紧紧的，任何一点“情况”，都可能成为抹黑中国医疗队和抹黑中国的“爆料”。假如一条“中国顶级病毒专家、院士先生在西非防治埃博拉前线感染”的消息传出来，肯定成为全世界瞩目的新闻，那将对中国医疗队和中国形象是何等的压力!

保密是绝对需要的。但如何让之前每天出现在塞拉利昂埃博拉战斗各种现场的公众人物高院士既能保持原先的工作状态，又能确保身体情况的“异常”不泄露，这是个高难题。

“只能听天由命了!”有人十分悲观地叹气。“少招晦气!”队长钱军一听便来火，但他内心想说的其实也是这句话。

听天由命，包含着顺其自然的意思。这是无奈的选择，也是人类在无法选择自己命运时的一种脆弱的表现。你又能怎么样呢？当埃博拉突然袭击人类时，全世界所有发达国家都派出了最先进的医疗技术队伍，而且都有军队医疗队混杂在援助队伍之中。为何？这是不能放在桌面上的“特殊任务”——探求生物战的“秘密武器”。埃博拉传染如此之迅猛、死亡率如此之高，恰恰就是生物战所需的“高尖端武器”……这是另外的一个问题，我们不去延伸。

现场，中国医疗队最担心的是高福院士的高烧。

按照当时当地的规定，凡发现高烧者皆需要隔离入院。在西非国家，除眼下严重的埃博拉病毒袭击外，热带病如疟疾等也都是以发烧为最初症状。但高福院士的发烧到底是一般性的感冒发烧，还是其他热带病传染，还是埃博拉病毒感染？这三者间分析结果，中国医疗队的内部给出的初步结论首先排除了其他普通热带病传染的可能，但也非绝对排除，因为高福同所有中国医疗队员一样，已经踏上塞拉利昂国土有半个来月，热带病的传染有半个月时间也够了。但专家们认为，从高福和中国医疗队到达塞拉利昂后所做的工作范围看，普通热带病传染概率相对小些。普通感冒发烧？这是大家所愿望往这方面去靠的，但又有谁能说他高福就是普通的感冒发烧！“我身体一直是棒棒的，你看看我的肌肉！”高大帅的院士平时就喜欢“吹”他如何如何的运动和健康，“一年到头不知生病为何物”的他，让人怎会把普通感冒发烧的事贴到他身上呢？唯一，唯一的可能就是埃博拉病毒“粘”上了他——可不是，唯他天天跟塞拉利昂的官员接触，唯他时不时去当地医院检查调研、技术指导……

唉，老天爷可千万别……中国医疗队的上上下下都为院士高福担心起来，几位年轻女士已经悄悄在为“高大帅”的院士祈求平安了。这不，换谁都担心死了：在发现高福第一个高烧点的当日傍晚，他的体温竟然升到了39℃！

天！这可怎么办呢？中国医疗队的最高决策组织的“五人小组”——现在只剩下4人，高福被隔离，两对两的意见争执不休：一方主张立即向国内报告，以求上级指令，实施特殊措施，以防万一；另一方则主张等等再说，倘若能够自行将院士的病情缓解下来，治疗好，这样对稳定军心，坚定战斗决心，保护中国医疗队形象会有积极意义。

“都别争了！再争十天半个月都不会有结果！”钱军抱着头，使劲地摇晃着。最后，他直起腰，说，“我们争了半天，却忽视了一个最重要的人，他才是化解高院士危险的关键性人物……”

“你说的是谁呀?”几个人不约而同地询问钱军。

“他高福!”钱军忽闪了几下眼皮，说，“除了他还能有谁?”

他？对啊，他是我们全医疗队最高技术权威、中国顶级病毒传染研究专家，遇到这样的问题，非他莫属!

“咱是不是有些不近人情?”有人喃喃道。

“什么不近人情？这是最大的近人情!”钱军有些窝火，说，“你们想想：他发高烧，我们在外围能采取的措施就是将他隔离起来，送些降高烧的常规药，再配上几个医务人员在外围帮助他，我们也在隔离室外面精神鼓励他。可这些对作为院士的高福来说，等于哄孩子一般，他全清楚，全熟门，起不了太多作用。最关键的是，真正要挺过来的话，显然要靠他自己。你们说我的话是不是在理上?”

“话是这么说，可总感觉心里有些对不起院士他……”有人仍在磨叽。

“行了行了，谁都别装啥好人！现在最关键的是看高院士后两天的身体变化情况了！咱4个人除了日常工作外，轮流值班，监督察看高院士的发烧情况，每两小时通报一次结果。”最后还是“五人小组”的刘柳做了最后决策。钱军则去找全队最有经验的吴护士长，请她24小时全程负责高福院士的生活与治疗事宜。

“亲爱的院士同志，你现在的情况确实有些让我们担忧……但我们都有信心，你的体温是完全可以降下来的！你也是这样认为的吧。”钱军觉得自己今天说话有些颠三倒四的，怎么没有一点儿平时的那种“高山流水”般的畅快了！站在隔离室门外的地方，他不敢抬头正面看一眼自己亲爱的战友、院士同志，因为他惧怕院士会嘲笑他，或者因为自己的过度担忧让院士看到后反而造成心理上的负担。“我说这些话是希望……”

“哈哈哈……”钱军突然被一阵朗朗笑声所打断。当他抬起头时，见站在十几米外的隔离室内的高福院士正笑眯眯地看着他——那眼神里满满的嘲讽味道。

“你、你笑什么?”钱军一副窘相。

高福院士调皮地挤挤眼，说：“你们心里想的啥我都清楚，放心吧，亲爱的同志！我知道如何对付自己的身体变化，再说，作为一名病毒研究专家，过去光在理论上和实验室里打太极拳，现在用自己的身体来感受太极拳的奥妙，其实才是考验一位病毒研究专家的本事。放心吧！亲爱的同志！你们只要按照我的请求，准时送来相应的药物和食物，其他的我自己知道怎么做……”

“保重！院士先生！我们的抗击埃博拉战斗才刚开始，大家都等着你带领我们去冲锋陷阵呢！”钱军的眼里有些发热，声音变得微微颤抖。

高福眯眯一笑，没有说话。

分手就在咫尺之间，但仿佛远隔千山万水。这一刻，钱军是沉重的。高福其实也不平静，他感觉自己从事病毒研究半辈子，唯这一次有些粗心大意了——毕竟这儿不是国内，也不是英国的牛津和美国的哈佛，这里是落后著称的非洲，尤其是在死亡率超高的埃博拉病毒传染高发期的时候，稍不谨慎，谁都会酿成大错。已经有报道，美国医疗队员不幸患上了埃博拉，虽然被运回美国本土，但看到运回本土的那一刻全美上下惊慌失措的情形，就足够令身在非洲前线战斗的各队医疗队员们寒心：咋了，我们千里迢迢，远征非洲，冒着生命危险到非洲支援人家抗击埃博拉，可一旦我们不幸感染上了病毒，你们身在后方的人竟然把我们当作瘟神似的惧怕，甚至恨不得一焚了之……悲兮！

话尽管如此。其实与高福同一架飞机出发到塞拉利昂的中国医疗队中，还有两位特别的人物，他们便是随队医生柏长青和聂为民。所谓随队医生，就是专门负责队友的日常医疗健康的医生，也就是说，他们是中国医疗队员的“保护神”。当医务专家们的医务“保护神”，其本领不用自说，肯定一流。柏长青，52岁，在国内就是我军某三甲医院呼吸与危重症医学科主任，“身经百战”的老专家了。

“柏主任，你可是我们全队的守护神呵，我们的队员不能生病，也生不起病啊！”在出发的飞机上，队长钱军专门与柏长青有过一次对话。

“队长，如果让我保证让全队的人不生病我做不到，但我敢保证一旦有队员生了病，我会竭尽全力治好他的病。”

“行，我要的就是你这样的人！”钱军重重地在柏长青的肩膀上“揍”了一拳。

后来的事实证明，柏长青确实没有吹牛。了解柏长青底细的人都对他的自信表示肯定。这位当年在中国“非典”暴发时战斗在小汤山医院的功臣，曾经名扬一时，后来又多次执行部队高寒地带特殊任务，同样有出色表现。远征西非抗击埃博拉的任务本来没有他。“虽然我年龄大，但毕竟经验丰富些，部队有这样的任务，国家需要对付特殊疾病的人员，我当义不容辞。”他柏长青这样向领导提出自己的请战。

得到批准后的柏长青，为了实现“谁病倒了，我就要把他治好”的目标，这位52岁的老兵在出国前就为全医疗队准备了24个医药专用箱，选备了500多种药品以及监护仪、呼吸器等设备。最关键的是他与聂为民医生一起制定好了几十种可能遇到的病情的上百种治疗方案。发烧、疟疾、呕吐等热带地区的常见病、传染病是他们研究制定方案的重点。然而，此次他们面对的是目前世界上没有特效药物和医疗方法的埃博拉病毒传染。党中央、习主席要求中国医疗队的“零感染”之难度可想而知，显然“零感染”是个高难度，而感染以后要治好却是更高的难度之难度！

“当时高院士发烧时，我们已经听说一个非常严酷的现实：曾在国际著名杂志《科学》上发表埃博拉论文的6名署名作者，其中有5人因感染埃博拉而死亡，其中不乏塞拉利昂的首席医生。在我们已经到达塞拉利昂后那位被指派给我们检测队送标本的司机也因感染埃博拉而死亡，还有作为塞拉利昂卫生部与我们医疗队联络的联络员蒂莫西也因感染埃博拉而死亡……如此严重的情况，我们不能不高度警惕高院士发烧的病情，但我相信我们中国医生有办法、有能力让自己的队友能够挺过来！”柏长青的这个有办法、有能力让自己的队友能够“挺”过来的“挺”字很有力量。

队长钱军曾经这样评价柏长青的这个“挺”字：它代表了中国医生、中国军人的坚强自信和信仰，以及不惧任何困难的意志。

“当然，任何疾病和病毒侵袭时，患者自身的抵御能力最关键。”柏长青这样说是有绝对道理的。

面对埃博拉病毒，专门从事病毒研究的高福院士这回遇上了自己如何战胜“病毒”的要命课题了。

现在他在隔离室。

所谓的隔离室，其实就是平时医疗队员们自己居住的“蜗室”临时改造而成的。“疑似者”被告知，在隔离期间不允许擅自走出这十几平方米的“蜗室”，吃喝拉撒都有人负责着……独立与自由惯了的院士很不习惯这样，但必须遵守。这也是他在出国前就给援助西非抗击埃博拉医疗队制定的预防措施之一。教人与自我管理，尽管同样的内容，但体会绝不一样。高福这才感觉自己当时制定的每一项预防措施是那么“不近人情”。想到这，他笑了。

那笑是在黑暗中……他嘲讽自己笑得那么阴奸。可不，现在轮到自己也跟着倒霉了！

独守蜗室，做得最多的三件事是：第一件事是喝水，大口大口地喝水，这样可以压火——这是在小时候生病时母亲教的一招，现在竟然也用上了。从中医角度讲，感冒发烧时靠大口大口的喝水就是能管用。高福觉得自己的母亲具有世界上最高超的“医术”。第二件事是猛吃板蓝根和白加黑，这也是中药，通常治疗发烧感冒之灵药。现在是加倍吃这些药！第三件事是手不离体温计。按规定两小时测一次，这两小时测一次是需要“上报”的任务，但“不怕死”的高福自己其实一直悄悄在进行着每一小时测一次的“战斗”……为啥？只有他自己知道。

“在那种情形下，你真碰上了发烧，能不担心吗？所以我也是人呀！”事后高福这样说，“一小时一测，是格外在乎自己的身体变化。”

隔离的第二天，早上输液两袋。高福的体温测试结果是37.4℃，属偏高；

上午9时，我驻塞拉利昂的赵彦博大使来探望。此时体温测试结果是37 .8℃；

为了万无一失，再一次对高福进行了埃博拉血清检查，结果呈阴性！但是在非洲不仅仅有埃博拉的威胁，为此，钱军队长命令对高福院士又进行了：基孔肯雅 IgG 抗体；流感 A&B 病毒；伤寒、副伤寒 IgM/IgG 抗体，基孔肯雅、流感均进行了监测，还是阴性。

中午：体温测试结果：39℃！

此时的高福真有些紧张。这个时间段还出现这么高的体温，这显然接近“埃博拉病毒患者”的体征特点。但真正感到紧张的是中国医疗队上下。“院士高福出现连续发烧症状”的绝密电文，随即通过我驻塞国大使馆传回祖国，到了国家卫生计生委主任办公桌上，很快又进入了中南海……

“密切关注，必须确保我院士安然无恙！”祖国的命令迅速传回塞拉利昂中国医疗队所在地。

“怎么样啦，院士同志？”医疗队领导通过对讲机询问隔离中的高福的次数越来越频繁，而且每次声音的温柔度都高了许多。

“还行吧……就是有些呕吐……”

这还了得嘛！埃博拉病毒感染的两大特征——发烧、呕吐他全占了！这就意味着……快快，快给他打点滴吧！用抗生素！加倍量的抗生素！在全球无应对埃博拉病毒药物的严重关头，唯一可以压制一切发烧与呕吐现象的便是传统的做法：用加倍剂量的激素。

解放军302医院的柏大夫、聂大夫和吴护士长三位大员被紧急调往高福的隔离室，实施紧急抢救方案。

“一定要用这玩意儿吗?”高福虽然体温越烧越热，但脑子还是清醒的，他太了解抗生素对人体的影响，于是当医生的针管对着他的胳膊时，他突然犹豫地问。

吴护士长用温情而坚定的语气答复他：“这不是你给我们医疗队员们一旦遇到特殊情况时所制定的方案之一吗?”

“这倒是。”院士只得苦笑了一下，然后斜过头，闭上双眼。

当夜，高福像掉进了十八层地狱一般，一夜没醒过来。第二天凌晨醒来时有些昏沉。他端起床头柜上的水杯连喝了两杯水，又躺下眯盹了近一小时。等再醒来时，头脑似乎轻松和清醒了许多，但浑身乏力，仿佛大病一场。

清醒后的第一件事他想到了测试自己的体温：这个最关键！

37.5℃！

高福一看这个数字，大为激动：好兆头！我说不会有事嘛！我要有事，这不让天下贻笑嘛！

这么一折腾，一兴奋，又迷迷糊糊地睡了过去。待再醒来时，已经是阳光高照的大清晨了。

“院士同志，请报你的体温……”吴护士长已经站在门口。

“OK！”高福赶紧从床上起身。

“昨晚感觉如何?”吴护士长甜美柔和的声音，总让人像喝了口上等咖啡那样舒服。

“太美了！出国这些天从没有昨晚睡得舒服……”高福伸伸懒腰，说。

“太好了！这证明你在恢复体力。”

“我也这么感觉。”

“37.1℃……值得庆贺！”吴护士长拿着体温计，格外高兴。

高福得意地说：“我命好！”

吴护士长的眼睛红了起来："你这两天可把我们吓坏了！"

"是吗？"高福觉得很意外，"不就是感冒发烧嘛！"

"要是普通感冒发烧大家才不会这么紧张呢！可在这埃博拉传染中心点，你又是大院士，要真有三长两短，还不把大家吓死呢！"吴护士长说着说着，竟然抽泣起来。

"唉护士长你可别这样……千万别！"高福着慌了，竟不知所措。

"没事！"吴护士长破涕为笑，"你没事，我们大家就都没事了！好好休息！你是大院士，绝对再不能出任何意外了！听话呵！"

说着，一阵风似的消失在高福的视线之外。

这一刻，高福内心突然涌起一阵前所未有的感动：是啊，我这一发烧，全医疗队上下不知紧张到啥份儿上了……

这一天是高福发烧后的第四天，根据体温测试结果，医疗队领导决定他可以下楼吃饭了，也就是说暂时结束隔离，待观察。

下午和晚上，3次体温测试的结果为：35 .3℃、35 .1℃和35 .3℃，两次血压分别为107 /68mm、108/70mm。

中国院士在非洲抗击埃博拉战斗一线发烧病危的情报解除，不仅让中国援非抗击埃博拉医疗队松了一口气，也让整个西方世界新闻媒体在抗击埃博拉行动中少了有关"中国问题"的一个新闻点。但无论谁都不紧要，体会最深的是高福院士自己。

"在整个过程中，我有不可回避和饶恕的三'吹'：一是在国家领导面前把抗击埃博拉的任务'吹'领了回来；二是刚出国就在飞机上把抗击埃博拉的知识就'吹'了起来；三是不该在开会时用电扇直对着自己吹风，这一吹让自己犯了不该犯的专业性错误……"高福院士在自己的"日记"中幽默而严肃地做了一下自我批评，尤其是第三"吹"，他在我采访他时仍然念念不忘检讨。

"院士一旦出事，可就闹大了！弄不好是'国际新闻'！这个我当时真还没有想到。哈哈哈……"原来高福院士显得特别年轻，因为他本质上就是个"长不大的顽皮男孩"。

阿弥陀佛。院士平安无事！这对援非抗击埃博拉的中国医疗队来说，实在是件太大的幸运之事了。

其实我还了解到：就在高福院士连续发烧39℃时，远在万里之遥的祖国心脏北京的中南海，曾经预定了一个特殊方案——派一架改装的飞机将院士接回北京，但由于当时面临两个最要命的问题：一是去接他回来的医务人员如何处置？二是谁去接替他在抗非第一线的病毒研究医学任务？但这似乎还并不是领导最后选择了放弃派专机去接院士回来的方案的关键。最关键是，假如院士真的患上了埃博拉病毒感染，那么在飞回祖国的20多个小时里根本无法保证他不出意外，因为真的埃博拉病毒感染者基本上都在病发的一两天内死亡……假如，假如院士也出现这种结果，他的问题另说，飞机上的其他人员又该如何保证不感染上呢？要真是这样，这架飞机该飞到何处？落在何处？着地后又如何处置？

这是无法想象的现实！领导最后不得不向前方发出“必须绝对保证院士安然无恙”之字样的命令。呵，多么无奈，多么痛苦的抉择。

老天给了高福的大命！

8 “中国P3”，棒棒哒！

医疗队的同志后来告诉我，高福院士之所以高烧病倒，这跟当时他和检测队队友一到塞拉利昂后连续忙碌，准备正式接收埃博拉临床病毒标本检测工作有关。

当时塞拉利昂的埃博拉传染暴发情况极其严重，每天成百上千人被怀疑感染，而感染者的死亡率则直线上升，全世界都为这里的疫情感到不可思议和担忧。如何阻止瘟疫传染，其中最主要的一点是迅速诊断那些发烧、呕吐现象的疑似患者到底是否真的是埃博拉感染。而当时能够检测出埃博拉病毒感染的医疗机构没有几家，而且基本上是清一色的如美国、法国、英国等发达国家的医疗机构。

“我们中国是非洲人民最好的朋友，现在他们到了最困难的时候，我们就该尽自己的所有力量援助他们……”国务院副总理刘延东在动员会上代表中国政府向全世界发出了庄严的承诺。

医疗队伍，我们派出的是国内最棒的传染病专家和医疗人员；装备，同样尽其所能。“P3”移动检测设备是公认的世界一流的传染病毒检测仪。美国人在西非抗击埃博拉战斗中捷足先登。中国政府毫不含糊，毅然决定将自己仅有的两台“P3”移动检测设备之一，运到发生埃博拉最严重的塞拉利昂。庞大的移动设备，需要超大型运输机才能装载，中国政府特意从俄罗斯租借了一架大型运输机。

2014年9月28日，钱军、高福等五人小组决定，此日起中国检测队运用自己的“P3”设备，正式接受埃博拉病毒疑似临床病例样本的检测。

“你们——谁要有想法，现在可以向我提出来。”早饭之后，8名检测队员列成一排，最后一次接受队长钱军的询问。

挺胸昂首的队员们没有一个吱声。

“上一次检测标本是别人对我们的考试。今天不一样，今天是我们检测队正式进入实战。”高福院士站在钱军身边，说话拉着腔调道，“有惧怕心理很正常，人嘛，去见鬼谁不怕！但我们是检测队员，是中国的病毒检测专家。心里有怕，就会影响工作，所以谁都不能有惧怕心理。钱队长说了，现在还来得及，如果你们有些紧张，那我先进去做个示范……”

“不行，我们去！你不能去！”想不到，8名队员突然这样齐声回应高院士。

“院士同志，你这么大年岁了，还是让小伙子们去吧！”钱军朝院士阁下揶揄了一下，再次向队员们喊话，“谁有想法，立即出列！”

“没有！”全体检测队员用气壮山河的两个字回应道。

“好！现在我正式宣布检测队党支部的决定……”钱军念起名单，“鲁会军、孙洋出列！”

“到！”鲁会军、孙洋出列。

“你们俩的任务是：进入设备，完成处理样本和提取核酸！”

“是！”

“户义、邓永强出列！”

“到！”户义、邓永强出列。

“你们的任务是：接收样本，完成核酸检测！”

“是！”

“有没有完成好任务的信心？”钱军突然提高嗓门，问道。

“有！”鲁会军、孙洋、户义、邓永强仿佛使出全身力气，异口同声道。

“好，准备战斗！”

“呜——”上午10时30分左右，伴着一阵由远而近的警笛声响彻中塞友好医院的每一个角落，中国检测队在塞拉利昂独立检测埃博拉疑似临床病例的战斗正式拉开帷幕。

“投入战斗！”指挥车上发出命令。

“是！”鲁会军、孙洋、户义、邓永强4人立即按照规范要求，先套上棉质内胆衣，再穿上全身防护服，又在外面罩上一层手术衣，并且戴好口罩。两队一组的战友相互帮助戴好头罩，系紧挂在腰际的动力送风系统固定装置后，才各自完成最后一道穿戴程序——戴上双层手套。随后，4个人列成单队，雄赳赳气昂昂地径直登上“ P3”移动车。

设在P3移动车一个拐弯处的取样口，鲁会军他们看到在距他们十几米外的隔离带后面，几十名中国医疗队的队友们簇拥在一起，一个个向他们伸出大拇指：加油！

战友们的无声援助，令鲁会军他们内心充满着感激与温暖。

P3移动车是个全封闭的装置，唯有取样口留在不用摄像探头便可以观察到的一处空间。因为是第一次“见识”P3移动检测实战情形，没有在值班的中国医疗队友们都站在隔离带外面的地方，全神贯注地看着户义与塞方送埃博拉病例样本的卫生人员进行取样交接过程……

现场有些令人好奇：取样口是个临时搭建的木头棚，里面只有一张横放着的折叠桌，算是送样人和接样人的分界线。送样人是个看上去20来岁的小青年，还算帅，小伙子除了戴一口罩外，没有任何防护。倒是他身后站得笔挺、穿着西装革履的司机格外引人注目。

“现在可以按照程序送取了！”指挥车上发布命令道。

这时，只见户义上前用英语告诉那位送样的小伙子将病例样本放在桌子。对方照此放下手中的样箱。户义则轻轻打开样箱检查一遍见无异议后，再一一进行消毒。一旁站着的邓永强则轻轻将桌上的样本拿在手上，转身缓步送到P3车的传递窗口。此刻，他身后的户义马上提起喷射器，沿着他和邓永强走过的路线上一路喷洒消毒液……

这时， P3移动车外面的人已经无法看到车内的情况。唯有指挥车内的监控器屏幕上能够清楚地看到P3车内的任何画面。

“不许出声！”狭窄的指挥车内，这一刻挤满了人，有队长钱军，副队长孙宇，指挥组长刘文森，技术保障组长王承宇，还有检测队员杨帆、张晓光等八九个人挤在一起。副队长见钱军马上要给车内的检测员下达命令时，用手势示意身边的人。

“那确实有点惊心动魄！”事后，副队长孙宇感慨道，“28日之前的所有时间里，其实我们都做好了同埃博拉病毒战斗的准备，但还是没有真正接触过埃博拉病毒。现在不一样了，是真正的埃博拉病毒样本放在我们战友面前，得去‘亲密接触’它……这可不是闹着玩的。说是检测样本，其实真的是在玩命呀！”

谁说不是玩命？谁又能说这就是玩命？

“检测病毒临床样本，是防治埃博拉感染的最重要的第一个关口，你要防治，你就得知道谁到底是真正的感染者，谁又不是真正的感染者。所以从某种意义讲，P3检测出的结果是与否，其实就是生者与死者的分界线。”高福院士这样对我说。

P3车内最危险的样本灭活工作开始了！

只见实验舱内的鲁会军轻轻打开样品盒的一瞬间，眼睛突然抬起来看了看一旁站着的孙洋……两人目光对视，显然碰到了意外情况。

怎么会这样啊！钱军得到鲁会军他们的报告是：原先确定的第一天中国检测的病毒样本是10例，结果现在鲁会军他们看到的是整整24例，多出一倍多！

“怎么办？继续检测还是……”鲁会军等请示。

“考试过了，现在又压我们任务，这太不像话了！”指挥车内有人吼起来。

“别这么理解！”钱军立即举起右手摆摆，平静地说，“或许塞方卫生部也是实在没有办法，希望我们中国检测队多干些活。现在人家整个国家处在生死存亡时刻，也可能是不得已……”

钱军的话让指挥车内沉默了下来。他的话是有道理的，后来证实，那些天塞拉利昂的疫情直线上升，诊断疑似患者的量成几倍、几十倍地增长，检测任务异常繁重。所以当中国P3移动实验室可以正式工作了，对塞方而言是天大的喜讯，于是就有了本来第一天给中国检测队10例样本检测，结果一下送来了24例。

“其实我还想让他们送48例来呢！”塞方卫生部长后来竟然向中方这样解释道。

“消除干扰，开始检测……”钱军向P3舱内发出命令。

“明白。”鲁会军和孙洋点点头示意。现在，指挥车内的监视屏幕上，可以通过P3舱内的移动探头，清楚地看到鲁会军他们检测操作的每一个细微动作。

灭活开始！只见鲁会军先与孙洋一一验证采血管上的患者信息，然后再装入灌满84消毒液的离心管中进行水浴灭活……两人动作缓慢，却配合默契，一切皆按事先设定的规程有序地操作着，这也让指挥车内的钱军和同事们悄悄舒缓了许多。

“有情况！”突然，屏幕上出现鲁会军的双手在微微颤抖……一个意想不到的险情凝固了车内车外的所有现场的空气：原来，鲁会军在处理最后一批血液样品时，竟然从样品盒中拉出一条带针头的输液管！

这太危险了！那针头和血液毫无疑问就可能是一个烈性埃博拉病毒体！通过血液和体液传播的埃博拉病毒体如今就在鲁会军他们的中国医疗队员面前，稍有一丁点儿不慎，就意味着可憎万恶的埃博拉病毒便可能直接传染到鲁会军他们体内……这是前所未有、直截了当、近在咫尺的与埃博拉病毒的“最亲密”接触，千万千万小心呵！

指挥车内的所有人的心一下都吊到了嗓门口。

“队长，是否中止实验？”检测组长刘文森按照检测规程中相关“意外情况”处置条例，向钱军紧急请示。

钱军没有开口，只是轻轻地摇摇头。

“继续！”

舱内的鲁会军做了一个深呼吸动作，继而手持镊子，小心翼翼地将输液管轻轻地从样品盒中抽出，连带那个令人毛骨悚然的带血的针头，一起塞进一个装有消毒剂的废瓶之中。很快可以从废瓶的外观看到消毒液内的“埃博拉”由红变淡，直至丧失原本的模样，化为一片被消毒液解的脏水……

“OK！”指挥车内轻轻地响起一声欢呼。钱军忍不住抓起电话，直接跟鲁会军他们说话：“好样的！怎么样，身体坚持得了吗？如果需要换人，我们马上组织第二梯队上……”

得到的回答是：“没问题，我们可以坚持到底！”

下午2时许，24例样品，在鲁会军和孙洋的并肩战斗下，全部完成检测。至此，两人在负压舱内已经连续工作了3个多小时。

另一组执行核酸提取的户义和邓永强，则显然比较顺利。两人带着第一批核酸样本走出P3车舱时，守在移动车旁的队友们激动得连声欢呼。

P3舱内的灭活与提取，前后5个多小时，在负压状态下，又穿戴几十斤重的防护装置，通常情况下即使一动不动，平常人能够坚持一两个小时也需要非常坚强的意志和健康的身体素质。检测队员们就是在这种环境下，与一个个“埃博拉”进行生死较量。

这一天走出P3舱的鲁会军、孙洋、户义和邓永强，着实为后续队员日后参加检测战斗提升了信心和可贵的借鉴。

“一个体会：埃博拉它不是娘养的！老子非灭了它不可！”在休息和恢复了近两个小时后，鲁会军向前来取经的队友们恶狠狠地说了一句话。

走出P3舱并不意味着检测任务就此完成，在对核酸进行PCR验证后拿出CT值、鉴定出样本的阴阳性医学判别报告方算检测完毕。中国检测队对第一天的检测过程及结果异常谨慎细致，在鲁会军他们结束P3舱内的灭活与提取程序后，又集中专家组对核酸进行了反复的PCR检测对照，最后得出CT值为：24例样本，17例阳性，即确诊为埃博拉病毒，5例阴性，另两例处在灰度区，也就是说可能是埃博拉病毒，也可能不是。在埃博拉暴发期的样本呈阳性的比例特高，反没有让中国检测专家们感到意外，相反这两例灰度区的样本令他们格外吃惊：“在我们手里，绝不能出现任何哪怕是半例的误判！”钱军说。

从科学的角度讲，阴阳之间有个“缓冲地带”，是允许的。但对我们中国医疗检测队所交的卷子来说，是绝对不允许的。我们必须做出判断！技术分析汇综会上，院士高福必须做出权威结论。

“看你今天的底气不太足啊！是不是身体不舒服？”高福连连干咳了几声，引起钱军的关注。

“没事。”高福一声“没事”，也就再没引起大家的其他猜测。然而此时的院士其实已经有些病状，只是他自己根本没有想到“强健”的他会有啥问题。后一天夜间开始，高烧便向他袭去——前文已有详述。

“我们是中国检测队，中国的P3检测报告，一定要是板上钉钉！所以我们手下检测出的每一份样本都必须给出分毫不差的结论，这既是为了我们中国检测队和中国P3设备的荣誉，更是对兄弟的非洲人民生命的极端负责……”钱军的话语调并不高，但字字掷地有声，强烈地震撼了所有中国检测队员们的胸膛。

“队长说得对。即使干到明天天亮，也要把最准确的结果做出来！”

“好，我们马上分组进行不同的复检……”

队员们摩拳擦掌，立即重新投入了战斗。凌晨时刻，2例处在灰度区的样本终于有了最终的结论。

“同志们，我要告诉大家两件事……”黎明时分，蜷在指挥车上已近20来个小时的钱军，突然站起，高声道，“第一件事是：我们第一天完成的检测样本呈阳性的数量占塞拉利昂首都和西部地区所有检测阳性的一半，也就是说，我们为水深火热之中的塞拉利昂人民逮住了疑似患者中一半的‘埃博拉’！第二件事是：我们中国公共卫生专家第一次成规模、成建制地在异国他乡跨洲际执行疾病防控任务，依托完全自主知识产权的P3移动式生物实验台，利用我们自主研发的检测试剂盒，成功检测出了我们国家从未接触过的埃博拉病毒原体！鲁会军、孙洋、户义、邓永强、杨帆、张晓光、曹玉玺、苏浩翔，你们的名字将被铭刻在中国的医学史上！你们创造和体现的就是我们常说的‘中国制造’‘中国标准’‘中国速度’‘中国精神’！我要代表全体中国援非医疗队向你们8位功臣致敬！”

“中国万岁！”

“祖国万岁！”

队员们簇拥在钱军的身边，个个热泪盈眶，三呼“万岁”……当中国检测队的同志们给我讲述这一情景时，尽管没有在现场，我依然被深深地感染和感动。

平常我们所说中国精神、民族精神、时代精神，不就是这些吗？不就是这样的人创造和建立的吗?!

9　战斗正式打响

我们这些普通人并不会知道埃博拉病毒竟然会与世界上最残酷的战争平起平坐，这是因为埃博拉病毒具有了比人类通过最先进的科技手段制造的“生物细菌战”还要厉害的病毒袭击能力。

所以从埃博拉病毒冒出来的一开始，就让国际上那些对战争怀着狂热兴趣的国家兴奋起来，他们倾尽力量，想方设法进入病毒高密传染区，打着“支援非洲”的幌子，在公开和秘密地进行着各种实验与试验……战争的成败，在于谁首先抢占了制高点。

抗击埃博拉病毒袭击便是一场异常残酷的战争。谁首先占领了遏制病毒传染和治疗感染者的制高点，谁就是今天和未来的霸主。

因为埃博拉病毒的特殊之特殊，危险之危险，所以抢占遏制它的凶恶传染与治疗它的感染者，是所有参与这场“特殊战争”的各个国家和组织都想实现的根本目的。

“中国？中国也来了？他们就不害怕有人将埃博拉病毒带回到他们的13多亿个同胞中重演10年前‘非典’那样的灾难吗？”当某些国家听说世卫组织邀请了中国医疗队也来到了西非后，带着明显的嘲笑口吻如此议论。

于是也有了——你们中国医疗队能做什么呢？检测病毒？你们怕没有这样的技术和设备吧！

你们也有P3移动检测设备？过得了关吗？

于是也有了前面的一次次试探性的“考试”。

后来，中国检测队技术和P3设备都过关了！他们依然不信，跑过来亲自观摩，结果傻了眼：你们中国的P3装备竟然比我们的还要强呵！

于是他们在非洲人面前怂恿：中国人行，你们应该要求他们大大地加大检测量。

于是有了总统先生亲自一次次跑到中国检测基地，友好而高度认真地向中方提出五倍、十倍于中国检测队实际能力的检测请求。

"他们答应了吗？"

"答应了！"

"他们真的能完成那么大的检测量吗？"

"是，几乎是我们其他几个有检测能力的国家的检测总和……"

"上帝，他们又露脸了！"

那几个自认为"老大"的西方列国在不远处的阴暗角落边有些晦气地议论着。

治疗埃博拉病毒感染者绝对可以难倒中国人！他们根本不具备这种能力！左右世界许多机组和领域的西方"权威们"不相信中国医疗队，更不想让中国医疗队露脸。于是又有了"体面"而暗藏玄机的安排——你们中国医疗队可以成立留观医院，参与埃博拉病毒感染者的初级治疗。

留观？留观是何意？就是收留那些还未正式确定、但须观察36个小时或72个小时的疑似感染者的医疗过程。

埃博拉病毒传染什么时候最可怕？当然是已知感染者！

已知感染者十有八九得接受死亡的命运。然而，对活着的人来说，更为可怕的是：你活在可能是又可能不是的埃博拉病毒感染之间；或者说，你好好的一个人，却被无数隐蔽着的真正的感染者包围着、攻击着……这才是真正可怕和最危险的境地。

有人再一次对中国"厚爱"，分配给了中国医疗队建一个"留观医院"——专门为收留那些各地送来的埃博拉病毒疑似感染者而建的一个医疗"中转站"。

这样的"毒任务"落在专治"毒病"的中国人民解放军302医院身上。中国人都知道解放军总医院——301医院，却并不太熟悉与301医院"近邻"的302医院。北京人熟悉这个医院，大概就是十多年前的那场"非典"大仗之中。那场北京人包括中国人都没有遇到过的特大瘟疫“非典”袭击北京时，北京所有的著名医院一时间几乎全部瘫痪，唯有302医院独树一帜，寒风中傲立于巅峰之上。在举国上下，无计可施，瘟疫日益猖獗之时，是302医院的一位姜素椿老专家挺身而出，用自己已被感染的“血清”拯救其他患者，让处在疫情深渊的中国人仿佛看到了一丝希望，并为之一振。更光辉的篇章是，302医院在小汤山一役打得凶残一时的“非典”病毒落花流水。

“非洲人民需要我们，习近平主席信任我们，现在就看我们了！”302医院在接受中央军委关于派整建制军方医疗队赴非洲援助抗击埃博拉战斗的命令下达后，我军唯一的一所传染病医院的将士们，争先恐后报名参战。最后确定第一批赴西非抗击埃博拉整建制现役中国军人医疗队员为30名，另加队长李进。

巴中汉子李进，别看他个头不高，却是位“年轻的老资格传染病著名专家”。2003年，他因为在“非典”战斗中表现突出，被评为“首都防治‘非典’先进个人”。过去的10年里，国家每一次出现疫情，“让李进去”，似乎成了部队首长口中的一种习惯。这回他是中国援助非洲抗击埃博拉的军方“最高长官”——“其实跟打仗时的营长差不多，一旦有攻克阵地战什么的，我就是第一个冲出战壕、喊着‘同志们，冲啊’的那个人。”李进自己说。

这回与埃博拉战斗，情况大不一样。真的比打仗还残酷？

当然。不用回避的一个事实：有医院的人听说要被派去到非洲埃博拉疫区时，当场就吓哭了。谁不怕死？医生其实是最不怕死的。但医生也是人，医生相对要比一般人不怕死。但感染上埃博拉病毒也令人恐怖：五窍出血，还会变成僵尸……他们医生就不怕？

“如果真有一个人回不来，我李进就留在非洲和他做伴。”这是302医院医疗队临出发时，作为队长的李进这样当着战友和战友的家属及首长们如此说。那天，李进的家属其实也在场。

医疗队出发前的中央电视台新闻里，每天都是西非埃博拉引发成片成片的非洲人死亡、全世界都在恐慌的镜头。谁在这个时候去非洲，去埃博拉传染疫区，又在无任何特效药物和陌生的地方去抢救医治埃博拉病毒传染患者，危险与死亡似乎不言而喻：医疗队去非洲，是近乎去“送死”的同义词。

就这样走了。

李进带了30位穿迷彩服的男男女女。出征是悲壮的，从未有过的悲壮——无论是首长，还是医院领导，以及战友和家属心里，谁都没有底。在遥远的非洲，谁也无法把控已经疯狂了的埃博拉，它早已是比魔鬼还要凶悍百倍的瘟神，每时每刻都在不同地方，张着血盆大口，吞没着成百成千的生命……

祈求苍天保佑。但中国军人似乎从来就不相信神的“保佑”。他们只相信自己就是神。

他们其实就是神——不让敌人得胜的战神！

不惧困难，不惧死亡。一往无前，唯有取胜。这是军人的风采与本色。

现在他们在遥远的非洲碰到了特殊之特殊：指挥权似乎并不在自己手里，又必须做出独立的作战方案。“留观”固然重要和必需，但在抗击埃博拉的主战场上，这“留观”变得有些不轻不重，弄不好反而惹出大麻烦：传染了不该传染的人群，甚至连自己都成为了埃博拉病毒的俘虏与陪葬者。

“既然这里并不是我们自己说了算，那么我们就应该首先自觉地服从，尽一切力量把分内的事做好、做得别人挑不出毛病，而且要确保我们全队‘零感染’的基础上，我们才可能有更多的作为。说得再明白一点，就是我们先要把留观的事做好，再等时机和条件成熟时，直接收治埃博拉患者，争取更多地拯救非洲兄弟姐妹们！”队长李进，到了非洲的塞拉利昂弗里敦抗击埃博拉战斗现场，他的每一句话就是全队的最高意志和必须服从的命令。

抗击埃博拉的现场战斗，比出国时想象的要复杂得多。这之前大家的思绪集中在对埃博拉病毒本身的恐惧，然而到了非洲，到了弗里敦才发现，真正投入抗击埃博拉战斗时，同样可怕的是：穷和落后的西非国家有许多你想象不到的事横亘在面前令你左右不得。

比如前者。不说中国医疗队到了塞拉利昂首都机场后，还要进行一整天蚂蚁搬家式的“运输大行动”，单看看那个全塞拉利昂最好的医院——中塞友好医院，此刻人去院空，杂草丛生，满地皆是污秽物和易传染的脏乱环境。最要命的是，该留在这里的塞国医生死的死、亡的亡，剩下的基本上都已逃之夭夭。

你想在此安家落户，一切就得靠自己动手。

于是，队长李进召开现场紧急会议，下令“分头行动”：后勤保障小组，全力安置医疗队的“家”，并且保证出行畅通无阻，因为在异国他乡确保战之能胜，首先得熟悉环境，筹足“粮草”；医疗技术小组，集中改建一所埃博拉留观医院，这是中国医疗队远赴非洲来的根本性任务，决定其命运所在。

后勤保障小组的小伙子们忙得四脚朝天，三天三夜连续奋战，靠头顶手抬外加双肩扛，随机带去的50余吨物资就这样安然入库。谁都不曾想到，平时医院里最没人待见的司机班，这回在非洲大地上他们竟然最先给中国医疗队露脸——

“China, Good!”“China, Good!”

当地民众给中国医疗队最先发出欢呼的是冲着那些喷绘着鲜艳的五星红旗和用中英文标志的“中国人民解放军援塞医疗队”的车队。

“这活干得漂亮!”队长李进开心地向司机班的战友们伸出拇指表扬，点赞。

别小看了司机班的这些“小创意”，它可一下将中国医疗队亮相在了兄弟的非洲人民面前，让正饱受埃博拉之苦的疫区百姓看到了希望。

“司机大邹”，真名叫邹庆伟，是医疗队里的司机兼大厨，长得高帅，又是老兵，所以男女战友们都管他叫大邹。刚到人生地不熟的非洲，有轮子的汽车和会说英语的人，可是最吃香的“货”。大邹两样都占了。整天开着猛士越野车，在辽阔的非洲大地上奔驰，用不着控制车速与道路上的红绿灯——因为整个弗里敦就没有交警与路灯，无边无沿的大地就是路，只要你愿意，即使是一百辆车并行也无妨。大邹开着猛士越野车那个爽是真格的叫爽，当然他是为初来乍到的医疗队不停地奔忙。几天下来，猛士越野车被整趴下了：小管爆裂，动弹不得。大邹急得满头大汗：队长李进要求“留观医院”建设一刻也不能耽误，早一天就可以多拯救一名饱受埃博拉折磨的兄弟姐妹的生命。其次，医疗队几十名战友每天吃喝拉撒也离不开他大邹的这辆四腿“猛士”哟!

“走，我们一起去找找有没有汽车配件店!”大邹拉上队里的翻译上了另一辆小车，就往弗里敦中心走。他们走大街串小巷，好不容易找到一家黎巴嫩人开的配件店。

突然，几位持枪的警察跑步过来，指着大邹停在店门口的车子，又摇晃着手中的枪，不停地嚷嚷着什么，神情显得格外紧张。

塞拉利昂人说的是英语，但浓重的本地口音英语，即使是训练有素的专业英语翻译也并非能全听懂。一心想着医疗队工作受阻的大邹，一见塞方警察如此来头，急中生智，一边比划着他开来的那辆车身上的中国五星红旗和英文标语，一边不停地从嘴里蹦出“ China”（中国）“EboLa”（埃博拉） “Car”

（车）“Bad”（坏了）等单词，如此与荷枪实弹的当地警察周旋。

原先紧绷着脸的弗里敦警察开始渐变平静，最后竟然满脸笑容，雪白的牙齿也露了出来，连声“OK”“China”！

“大邹你真行，刚才差点把我吓坏了！”看着远去的当地警察，随行的女翻译转身悄悄对邹庆伟耳语道。

“有啥吓坏你的么？”大大咧咧的大邹不明其意。

“真傻还是假傻呀？”女翻译嗔言，“这里的警察是绝不允许有人将车子停在街头的……他们这里发生的多起恐怖事件，都是汽车炸弹干的。你这车子停在店门口，他们就特别警觉！”

“妈呀，我差点被当成恐怖分子了！”这回轮到大邹出了一身冷汗。

在陌生的非洲，有许多陌生的事情出你所料。大邹的“奇遇”毕竟小事一桩，然而中国医疗队所遇的困难可就比这大得多。

同机抵达的检测队钱军他们，不仅在短短的几天内通过了“国际大考”，而且投入正式检测之后的效率与检测水平令原先那几个西方国家的同行们反过来“学习”“取经”。现在轮到李进他们的援非抗击埃博拉主力部队出击了，因为这个时候战场上又吹来一阵阵“阴风”，说什么中国医疗队是来摆摆架势的，缺乏接收和治疗埃博拉病毒患者的能力。“他们干的是‘留观’……留着他们观察观察再说。”这话带着某种蔑视的声调再放出来，在中国医疗队李进他们听来，绝对不比埃博拉病毒对人的杀伤力小。

“好吧！那就让他们看看我们能不能在这非洲大地上留得住！”李进把“形势”跟队员们一讲，立即引来群情激奋，大伙个个摩拳擦掌。

打仗需要战场。“留观医院”是中国医疗队抗击埃博拉的第一个特设的战场，它将令全世界人恐怖的埃博拉病毒引入“瓮”中——中国人早在两三千年前就有了“瓮中捉鳖”的本领。今天，在遥远的非洲，中国医疗队员们将运用祖先发明的战术，与埃博拉病毒展开一场生死决战。

完成改修建一座埃博拉“留观医院”是中国医疗队进入塞拉利昂的关键一仗。这等于战场上的阵地一样。有了它，才能见到“敌人”，才能消灭“敌人”。

然而，真要消灭阵地上的敌人，战士的钢枪擦亮没有？大刀是否锐利？也就是说，对中国医疗队来说，欲在一座完整的留观医院里“阻击”埃博拉，那么就必须有足够的人力——李进带的尽管是一个整建制的中国人民解放军医疗队，但毕竟只有30人。根据世卫组织对埃博拉留观医院的要求，仅这样的一个医院的保洁人员就必须不少于40-60人（中国医疗队预设的留观医院有40个床位）。而同样根据世卫组织的要求，这样规模的留观医院，还得起码配备40个护士人员。李进带来的中国医疗队仅有30人，都是专家和护士长级的骨干，其余的人只能向塞拉利昂政府要了。

“87个！总统下令后，我们才从全国各地抽调了这些人员。不可能再有了……真的很抱歉。”塞国卫生部长一再向李进和赵彦博大使解释。

只能如此。

问题是：这些塞方护士和保洁工，根本就没有预防埃博拉病毒传染的经验，甚至有的连起码的医务知识都没有。但像所有非洲穷兄弟穷姐妹们一样，他们都好客热情，在一起时他们喜欢唱歌跳舞，搂搂抱抱，而且年轻男女们又对性生活十分放纵自由。这些在中国人看来是最危险的病毒传染行为，非洲兄弟姐妹们才不管呢——事实上从来就没有人告诉他们上述行为的危险程度。

现在，中国医疗队为了确保留观医院的正常工作，确保所有中国医疗队员“零感染”和日后每天并肩战斗在留观医院的非洲兄弟姐妹们同样不被感染埃博拉，李进与总领队刘柳、检测队长钱军、副总领队高福等中国医疗队“五人”领导小组决定：利用修建留观医院之际，立即集中时间对87名塞方补充人员进行紧急培训。

“不过关的，一律不得上岗！”那时，高福院士其实已经“潜伏发烧”在体内，他这样要求中方培训人员，“为了以后的患者，也为了这87名补充人员，当然也是为了我们自己。”

动员会上，李进的话说得更严重：“高院士的要求，其实大家从刚到这儿看到的这座中塞友好医院空荡荡的现实已经明白什么意思了——医院内部感染是埃博拉狂獗的一个特别原因。就在我们这里，我们的身边，塞拉利昂一批最优秀的医务人员，就因为相互传染而死亡了，他们留下的只是夜深人静时飘荡在黑暗中的鬼魂的啼哭声……我不是吓唬大家，而是要让各位清楚：你的培训极其重要！假如有一个培训不过关，马马虎虎，就意味着我们整个中国医疗队、整座留观医院，甚至还会有更大的范围，在数日之后将面临一批批随时倒下的严重危险。你们听清楚了没有?”

“听清楚了!”有一个声音盖住了所有其他男人和女人的嗓门。

队友们笑了，是“铿锵玫瑰”护士长刘丽英。瘦高个，嗓门特大，战斗豪情冲云霄的刘丽英挺了挺胸脯，眼神一瞥:“咋啦，培训不好非洲兄弟姐妹你们谁愿意留在这儿当飘荡在半夜的鬼魂?”

妈呀!没有人愿意，也没有人敢哟!

培训开始。来的非洲年轻女人占多数，她们起初对中国“老师”教戴口罩、穿衣服、洗手之类的事觉得很好玩，嘻嘻哈哈的，甚至个别女生见了路过的英俊的中国男医生，一高兴就扑上前想抱一个、亲一下!

“NO!”负责培训的刘丽英、吴丹等立即瞪圆了眼睛，大声喝令。那声音挺吓人的，黑妞们赶紧往回缩。

洗手应该这样，口罩必须这样戴，衣服绝对不能这样穿……35℃高温下，刘丽英她们一次次手把手地教，一次次将11件防用品和36道穿脱流程来回传教，一个小时下来，两轮演示结束，当“老师”的刘丽英她们累得上气不接下气、嗓门出不了声，可塞国的年轻护士与保洁员们竟然我行我素，连起码的洗手、戴口罩都没学会。

“重来!”

“再来!”

一周教时后，刘丽英等中国“老师”们已经累得个个脱了相，结果考卷发下去，“学生”们没几个合格!

这样下去不等于自杀吗?预定的开院时间在即，进入“阵地”的塞方护士与保洁人员这等水平，怎不让刘丽英她们直抽冷气!

重来是必须的。再来10次、20次，直到学会、养成习惯、毫不出差错为止……最后是刘丽英她们自己被自己的耐心与坚韧感动了。

这是2014年9月下旬那些日子里的事。同一时间里，刘丽英的男战友们则投入了另一场硬仗——改建留观医院。

时间一周。对象:将前面被埃博拉彻底摧毁的“中塞友好医院”改建成适合接收埃博拉疑似患者的留观医院。

医院改医院，似乎并不复杂，但队长李进他们面对的是一座楼空草长的遗弃物——尽管在贫穷破落的弗里敦市区这座由中国人援建的建筑依旧显得别致和气派，但由于前面所发生的埃博拉袭击事件后，这医院已经在当地人心目中变成了“魔鬼城”，除了一个看门的看守外，没有人再敢到此造访。

现在，中国医疗队要将它改建成一座马上能接收埃博拉病毒传染患者的传染病医院，难度再次摆在李进他们面前。

“一天也不能再等了！”高福院士甚至直接批评李进他们行动太慢了，“这里每天大量的患者在等待接治，晚一天对他们来说就是意味死亡！我们没有选择，也不能选择。”“五人”小组会议上，高福院士用铅笔直敲笔记本，“你们是中国军人啊！遇到困难就得往上冲才是……”

李进一言不发。他才不会冲动呢！他是军人，他更清楚越在这个时候，越要保持冷静，冷静了才能对战斗做出正确的指挥，才能实现敌人亡、我军存的“零感染”目标。

“零感染”，你细想想吧！在如此猖獗的疫情暴风眼，几十个队员，又要工作，又要接触患者，又要手把手地带这帮不怎么讲规矩、守纪律的“徒弟”，怎么个保证“零感染”？万一出现了某一战友感染倒下了，永远留在非洲回不了祖国时，你李进怎么办？你真的像离开北京时所说的“陪”着倒下的战友永远“留”在非洲？你也许真的可以做到，可这样你战友的亲人就欣慰了？你李进的家人又该如何办呢？李进啊李进，此时此刻，冷静应对，智慧选择，毫丝不差地决策才是根本！

“现在，首要的是把眼前这座综合医院改建成传染病留观医院的最佳方案确定。方案科学了，规范了，我们下一步的接收留观才可能万无一失。”李进说。

“按照现有医院的实际情况，我们设计的改建方案是这样……”负责实施改建任务的医疗队医疗组组长秦恩强，是302医院感染性疾病诊疗与研究中心副主任兼科室主任，是国内有名的传染病专家。此刻，他拿出一个传染病留观医院“三区两线”的建设方案交给“五人小组”讨论。所谓的“三区两线”，“三区”指的是传染病医院通常划分的污染区、缓冲区（亦称潜在污染区）、清洁区。“两线”则指的是患者通道和医务工作人员通道。原来的中塞友好医院建筑结构是根据综合医院要求所建的。四栋二层小楼，供医疗所用的三栋楼在同一条轴线上排列，中间有一条长长的走廊相连，构成一个“王”字形建筑。显然不符合传染病医院的要求。这也就有了秦恩强现在的

“三区两线”方案。

“五人小组”一致同意这个方案。但等拿到塞方讨论时，差点被否决。

“你们既然来帮助我们，就请尽快接收患者吧！这个医院也是你们亲爱的中国朋友帮助我们建的，即使现在，它在我们的首都也还是最好的医院，何必还要那么大的改造工程呢？”医院的塞方院长卡努先生第一个站出来反对，他可是中国医疗队的老朋友，威望很高。“李长官，你能早一日接收患者，我就给你下跪……”卡努甚至这样对李进说。

“卡努先生，我充分理解你的心情，但你知道，我们是留观医院，也就是说，来到这里停留的患者他们中间有可能就是埃博拉病毒携带者。这样危险的传染者如果一旦在留观期间不给他严格的隔离区域和活动范围，他可能就到处乱跑，这就麻烦大了！我们的留观医院不就成了罪恶累累的埃博拉传播中心了吗？美丽的中塞友好医院就可能再一次被彻底摧毁，那个时候，卡努先生，你和我就是最大的罪人。所以我们宁可现在动作大一些，也要严格按照传染病医院的技术要求去改建。”

“OK！既然这样，我听从李长官的安排。”卡努最后同意我方的改建方案。

一家正在当地工作的中资企业随即进场。中塞友好医院的院内，又开始热闹起来，连续7天7夜，灯火通明，叮叮哐哐的声音响个不停。

2014年10月1日那天，焕然一新的中塞友好医院大门口，再次飘扬起鲜艳的中塞两国国旗。一阵锣鼓喧天、鞭炮齐鸣之后，在塞拉利昂总统科罗马与中国驻塞大使赵彦博先生的共同见证下，一座埃博拉病毒疑似患者的留观医院正式启用。

当日，塞方卫生部就来电告知中国医疗队：今天有7名疑似患者前来，望留观医院做好接收准备。

国旗刚刚升起，党旗下的宣誓也才落音，“埃博拉死神”已经赶来凑热闹了！

谁先上？我？还是你？

我！

是我！

还有我！

刘丽英、孙娟、秦玉玲、王新华4名中方护士长第一批抢先沿着那条用红色箭头标志的单行线进入病区……这之前，有人曾经提出：中方人士可以不进入病区，护理工作由经过培训的塞方护士就可以承担。但这个意见立即被中国医疗队员们否定了：怎么，我们来是干什么的？是仅仅做老师的吗？不，我们是来拯救非洲兄弟姐妹的生命的。埃博拉越疯狂，我们就越该走在战斗的最前列。否则，有辱使命，有辱我军形象、我国形象！

轮到医生进不进的问题，又有人提出不同看法：我们来的多数是专家，患者的具体治疗可以由塞方医务人员负责，中方医生和专家不用直接进入病区，更不用到患者病房里去。

这样可以避免交叉感染。也不会太多影响治疗效果。

真的这样吗？该如何做才是呢？

目光聚焦到了李进身上。

显然，李进并不想就争执给出答案。行动是最好的，也是最有力的答案。

“队里并不硬性要求谁必须怎么干，但到了第一批患者进来时，我会第一个进入病区……”李进说得平静，又仿佛平地起春雷。

“十一”国庆节这一天，是留观医院接收第一个埃博拉患者的日子。队长李进，既不再给队员做动员，也不向任何人发号指令，只是第一个有条不紊、动作规范地穿戴起一层又一层的防护服，表情严肃而平静，举手投足间透着几分自信与坚毅。之后，队友们看着他健步迈向清洁区最深的顶端处，轻轻地开启那道门，随后，他进入了病区……

“那天我是第一个进入病区的，但后来到底进去了多少人，我都记不清了，反正许多队友都进去了。大家似乎都想证明自己是英雄，都想与真正的埃博拉较量，所以真的都很勇敢！”李进接受采访时这样说。

就没有人害怕？

“说一点不害怕是假。但见了患者，‘害怕’二字就好像扔到了脑后。”医疗组副组长牟劲松在国内时，他是医院重症监护中心副主任，什么样的患者都见过，但见埃博拉患者是第一回。

“尽管事先有种种思想上的准备，可现场却仍然有些意外。”那天，牟劲松是站在埃博拉患者车子进院后离车子后门最近的一个医生。车门打开那一瞬间，他还是被意外的情况犹豫了一下：那患者是个重病号了，躺在救护车里站不起来，必须有人去扶。

去扶吗？扶就意味着有接触。这是规程中所不允许做的。但难道就让患者一直躺在车里不起？显然不行。

也许仅是零点几秒的犹豫与激烈的思想斗争。牟劲松很快向车门前移一步，双手扶起患者，并搀扶他慢慢起身，然后下车，缓步前行……一步，十步，一直到病房。这一路并不远，也就几十步之间。时间也非常短暂，满打满算也就十几秒钟，却把一旁目睹这一情景的队友们吓得个个提心吊胆：牟劲松牟劲松，你这棵挺拔的“劲松”，你这不是看着死神去拥抱嘛啊！你……唉，也许换了谁当时都会像他这么做。

可，可这样的接触意味着什么样的后果呢？谁都不愿去想，但谁都在暗暗地想。

护士长秦玉玲遇到同样的一幕：第一车患者到达，开启车门的一瞬间，她的目光与一位孩子的目光碰在了一起——那孩子出奇的瘦，像从娘肚子里生下后就没有吃饱过一顿饭似的，浑身皮包骨，眼睛硕大硕大的，眼神里挂满了恐怖与担忧。秦玉玲马上发现这孩子是与他的母亲一同来的，母子俩显然都患上了病，根本没有一点儿力气似的，摇摇晃晃地站不住。秦玉玲甚至连犹豫的时间都没有，就去搀扶这母子俩，一直将其送进病房安顿好。

“你疯啦！怎么一直搀扶着他们呀！”队友惊恐地责问秦玉玲。

“那怎么办？我不去搀扶，他们进不了病房呀！”秦玉玲没有说错。患者来了进不了病房，还怎么个留观他们呢？

预先设定的所有“万无一失”的规程，此刻像一团泡沫，被突袭的劲风刮得烟消云散。

中国医疗队员们也在此刻真正意识到，与埃博拉的战斗才刚刚开始……

10　死亡就在眼前

所有关于埃博拉的危害与恐怖的传闻，对中国医疗队员来说，过去都是从新闻和别人的口中获得的，现在——2014年“十一”国庆节那天起，他们才真正感受和目睹埃博拉与死亡之间是什么关系了。

死亡，对医生来说，并不陌生，然而埃博拉病毒传染之所以谈“埃”色变，是因为所有的人都知道，一旦感染上它后，几乎没有任何拯救办法，且患者通常因无法抵御和承受强大的病毒攻击而在极短的时间内结束生命。这种恐怖情境，如果不是埃博拉，人们一般只能在恐怖电影中才能看到。

现在，中国医疗队的男男女女都看到了关于埃博拉是如何致命的可怕一幕。

读者肯定记得前面说过的留观医院第一批接收的7名患者，其中有一对是母子，那个男孩叫卡比亚，7岁，但看上去也就5岁左右，因为卡比亚像所有严重缺少营养的非洲孩子一样，骨瘦如柴，唯有一双大眼睛还能让人估计出他的实际年龄。

卡比亚是个很懂事的孩子，病毒已经折腾得他不能动弹，他也不跟母亲睡在一张床上——后来护士长刘丽英发现，非洲男孩都这样，他们从小就不爱跟母亲挨在一起，习惯像父亲那样，席地而卧，再好的床，对他们来说也是多余的。甚至连非洲的女人都不习惯睡床。

孩子的母亲看上去也就30来岁，她和儿子前两天就发烧，于是被人送到了这里。

“这孩子很特别，就是因为他有一双‘非洲大眼睛’，所以我们所有的队员都对他印象深刻。”护士长刘丽英回忆说，“从车上下来的第一个眼神，小卡比亚印进了我们的脑海中，他是典型的非洲孩子的那种头重身子轻的形象，眼睛大得出奇。我把他和他母亲扶下车后，他第一眼看包得严严实实像蚕茧似的我时，用了好几秒时间，直到我扶着他往病房走时，一路上他也在用大眼睛盯着我，好像看怪物似的……”

“小卡比亚好可怜！他到我们这儿才两天就没了。”刘丽英很痛苦地告诉我这个孩子的命运。

那应该是10月3日早晨，在刘丽英上班检查病房时，发现小卡比亚与他母亲住的病房里，母亲躺在床板上，卡比亚则卧在地板上，畏缩着身子，一动不动。但是那双大眼睛却仍然睁着，死死地看着床头的母亲……

“是你的孩子？”刘丽英不忍这悲惨的一幕，问母亲。

有气无力的母亲点点头。

“他……他死了？！”刘丽英在孩子身边驻足观察后，条件反射地惊叫了一声。

埃博拉！埃博拉致死的尸体是必须要立即搬走并彻底消毒！刘丽英是第一个见到埃博拉病毒感染死亡者的，那一刻她的脑子像闪动着的电影胶片，最强烈的反应是：赶紧想法把尸体运走、隔离、焚毁。

“NO！NO！”突然，床头的母亲用尽最后的力气向刘丽英伸出双手，恳求着。

刘丽英明白了：母亲不想让人把儿子拉走，她还想与儿子多待一些时间。

刘丽英的心一下碎了：这是违反防治埃博拉规程的。但也已做母亲的刘丽英看着床头躺着的卡比亚的母亲，她的心彻底软了……

小卡比亚后来在母亲的病房里整整停留了三天，不仅是母亲的原因，主要是当地根本派不出拉尸队人员来处理尸体。这三天，卡比亚的母亲得到了最后的满足——她和儿子没有分开。但这三天，卡比亚的年轻母亲也走尽了她自己的一生路程。

两天后，卡比亚的母亲也闭上了双眼，随其儿子去安拉那儿寻求保佑。

卡比亚是留观医院第一个去世的患者。他和母亲也是留观医院第一对家庭成员告别这个世界的埃博拉感染者。“尤其是卡比亚，他的那双大眼睛，给大家留下的印象太深刻，他的去世，在我们心头留下的阴影特别深。让我们真切地感受到埃博拉的恐怖一面……”刘丽英说，她回国这么长时间，还经常会在突然间眼前闪出小卡比亚的那双大眼睛。

“每次回忆起小卡比亚的大眼睛时，我总有一种刺心的痛。但即使如此，我宁愿记忆卡比亚，却不愿想起另一个孩子……”作为护士长的刘丽英，她在抗击埃博拉的前线待了几个月，装在她心里的到底有多少个“非洲男孩”的故事，连她自己都说不清。“反正死在我面前的不止一两个。”刘丽英说这话时，猛然低下头，等再抬起时，能看到她的双眸噙满了泪花。

她说的另一个男孩子，“其实连他名字叫什么我都没记住。”刘丽英说。“那孩子是跟他父亲一起送到我们留观中心的。他父亲先死，死得很快。5天后这个孩子也死了，是死在他父亲同一间病房。这孩子是夜间死的。我是第二天值班时到病房看到这孩子蜷缩在地板上，像睡着了似的，如果不是嘴角上流着一团血，你不会看出他已经死了。”

“他死得很痛苦，也很孤独。”刘丽英的声音是颤巍的：“每一位埃博拉病毒感染者临死前都十分痛苦，病毒折磨着他们的生命，直到最后一刻……尤其是这些孩子，他们本来就瘦得没有多少力气，最后甚至连反抗的一丝劲都被剥夺了。”

秦恩强是医疗组组长，他眼里所看到的死亡患者比谁都多。

“记忆最深的那一次是我们留观中心开诊的第四天早上。我一进病房，迎面就见地板上一位全身赤裸裸的男患者躺在走廊里。他的身边尽是满地的呕吐物与排泄物……”

“埃博拉患者最后的时刻，有个共同点，就是脏，上吐下泻、排泄，七窍出血。”秦恩强说。

让秦恩强感触更深的是，在他与保洁员们刚刚处理好这具尸体后，再走进另一个病房时，里面的患者也早已直挺挺地躺在地上一命呜呼了。紧接着，他来到女患者房间，一幕更加可怕的情景出现在眼前：那女患者一丝不挂地死在床底下……

“估计临死前患者痛苦不堪，一直在挣扎。”即使秦恩强说得轻描淡写，我听后仍然毛骨悚然。

有一个问题让李进他们感到比见埃博拉死者更恐怖的事，那就是尸体不能及时被拉走。

都知道，埃博拉病毒最具感染的源头是那些尸体。天热，尸体易腐烂，腐烂后的尸体是活体内的埃博拉病毒传染力的一百倍。

偏偏，每天都有上百患者死亡的塞拉利昂整个国家都没有几个拉尸队，而尸体处理是防止埃博拉病毒传染扩大的最关键一环。

李进他们的留观中心遇到了比死亡更具摧毁力的难题。

医疗队不可能自己处理尸体。于是李进和我驻塞大使馆每天为请求拉尸队尽快到留观中心来成了一件比接收患者更紧迫的事。小卡比亚的尸体停在病房三天就是因为找不到拉尸队来。第一天没回应，第二天拉尸队来了，却因为接头没接好，拉尸体队的人牛得很，扭头就走了，直到中方医疗队反复催促塞方政府出面调配才在第三天天黑时方把小卡比亚的尸体拉走。

世界上真的没有什么职业贵贱，纯粹因为稀罕与多余的缘故。本没人看得起的拉尸队，在埃博拉疯狂的日子里，他们似乎成了非洲最吃香的职业，得一求三请才会上门服务。

留观医院的建设虽然考虑了传染病医院的特性而建，但毕竟不是彻底的重建，所以中塞友好医院像其他非洲医院一样，它没有停尸房一说。非洲人除了贫穷之外，他们的生活以自然状态居多。生者，光脱脱地来到这个世上，有的男孩女孩，到了十来岁才穿着衣服；死了后他们也是赤条条地被埋在地里见安拉去了，故所有的医院都不设停尸房。如果不是埃博拉的原因，整个塞拉利昂不会有人在乎死者最后的处理程序。不管谁死了，一场声势浩大又热闹的葬礼后，尸体就被拉出去埋在荒地里便算了事。除非像总统、酋长这样有身份的人弄个墓地外，其他人死后获得亲人、友人在尸体上最后一吻、一抱便是离开人世的最后一个“温暖”。

埃博拉的突袭，使得塞拉利昂和西非其他几个国家不得不迅速推出一个新职业——拉（收）尸队。通常由警察和军人组成，也有志愿者参与。塞拉利昂首都有6辆救护车，4辆归国家卫生部埃博拉疫情指挥部调度。这4辆车既要运送患者，又要收尸，所以在中国留观医院开张的那些日子里，正是塞拉利昂全国暴发埃博拉病毒传染最严重的日子，活着的人都顾不过来，死去的人难有拉尸队准时抵达处理。

李进他们的中国医疗队所遇到的困难远非想象的那么简单。接收一个埃博拉疑似者，对医疗队员们来说，就意味着多一个可怕的活生生的“敌人”；在留观中心停一具尸体，则造成的心理恐怖远比接收10个疑似患者还要严重。

“白天，大家好像因为能够相互见得着熟人还不太在意，但一到夜里，夜深人静时，再一想身边不远处躺着一具具埃博拉尸体时，简直噩梦马上会出现在眼前……你说怕不怕？怕死了！”一位女队员这样对我说。她说的是实情，但在工作和战友面前她始终是个忠于职守的医疗队员。

收尸队不来，不仅李进感到紧张和着急，后来连医院塞方院长卡努先生也紧张和着急起来。尤其是患者们，一听说他们旁边的病房里躺着已经死去的病友时，骚动就会开始，整个医院吵吵闹闹，纷纷提出要离开病区。

这还了得！卡努院长和李进急得快要发疯了，电话不停地打到国家卫生部，甚至请求中国驻塞大使馆直接想法恳求总统府下令收尸队马上到留观医院来拉死者遗体。

“再不来不行了呀！麻烦您赵大使了，最好请阁下亲自到总统府走一趟，让他们下命令吧。什么？不太可能？那我们可怎么办呀！已经有4具尸体了……估计明天还会多出几具！”队长李进把嗓门都喊哑了。

医院的情况不可控。在小卡比亚去世的第三天，他的病房里连他一共增加到了4具尸体，这小小的医院、十几平方米的病房内停着那么多尸体，对李进他们的中国医疗队员来说，仿佛就是在身边安放了一个随时可能爆炸的弹药库。

急得团团转的是后勤保障组组长郭桐生，因为处理尸体是他这个组的任务。李进和其他战友着急时会骂人，骂起来一定是对着郭桐生这个后勤保障组长。“你们保障组保哪儿去了？连尸体都搬不走，吃什么干饭的？”

“我……我哪知道他们连个停尸房都没有嘛！”郭桐生感到十分委屈，“没有停尸房也就算了，可谁想到连拉尸体的车子都不配给！要是你们同意，干脆我去把尸体抱走得啦！”

铁汉郭桐生被战友们骂得眼泪汪汪，但仍然不顶用。

“在非洲的日子里，埃博拉病毒患者的死亡其实对我们来说，已习以为常。最可怕的就是他们死后的尸体没人拉走。那真的很可怕。”秦恩强说。

停放得最长的尸体已经在医院停放了4天多！整个医院都在烦恼焦虑和压抑之中……那个下午，似乎全医院的人都在等待拉尸队的到来。

但太阳落下地平线时，拉尸队仍然没有出现。

李进的眼睛都瞪圆了。一向文明儒雅的卡努院长甚至粗俗地骂了句“娘的”。郭桐生则蹲在地上长叹短嘘，像在找地洞钻。

“来了！来了！”突然间，有人大声叫起来。李进一脚踢在郭桐生的屁股上：“快去！别让他们再跑了！”

因为李进已经发现：一辆救护车飞驰地开到医院大门口后，却被大门的门卫拦住。那救护车上的人生气地转身欲走。

“让他们进来！进来！”这是郭桐生的声音，他用英语大声冲门卫说，眼珠子瞪得比铜牛眼还要大而圆，吓得门卫赶紧打开大门让那辆救护车进院内。

郭桐生满脸笑容地将那个收尸队队长一路接到停放着小卡比亚等尸体的病房。突然，收尸队队长朝郭桐生伸出手……

什么意思？

清单呀！死者的清单！收尸队长不耐烦地说。

什么清单？从来没有人告诉我们要这东西嘛！郭桐生一下愣了，反问。

没有死者的清单，我们怎么可以随便将尸体拉走嘛！收尸队长一挥手，示意他的人走。

“NO！”郭桐生一声高喝，又张开双臂，义正词严道：“我们从中国远道而来是为了帮助你们国家抗击埃博拉。现在我们遇到了困难，需要你们来帮助我们，把你们的死者拉走，他们停放在这里已经好几天了。如果再不拉走，就全部要腐烂了！那样对医院、对活着的人是极大的危险！这种情况你们也知道，是绝不允许的。如果你们不把这些尸体拉走，我们无法处理！”

“我以一名中国医疗队队员的名义，恳请你了。”郭桐生说最后这一句时，声音哽咽了。

收尸队长其实也是个友善的人，他只是按规矩办。“中国朋友，这是我的工作程序，有清单才能把尸体拉走。”他以放松的口气强调。

“可我们连清单都没见过呀！”郭桐生耸耸肩。

“就是这个。”收尸队长从口袋里掏出几张纸。

“那现在我就去把死者的名字填上行吗？”郭桐生说。

“OK！”

“好，你们先把尸体抬上车子。我去给你们填单子。”郭桐生拿过单子，飞步地直奔队长李进的办公室。

“都填好了！”不到两分钟的时间，已经满头大汗的郭桐生回到了收尸队队长面前。

“NO，你填的不对。为什么你的单子上的人数比实际尸体少一具？”收尸队长发现了问题。

郭桐生马上解释：“噢，是这样。在第一位患者小卡比亚去世前，医院已经有了一位病逝者，所以我们把这些尸体放在一起。而这具尸体叫什么名字，我们这儿没有登记，不知他的名字。”

“那就不能运走，我们只能按清单拉尸体。”这回收尸队长坚持不肯了。

“几具尸体放在一起好几天了，留一具仍然放着，不等于没有拉走一样嘛！”郭桐生气得双脚都要跳起来了。

“不行就是不行！”收尸队长毫不妥协。

这这！郭桐生嘴边“我们是为了你们才……”的话差点又蹦出来，可瞧那队长的神情似乎这样的话已经不起什么作用了，于是干脆咽了回去。

怎么办？怎么办？郭桐生急得大汗淋漓，他知道，如果李进队长和医疗队的战友们知道他还留着一具尸体没拉走的话，今晚说不定他郭桐生就只能跟留下的那具尸体睡在一起了！

对，小费！我出小费，看你还拉不拉?！郭桐生急中生智想到了这一招。

出小费这事还没有碰到过。郭桐生自己做不了主，于是对收尸队长说了声“你等等”，便又飞步跑回到李进队长办公室，请求能不能给小费。李进想了想，说，试试吧。

好。试试去！郭桐生再次飞步跑回来，手拿20美元给收尸队长，说：“你帮个忙吧！”

“NO！NO！”那个收尸队长推掉郭桐生塞过来的钱，依然坚持不肯拉那一具尸体。

郭桐生彻底瘫了！这些塞拉利昂人！啊——对呀，应该找卡努院长说理去。“对对，我们去找卡努院长！”郭桐生一下来了精神，对那位收尸队长说。卡努在当地德高望重，一听去找卡努院长，收尸队长只好就范。

找到卡努院长后，郭桐生把前后的事如此这般地一说。卡努院长马上跟收尸队长说了一番，并且把20美元交给了对方。

“好吧，我们听卡努院长的。”收尸队长立即变得友好起来。

所有的尸体拉走了。救护车出医院门口的一瞬间，郭桐生的双脚一下软了下来，“扑通”一下坐在了地上。

“好！任务完成得漂亮！”

郭桐生转头见是自己的队长李进：“院长，你今天是头一回笑啊！”李进在302医院是副院长，平时郭桐生哪敢跟领导这么开玩笑。今天他真的见到“菩萨”了。

“你这小子，完成任务好，就该表扬嘛！”李进又一次笑了。

在非洲抗击埃博拉战斗中，每天都可能会遇到想象不到的事。收尸是其中之一的大事，弄不好，就会酿成大祸。李进他们302医院第一批支援塞拉利昂抗击埃博拉医疗队共在塞国两个月，开诊46天，接诊埃博拉疑似患者274人，死亡达86例，倘若这86具尸体不能妥善处置好，带给中国医疗队和整个留观医院及塞拉利昂的将是何等严重的后果啊！

所有细节都与死亡紧连在一起，埃博拉疫区的任何细节，皆是危险之危险的死亡线……

11 穿越死亡线

没有人能告诉中国医疗队在哪个环节是不会因为接触埃博拉而可以避免死亡。因此，“零感染”的要求，其实对身处埃博拉病毒传染的风暴眼里的人来说，好比一次登月行动。

非洲人不相信“人定胜天”的话，他们认为天下一切生物包括人在内，与自然是融为一体的，各自都有自己的法则，生与死是上帝定下的法则。所以，当埃博拉病毒袭击他们时，他们的那些死去的亲人和朋友下葬时，活着的人认为，死者是到了去见安拉的时候，似乎与病魔没有多少关系，因此活着的人并不太悲伤，甚至还心存一丝对死者的安慰之感，以十分平静的心境去为死者做最后一程送行。在这过程中，活着的人会用平常的礼仪如亲吻、拥抱的方式向死者告别。这在我们中国人和中国人制定出的传染病防治规则来说，是绝对不可以的行为。钱军、李进他们的中国医疗队进入非洲塞拉利昂后很快就发现了这些引发西非埃博拉病毒传染严重致人死亡的重要原因。但欲想在短期内以我们东方人的方式和传染病防治的职业要求非洲兄弟姐妹们，可不是件容易的事。

世界卫生组织的专家也对非洲人的生活习性和风俗无可奈何。尽管花费了巨大精力去说服和教育那些非洲政府与机构来动员和要求自己的百姓遵守传染病防治的规范，可收效甚微。

10月16日，世界卫生组织全球预警与防范干事纳托尔先生在一份声明中说，埃博拉疫情已经导致西非国家427名医护人员感染，236人死亡。其中，塞拉利昂的医护人员死者人数居首位。最让中国医疗队感触其深的是，这个国家的几名最著名的埃博拉防治专家都因感染而不治死亡。这样的消息和死亡数值，让所有参与埃博拉防治的医务人员、义工和普通人都很揪心和忧虑。

何况，中国医疗队是举着“零感染”的目标来参与非洲抗击埃博拉战斗的。军人们都清楚，投入一场你死我活的战争和枪林弹雨的战场，你要取胜，又不挂彩、无伤亡，这样的要求何其艰难啊！但中国医疗队明白一件事：党中央和祖国人民完全是出于对自己的医疗队员们的爱护才下达如此命令。

“零感染”，就是一条红线，就是一条铁纪律，就是全体中国医疗队队员的生命线！谁都须遵守，谁都不能逾越！

不管你是军人还是普通的职业医生，到了非洲，到了抗击埃博拉的中国医疗队，你就得按党中央的要求执行和行动。

埃博拉病毒传染风暴，是一块死亡地。医务人员与埃博拉感染者之间仅隔一条生死线，这生死线并没有清晰的界限，只有加起来仅为几厘米甚至几毫米的薄薄的防护服和口罩、手套而已。

当然，还有那十几项分类、近百页纸的各种规矩与细则。“再凶狠的病毒，你只要与它保持一定的距离，采取适当的措施，它是不太可能轻易地伤害到我们人类的生命的。”高福院士在飞机上开设的“防治埃博拉”讲堂上的话，时常在李进耳边回荡。因为他相信科学，科学是唯一可以拯救人类生命的保障。与埃博拉的生死决战，必须领先科学的力量。否则“零感染”只能是一句空洞的口号。

随着来到非洲埃博拉主战场的日子越来越长，所见所闻的疫情变化与死亡人数的巨量增加以及死亡人员的分类结果，让李进他们的中国医疗队队员们非常清楚一个基本事实：普通民众的埃博拉感染是因为没有采取必要的人群隔离所致，而医务人员的高死亡率则是因为医护工作人员没有遵守必要的规定而很随意地在交叉传染。结论是：看起来非常烦琐与复杂的“高福式”的中国防治埃博拉措施，是有效阻止埃博拉传染的“高精尖武器”。

开始有人怀疑，尤其是西方国家的那些医疗机构与权威们。谁也没有经历过埃博拉病毒，更不用说治疗它的药物还根本没有研发出来，就连基本的和起码的防治规范还尚在各自国家仓促自行制定之中。

你们中国的“细则”就一定行了？凭什么？有人提出这样的怀疑是直截了当的。当然也是可以理解，没有哪个国家经历过像埃博拉病毒传染更为严重的传染病。

我们有2003年“非典”袭击的教训与防治经验。中国人这样回答。想想也是。近一个世纪中还有谁能比中国当时抗击“非典”疫情的实战经验与防治体系完备的吗?

于是，在埃博拉风暴关口上关于如何防治埃博拉的专业的权威的“细则”也就各行其道。结果只能是按生与死的惨痛结果论成功者与失败者。自然，实现了“零感染”的中国医疗队是这场特殊战争的胜利者，于是他们所制定的抗击埃博拉的所有防治“细则”也被奉为“经典”与样本——这是后话。

比较之后才能有优劣之分，生与死就在这一线之间。

塞拉利昂政府最后把中国医疗队专家的话听进去，是他们的几位最重要的卫生部门官员和防治专家的死亡教育了他们。

蒂莫西（Timothy）是塞拉利昂政府专门负责与各国留观中心协调各项事务的协调员。小伙子30来岁，英俊潇洒，学历又高，是这个贫穷国家里少有的年轻一代专家，且善良勤奋。中国医疗队李进、高福院士他们都很喜欢他。用我们中国人的话说，蒂莫西是个“好干部”，工作积极主动，热心帮助人，不分分内分外。然而蒂莫西出问题也出在“工作不分分内分外”。

为了及时了解和掌握各留观中心的情况，蒂莫西可是深入埃博拉防治一线。每到一个留观中心，总是异常热心地到每个病房一一观察，甚至同病号热心交流、谈心，化解患者的心理问题，有时跟一些想不开的病号一谈就是几十分钟。大家都称蒂莫西是个“好人”。在塞拉利昂，这样有学问、心地善良的官员真的不多，所以蒂莫西人缘特好，谁都喜欢他。可是这样的好人，没多长时间大家就再也见不到他了。当卡努院长把蒂莫西的死讯告诉大家时，人们全都震惊了。

“好人不该死呵!”但在埃博拉的袭击中，像蒂莫西这样的好人死了一个又一个。医护人员中的“好人”几乎在成片成片地倒下，这是西非国家此次受埃博拉袭击中损失最严重的一个方面。

协调员之死，让中国医疗队再次深刻地反省：中国卫生机构和高福院士他们事先制定的那些防治细则和规矩太重要了！重要到关乎每一个患者和治疗患者的所有医务人员的生命，也就是说，从某种意义上讲，“零感染”就靠它!

中国专家和医疗队的这些规矩和细则，西方国家的同行们一开始就不以为然，就连塞拉利昂的卫生官员也不屑一顾，认为“没必要”。他们依然我行我素，结果是协调官感染上了埃博拉病毒而不治身亡。

蒂莫西的死亡对卡努院长等塞方医护人员打击极大。李进、高福等中国专家借此机会进一步向卡努院长等塞方医护人员灌输“中国理念”——蒂莫西的不幸，根本原因出在他工作时太投入而忘了预防埃博拉病毒传染最基本的要素，不能轻易放弃任何细微的要求。

秦恩强是这样对卡努和塞方其他医护人员指出蒂莫西的问题的：蒂莫西先生工作热情，做什么事情动作也敏捷，对同胞异常关爱，这些都是他的优良品质。但工作热情并不是说一定要在病房里一待就是一两个小时，按照我们所提出的科学规程，即使穿戴好防护服，一名医生最多只能在病毒传染区工作一个小时左右，超过两个小时，就是非常危险了；同时，一定要与感染者保持一定的距离，并在严格的隔离防护措施条件下方可进行短暂的交流，拒绝任何形式的直接接触。而蒂莫西经常一进病房，见了患者，竟然仅戴一个口罩，甚至仅戴一层手套就去抚摸对方、安慰患者。这样实在太危险！医护人员在病毒传染区工作，与埃博拉病毒或者说生与死其实只有一条分界线，那就是身上穿戴的防护服。我们中国医疗队根据自己的经验和教训，制定和设计出了从头到脚11件防护装备，包括了头上的帽子、口罩、护目镜和防护面屏等，身上是连体防水隔离服、外层防护衣，外加手上两副特制的手套、脚上的鞋套和橡胶防水靴。除此，紧贴身子的还有一套内衣。如此内外防护，严严实实地使我们的医护人员既可正常工作，又处于与外界隔绝状态——保命和“零感染”的秘密全在其中。当然还要求加一句：坚持工作时的时间控制和距离控制。

“如果能做到这些，相信任何再强大和猛烈的病毒也不易攻击到我们人类的生命。”高福院士一直持这样的观点。

中国人和中国医疗队从2003年“非典”的巨大教训中相信和秉持这一观点。

美国等西方国家的医学专家对此摇头，他们从心底里不认为中国的医学水平和经验比他们先进国家强，自然按此逻辑也不可能制定出“行之有效”的规范来。

西非兄弟国家对中国人的话还是相信的。但他们的民族性格和习惯让他们认为，中国人制定的这些规范和细则太麻烦、太烦琐。“这很不容易做到！”友好的卡努院长也认为他的人无法做到上述如此严密细致的要求，尽管他从来不怀疑中国朋友的诚意和科学态度。但在卡努和他的同胞看来，每周一次的宗教仪式——礼拜，是绝对“天经地义”，神圣不可侵犯的。既然这些都是“神”的旨意，埃博拉期间也不可动摇。他医院的医护人员都是有宗教信仰的人，他们去做礼拜自然不能阻拦。至于在医院公共场所聚会聊天，这也是我们非洲人的生活习惯所决定的，走出家庭，来到公共场所，同事之间相互交流、聊天，本身就是一种人性的基本表现，没有交流，何来感情相融？没有交流，医术上如何相互学习取经和提高？没有交流，何来男女之间成婚结亲、生育后代的可能？卡努院长摆出的理由都是最基本的生活道理，没有一件是违反人的生活常规的。

然而，中国医疗队的专家们则用另一种道理想说服他：“我们同样认为宗教仪式神圣不可侵犯，这是指日常的没有任何外来因素侵袭情况下人们每逢礼拜去教堂，但现在是埃博拉病毒传染期间，各种人混杂在一起，你并不知道做礼拜的人中可能有人早已感染上了埃博拉，这样不是很危险吗？一个教堂里只要有一个人感染上了可怕的埃博拉，其他人则无辜地传染上了，而且因为一次上教堂又把病毒带回了自己的家，传染给了自己的亲人，这样的结果很可怕，会造成几个人、几十个人，甚至更多的人因此死亡。这样的结果上帝也不会原谅的。上帝如果知道有这样的恶果，肯定允许大家暂时不要在埃博拉病毒传染期间随便上教堂，也会允许它的教徒们暂时不要做礼拜了，或者换种形式做礼拜，比如就在自己家里……这样会减少传染源，我们的医生就可以集中力量参与治疗那些已经感染并送到医院的患者。卡努院长，你说我们的建议是否有道理？”

卡努院长沉默片刻后，说：“中国朋友的话无懈可击。”

“那好。如果我们的医生在这段时间里去参加教堂做礼拜会带来某种风险，那么在自己的医院里大家经常聚集在一起聊天，同样会可能造成不设防的相互传染。因为我们很难保证某一个医生或护士在走入病房时不被病毒传染，如果这种情况出现，那这个医生或护士又并没有引起注意而继续同大家聚在一起聊天，搂搂抱抱，跳个舞什么的，这样也是十分危险的，传染同样令人担忧……”

“所以你们还是建议我们的医护人员少在公共场所相互接触聊天？”卡努院长说。

“是这个意思。”李进介绍说，“我们的医疗队员除了工作时有可能三三两两在一起值班、巡视病房外，其余时间各回各的房间，尽量做到能不在一起就不在一起。”

"那不是很不人性，很寂寞嘛！"塞方的护士长艾丽丝有些生气了，说，"我们国家虽然穷，但大家都很友善和活跃，开心的时候，一起跳舞一起唱歌，这是生活中必不可少的浪漫与爱。"

李进和秦恩强笑笑，清楚艾丽丝的话中话，意思是：你们中国人虽然富裕，但你们缺少人性人情，还缺少爱。知道吗，爱是人最需要的，最重要的，其他不可替代！艾丽丝那双美丽的眼睛里这样告诉中国专家们。

轮到秦恩强说了。他用英语友好地回答艾丽丝："我们中国两千多年前就有一位圣人叫孔子，那时他就提倡人最必须具有的就是仁爱。因此我们中国人一向把仁爱当作自己民族生存最重要的法则。但中国人还有一个在仁爱之上的一句话，叫作'生命第一'。也就是说，在人类活动中，所有的爱与仁，比起生命来说，都是其次。没有了生命，爱是空洞的。让人的生命保持尊严，让每一个人能够健健康康地活着是最大的爱，比天还要大的爱。有了生命存在，我们才可能感受到爱的温度与质量。我们以为兄弟的非洲朋友、亲爱的非洲兄弟姐妹们的生命才是第一位的，最重要的。我想你们也会赞同这个观点：没有了生命，其爱和自由是空洞的。失去了生命，有谁还能感受到爱与自由呢？埃博拉灾难就是想夺走我们大家的生命，看看那些已经被埃博拉夺去生命的人，他们哪还有享受爱和自由的权利了？没有！我们失去了他们，多么伤心！他们是我们的亲人，是同事，是朋友，我们都不愿他们离开我们。然而他们离开了我们……为什么？因为他们被埃博拉病毒传染了。你说艾丽丝，你愿意看到自己的同事也像蒂莫西这样英俊可爱的年轻专家一个个离你而去成为鬼魂吗？"

艾丽丝低下了头，很痛苦地摇头，眼泪都流了出来。

是啊，既然我们大家都不愿看到一个又一个蒂莫西无情地离我们而去，那么我们就应该时刻注意在疫情严重传染的时期不能让病毒有可能在我们中间相互交叉着传染的机会。这个机会包括了我们平时同事与同事之间频繁的接触，包括非必要的"聊天"……

"我明白了，秦医生，我会按照中国专家的要求来管理我们的医护人员，让他们暂时地保持距离，为的是在消灭埃博拉之后更多的亲密和幸福地在一起。"艾丽丝那张美丽的脸上绽放出鲜花一般的笑颜，她向中国医生保证：以后尽可能地让自己团队的医护人员减少无谓的聊天和聚集。

秦恩强连连头："OK！OK！OK！"

李进和卡努院长也笑了。他们取得了一致，这极其重要。因为中国医疗队与卡努、艾丽丝他们是在同一个医院，同一个战场，同一条战壕，中国医务人员要想“零感染”，除了自己做好外，必须帮助和要求每天在一起工作的塞方医护人员同样确保“零感染”才行。

然而，李进和中国医疗队后来发现，真要让塞方人员跟中国医疗队一样，实在不太可能。

这在不同国家、不同民族、不同条件和环境下生存的人，欲想统一意志，统一行动何等困难！现在，中国医疗队遇上了“饱汉不知饥汉饿”的情况。

不是希望卡努院长和艾丽丝教育自己的医护人务尽量少聚集在一起吗？但有一个情况卡努院长只能向李进等苦笑地说：“这件事我实在无能为力。”

“什么事？”

“吃饭。”

李进等开始并没有在意，后来发现这件事还真无法解决，甚至不得不妥协。

原来塞方医护人员有一顿午餐是必须坚持要“履行”的，因为这顿午餐是塞拉利昂政府给国家公职医护人员特别的待遇。在这个贫穷的国家，许多人只能一天吃一顿饭，因此医护人员十分在乎在医院的那顿免费午餐，它是国家提供的。为了等候这顿午餐，许多塞方医护人员下班后仍然不走，他们相聚在一起，又说又笑，目的只有一个：等候那并不太丰盛的午餐。这对塞方医护人员来说就是绝对的“国家待遇”，风雨无阻，不可剥夺！

为了防止埃博拉，就可以不让我们等吃这顿午餐？没门！塞方医护人员如果真要听说是中国人让他们这样做的话，肯定会起来集体反对中国医疗队，弄不好会联合起来行动，那个时候中国医疗队就很被动了。

这样的尴尬结局是中国医疗队所不愿看到的。

中国医疗队无奈地选择了妥协和退让。仅此这一件事。而这一件事其实敞开的是一条通往埃博拉疯狂袭击的空白地带，也可以说是一个不设防的环节！

这不等于是我们天天要面临的一条“死亡线”嘛！“五人小组”会议上，钱军和高福大声嚷嚷，他们甚至提出“实在不行，找塞国总统来解决”的意见。

“总统如果能管得了这个国家的全国人民的嘴的话，让他们每人都能吃饱饭的话，也不至于埃博拉如此猖獗。”李进说到了点子上。因为是军人，军人在战略战术上比普通专家和科学家讲究与精通。

“死亡线”摆在大家面前，必须突破和逾越它，否则实现不了“零感染”目标。

可到底怎么干，事情则要复杂得多。

在中塞友好医院改建后的留观中心里，中国医疗队员从人数而论，仍然是少数，连检测队员等加起来，不足五六十人。塞方光护士和保洁员加起来就有80多人，加上院长等管理人员，超过百人。中国的五六十人是有秩序的、有规范的、按标准在做事，人家百十来人医护工作人员，则每天陪伴在你们这五六十个中国医疗队员身边，你那些严格的、严密的、严谨的所有制度与细则要求，不就等于零了吗？

这让李进和所有中国医疗队员急坏了！

还是三个字：怎么办？

这应该是在2014年10月中旬的日子，中国医疗队进驻塞拉利昂后的埃博拉留观中心正处在任务越来越重的时刻。每天进入的留观埃博拉疑似者人数多达十几人、二十多人！最多时全院仅有的40余张床位全部用上后还有二三十个患者一起挤到了病房……在如此繁重而拥挤的病毒感染区域里工作，被感染的概率比平时高出几倍！

生死考验，到了如此最要命的关头。中国医疗队队员们一边承担着越来越繁重的工作压力，一边还在不停地加重心理负担。

“看到塞方人员经常不按规范要求工作，随便脱被感染的防护衣、随便走来走去，真是把我们急死了！可又只能干着急，他们又不是我们的人能随便训斥和批评嘛！”李进说。

“后来我们总算先找到了一个具体的措施。”秦恩强说，“除了平日我们与塞方人员分开了生活区外，还在下班时实行了分道而行的措施。让那些可能在值班时被感染的塞方医护人员不与我们的人同行出口……”

秦恩强所说的是：最早在改建留观医院时，设计的“三区两线”，是个大循环。所有值班人员从二层的清洁区进入留观中心内部，经过二层的缓冲区再进入二层和一层的污染区。工作结束后，所有的人员再从一层的污染区离开，走过一层的缓冲区，然后再抵达清洁区。这个循环是没有回头路的，科学而清晰，对病毒传染具有空间上的阻隔。但这样的线路因为塞方医护人员在出污染区时不重视和随意脱衣的习性，影响到中国医疗队员的安全，因此，中国医疗队决定与他们分道而出。

“我们选择了走回头路。就是在下班时，重新多走一段污染区。”秦恩强说。

“这等于说加剧了我们队员在污染区多被感染的机会？”我说。

“从理论上讲和现场实际情况都是这个意思。”秦恩强说。

“那——从另一角度说，是不是我们把少一份感染的机会让给了塞方医护人员？”

“对。他们的线路是我们最早设计的，也是为了我们自己不受感染或少受感染设计出的一条很科学的线路。每天上下班走这样的线路，大家称其为穿越死亡线的过程。而现在，与塞方人员分道而行，实际上我们自己给自己多踩了一次死亡线……”李进道。

呵，不在与埃博拉病毒传染现场的人，是无法想象这么一件小小的事情，或许涉及几个人、几十个人，甚至几百人的生命安危！

“塞方医护人员后来的情况怎么样呢？”我关心这个问题。

“我们那个医院好一些。不管怎么说，我们中国医疗队员的身传言教，多少对塞方医护人员是个榜样。但其他地方的情况就够惨了……”李进长叹一声，说，“就在那段时间，弗里敦的各国留观中心和塞拉利昂本国的医护人员中，就有 128 人感染上了埃博拉，其中 102 人死亡。”

天啊，如此规模的医护人员感染和如此高的死亡率！身处风暴中央的中国医疗队想保持“零感染”，不是比登天还难吗？

“可以这么说。难就难在并非我们自己做得好就可控了，人家塞方一些医护人员，还有自认为在传染病防治方面‘老大’的西方国家的医务人员，起初都不太相信我们所制定的规范和细则能从根本上预防和阻止埃博拉病毒传染，所以照常我行我素。结果传染率和死亡率不断攀升，最后连他们都感到恐怖和害怕。这个时候，他们觉得应该向中国医疗队学习了，尤其到我们这儿一看，更加感到我们的那一套确实顶用，符合防治埃博拉病毒传染的科学方法。”高福院士很骄傲地告诉我。

到底中国医疗队在确保自己的队员不在埃博拉风暴眼里的死亡线上“躺倒”用的是什么“秘密”方法，这是我很想解开的一个谜。

那天在采访李六亿博士时，其实她已经给我讲得很清楚了，但由于当时我没有直感她所说的“穿脱防护衣”关系到医护人员“生死存亡”的要害，所以也就听得心不在焉。现在，再听李进他们讲述在前方经历的这些与埃博拉惊心动魄的生死激战后，才再次想到了李六亿博士为什么那么反复强调“穿戴防护服”的重要性。

“脱，其实要比穿重要得多。”李博士说，“因为穿的时候，我们的医护人员是在清洁区，这个时候所有的东西都还是处在清洁状态；我们要求进入病房区的人必须两个两个的，故穿防护衣时同事之间可以相互帮助照顾和提醒。但从污染区出来时，防护服已经污染了，这个时候脱掉防护服的过程需要十分甚至万分的小心谨慎。一则不会有人帮助你，二则你已经在里面工作了一两个小时，体力消耗会到了极致状态，一般人会力不从心，脱着脱着可能就支撑不住。那摇摇晃晃时就可能会使自己的身体和皮肤接触到污染物了。还有一点也容易让人放松警惕，就是一般的心理认为，反正出污染区了，下班了，心境一下放松了，干什么事变得随意随性，结果就可能大意失荆州……”

“我们反复向出征的医疗队队员们讲，‘脱比穿更要小心翼翼’就是为了防止上面这些情况。”李博士的话此刻在我耳边久久回荡。

在抗击埃博拉战场上逾越生死线，其实可能就是医疗队员们自己与自己较量的一次次细微的穿脱防护服这样的小动作上，也可能在医疗队员多一分钟、少一分钟在污染区之间的体力消耗之中，或还可能在同患者一次不经意的交流或递送药品之间……一切可能皆存在，一切危险皆在貌似平平常常的过程中。

惊心动魄、心惊肉跳、方寸惊魂……所有惊险的场景在与埃博拉较量中，中国医疗队员几乎天天要经历、要感受。

秦恩强是医疗队的医疗组组长，被战友们誉为与埃博拉决战的尖刀排排长那样的角色。但他也是天天冒着生死未卜的处境，这不——

“第一天从污染区出来，我就差点出事……”他说。

“为什么?”

“虽然制定的细则上讲，我们穿上十几层的防护服后最多只能在里面待一个半小时，但其实一进病房，一个一个患者查问清楚，再做一定的医疗安排后，发现就差不多两个小时了。天又热，穿十几层密不通气的防护服，早已把整个身子像浸在水里似的，难受不说，体力消耗顶不住呀!”秦恩强板着脸，越说越严肃，“开始以为两个来小时从里面出来就可以喘一口气了。哪知道脱衣服过程竟然又用了整整20分钟！这20分钟可把人整惨了……”

有人告诉我，不止秦恩强一个人在脱衣服过程中差点虚脱晕倒。

“这个时候一旦倒下了，你就非常危险，因为你几乎会百分之百地碰上污染物，也就是说你会极大可能地在此刻感染上埃博拉病毒。”高福院士解释道。

啧啧！这样的险情或许防不胜防。然而，中国医疗队员就是在这种情形下战斗着。

关键是这样的危险情形，每个医疗队员都会遇上，而且情形有时出乎意料地料想不及。一个女队员告诉我，她平时做事十分细致，但问题出在自己的身体不适于当时的工作强度。那几天留观中心进进出出的患者特别多，她与战友们进病区的时间被一次次拉长。通过探头在外负责监督的战友一次次提醒在病房内查病的她“已经超时”了。“可我不能因为超了几分钟就不管患者的事。那些患者你并不知道他（她）会在我们查房的现场出现些什么情况。那一天的情况就是这样：我和另一位同事进一个病房后，患者很狂躁，来回在走廊里走动。最后好不容易将他劝回病房，让他配合治疗。他不从，嘴里叽里咕嘟地一直在念叨些什么。后来翻译告诉我们，这个患者担心家里有人也可能传染上了病毒没人送她们到医院，于是他想出去帮助她们。我听明白了患者的意思，就安慰他，说一会儿我们马上会通知有关方面，通知到他家人。如此一折腾，在他病房里就多待了十几分钟。要说平时，我也就仅仅感觉累了些而已。但那些天自己身体正赶上来例假，体力消耗特大。在脱防护服时，就支撑不了啦，同事说我摘脸罩时根本抬不动手，脸都变形了，摇摇晃晃，差点一屁股坐在地上。真要坐下去，可能整个身子都会接触到污染物。那就意味着离埃博拉很近很近了，队里有可能对你采取21天的隔离措施。所以说，我们每天就像双脚踩在生与死的门槛中间。稍有不慎，将酿成大祸！”

“其实每个队员的压力都巨大。”一位男队员如此说，“老实说，自己牺牲了也就无所谓。可你身后是整个中国医疗队，整个我们302医院，当然还有我们自己的家庭和亲人，以及整个祖国的声誉。想想这些，你就会心理上有无限大的压力。你个人的安危，事实上也连着许多人的命运。这是绝对的。”

身不在其中，自然很难理解中国医疗队队员们在抗击埃博拉的现场是何等的严峻与危急。

第二批援塞医疗队队员孙李健、霍翠花值班时就遇到了类似的险情。两人一起穿着防护服进入污染区，给每一位患者进行就诊之后，已经疲劳不堪。回到第一缓冲区，两人按程序相互喷射消毒液之后，开始各自脱下身上的一层层防护服。就在这个时候，霍翠花看见孙李健脸色剧变，整个脸庞憋得通红，呼吸也跟着急促起来，雨点一般的汗珠一下掩住了护目镜……

“孙李健！你怎么啦！”霍翠花尖叫起来。

孙李健已经站立不住了，双腿在剧烈地颤抖。此时，最严重的情况出现了——被汗水湿透的口罩突然贴住了他的口鼻，令他无法正常呼吸。孙李健急坏了，下意识地抬起双手欲扒口罩——而此刻他的双手则戴着已经污染了的手套。如果这个时候，他去扒口罩，十有八九会感染上埃博拉病毒……

千钧一发之际，一旁的霍翠花大声吆喝了一句“孙李健——慢”后，只见她顺势抄起墙角的一瓶赛诺士消毒剂，猛地向孙李健的双手上猛喷过去：“快搓手！快快！”

孙李健顺势搓手，反复几下后，重新使劲扒下已经牢牢贴在口鼻上的口罩，然后瘫靠在墙上大口大口地呼吸着……

“真好！感觉真好……”孙李健一边胸脯像抽风箱似的起伏，一边有气无力地对霍翠花苦笑道，“你、你救了我，否则我恐怕就回不了家啦……”

他这话，一下把女队员惹哭了，惹得霍翠花“呜呜”地痛哭了好长时间。

与埃博拉的战斗就是如此残酷与无情！中国医疗队队员依靠科学规范和坚强意志，千百次地蹚过了死亡线，赢得了全世界同行的敬佩与羡慕。因为，一向“牛”气冲天的美国医疗队，他们在西非的同一战场上，屡屡出现了医护人员患上埃博拉的险情，不得不将自己的患者远道运回美利坚。这样的消息全世界人都知道。

中国医疗队依然在“零感染”的警戒线之下。

但这样的警戒线能坚持多久，谁能保证？

没有人敢回答。可李进、钱军、高福，还有赵彦博大使他们这些在一线的指挥员，必须向自己的祖国庄严承诺——

“我们保证！”

为这四个字，他们的代价又是什么呢？

12 让倒下的都站立起来

与埃博拉的决战中，对所有参战者都是公平的，死亡和牺牲，胜与败，其实也是均等的。没有绝对的胜者，百分之百的王者只存在于寄予希望的传说之中。在这场战争中，中国医疗队之所以能够“零感染”地完胜，决定于他们能够让所有倒下的人重新站立起来，这本身就是科学，就是实力，就是自信，就是意志和不可思议的考验。

藏着思念的眼泪
写下潮湿的诗句
从腊梅盛开的那个夜晚
吟唱到朝霞的清晨
我的脚步徘徊
却无法记录下对你无言的惦记
我把思念托嘱给鸿雁
捎去父母心里的牵挂
背负祖国的重托
牢记我军的使命
你用真挚的情谊
在异国与埃博拉抗命
你用无私无畏的胸怀

为他乡人民带去健康幸福
光荣属于你
祖国不会忘记
我女儿的——你

这首诗是一位老军人在他女儿出征非洲后写的，可谓情真意切。后来我确认这位老军人不是职业诗人，是他在特殊情形下的真情流露。此诗不错，写出了一位父亲对女儿的牵挂与自豪。

其实，在当时的形势下，尽管中央对中国医疗队下达了“零感染”回国的命令，但谁的心里都清楚：埃博拉让非洲人死了那么多，就那么轻易地放过投身于风暴眼里的中国人？没有人相信每天跟埃博拉打交道的人不感染，非洲国家成批成批的医护人员死亡是最好的证明，美国英国医护人员感染上埃博拉也更加说明这一点。难道埃博拉就唯独“照顾”咱中国人？这是不可能的事。魔鬼才不长眼呢！

“零感染”对中国医疗队来说，实际上仅仅是一项铁的任务和命令的目标。不可避免的死亡与牺牲，其实是所有医疗队员心底早已做好的最后准备，没有一个队员会想到自己是唯一在埃博拉战斗中不中枪的个例。

战场上不死、也不受伤者几乎不存在。

在非洲大地上，死的人不全是非洲人。中国人死的也不少。中国人很多时候死的情形比非洲人还要惨不可睹，因为我们对那片土地陌生和不了解。

牟丹蕾，北京佑安医院感染中心的女专家。个头不高，但绝对是位专家型的女医生，干练，精明，又有女性的那种柔美。采访中知道了她曾有6年的军人经历，第四军医大的高才生。

“那天快下班时医务处的人打电话问我去不去非洲参加埃博拉医疗队，说给5分钟时间考虑。”一看牟丹蕾就是个心直口快的人。她回忆说，“我一打听，科里副高以上的人都报了名，我很震动，因为那时大家都在传说埃博拉死亡率如何如何的高，竟然医院有那么多人报名了，我也就报了名。没想到全院挑两个人，我是其中之一。我一想：不用说，一是我的专业放在那里，二是我有军人出身的资历，第三我有过出国经历，这三点肯定跑不了嘛！”

“你傻啊！知道自己的女儿几岁吗？”这是牟丹蕾的丈夫在接到她电话后劈

头盖脸向她说的第一句话。第二句话是，“没听说那边已经死了那么多人，而且都是医护人员！你怎么？想让我和你女儿哭一辈子啊？”

丈夫的话让牟丹蕾的眼泪一下涌了出来：“你、你胡说什么？你给我住嘴！”她愤怒了！这时的她多么需要家人的支持啊！

最后丈夫和女儿不得不支持她——“她决定的事谁能拉得回来？”孩子她爸无奈地说。

女儿才5岁，并不知道母亲要离开她有多远的距离，也并不知道母亲离开她后是不是就回不来了。

“孩子似懂非懂，平时我只要在家，她可黏我了，你啥都做不成。但每次只要医院里有急患者把我叫走时，说来也怪，她就再也不黏我。这回她听我报名到非洲去后，竟然整整黏了我一夜，可第二天她就像大人似的，跟她爹帮我收拾东西，小身子忙得直喘气。临离开家时，小东西突然抱住我，小脸贴着我的脸，悄悄对我说：‘妈妈，告诉你一个秘密：刚才我想哭，可没有哭。妈妈去非洲勇敢，我不能哭，要学妈妈勇敢！’我当时听了女儿的话，顿时热泪盈眶。这孩子，她才5岁，就懂得来安慰妈妈。你说我还有啥舍不得的？”

牟丹蕾说：“我到的是几内亚，埃博拉疫情的发源地。那里的死亡情况十分严重。我们中国在那边有合作工程项目，所以中国建筑工人不少。我们医疗队的任务一边帮助几内亚国家防治埃博拉，一边对中资企业的同胞服务。那是一个名叫凯乐塔的水电站，名气很大，电站照片还印在几内亚的国币上，号称几内亚的‘三峡工程’。那个水电站工地上人员混杂，除了中资工人外，还有当地非洲人，为这么一个好几千人的施工场所建立预防埃博拉体系，其实很不容易。我们必须深入到一线，现场工作。记得那天刚到几内亚，晚上刚把饭碗端在手里，就来了个中资企业的工人说发烧昏迷了。这时原来在那里工作的一名中方医生就要冲过去，我赶紧叫住他，说必须穿上防护服。那患者后来送到中几友好医院不到两小时就死了……诊断结果不是埃博拉传染，是脑型疟疾。”

牟丹蕾说，在非洲，患病死亡其实是见怪不怪。“因为热带传染病在那里特别严重。尤其是疟疾，死亡率一直非常高。中国人在那边死于这个病的为数不少，而疟疾的症状又与埃博拉非常相似，所以这也给当地抗击埃博拉病毒传染造成不小的麻烦。上面这位中资企业的人突然去世，对我们打击很沉重。可以说是下马威。当时我们也听说，古巴援非医疗队队长下飞机没两天也死了。

埃博拉混杂在多种热带传染病中，对我们抗击埃博拉的心理上造成巨大压迫感。”牟丹蕾的神色变得忧郁起来。

“疟疾的特点一般是被蚊子咬了传染居多。可在非洲热带地区，那么落后的条件下，自然环境又脏乱差，蚊子到处乱飞，你能确保它不咬你几口?”牟丹蕾说，她在第一个月里被蚊子咬了无数次，幸运的是没有传染上疟疾。

“真要突然发烧，你有时弄不清楚到底是疟疾还是埃博拉，那种情况就很危险。疟疾本身死亡率就很高。如果再因为搞不清是疟疾还是埃博拉的话，一耽误就危险性更大。如果发烧，又有谁保证那一定是疟疾而不是埃博拉呢?”

“几内亚暴发埃博拉最早，在2014年5月，中几友好医院就死了一批当地的专家，后来这个医院关闭了。是中国派去的医疗队（北京友谊医院）帮助恢复重新开张的。我是作为第三批支援几内亚抗击埃博拉的中国医疗队员。由于当时形势复杂，埃博拉已经在几个西非国家流行，情况万分危急，许多热带病患者都混在一起，有点像我们北京‘非典’高峰时的混乱，各种发烧患者都归结是‘非典’似的。但我们医疗队必须把各种患者分滤出来，否则就无法准确地对症下药。”牟丹蕾说，“这对医生来说，将混杂在一起的患者准确地分滤出他到底是不是埃博拉感染，其实是一件极其重要的工作，不仅对个体的患者重要，更牵涉患者周围甚至一个医院、一个社区的其他人的安危。有人称与埃博拉决战就是与魔鬼厮杀是有道理的。半点马虎不得!”

牟丹蕾遇上了这样的事。

“那天医院收留了一位中国小木匠，发现他疑似埃博拉，大家都很紧张。后来我去就诊，认为他不怎么像，怀疑是疟疾。但当时的形势没有人敢绝对断言木匠不是埃博拉，故把他送到了埃博拉专治医院。结果很快又送了回来，说血检是阴性，一天就出院了。但谁能想到，不到半天，小木匠又发烧、腹痛，浑身还在抽抖。这回谁也不相信他患的是疟疾了，都认为小木匠患埃博拉是板上钉钉子，跑不了啦！老实说，当初看小木匠的那个样子，我的心里也直嘀咕，这家伙真的患上埃博拉啦?可心头又有些不服，便找到他爹，细问小木匠到了那边的埃博拉医院后的整个过程，因为昨天我对小木匠做出的疟疾诊断是有医学依据的。现在情况不一样了：他到了埃博拉医院，说不准在那个地方感染了。小木匠的父亲从头到尾，认认真真帮着回忆他儿子到那边后的每个行动细节。听完后，我心里立即有了数，又对小木匠进行了诊断，并告诉大家：他患的还是疟疾，而不是埃博拉。有人就反问我：你根据什么？他全身都抽上了！是典型的埃博拉症状。我也毫不含糊，一个字一个字地解开大家的疑虑，说：那是他紧张的，并不是真正的病理抽动。经过一番详细的检查和确诊，小木匠患的是恶性疟疾凶险发作，并且建议立即配用治疗急性疟疾药物。过些日子后，小木匠安然无恙。我们医疗队上下也松了一口气……”

牟丹蕾在谈她处理这一患者的体会时，说了这样一句话：临危不惧、自信满满、安然处之，是中国医疗队与埃博拉拼杀之中始终保持的一种精神。这种精神，加之科学的应对方法，是实现“零感染”的关键之关键。

她的话，让我对她印象深刻。

中国医疗队的精神从此铭刻于心。

然而，前方与埃博拉的战斗并非那么简单，你越不想见的事，它越会冲你而来。

在采访中，中国医疗队和国家卫生计生委的官员几次提到在前方曾经有位“重要人物”差点回不了国，而且当时的情形十分严重，302医院的一些女队员甚至已经忍不住恸哭起来——她们得知此人已经“救不活”了。这人的情况我一直想了解，开始许多人回避，不过最后还是如愿获得了第一手采访材料。

他叫刘文森，在援助塞拉利昂的中国医疗队中是技术权威，可以与高福院士平起平坐，从资历上讲，甚至还超过一些院士。“百度”上一搜索，刘文森先生的身份是军事医学科学院的研究员，著名兽医学家。

“十一”国庆节那天起，中国医疗队主事的留观中心开始成批成批地接收患者。而此时，高福院士高烧被隔离，医疗队里又连续多个队员出现发烧、呕吐、腹泻等病状，技术总负责的刘文森，每天工作量倏然增加，不分日夜地忙得不停。“大家注意休息，休息是保障抵抗力的根本条件。”刘文森嘴上天天朝别人这么嚷嚷和要求，自己则该干什么照常干，歇不下来。

一天傍晚，检测队后勤组组长田成刚见刘文森拖着疲惫的双腿走向宿舍，便赶上去进了刘文森的房间，关切地问他哪儿有啥不舒服的？

“还可以。应该没事。”刘文森强作精神地回了一声，又说，“睡一觉估计能恢复。”

田成刚瞅了瞅刘文森的脸色，还是不太放心道：“我给你找个氧气瓶来，吸点氧恢复得快些。”说完，田成刚就下楼去找氧气瓶。

“不好啦！老刘昏过去了！快来人呀！”田成刚没走多远，就听楼上有人声嘶力竭地大喊起来。

这一声叫喊，让整个医院的人都紧张了起来，尤其是中国医疗队队员们。

“老刘怎么啦?”

“老刘昏死过去啦?”

“他是不是感染上了……”

群情一时有些失控。因为刘文森是队中的技术顶梁柱，假如他出了问题，会给中国医疗队带来什么影响是不言而喻的。

刘文森真的昏死了过去，而且全身剧烈抽搐，呼吸困难，情况极度危急！设想一下：一个著名医学家，在单位无人能及的长跑冠军的山东汉子突然倒下，且大小便失禁，这般突发情景还不把人吓死?

“快把药箱拿来！ 24个药箱全部拿来!”田成刚心想这回坏大事了！一边往回跑，一边大声向保管员喊道。这时随队医生柏长青、聂为民已及时赶到，李进队长等也赶到，刚刚恢复不久的高福和检测队长钱军等重要人物全都到了。几十分钟后赵彦博大使也满头大汗地赶到了……

刘文森出事，实在关系到太大、太多方面了！中国医疗队所有人扛不住!中国驻塞拉利昂大使馆也扛不住。赵彦博大使立即通知机要人员用机要电话迅速向国内报告，并请示援助。

“氧气！把氧气找来!”柏长青怒发冲冠了，冲着田成刚直嚷嚷。

“人命关天的时候了，你还说没有？给我赶紧找来，找不到看我怎么对付你和这个破酒店!”田成刚没处发脾气，冲着酒店总经理大骂。骂归骂，找氧气才是最主要的事。

“总算找到了!”当酒店总经理带着几个店员气喘吁吁地抬着氧气瓶到了刘文森房间门口时，关于“氧气问题”暂时停止争执。

柏长青医生事后说：“这氧气太关键了。当时老刘已经昏迷抽搐40来分钟了，如果再耽搁一段时间还没有吸氧，他就失去了最佳的抢救时间……”

吸氧后的刘文森仍然没有缓解，只是维持着生命迹象而已。

“看来老刘不行了!”这一夜，中国医疗队度过了出国后最黑暗最恐怖的一夜，所有队员都沉浸在巨大的担忧与焦虑之中，好几位队员完全失去了自控能力，情不自禁地痛哭起来。

“怎么啦？老刘还没断气，你们就哭哭啼啼个没完。我问你们：到底你们是希望他倒下了永远站不起来还是想让他站起来？啊？你们回答我！”极少在女队员面前发脾气的队长李进，这一天嗓门像上了油一样冲。

刘文森的病情和对他实施的抢救现场，在稍稍稳定之时，中国医疗队的几位领导则反而变得更为紧张：一则相当多的人怀疑刘文森可能被埃博拉感染，二则在对他抢救过程中，所有的医疗队员们都没有穿戴任何防护装备，这是极端危险之危险的事情，一旦查验出刘文森是埃博拉怎么办？

“刘柳、高福、钱军、李进你们都听着：要不惜一切代价把刘文森同志给我救活过来！否则我拿你们是问！听明白了没有？”这是国内军委总部领导打来的电话。

“是！首长。”

“当务之急，是要弄清楚刘文森是不是感染上了埃博拉，这是最关键！你们那儿没有什么设备，不要紧，我们将调集全国最优秀的专家给你们进行远程会诊……”国务院领导已经第三次跟中国检测队总领队刘柳通话。

是啊，刘文森得的什么病是关键，首先要排除的是不是埃博拉，然后才好下抢救治疗方案。

塞拉利昂与北京的时差约 8 个小时。开始对刘文森昏迷抢救的时间大约在晚上 10 点钟，而这时北京时间是早上 6 点钟。从北京早上 6 点到 10 点左右的几个小时里，北京方面已经为前方刘文森“倒下”的特级军情调集至少让十来个机构和部门在紧张地“动”了起来。国务院、中央军委、国家卫生计生委、外交部、公安部、交通运输部，还有边境检疫部门……一批顶级专家被抽调在一起为刘文森远程诊断，还有的则在调集西非周边国家的中国医务力量，更有的在通过国际组织请求技术支援，当然还有人在做最坏的准备……总之，一切想得到的事都想到了，一切最坏的打算也备齐了。

“怎么样，现在老刘的情况好转些了没有？”应该是北京时间上午上班后的4个来小时之后，国家卫生计生委领导的电话又一次打到了前方的中国医疗队。

“经过一夜抢救，刘文森同志现在终于处于稳定，不再抽搐了……”弗里敦方面报告道。

“好，你们要继续全力观察和治疗他的病，要千方百计确保他的生命安全。”

“是！请领导放心，我们一定要让老刘站起来，好好地活着，健康地回到祖国！”

放下电话后的钱军等人，一个个像穿着防护服值班回来，浑身上下湿淋淋的——这回是紧张出的汗。是啊，刘文森的生命安危，已经牵动着中央领导和军委首长的心，他老刘真要有个好歹，谁能扛得住嘛！问题是，老刘到底患了什么病嘛？埃博拉？要是埃博拉，病至昏迷抽搐，恐难挽救；若不是，又会是哪种病呢？

“老柏、小聂，你们俩说说，到底他是怎么搞的？啥毛病？”李进追问随队医生柏长青和聂为民。

“我们、我们也一下吃不准……到底是脑出血还是脑梗，除非有影像仪器拍个片，现在难以做出诊断。”显然柏长青他们也有些为难。

李进的火气无处可泄：“等于没说嘛！”

“李队长，结果出来了！”钱军大步流星似的走到李进跟前，说，“已经排除埃博拉病毒感染了，化验呈阴性……”

“老天爷！”李进长长地喘了一口气。在场的所有中国医疗队员们都重重地松了一口气。

“呜呜……”又有几个女队员哭了起来。

“娘们儿，你们能不能坚强些啊？”医疗队的几位爷们儿真生气了，挥动着拳头，在半空摇晃着，吓得那几个哭哭啼啼的女队员抱头就逃。

但刘文森的病情极其复杂而多变，尤其是没有常规的医疗设备与药物，虽然排除了埃博拉，却并没有解除生命危险。那些日子，中国医疗队员们的脸上看不见笑容，相互间说话好像谁欠了谁账似的。

儿子：爸爸的生命要献给西非了！你跟妈妈要坚强地活下去，照顾好妈妈。奶奶、姥姥、姥爷都爱你，你要多听他们的话，多孝敬他们。

儿子，爸爸深深地爱着你，永远地爱你们……

关键是刘文森本人对自己的病情也不怀希望了，不时让陪护的战友给他记遗嘱。

万晖，我的爱妻！感谢你这么多年来的陪伴。请只记住我的好吧。很抱歉我不能陪伴你了……

如此悲切的遗言，令大家怎不潸然泪下？

一边，是埃博拉的疫情愈演愈烈；一边，是我军、我国的医学大专家处在生命垂危的边缘，中国医疗队面临的考验前所未有。“那些日子，我们双重压力，确实很艰难。但必须挺过来！”钱军说，“从老刘生病到整个治疗过程，我们真的深深感受到祖国的伟大，党和人民军队的温暖。我也算见过不少大世面的，但像为了治疗老刘的病，从中央到军委，从军队到地方，甚至整个外交战线，那真是下了全力，想得到的每一件细小的事都有人想到了……少有！”

在各方的努力下，尤其是前方柏长青几个现场医生在国内专家们的指导下，运用正确的诊治方案，果断地对症下药和及时地抢救性治疗，刘文森在极其缓慢中获得了新生。

“老刘来吃饭啦！”那一天，当刘文森迈着稳健的步子出现在中国医疗队的食堂时，全体队友们情不自禁地欢呼起来。

你说妖不妖，就在大伙儿轮番拥过来跟刘文森拥抱时，旁边的几名女队员竟然又“呜呜”地大哭起来。

“又怎么啦？”男队员们跺脚了。

“嘻嘻，这回我们是高兴的！”女队友破涕而笑。

13 夺命埃博拉魔口

死亡，对死亡者或许只有麻木的恐惧；死亡，对无法挽救死亡的旁观者或许是一种真切的恐惧；但死亡，对以拯救生命为己任的医务工作者而言，却是一种力不从心的无尽痛苦。

中国医疗队在非洲援助抗击埃博拉的日子里，每天在经历大批从他们眼前走过的死亡者，那种内心的痛苦和无奈自然不言而喻。尤其是那些他们熟悉和尊敬的人一个个离你而去时，除了眼泪之外，就是揪心的疼，无边无沿的揪心之痛，会在许多日子里感觉心是憋的，像泰山压着喘不过气一样难受……

对于乔治院长的死，中国医疗队队员们就是这般心情。

卡努是中塞友好医院的塞方院长，他有一位好友是省立医院院长，那就是乔治先生。卡努和乔治两人都是塞拉利昂数一数二的著名医学专家，德高望重。

2014年10月底的一天，卡努院长领着他的好友乔治先生来到了留观中心。中国医疗队非常重视，派出柏长青等“看家医生”给乔治先生治疗。化验和诊断结果出来，乔治先生不幸感染上了埃博拉病毒，发烧、呕吐等特征不断向他袭来。但乔治先生是位十分高贵的医生，他不想在他人面前表现出自己的脆弱，即使在生命的最后时刻。当中国医生出现在他面前时，尽管极度虚弱的他，仍然坚持站起身与中国医生对话，无论怎么劝，他都强颜坚持。

根据刘柳、高福的批准，柏长青他们给乔治先生用上了中国医疗队自备的药物，而且明显起到了作用。但两天后，乔治先生坚持要到无国界医生主导的埃博拉治疗中心去输液治疗，不曾想病情急转直下，两天后死亡。

当卡努悲切地向大家转达这一消息时，中国医疗队再一次沉浸在悲痛之中。从埃博拉魔口中夺回每一条生命，似乎在那一刻成了中国医疗队每一位队员的强烈夙愿。

“高院士，你这专门研究病毒细胞的大专家，你说说到底埃博拉真的就没得救了?”

“柏大夫，我们就这样眼睁睁地让非洲兄弟姐妹们在我们眼皮底下一个个死亡?”

“想想办法吧！求求诸位大专家们……赶快拿点救命的办法呀!”

多少个同样的问题，多少遍被医疗队员们追着高福院士，追着柏长青医生，追着李进队长逼问。

高福院士搓头。

柏长青医生叹气。

李进队长握拳闭目。

太可恨了埃博拉！所有的仇恨唯有归结到一个共同的敌人——不，它是魔鬼，彻头彻尾的恶魔!

但，面对埃博拉，中国医疗队事实上绝非尽是叹息与无奈，很快在“实战、实毒”面前，他们找到了突破死亡线的办法。就拿对乔治先生的治疗看，如果能够按照中国医疗队所下的药物和治疗方案，他的病情不仅得到了缓解，而且完全可能获得彻底康复，更不会被病魔夺命。

这样的例子还有：

10月10日，医院内的3名塞方雇员确诊为埃博拉后，被送到无国界医生主导的埃博拉治疗中心后不治身亡。几天后，又有一名塞方工作人员出现高烧、乏力、呕吐等埃博拉病症，经化验，确诊为埃博拉感染。卡努院长求上门，希望中国医疗队救救他的部下。刘柳和高福等几位领导研究后，指示柏长青医生用上医疗队从国内带来的备用药，并且建议一定要在这位患者被送往无国界医生主导的治疗中心之前用此药品。柏长青还给这位患者又带上了一些药品。3天之后，这位患者平安地从埃博拉治疗中心回到卡努院长身边，激动得泪流满面地告诉他：“我没事了!”

显然，中国医疗队不仅有“特效药”，而且还有特别治疗埃博拉的方法啊！许多塞拉利昂人这样认为。

这一份赞扬，倒也让中国医疗队对自己增强了自信，因为那是真真切切的有人从埃博拉的魔口中夺路而生，靠的就是中国医生给予的药物和治疗方法。

柏长青是第一个拯救了一位埃博拉患者生命的医生。

那是位黑人妇女，名叫 Adiahupujch，为了感谢中国医生给予的重生，这位妇女特意穿着民族盛装，送给她的救命恩人柏长青一尊雕刻精美的乌木小象。这小象象征中塞两国人民友谊长存。

有一件事值得留意：在埃博拉疯狂流行时，到底世界上有没有一种被公认的有效药呢？权威人士和权威新闻对此都是否定的。那么中国到底带的什么药品在有限的范围内让一些确诊为埃博拉患者获得了新的生命呢？

我搜索了当时的新闻，发现 2014 年 10 月的新闻中就有一条这样的消息：中国研发一种抗埃博拉病毒药物，叫“JK-05”，研制单位是中国军事医学科学院，即刘文森所在单位。

一年后的 2015 年 10 月 11 日，《中国日报》又有一条重要新闻证明了上述这种针对埃博拉的药物不仅存在，而且获得了世界医学界的公认，因为这则新闻这样说：

当地时间 10 日上午，由解放军军事医学科学院生物工程研究所陈薇研究员带领团队自主研制的重组埃博拉疫苗，在相继获得塞拉利昂伦理与科学评价委员会伦理许可、药学理事临床许可后，正式启动了在塞拉利昂二期临床试验。这是中国研制的疫苗首次在国外获得临床许可，开创了我国科技人员走出国门，在境外进行疫苗临床研究“零”的突破……

再顺着这一消息往深搜索，我发现：中国科技人员研制的这一治疗埃博拉病毒的药物，其实早在 10 年前就开始进行研制了，那时是针对“非典”疫情而启动的工程。之后，因为埃博拉病毒在非洲越来越冒尖，该工程成了“863”计划的重组工程，并被几位军事医科院的年轻专家们作为主攻方向，且获得突破。2014 年春，西非地区埃博拉暴发，正巧我国科学家已经对这款药物的研制进入突破性阶段。但由于我国没有埃博拉原病毒疫苗——国际规定病毒疫苗是不允许进口的，所以我国科学家的研制成果只能作为“内部药物”限范围地试验性使用。

当中国医疗队受命紧急出国赴西非时，这味“救命药”就这样被“特批”而随中国医疗队到了埃博拉疫区。

紧急时刻，只能经总领队刘柳和副总领队高福院士批准后方可使用此药。这也就有了上面乔治院长等患者能用上此药的机会与过程。

“救命药”尚不被公认时，是绝对不能随便使用，更不允许对患者进行临床使用。中国医疗队的责任是配合当地，做好留观中心的患者接收与治疗。所以，拯救每一位身处埃博拉瘟魔之口的患者，或让他们在临别这个世界时有一份人的尊严，便是中国医疗队队员的责任与义务。

这，谈何容易！

当那些埃博拉病毒感染者和疑似患者被送进中国医疗队工作的医院后，他们或绝望地等待最后的死亡判决，或歇斯底里地做出各种各样常人无法理喻的事……面对死亡谁都害怕与恐惧，无助的穷人或许只能期待告别世界时的那一瞬不要太折磨人，有钱和有地位的人或许千方百计在寻找一切生的可能和死亡时的几分体面。然而在中国医疗队员眼里，所有埃博拉患者的命运几乎毫不例外——他们在告别世界时都是痛不可睹，少有尊严。

50%－80 %以上死亡率！这就是埃博拉！这也是让中国医疗队员们每天所要面对的痛苦与无奈，也正是这般碎心裂肺的痛与伸手勾不上一个个活脱脱生命离你而去的无奈，让大家齐心团结，想尽可能，有一丝希望，使百分的努力去拯救每一个可以从埃博拉魔口中夺回的生命。

在整个抗击埃博拉的战斗中，没有比以下这样的场景更令人兴奋与激动人心。

场景一：刘冰妈妈与小卡拉萨儿子的难分难舍

这一天，联合国儿童基金会的官员驾车来到留观中心，说要带走11个月大的婴儿小卡拉萨。中国妈妈刘冰哭了，哭得两眼红红，抱着小卡拉萨就是不肯放手。仿佛知道要与“中国妈妈”离别的小卡拉萨，顿时哇哇直哭。

一对异国“母子”紧紧地搂在一起，这一幕让所有在场的人禁不住热泪盈眶。

小卡拉萨其实已经是个孤儿了，十几天前他和自己的母亲一起被人送进留观中心，3天后母亲就被埃博拉病魔夺走了生命。11个月大的婴儿长着一双乌黑的大眼睛，似乎对发生的事一无所知，当护士阿姨把他从母亲的病房里抱到另一间房子时，小卡拉萨摇晃着小脑袋还在好奇地看着四周……这一切被一位中国医疗队的女队员刘冰看到了。小卡拉萨天真无邪的目光深深地刺痛了刘冰那颗善良的心：孩子可怜，不能没有妈妈照顾。

于是从那天起，刘冰向领导提出，要求增加班次，为的是能够进病区照顾小卡拉萨。“孩子也是一条生命。他没有了母亲，但不能再让可怜的孩子没有这个世界呀！”刘冰的话打动了队领导，例外地批准刘冰当小卡拉萨的“临时妈妈”。“孩子已经成孤儿了，我们得想法通过有关机构帮助他活下去。”中国医疗队领导为小卡拉萨设计了更长远的道路。

刘冰可没有把自己当作小卡拉萨的“临时妈妈”。妈妈就是妈妈，妈妈对孩子的每一份细微之爱、用心之情，刘冰倾尽全力：教小卡拉萨牙牙学语；学小乌龟走路；逗小家伙开怀大笑，甚至用中文像模像样地讲故事给他听……小卡拉萨那神情似乎也能听得懂“中国妈妈”娓娓道来的“唐老鸭”的故事。

真是一对好母子！塞方医护人员都这么夸刘冰和小卡拉萨。

现在，小卡拉萨在中国叔叔们的帮助下，获得了联合国儿童组织的帮助，将被送到有吃有穿又能在以后接受良好教育的机构去了。刘冰“妈妈”听到这个消息，既为小卡拉萨高兴，又十分不舍，于是也就有了开头那动人的离别场景。

场景二：冠军回来当义工

这个故事发生在中国援助利比里亚的另一个医疗队的留观中心。

那一天，解放军总医院的周飞虎和成都军区的李福祥医生等刚刚从病房完成巡诊，脱下防护服，回到清洁区时，突然一位30多岁的利比里亚女性蹦蹦跳跳地站在他们面前……

“哎呀，是大冠军回来了啦！”周飞虎他们说的大冠军，是利比里亚乒乓球冠军克里斯汀（Celestine King）。这位13岁就拿了全国乒乓球冠军的运动员，前些日子同样不幸感染上了埃博拉。开始一直拒绝治疗，最后还是在中国心理医生的帮助下走出阴影，积极配合治疗，终究从死亡线上走了出来。

出院的她又回来干吗？

“是身体还有什么问题?”李福祥医生忙问克里斯汀。“不，我的身体好好的!”活泼的克里斯汀调皮地在中国医生面前做了一个拳击动作，然后自个儿先“哈哈”大笑起来，“告诉你们，我是回来想在你们这儿当义工的!”

啊，大冠军要回来到留观中心当义工！这消息像长了翅膀，很快传遍了整个留观医院里里外外。

克里斯汀的行动，让中国医疗队队员们十分感动和感慨，因为她是中国第二批援助这个国家抗击埃博拉医疗队治愈的6名埃博拉病毒感染患者之一。

“谢谢克里斯汀，谢谢你能在疫情最严峻的时刻来帮助我们工作。”周飞虎代表中国医疗队庄重地接收这位利比里亚乒乓球冠军为留观中心的一名正式义工。

“错了，亲爱的中国医生，是我要谢谢你们！是你们给了我第二次生命，所以我要用自己的第二次生命来跟你们并肩战斗，去拯救更多的同胞们的生命。”克里斯汀动情地向中国医生袒露了她的心愿。

原来如此。

在利比里亚全国暴发埃博拉病毒感染最严重的日子里，中国医疗队却在收治患者过程中频传捷报：他们连续把一个又一个的患者生命从埃博拉口中救出并复生。克里斯汀一进留观中心，就听人说在她入院之前就有一位体重200斤的患者Mulubah先生不仅感染上了埃博拉，而且还有严重的糖尿病、高血压。为了拯救这位“巨男”患者的生命，医疗队的杨丽医生、护士长冯建琼、王永华三人争先恐后、无微不至为这名患者服务。Mulubah先生出院那天，跪在地上，张开双臂,面对苍天，连喊了三声： “China, Good!”“China, Good!”“China， Good!”

“China is the best!”（中国是最棒的）克里斯汀在留观中心工作了很长一段时间，总是逢人就讲这句话。尤其她在患者中经常用自己的亲身经历给大家讲，我们的国家会在中国这样的好朋友帮助下，未来一定会渐渐好起来，大家要增强信心，争取早日健康出院。

在克里斯汀和中国医疗队员的共同努力下，一个又一个埃博拉患者重新从病榻上直起了身子，欢笑地走出了病房。克里斯汀是利比里亚的名人，她的行动又鼓励了许多年轻人主动走进了埃博拉治疗中心和留观医院当义工，为那些处在死亡线上的同胞送去温暖与帮助……

场景三：穆苏老太的盛大“生日”典礼

穆苏是一位塞拉利昂老人，2014年夏的她年至八旬。可穆苏老太太不曾想到吃野果一辈子的她竟然这回“吃”出了毛病——她被诊断是埃博拉病毒感染者。到留观中心那天，穆苏老太渐处昏迷状态，之后又因年高体弱，病情不断恶化，生命垂危。中国医疗队迅速根据穆苏老太的情况制定出一套适合她年龄段的医治方案，相继实施了输液、抗感染、营养支持和常规生化检查，并接连进行体温、血压、脉搏等生命特征检测。队员们以伺候母亲一般的认真细致精神，连续三天三夜，使穆苏老太苏醒和获得体能恢复。之后又进行强化抗感药物治疗与食疗等有效配合，特别是几位女队员对穆苏老太的身体外伤内疾进行精心护理按摩，至第七天，老人一天比一天健康，第八天对她进行埃博拉病毒检测结果，属阴性。

“Auntie；granny；ok!”（老妈妈好啦！）李晓、方凤等几位数天来日夜轮流陪护老人的护士们，听说穆苏老太脱离埃博拉危险的喜讯后，就像为自己的母亲过生日一样，特意为即将病愈出院的穆苏老太亲自准备了一桌好饭菜，又专门从驻地采摘了许多鲜花，编成美丽的花环，挂在老人脖子上。

“Happy birthday to you! Happy birthday to you……”

（祝你生日快乐）穆苏老太入院的第十天，中国医疗队特意为出院的她举行了一个盛大的生日典礼。当中方医务人员和塞方医护工作者用中、英两种语言为老人同声唱起“祝你生日快乐”歌时，80岁的穆苏老太流泪了，她那颤抖的嘴唇连声道：

“Chinese good!”“Chinese good!”（中国人好！中国人好！）

“中国人好，中国人在援助我们抗击埃博拉的行动中，表现好！”如此的话，不仅出自于穆苏老太这样重新从埃博拉的死亡线上回到正常生活中间的患者之口，塞拉利昂总统科罗马也这样说，几内亚总统孔戴和利比里亚总统瑟利夫也是这么说的。

场景四：复活的“熊猫宝贝”

在埃博拉疯狂袭击西非国家时，联合国儿童基金会发布了一份报告指出：在疫情严重的几内亚、塞拉利昂和利比里亚三个国家，至少有900多万儿童目睹了埃博拉造成的死亡和苦难，他们稚嫩的心灵难以理解这些痛苦的现实，而在这场史无前例的与疫情抗击的战斗中，保护这些儿童对这些国家的未来具有至关重要的意义。

一批批中国医疗队进入西非之后，他们在帮助这些国家拯救一个个生命之时，挽救幼小的儿童生命常常表现得更加人性、母性和爱心。

女孩富拉尼是被中国医疗队从死亡线上拯救过来并获得特别关爱的儿童之一。

2015年1月底，11岁的富拉尼被确诊感染上了埃博拉病毒，被送到中塞友好医院改建的留观中心治疗。孩子第一天进入病房时那弱不禁风的病态，就印在第三批中国医疗队女队员储芳眼里。入夜，同为母亲的储芳辗转难眠。小富拉尼独自住院，身边连一个亲人都没有，多么可怜啊！尤其是储芳打听到富拉尼的好几位亲人都因患上埃博拉而去世时，她的心彻底碎了，一股爱惜之情油然而生：必须让这孩子活下来，幸福健康地活下来！

储芳不知哪来的这份力量。从此，她与队里的其他医生一起，精心为富拉尼制定治疗方案，一天一天地瞅着富拉尼一点一点地从死亡线上挣脱出来。

"富拉尼有救了！孩子有救了！"当富拉尼的再次化验呈阴性时，储芳泪水横流，不停地将这一喜讯告诉所有见到的人。

但这仅仅是第一步，要想让富拉尼彻底康复，还需要精心照顾和治疗。储芳主动向队里提出申请，做富拉尼的"贴心妈妈"医生。

那天，储芳临进病房前，专门在自己的房间里翻箱倒柜了半天，结果找到了一只熊猫布娃娃。那只"熊猫"眼睛可爱而又纯洁，跟富拉尼的眼睛极其相似。

"你看，像你吗？"当储芳把"熊猫"放到富拉尼面前时，女孩兴奋得直跳，然后把自己的头轻轻地依偎在"熊猫"身上……眼前的这一幕，让储芳无比陶醉。

从此，富拉尼整天抱着"熊猫"度过她每一天幸福快乐的日子，也因为她积极配合，加之储芳等13位"中国妈妈"时不时轮流到她病房帮助她、照顾她，给她买吃的，送玩具，逗她玩，富拉尼的身体也随之越来越健康，直到彻底康复。

富拉尼也因为终日不离"熊猫"，于是储芳亲昵地叫她"熊猫宝贝"。

“喜欢妈妈叫你‘熊猫宝贝’吗?”当储芳询问富拉尼时，孩子无比开心地点头。

“熊猫宝贝”由此叫开。

又过一些日子后，“熊猫宝贝”要出院了，这让“妈妈”储芳又喜悦又难过，康复的富拉尼和将要离别的“熊猫宝贝”，都让储芳难舍难分……

“中国妈妈，我爱你!”当富拉尼将要离开医院前，她突然上前紧紧地扑到储芳的怀里，用生硬的中文说着这句话时，储芳早已泪流满面。

这场景，让在场的人都感动了。

在西非抗击埃博拉的日子里，这样的场景在中国医疗队驻地，几乎天天能见到。

在国家召开的援助非洲抗击埃博拉表彰大会上，302医院的同志介绍了这样一个数字：他们所在医院派出的三批医疗队，共收治773名患者，确诊285例，将埃博拉死亡率从70 %降到48 %。这数字也许对一般人来说，仅仅是多与少的概念，然而在当时西非埃博拉病毒疯狂袭击、每天几百几千人被送进医院的那些日子，死亡率就是多少人的命啊！那是无法把一个个活生生的命救回来的残酷现实，能把高于70 %甚至80 %、90%的死亡率降下来将意味着什么呢？就是有成千成万人的生命获得新生！逃出了埃博拉魔口啊！

而中国医疗队将这样的死亡率降低至48 %是多么了不起的奇迹和贡献!

写至此，我想起了一句话：一个人的生命既属于他自己，但又不全然属于他自己。当一个人的生命被其他人所关注并再次获得新生时，他对生命的理解和意义就很不一样。相信这样的生命越多，人类将获得的爱与温暖也会更多。

难道不是这样吗?

14 留在非洲乡村的“中国理念”

到过非洲的人，总有一个特别深的印象，那就是越穷的地方，对中国越友好，而且在那些地方的“中国元素”似乎也特别的多。这是什么原因？这是因为新中国成立后的中国政府特别重视帮助“穷兄弟”的非洲人民的结果。

到过非洲的人，还会有一个特别深的印象，那就是非洲人民知道“毛主席”的人特别的多。甚至许多非洲人今天仍然能用中文喊出“毛主席”这三个字来。

“毛主席是中国人民的大救星，是我们非洲人的大恩人，他为我们修了很多桥，很多学校，很多路，还派出了很多医生……他是世界上最好的领袖。”

在非洲不同国家，我听过不同的政要人物，不管是现政权的，还是反对派的，他们在这一点上是共同的。

了解过去的中非关系，就会明白这一点其实是自然而然形成的。

毛泽东的伟大和他的一生情感意识里，从来都把“人民”、把“广大的人民”放在第一位，当他将自己的“广大的人民”领到推翻三座大山之后的新中国成立后，他听说远方的非洲的“广大的人民”仍然过着奴隶般的生活时，异常动情地要求自己的同样仍处贫穷的政府与国家，全力支援非洲人民。他输出了两个理念至今仍然在非洲大地上特别受欢迎，一是游击战争为主要形式的夺取政权的思想，二是人民战争。这两个理念在非洲人看来，就像是专门为他们的革命与建设所设计与制定的理论学说。

如果毛泽东还活着的话，他一定认为非洲今天惨受埃博拉侵袭伤命，就是因为缺少了“人民战争”的思想深入人心。

“这是对的。从埃博拉暴发到后来的整个抗击病毒传染的全过程，缺少的和最后管控了这场疫情的，恰恰都是人民战争的正反作用。”说这话的是国家卫生计生委卫生应急办公室主任许树强先生。许主任接着跟我说，“埃博拉出血热是一种突发急性传染病，要把它控制住就要靠管理传染源、切断传播途径、保护易感人群，就要靠联防联控、群防群控。这也就是你说的人民战争。”

我与这位在非洲埃博拉疫情最严峻时刻调任的国家公共卫生工作紧急状态下的核心指挥部门负责人一见如故，他激情、热心、坦诚和专业的性格给我留下深刻印象。之前他是北京中日友好医院院长。

“2014年9月21日下午，国家卫生计生委领导召开了应急办主任调整的会议。当时，我们还在西直门的办公楼里……”采访许树强是在友谊宾馆的一间国家卫生计生委卫生应急办公室的临时办公室。“原来那个地方现在正在装修。”许主任向我解释道。

“喏，这把沙发一直陪着我到现在。我对它可有感情呢！”许树强的一双眼睛总是流露着特别的光芒，他告诉我“调任”的经过，“那天，我参加完应急办主任调整会后，就跟着前任主任到应急办同志们的办公室认了认门。之后，就来到给我安排的办公室。我的前任说，调你来当这应急办主任，你是很有影响的一线医院院长，又是参加和组织过‘非典’疫情的处理，有经验，又有资格，专业水平也强。因为埃博拉的疫情越来越严重，我们国家各个口都动员起来了，任务也特别繁重复杂。前任主任拍拍我的肩膀说：‘树强，你就好好干吧。’”

“当天我就与前任一起，一干就到了晚上快11点钟。”许树强跟我说，“看着应急办的每一个屋子的同志都在忙碌，尽管不少事儿我还插不上手，但我真不忍心先走了。忽然想到，忘了司机还在等我，就赶快给司机打电话，叫他赶快先回去。司机说：没想到，这国家机关的活儿比当院长还辛苦。我对司机说我也没想到啊。然而，这一加班加点的工作一干就是一年多。”而这个沙发就成了许树强晚上加班休息的床。难怪他对这个沙发有那么深的感情。

后来我知道，许树强曾是全国青联常委，因在“非典”期间立过大功，荣获“中国青年五四奖章”，还受到时任中共中央总书记胡锦涛同志的亲切接见。

而采访这位中国公共卫生应急指挥中心的高级指挥官后，我才知道了他为什么对“人民战争”这个中国概念那么赞赏与理解深刻，是因为中国国情和多次公共卫生方面出现的事件，使我国有了这方面的血的教训与成功经验。

“‘非典’疫情能够在后期迅速得到遏制，就是我们在公共卫生战线运用了人民战争的思想所取得的成功范例。”许树强介绍，在埃博拉疫情暴发之初，以习近平同志为核心的党中央和中国政府就及时采取了有效措施，启动了由国家卫生计生委牵头、22个部门组成的联防联控工作机制，全面严格落实各项疫情应对措施，取得了国内防控工作“严防控、零输入”的胜利。

习近平总书记和李克强总理都是第一时间就埃博拉疫情应对做出重要批示，国务院副总理、疫情防控总指挥刘延东先后6次主持专题会议，部署960万平方公里国土面积上防控埃博拉病毒侵袭的狙击战。

“当时疫情对我们国家威胁极大，你知道，我们南方像广州、义乌等开放城市，每天进出的非洲人多达十来万人，如果有埃博拉感染者入境，管控不好又会让我们吃一次比当年‘非典’还要厉害的疫情苦头，这还了得！而且当时我们国家还有好几个重要的国际性会议与活动，比如北京的APEC，天津的达沃斯论坛，南京的青年奥运会，还有广州交易会，都是国家元首级领导出席和几万外宾来来去去走动，如果埃博拉传染到我国境内，你去设想吧！要多窘相就有多窘相！”

“这个时候国家把这么重要的一个岗位搞了个临阵换将，大概是非阁下莫属了！”我戏言。

“噢——可不是，可不是！”许树强立即满脸红晕，“调我来到这个岗位，是卫生计生委党组对我的信任，也是因为前任还有重要的事去做。”

瞧他这么谦虚又诚恳，这样的同志当官执政我们才放心哟！

在回答我“为什么中国这一次对埃博拉疫情管控得这么好”时，许树强脱口而出，就是您刚才说的四个字“人民战争”。

“毛主席的人民战争的战略战术思想，其威力和作用就是大。”许树强感慨道。他进而介绍，当西非埃博拉疫情暴发后，我国政府立即确立了“高度重视、密切关注、防控为主、内外结合、科学应对”的工作原则，卫生计生委各部门迅速进入全天候24小时工作状态，李斌主任、崔丽副主任等领导一直靠前指挥全国防控战斗，先后16次召集相关部门协调联防联控工作，安排部署重点、难点防控任务。同时依法及时向全社会公布疫情信息，向民众宣传预防埃博拉病毒传染的知识，提升了全社会对疫情的认识与应对准备。特别组织了对广东、浙江等几个非洲人出入境频繁地方的疫情输入风险排查。

“其实公众不清楚，但我们这些干防控的人可是非常清楚当时有多紧张啊！”许树强向我透露，“当时从广东、上海、浙江等入境的来自西非疫区人员排查了几万人，其中一百多人留观，经检测排除了埃博拉出血热。同时，制定了西非疫区三国中国公民的感染防控建议，紧急调用防护用品，全力保障我国境外公民健康生命安全。而这些工作真的是在发动着人民群众一起参与防控，对这个极其烈性的病毒、这场抗疫的战争，可以说，没有广大人民的参与就不可能实现‘零输入’的目标。”

“听说你后来作为‘国家高级专员’，也去非洲传播和指导‘人民战争’了？”我特别想采访到这个。

“哈哈哈，不敢！我只是作为国家在援非抗疫西非前线统筹协调工作的专员去的。”许树强连连摆手说明真相。

“之所以用政府高级专员身份，是因为代表国家去的，统筹我在西非疫区三国援助队伍，确保人员安全，加大工作力度，协调地方、军队及常驻医疗队等方面的力量，进一步形成合力，更加彰显国家形象，还要与这几个国家和国际组织的相关人员联系。便于外交上的直接与对等处理。”许树强解释。

“也就是钦差大臣这样的角色。”我说。许树强习惯性地抹抹嘴，说：“美国、英国等国家也派出了类似的人员。”

2014年11月14日，顶着“中国政府高级专员”头衔的许树强，搭乘东方航空公司专机从北京出发，飞向遥远的非洲，飞向正处埃博拉疫情异常严重的西非国家。同机搭乘的是我国派往西非三个国家的第二批医疗队和一批紧急援助物资。

“我们飞经俄罗斯机场，停靠那里加水加油，结果机场方面不让我们靠近他们的民航飞机，而且不让我们下去休息，因为听说我们是去非洲的埃博拉疫区。你想想当时全世界对埃博拉有多恐怖！我们是从北京出发的飞机，根本还没有接触过埃博拉疫区，友好的俄罗斯人都这么对待我们，可见当时的严峻形势和大家的恐惧心理吧！”许树强感慨道。

我很好奇“国家政府高级专员”是干什么的、怎么干的？

许树强笑言：“是西装革履者干的活你要干，扛枪举刀的事你也得干！到了疫区，你可能是专家、指挥员，更多的时候就是战斗员。”许树强说，他见疫情严重的国家总统时曾讲道："我也是宣传员，宣传要有序有效地处置疫情，就得靠群防群控，也就是毛主席倡导的人民战争。"许树强比划着向异国总统解释。

科罗马总统听了"中国专员"的话后，若有所思地说：人民战争！毛主席的！

"人民战争"的"中国理念"确实由于中国医疗队和中国驻西非几个国家的医疗队"导入"的，从抗击埃博拉一开始，就发挥了作用。比如他们为了防止全民性的疫情传播，采纳了我们中国式的"闭户日"，这很管用。

比如，在之后的数个月里，在中国医疗队和专家们的指导下，向塞拉利昂、利比里亚、几内亚等派出大批受过训练的公共卫生专业人士到广大的城镇乡村去普及预防埃博拉知识，为彻底阻击疫情的泛滥起了决定性的作用。

这中间，中国医疗队的作用与贡献是极大的。人民战争的理念与战略战术是毛泽东、中国共产党人发明的，也是中国医疗队和中国专家在非洲埃博拉疫情肆虐时，帮助和带着非洲人民自觉行动起来，抵御埃博拉袭击、遏制疫魔猖獗的卓越战斗——

徐峰，中国第三批赴塞拉利昂的医疗队队员、浙医二院感染科教授。我采访他的时间已经是他回国近一年半的时候，但这位激情澎湃的年轻教授依然心头牵挂着"遥远的非洲"……

"塞拉利昂卫生部门现在还会经常把当地的一些埃博拉等热带传染病资料发到我邮箱，我也会经常回复他们并给予一些建议。"在徐峰看来，这一封封穿越8个时区的邮件，是他个人、也是我们中国医疗队专家对非洲人民的一份份惦念和友情。

作为我国派出的专门为塞拉利昂等国抗击埃博拉疫情、帮助当地民众普及专业知识的专家队员，徐峰在塞拉利昂最艰苦边远的地区工作了两个多月，而那里正是埃博拉的疫情重灾区。

2015年1月27日，徐峰随队飞往塞拉利昂。虽然之前心里有所准备，但等到他接受任务到了那个国度的乡村培训驻点地后，才真正体会到什么是"非洲"，什么是"贫穷落后"。

"当你睡在没有灯、没有网络、没有电的野外帐篷里，顶着四十来度气温，一边还要不停地驱赶蚊虫和比手掌还要大的蜘蛛与蜥蜴时，你想哭都没人听，想说也白搭。只有寂寞与独自坚守方能支撑着。”徐峰说，“最要命的是你得时刻警惕埃博拉病毒恶魔的随时进攻，那是半点马虎不得的……”

“一次，在对当地6家基层医疗卫生机构人员进行专项培训时，一名学员被发现是埃博拉密切接触者，而在其被隔离之前，我们已经有了接触。”徐峰回忆起当时的情形，脸色仍然凝重，“当时医疗队同事们真的都捏了一把汗。因为我们知道，当地已经有572名防控一线工作人员感染了埃博拉病毒，其中443人已死亡了啊！你说吓不吓人！而且除了埃博拉，还有疟疾、黄热病、拉沙热等急性传染病，哪一样病毒都会要你命的！”

“问题是，我们虽说是‘外国专家’，其实既要在讲台上做指手画脚的老师，下来自己又要动手弄饭弄食吃，遇上病号患者你还得上手帮助治疗。那荒山野岭的地方，稍不谨慎，就会传染上什么病。极其恐怖，又无法避过这些，因为我们是到乡村为当地的民众普及预防埃博拉知识的，不像在城里，有我们专门的工作大本营。边远落后的乡村可大不一样，想不出的难题都会冒出来。”

毛泽东说过，教育农民的问题是最大的问题。徐峰深有体会道：“毛主席他老人家太英明了！在中国是这样，在非洲更是如此。”

刚到乡村举办培训，那些部落主尤其是土郎中们根本不相信徐峰他们的宣传，甚至根本不信有什么“埃博拉”。村里有人感染并死了后，他们依然我行我素，跳大神、嚼野草，抚摸尸体……后来死的人越来越多，人们纷纷逃跑，部落主们才开始害怕起来，土郎中再怎么跳神弄妖也没人信了。徐峰等中国专家开设的预防埃博拉讲堂则有越来越多的当地百姓前来听课。

“对，洗手！天天要洗手，接触人后更要洗手。”徐峰说，非洲人从来没有洗手的习惯，而为了让他们有这样一个简单的生活习惯，有一个正确的洗手方法，你可能要花几天的工夫，来回不停地示范。这就是我们在非洲乡村所做的许多事中的一小件事。

一段时间，有个小男孩每天都出现在培训班上。这引起徐峰教授的注意。一问，孩子的家人都被埃博拉病毒害死了。孤儿的他，每天张着一双异样的眼神注视着徐峰，想寻找机会跟中国教授说说话。

机会来了。“小朋友，你好像要对我说什么是吧？”徐峰用英语询问孩子。

小男孩点点头，一字一字地悄声问：“能带我到中国去吗？”

徐峰问：“为什么？”

“我想当医生……”孩子还没说完，眼里就溢出两行泪水。

徐峰教授被这孩子的一句话，说得又心痛又难过，而更多的是责任。

洛克港在塞拉利昂北部的一片原始热带雨林地区，也是埃博拉传染发病比较高的地方，严重时每天都有几十例患者增加。普及抗培知识，让民众自觉行动起来，自己管理自己，共同抵御病毒恶魔的袭击是根本所在。徐峰他们的培训组在几十天时间里，不分白天黑夜地组织乡村民众培训，人次达1300多，指导完成69例埃博拉预警病例，确诊14例患者，为607例亲密接触者进行了合理的隔离处置，一改该地区疫情严重的局面。

“我T恤胸口印着的那一面五星红旗，就是塞拉利昂人眼中最鲜艳的色彩和希望。”徐峰骄傲地说，“后来，我们每到一个地方，当地人都会友好地向我们伸出拇指，说，中国人，好样的！好样的！”

距离原定回国的日子只有几天了，突然有一天队友李新旭博士在野外工作时突发高烧，头痛欲裂。“我不行了！可能……”李博士抱头痛苦地喃喃着。

要命的事竟然在队友身上发生了。徐峰简单给李博士诊断了一下，觉得很像埃博拉病毒感染病症。

绝不能马虎！

徐峰心火如焚，立即驾车载着李博士向最近的埃博拉诊疗点急驶而去。

这是一段长达6个小时车程的路途。车上只有徐峰和李博士，又是在半夜黑途中。“当时我确实太紧张，急得掌方向盘的手心全是汗。开足马力，一心想的是早一刻把队友送到诊疗地接受治疗……”徐峰说，“我跟后座的李博士开始谁都不说话，后来他突然不紧不慢地冲我说了一句，他说：要是我真染上了埃博拉，那我就成了西非感染埃博拉的第一个中国人了，徐峰教授你说是不是？小李的这句话像尖刀似的刺在我心头。我连说不会不会，绝对不会的，可我心里真的害怕极了，我害怕我的队友真的会倒下……阿弥陀佛，6个小时后我们赶到埃博拉诊疗点给李博士一化验，是阴性。我当时就想跳起来大喊几声……但竟然双腿一软，一下瘫坐在地上。是太累，太紧张后的全身放松……”

“我们实实在在地拯救了无数当地百姓，而我们自己又一个没少地回来了。这是值得骄傲的事。”徐峰一再这么说。

难道不是吗？

我们今天一直在讲“大国崛起”“大国形象”，其实真正的大国崛起和大国形象，并不仅仅是以一个国家自己的民众多富裕、军事实力有多强大，而往往是看你所承担的国际义务多还是少，尤其是遇到了他国的、全球性的困难时，你这个国家是否真正出力，真正无私地援助了他国与世界。

西非地区惨遭埃博拉袭击的时候，中国人民和中国政府做了许多“第一”——在全世界第一次由国家元首致电相关三国总统慰问并宣布援助重大举措；第一次租用包机运输紧急援助物资，在他国建传染病诊疗中心；第一个整建制地派出军队的地方医疗队；第一次援助一个地区性的灾难资金达7.5亿元人民币……一系列的“第一”叠加了中国外交和大国形象。然而对非洲人民感受最直接和深刻的是，一批又一批到处可见战斗在埃博拉疫区的中国医疗队员们的身影。

在非洲的土地上，有许多事你难以想象，但它都可能出现。比如说中国支援了许多抗击埃博拉医疗物资，以救西非那几个饱受病毒袭击之苦的国家，然而中国医疗队员们则时常会遇到些令你哭笑不得，不过最终仍然皆大欢喜的事。

陆军总医院沈春泉副院长是中国援助几内亚抗击埃博拉医疗队的队长，沈队长是位“帅哥”型军官，去过非洲3次。美丽神奇的非洲给他留下了抹不去的记忆，“我要写一首诗，但现在还没写完……”听说我是中国作协副主席，沈院长与我见面的第一句话就把他心中的“小秘密”透露了。

话回埃博拉话题后，沈院长非常感慨他们当时在利比里亚开展工作的不易——

“原计划我带队80个人去接一所传染病医院，但后来因为西非3个国家的疫情越来越严重，我们整个中国援助非洲抗击埃博拉的战线拉得也长了，我所带的那个医疗队人员一下减到了39人，又是2015年‘收官’性质的工作。我们医疗队接收的那医院实际上建在一个体育场内，这座体育场也是咱中国援建的。庞大的体育场一侧，就是我们工作的地方，显得空荡荡又孤单单的。39人要干原来80人的工作，显然人手不够。怎么办？只能雇用本地人，医护人员且不说，光从安全考虑，我们就雇用了当地20多个警察和十几个保安。但是，没几天，我们堆积在体育场内的物资出现了被窃的事，至于食堂、仓库和医院内外丢三落四的就更不用说了。不用侦察调查，一估计就是这些负责我们物资和人身安全的雇用警察和保安人员。再就是如何遏制小偷小摸现象。后来我们发现：警察中不乏勤快、诚实讲理的。尤其是我们发现警察中有一位特别表现好，经常在休息时间里帮助我们中国医疗队义务做好事。他做的好事一多，大家就习惯称他是‘利国活雷锋’。我们也抓住这一典型在其他雇用的警察和保安中宣传，并对这位‘利国活雷锋’进行物质奖励。受奖励的这位警察更加积极主动，把做好事的范围延伸到帮助我们抓小偷，监督和纠正其他警察的不良行为。我们觉得这样的雇用警察和保安人员自我管理形式对我们十分有利，可以改变我们中国医疗队生活和安全环境。同时为了确保我医疗队员们专心致志投入参与抗击埃博拉，我们特意请了当地媒体的记者来采访这位利比里亚‘活雷锋’，还立即在当地报纸头版进行大力宣传。这下那位警察出名了，其他警察看了眼红，也跟着向他学习。想不到一件本来让我们十分纠结的事，如此迎刃而解。”

沈队长他们的医疗队后来在利比里亚的工作做得圆满而战果辉煌。

“人生地不熟的地方，原本是一些小事，但放在远离祖国的中国医疗队面前，可能就是一座难以逾越的大山。抗击埃博拉的日子里，这样的小事几乎天天遇到……”许树强说。

作为中国政府的高级专员，发生在许树强身上的“小事”可就都是大事了，而且更加彰显中国官员形象与中国精神……

朱易村，是塞拉利昂首都弗里敦西区的一个村子，住着几千贫民。这个村子是造成首都弗里敦埃博拉暴发的重要传染源之一，曾一度被外界称为“死亡村”。

那天，许树强专员乘车走了走就到了朱易村。随行的两名使馆参赞和专员一行人员劝他不要亲自进村，我们进去就是了。许树强知道同事们担忧他感染上埃博拉，“放心，我们只要不被当地人接触到身体，就没事。”许树强这么说着，就往村子里走。

当地的百姓在疫情发生后就见不到外国人，突然见了许树强一行，格外热情地围了上来，尤其是那些孩子，纷纷向许树强伸手……“好可怜的孩子，都瘦成这个样！”许树强一边看着身边一个个骨瘦如柴的孩子，一边将手伸进自己的口袋里。

“巧克力！我这里有几颗巧克力呵！”许树强高兴地将口袋里几颗准备饿肚时充饥的巧克力，撒向孩子们。

“许专员——你不能这样做呀！”一旁站着的参赞赶紧喊话，但已经晚矣。

原以为几块巧克力可以让孩子们高兴一阵子的许树强，没有想到他这一撒，不仅引来了更多的孩子，连妇女和老人都冲他而来，将他团团围住，拼命地搂住他的腿，掏他上下口袋……那情景让许树强没料到，更让随行的人员急坏了：高级专员许树强太危险了！他全身可能被“污染”了！

“快散开！散开——！”

好不容易许树强才从包围圈里“解放”出来。

“我们快回去吧许专员！”随行人员恳求道。

“不行！”许树强严肃道，“还没进村就要走，这不是我们的风格……”话音未落，他竟然转身径直往村子里走去。

随行的人员摇摇头，只好随其而行。

这一天，中国高级专员一行在塞拉利昂最严重的埃博拉传染村巡察了几个小时，他们深入农户，探望感染者的安置与治疗情况，与村民和当地议员座谈、商讨预防和应对埃博拉方案。

夕阳西斜时，许树强拖着疲惫的身子和湿透的衣衫正要登车返回大本营时，却被同行而来的一名同事拦住了：“对不起，你的身上可能已经污染了，你不能这样上车！”

“这……”许树强惊愕地望着同事，不知如何是好。

“如果想回，就先把身上的外衣脱了，我们给你全身先消毒，尤其是衣服要彻底消毒……”

许树强终于意识到自己今天到朱易村“访贫问苦”的过程确实有些“出格”了。他既是国家派出的援非抗疫的高级专员，又是国家卫生计生委卫生应急办主任，对同事所下的“命令”深知其意，便连连点头应诺。

好一景呵：大路朝天，蒸水般热度的非洲暮阳下，堂堂中国高级专员，脱掉外衣，全身接受喷洒消毒……

“嘻嘻嘻……”蹲在旁边的同行者窃窃私语道：他大专员也有今天这么个狼狈相呵！

几天后，科罗马总统在总统府接见了许树强，得知专员一行去了朱易村，对许专员一行提出的将朱易村等3个疫情严重的自然村作为疫情防控的示范村，做到“五早”，也就是对埃博拉病毒感染者的早发现、早报告、早诊断、早隔离、早治疗。同时，中国的医疗卫生人员深入到示范村，宣教埃博拉防控知识，培训村里的防控骨干。

“你们太了不起啦！我不但赞同，更要向你们致敬！”塞国总统科罗马感叹道，“你们中国是我们真正的朋友，你们对我们的支持是真心的，患难见真情，我要向你们的习近平主席表示深深的感谢。”

也正是在总统科罗马的全力推进下，中国医疗队在塞拉利昂弗里敦郊区的朱易村等乡村试点建立了传染病防控示范村，以村子为片区，以农户为单元，开展防控埃博拉传染的群防群控活动，这些做法收到了前所未有的效果。

“我们医疗队离开几个月后，朱易村等3个试点村都没有再发生过一例埃博拉新的传染者。这充分证明了突发公共卫生事件处置中的这一中国理念‘人民战争’在非洲大地上获得了效果，扎下了根……”许树强将这一实践视为我们援助非洲抗击埃博拉战斗中成功而重要的收获。

是的，今天的中国，我们不仅需要在自己的国家里把自己的事情做好，还要在国际大舞台上展现出大国风范、大国情怀。

2014年至2015年的近一年抗击埃博拉疫情战斗中，中国和中国医疗队在世界面前做得很出色。那场拯救了无数非洲人民生命的死亡征战很成功，也很精彩。

它将永远镌刻在世界文明史册里。

“还有一件更精彩的事，必须让作家把它写进书里！”在我收笔的那天，许树强主任托人转来如此一句沉甸甸的话，这不得不引起我的关注。

是什么事让国家卫生计生委上上下下的工作人员们如此“耿耿于怀”地多次提醒我“非写进去”不可？

冯子健，中国疾病预防控制中心副主任，是这位老资格的“疾控专家”把我国援助抗击西非埃博拉战役中一件不能不说的“精彩”故事讲给了我听——

“在西非国家宣布埃博拉疫情结束后，中国医疗队是最后一个撤出疫区的就是我们援助利比里亚的那个医疗队。”冯子健博士说，“临走时，我们还做了一件令利比里亚人民特别感激我们中国的事：我们把为他们建的一个拥有100张床位的完整的ETU留在了当地，还有与之相配套的一大批医疗设备……”

“100张床位的一个ETU，全部留给了当地！没有一个国家能做到这样的，只有我们中国！”我记得许树强几次在我面前这样强调。

“关键是，我们当初建这100张床位的ETU——埃博拉诊疗中心，仅仅用了不到一个月时间！可以说，整个过程，是绝对的一次‘中国形象’的展示，不仅利比里亚人敬佩我们，连美国同行都不得不佩服。”冯子健谈起这所“ETU”时，滔滔不绝，无限感慨，“2014年10月10日，我和先遣队去利比里亚筹建这ETU时，正式人员才六七个人。当时利比里亚的疫情处于严重时期，约翰逊·瑟利夫总统急得团团转，因为已经诊断出的埃博拉感染者没处治疗，这不要命嘛！那个时候，在那里主导抗击埃博拉的美国人就提出让我们中国援助的医疗队建一个100张床位的ETU，而且必须在一个月之内建好。这事听起来美国人的‘建议’既合理，又似乎也很为利比里亚着想，其实里面还明白清楚地表明了美国同行的另一层意思：看你们中国人有多少能耐！当然，利比里亚的疫情和他们政府方面的急切期待更是重要因素。在这种情况下，我们国家的领导们果断决策：一个月内，为利比里亚建一个100张床位的ETU！”

“这样的任务确实前所未有的艰巨！即使在国内，这么短的时间内要建一所可以投入运行的ETU，也非易事，更何况我们是在要啥没啥的非洲！”冯子健又一次感叹了，“这样的事也只有我们中国人才能做得到！”

怎么做到的？

先找人呗！非洲兄弟姐妹们那个时候，个个惊恐万状，谁还有心思到你中国人那里“打工”呀！

“我们！我们来干！”我驻利比里亚大使张越把消息一传出去，原本打算回国避疫情的重庆一家企业工人们摩拳擦掌地把建筑板房的活儿全部包了下来！

“还有我们呢！”中国维和部队的官兵们从距离首都蒙罗维亚近500公里的东部城市绥德陆也赶来了！

中国大使馆的外交官们也来了！

“中国蓝盔不负使命，携手西非共抗疫情！”

“中国重庆建筑工人甘为非洲人民流血流汗！”

“抗击埃博拉，为国争荣光！”

一时间，那座原本就是由中国援建的利比里亚著名体育场——SKD体育场旁，一个新的建筑工地不分日夜、热火朝天地拉开了战幕……

一个月后，由数排蓝顶、灰墙组成的利比里亚最大的埃博拉病毒传染诊疗中心（ETU）奇迹般地耸立在当地人民面前。

“不可能！但，不可能的事就是让中国人完成了！”美国同行们无法不感叹。

2014年11月24—27日期间，在埃博拉疫情还肆虐的时候，国家卫生计生委副主任崔丽同志率领由外交部、国家卫生计生委和解放军总后勤部共同组成的中国政府代表团，冒着被疫情感染的风险，赴利比里亚访问，执行中国政府援非抗疫相关抗疫任务，在精神上给非洲兄弟以强有力的支持。

最高兴的还是利比里亚总统约翰逊·瑟利夫。ETU启用那一天，总统先生一再向专程前来参加仪式的中国国家卫生计生委副主任崔丽表示感激之情，尤其当总统看到ETU先进的设备和一流的医疗技术专家时，她频频赞扬这座在利比里亚人民饱受埃博拉病毒疫情袭击的最危急时刻建起的ETU，将是中利两国友好的重要见证。

如此“重要见证”，也就非常自然地在后来抗击埃博拉战斗结束时永远地留给了利比里亚人民。

于2016年国庆节第一稿

2017年春节改毕

后记：灾难面前的人类之爱最珍贵

像一个人一样，弱小的时候，谁都不会注意你。然而当你强大之后，你的每一个细小的行动，很多人会关注，甚至用完全不同于以前的目光在注视或审视你。这或许是好事，但也非全是。

这个世界上，国与国的关系同样如此。

中国已经站在这样的经纬线上——必须负起大国的责任，尤其是在那些曾经为我们做出过贡献的弱小国家与朋友们面前。即便是有些国家并没有与我们有特别的交情，甚至还与我们时有摩擦，但一旦人家有难时，人道主义和国际主义在此时应超越一切。

这就叫大国的责任和道义。

无视或假装的忽略，半心半意，或假心假意，只能瞒过一时，最终会被他人所看穿，结果肯定是朋友背离你，敌人变本加厉。

在国际事务中，如何处理好、平衡好，与世界各国和睦相处、和平共荣，是当今中国比任何历史时期更重要的担当。

言大国，除了实力、人口、国土，还有比这些更重要的，就是一个国家在世界面前呈现的真诚、善意与全力以赴的精神。

中国作为公认的世界性大国，也就这几年。这几年恰恰中国在世界面前做了一件件精彩的事，其中有两件是在我们国土之外的地方发生的：一件是仅用短短8天时间，将远在北非利比亚战乱下的近4万中国侨民撤离并安全回国；另一件事是当西非三国遭受埃博拉病毒袭击的关键时候，中国派出千余人的医疗队紧急支援，同当地民众一起迅速遏制了这场罕见的疫情。这两件事都干得极其漂亮，是真正的完胜！是中国外交战线有史以来，特别出彩的两篇华章。

有幸，我成为这两起事件的书写者。2011年的利比亚撤侨行动，我应外交部之邀，完成了长篇作品《国家》。这回抗击埃博拉战斗，又应国家卫生计生委之邀，写下了这部《死亡征战》。

这两部作品都是写外交事件，都是写中国在世界舞台上的出色表现。尽管事件不一样：撤侨行动是为了我们自己的同胞，抗击埃博拉袭击是援助他国行动，其实都是中国作为公认的世界性大国后的两次彰显中国风采、中国精神的大国行动。

中国风采和中国精神不是空洞的，它包含了对自己的同胞和人民的每一个生命的珍视与惜爱；它也包含了对他国尤其是对那些弱国、穷国人民生命和他们国家命运的尊重与珍爱。也就是我们常说的，对他人要有爱心，要有真心；见他人之难时，当倾力相助，不弃不辱。平时始终能相互尊重，平等互利，友善相处。

如何与地球村的各国相处并存，友好共荣，这是当代中国遇到的一个大课题。使命与意识，责任与担当，真诚与智慧，怕是我们需要在一次次“事件”与“冲突”中慢慢经历和学习的“大国课程”。在这过程中，国家领袖毫无疑问是决策者、领导者，是一切风范和国家精神的体现者；作为大国公民的普通人，其实作用同样重要。无论是撤侨行动中还是此次援助非洲抗击埃博拉的战斗中，我强烈而又深切地感受到，我们的党和政府的英明与伟大，我们的那些具体参与这些非凡行动和战斗的普通中国人也异常令人尊敬，他们的表现，给了中国风采和中国精神最完美、最生动、最具体的展示与诠释。

在书写《国家》和《死亡征战》这两部外交题材的作品中，一种“中国已不再仅仅属于我们自己的”意识，总在我心头涌动。难道不是吗？今天的中国，不管是你自己的事，还是别人的事，不管是你一个普通公民做的事，还是我们国家在国际舞台上的一个小小的姿态，都会影响到别国的情绪与他人的感受。这大概就是什么叫“大国”了。过去我们似乎从来不会有这样的感觉。然而，今天不一样了，今天的中国和我们每一个中国人都已经被推到了世界面前，无论你好的一面还是不好的一面，他国与他人都会在评说和注视着你——我们因此格外需要提高自身的大国意识、大国素质。国家已经做得很好，并且正在做得更好。而你我，作为这个大国的普通公民，我们自然也要有与之“大国”身份相匹配的大国意识、大国责任和大国素质。

这是我写完此书后，对所有响应国家召唤，勇敢地奔赴遥远的非洲，用生命去参与抗击埃博拉毒魔并建立卓越功勋的中国医疗队员们所产生的这份最崇高的感受。援助非洲抗击埃博拉袭击的中国医疗队员们，是当代的国际主义战士，是中国作为大国形象的代表，更是中国风骨、中国精神的行动者与实践者。我向你们致敬！

自然在这里，要特别感谢国家卫生计生委及有关部门的各位领导和专家，要特别感谢解放军302医院、301医院、陆军总医院、第四军医大、浙江省卫生计生委、山东省卫生计生委、湖南省卫生计生委等；要特别感谢一直陪我采访、编辑出版此书的赵朝女士，她的精神让我感到一个作家如果有这样的编辑是何等的重要和温暖。我还要特别感谢解放军原总后勤部创作室的曹岩、马泰泉等好友，在我创作此作时，他们已经出版了同样题材的作品《极度威胁》。那是5位作家共同完成的一个中短篇报告文学集，许多精彩的内容和故事给了我“营养”。不曾想到的是，竟然后来国家卫生计生委的同志还要我来写抗击埃博拉一事！

深入采访后我发现：这场与埃博拉疫情的生死战中，还有许多精彩的故事值得去书写，因为我们中国人确实干得太漂亮了！“打胜仗，零感染”，是习近平主席给中国医疗队的命令与任务，中国医疗队在那么遥远、那么艰苦、那么紧张、那么不可控的非洲大地上，竟然向习主席和祖国人民交了一份满分答卷！我知道，这样的成绩来得太不易，背后是眼泪，是牺牲，是实力，是彻彻底底的无私的爱与大国精神。

祖国人民和非洲人民将铭记这样经典的中国故事！而作为一名时代的记录者，我则期待更多这样的大国经典进入我的作品，因为在我看来，没有比灾难面前的人类之爱更珍贵！

2017年春节于北京

北京保卫战

“非典”带给北京和中国的是什么，我们不曾做深刻的反省。中国人似乎一直在为了自己的强盛而发奋努力向往，在这条发奋向前的道路上我们甚至连一丝停顿和小歇的时间都顾不上。

“非典”十年祭

2003年春的中国北京，如同一座恐怖之城、瘟疫之城和面临死亡之城，相信所有当时在北京的人们都有与我一样的感受。那个时候，我们仿佛感觉世界快要消亡、人类将彻底灭绝……因为我们每天生活在窒息的空气里，生活在无处躲藏的这座古城，生活在自己与自己设下的恐惧的天地之间。

十年过得真快，十年又像是昨天的事——我们似乎则是翻阅了一页书纸一般。

十年过得真快，十年又像是几个世纪之前的事——我们已经把它忘得一干二净。

悲惨的事像一座不可磨灭的大山，永恒地屹立在星球上。悲惨的事又像一丝云烟，在填满欲望的人的心里很快消失。

但我依然这样认为：人类所经历的任何苦难是最宝贵的，把它记忆住，本身就是财富，而忘却了它才是真正的悲剧。

十年前的2003年，我们有太多的记忆如今想起来仍觉可笑：

——比如说，一位不知从哪个地方走到北京来的患者，她带着一声咳嗽，逃进了北京的医院，然后就死亡了。她的死亡查不出任何有记录的病史和病源，于是在人们尚不清楚怎么回事时，又有几位、几十位与之有过一面之交的人患上了同样的不知病源的病而躺下了，或同样死亡了……可怕的事也同时出现了：整个医院、整个单位、整个街道、整个北京市开始了恐慌，开始了无数好端端的人患上了同样的不知名的病——后来我们叫它“SARS”，中文名叫

“非典”。听起来很奇怪的名字，文学家们理解为“非常典型的病”。老百姓说它是“瘟疫”，其实它就是瘟疫——一传染就让人活不成！

于是出现了许许多多奇怪而可笑的事：年轻的北京市长刚刚上台没几天，因为扛不住突如其来的灾情——其实他不知如何面对这场巨大灾难带给这座古老城市的是什么，所以他采取了某些“隐瞒”的做法。本来这样的事在整个社会里通体常见，但灾情来得太突然、太巨大、太影响人类的生命和城市的命运了！年轻的市长不得不草草下台，从海南调来的新市长走马上阵……之后的十年里，那位年轻的下台了的市长其命运一直不佳，直到不久前才有所翻身，而当时代市长的新市长则一路好运，政绩辉煌。让我们记住他俩的名字：孟学农和王岐山。

奇怪而好玩的事还多着呢：比如当时北京城内的人相互残杀的事都出现了——如果发现你这一家有个咳嗽感冒的人，就会有人到你家门口泼消毒药水，甚至用汽油烧、木棍打、铁门封，目的只有一个：把瘟神赶走！

比如那段时间北京人受到了“史上最屈辱的事”：你出了城、到不了外地。如果你偷出了城，你就可能被追杀。如果你逃到了某外地而被人发现，你就会被轻则关起来，重则砍碎了活埋……有一位北京人告诉我，他无奈因为单位有一桩业务到了外地，结果被当地发现是“北京来的”而整整追杀了十余天。没有人敢收留他，没有人敢留宿他，更没有人敢塞给他一点儿吃的东西和让他搭车乘车。结果是他自己靠双腿跑回了北京。“整整跑了13天。”回来时单位人找不到，家里人不认识他——他像一个野人，根本没人认识他当时的模样。

上面的这些事其实还算不了什么。

在与北京接壤的地方——河北廊坊某地段的公路上，有人竟然用挖土机挖了一个深二十多米、宽三十多米的巨型大坑，说是“为了防止北京城里开过来的汽车”——所有北京方向来的汽车在这个地方只能往回走。

还有一个村庄，过去一直靠开农家乐而赚足北京城里人的钱的农民们，这会儿他们害怕死了，害怕染上瘟疫的北京城里人跑到他们那儿躲避灾情，所以发动全村力量，三天之内在村庄四周筑起一道高3米、长几公里的围墙，将整个村庄全部包在里面，进出只有两个门口，门口设有岗哨，而且佩带着菜刀和铁棒，见陌生人闯进来就立即抓了关进小屋隔绝。如果一听说是北京城里来的人，那就不管三七二十一地往外赶。

好玩的事还多着呢！然而那都不是什么好玩的事。其实都是恐怖下的非好玩的事，甚至是悲惨的事，永远留在北京人心头的最痛事！有人曾经说过这样的话：假如当时北京有人传出吃人肉能防“非典”的话，那么整个北京城将出现史无前例的大杀戮！是的，凭我所掌握和观察到的当时的灾情及灾情之中人们的变态精神世界，这样的事绝对可能发生。好在我们的当局及时采取了有效措施，使得北京市民保持了最低弱的清醒和理智。

我的采访是唯一的机会和条件，因为在当时只有我和另一位同事有条件进入灾情患区和核心指挥层采访，特别是有条件直接接触到北京市“非典”防预指挥部的高层领导及相关会议。我曾经在当时采访近两个月时间，录下了几十盘磁带，准备写部长篇作品，但后来放弃了。放弃的原因是在我越往深里采访，越觉得无法写，不能写，写了就会有“苦头吃”。为什么？因为许多关于“非典”的事至今我们仍然没有弄明白，比如“非典”到底是什么？为什么有的人一接触就死，有的人与患者住在一个病房里几十天根本没事儿。比如指挥部后来在总结时得到的一个数据非常令人不可思议：2002年（即“非典”灾情）暴发的前一年，全北京在春季各医院收治的呼吸道病患者总人数，竟然与2003年“非典”大暴发时呼吸道患者（包括我们认定的“非典”患者）其总人数则没有什么大的变化！这些都说明了什么？说明了一个我们无法自圆其说的结论是：“非典”到底是怎么回事，我们根本不知道！或者知之甚少，少得可怜！

十年是短暂的，短暂得连我们还没有顾得过来想一想它就过去了。

十年是漫长的，漫长得让我们想都不敢去多想一下，似乎2003年的“非典”像是在另一个世纪之前的事——几乎所有北京人把这件让我们疯了一样失去理智的灾难全给忘却了，至少是大家都已淡忘了。

“非典”带给北京和中国的是什么，我们不曾做深刻的反省。中国人似乎一直在为了自己的强盛而发奋努力向往，在这条发奋向前的道路上我们甚至连一丝停顿和小歇的时间都顾不上。其实不很恐怖，有时我想想这样的恐怖比“非典”灾情本身更恐怖，因为一个不能将苦难和灾难作为教训的民族是非常危险的，它是很容易被另一场苦难和灾难摧毁的。

“非典”之后的北京虽然再没有发生过像“非典”一样的大灾难，但十年中我们的北京城一方面变得看上去越来越美丽，越来越庞大，越来越现代化，事实上你也会发现，北京城在这样的美丽、庞大和现代化的外衣下，又变得越来越脆弱，越来越渺小，越来越落后……它似乎连一场毫不特殊的冰雪都抵挡不住，它似乎连一次小小的交通事故都会瘫痪整个城市，它甚至经不起一场暴雨的袭击，经不起一次污雾的迷漫。生活在这个拥有近2000多万人口的大都市，一方面我们每时每刻在感受其伟大和光荣，另一方面又无时无刻不在承受着不知啥时候降临灾难的出现。

科学发展观的提出，也正是那场空前的“非典”灾难之后提出的，这是我们党的英明和及时的见解与决策。“非典”十年时，我们难道不应该认真地努力地及时地提出和思考一些问题？这些问题包括：像北京这样的大城市，这样飞速发展着的大城市，我们的管理体系、我们的灾难防预能力、我们的公民自卫意识、我们对灾难的资金投入、我们对未来城市可能出现的灾难的防备等措施和思考……我们的市长和管理者，不知你们有多少精力放在此？我们的市民和居住者，不知你们想过没有如何一起为这个我们共同的家园可能出现的灭顶之灾做一份伟大的战略方案或弱小的建议？如果大家都这样做了，那十年前的“非典”发生算是对我们一次提醒和警示，如果谁都没有做这样的事，那十年前发生的“非典”只能是我们自取灭亡的前奏曲——苦难和死亡还会早晚向我们袭来，等着吧——没有记性的人们！

——补记于2013年春

《文汇报》编者按——

这段时间，北京牵动了全国人的心。

在编辑部和北京的联系中，令我们略感欣慰的是几乎北京所有朋友的状态都是令人放心的，大学与文化单位多在这段时间采取了灵活的上班安排。他们处于紧张但有理性的安居状态。这种放心一直持续到我们接到另外一个北京电话：

他说，他必须每天上班，每天早晨8点乘40分钟的公交车去上班，他在那一段时间感到艰于呼吸。有一天，公交车上只有3个人，司机，卖票员，他。3个人，3个口罩，各怀心事，谁都不说一句话。他说：那个心理压力，真是太大了！他说到许多为生存不能停下脚步的人穿行在空荡荡的长安街感到的压力，说到那些天一个人回家后从里到外对自己进行消毒，消毒水把白衬衣洒上了黄点的惊悚……

真实的声音让我们震动。这个时候，我们意识到，仍然有许多细节和感受在我们的体察之外，我们的首都北京到底经历了一次怎样彻骨的阵痛？这场灾难的垂直深度到底底线在哪里？在我们取得阶段性胜利之际，在我们获得解脱之前，还需要倾听一些什么？

从今日起，著名报告文学作家何建明开始为本报独家撰写大型系列报告文学《北京保卫战》，将以第一时间陆续推出。这也是由中宣部、中国作家协会和北京市委组织的作家赴抗非第一线采访和写作活动以后问世的首部作品。

对真实的寻求是一条没有尽头的路，其中蕴藏着我们尊奉为第一性的价值。

开篇语——

22年前的5月，我从一个边远山区的军营上调到北京解放军某兵种总部。那个日子很令我感动，于是当晚我跑到天安门前，认认真真地看了一眼我心中的圣城。想不到的是22年后的今天，当北京的1300多万市民们正在与“非典”进行着生死搏杀的时刻，我又一次忍不住地独自来到天安门前。我看到飞金流彩的天安门城楼依然那么巍然挺立，广场上的五星红旗依然高高飘扬，于是我忍不住面对天空，喊一声：祖国，北京，我从来没有像今天这般如此地深爱你们……因为就在这个日子里，我走进了正处在全民“抗非”伟大战役的北京指挥中心，走进了与“非典”激战的第一线，在那儿感受着每时每刻的战斗烽火与生命至爱。

我因此想向读者报告在党中央国务院领导下，北京发生的这场与“非典”生死决斗的伟大战役。【《北京保卫战》原文（载于2003年5—6月文汇报）】

第一篇：来自指挥部的特别报告

王晨，北京“SARS”医疗救治指挥中心的一名普通战斗员。那天他推开桌前的玻璃窗，望着长安街上的车水马龙，低沉地对我说：“第一天来到指挥部时，看到熟悉的北京城突然一夜之间变得万人空巷时，我的眼泪真的一下像散落的珠子……那情景太凄凉了！”

我告诉他：那些日子里，每一个北京市民都是这样的感受，都在询问“如此繁荣和现代的古都难道真会变成死城一座？”

那是一段多么恐惧的日子。

空气中，到处回荡着的是瘟疫狂欢的喘息，迷漫的是人们慌乱而恐怖的匆匆行色，这样的时光足有数十天！

是4月？是5月初？是5月中？

北京经历着像“泰坦尼克号”沉没前的那般景况，这种说法丝毫不夸张。所有经历这场瘟疫的人们，都会这样感叹北京的那些痛苦日子。

5月29日，新闻播出了当天的全国疫情，北京第一次出现了新发病例“零”的纪录。那一天夜，我看到自己居住的楼下有人竟然放了一串鞭炮，以示庆贺。虽然放鞭炮是违禁，但久抑痛楚的市民们还是对放炮者以笑助威。

“太不容易了！北京从最初的‘非典’发病例‘零’数，到日发病例最高纪录的343例，现在终于又回到‘零’纪录！真是多亏了党和政府的好领导啊！”一位70多岁的老婆婆，以其特有的虔诚，跪下双膝，面朝天安门方向做了一个深深的顶礼膜拜。

在场的人都在感叹：真不容易，好像这一阵过了几年似的。

这一天，北京的很多人都以不同的方式在庆贺“零”纪录。那喜形于色的神情相互告示着一个已是不可逆转的事实：北京战胜“非典”的日子已为期不远。

5月31日，全国疫情仅为一例临床确诊“非典”，是北京的，而这也是由疑似转为确诊的。北京在5月胜利实现两个“零”确诊病例。

其实百姓并不知道，本来这个“零”纪录应该早在几天前就能实现的。

5月26日晚，当我走进北京“抗非”最高指挥部——“北京防治‘非典’型肺炎联合工作小组”会场时，才了解到这一“内幕”：25日清早的晨光中，一辆载有5人的桑塔纳轿车，从山西经北京延庆山区公路进入北京市区，车上其中的一位男子是个艾滋病患者，他的病症又起，且发着高烧，同车4人送他进京看病。哪知到佑安医院一查，确诊是“非典”（6月1日又否定他是“非典”患者）。这一天如果不是这位山西来的“不速之客”，北京当日新发病例正是“零”纪录。

指挥部会议室内，领导和专家们听完市疾病预防控制中心的工作人员介绍情况后，轻轻地发出一阵吁嘘：真是想不到啊！

我当时有意看了一下指挥部“最高长官”市委书记刘淇同志的脸色，那是一张严肃而冷静的脸。我看到他的目光盯在那块介绍《新发病例情况分析》的屏幕上，至少停留了两分钟。

虽然我无法判断这位北京“抗非”最高指挥官此刻心里在想什么，但似乎能从其凝重的目光中看出他同样在期待着什么。

第二天，市民们从电视新闻中看到刘淇同志带着市委秘书长在北京与山西交界的延庆张山营交通路口，检查工作，并且跟那些检查过往车辆的工作人员们一一交代和示范着。自“抗非”战斗全面展开后，北京的百姓看到市委领导到第一线的镜头太多了，人们似乎并不在意这一天刘淇书记的又一个“下巡”。可我看了却非常感动，因为我知道这是他为前一天那个本该早来的“零”纪录的失之交臂而专程来到延庆关卡上的。

26号晚上的“联合小组”会议结束时已近10时，我看到刘淇书记离开会场后是回办公楼了，虽然不知道他当夜办公到什么时候，可我却不曾想到当晚发现“防非”新问题后，他又会在第二天一早就出现在距市区110多公里的山区要塞上，检查督促工作。从27日到31日的5天日子里，我特意留意《北京新闻》，看到了每一天都有他到车站、到街道、到社区、到民工工地、到郊区农村的报道。而正是这样一组组百姓并不了解内情的镜头背后，北京创造了自3月份以来“非典”新发病例的两个“零”纪录。

曾几何时，北京市民们为对疫情的不知情而埋怨情绪有多严重，这也导致了上任才几个月的新市长的辞职。然而如今的北京，市民们对政府又是怎样的评价呢？

市委副书记杜德印给了我一个数字：满意率达到90%以上！

我相信这个数字没有水分。因为经历了生与死岁月的北京市民才不卖当政者的面子，他们挑剔着呢！每天都盯着自己这个城市的一点一滴的疫情变化，也每天盯着自己身边的疫情和防治措施，稍不满意准会投你反对票。

有件事很能说明问题：5月6日，北京安华西里的一个居民看到自己楼里的垃圾道堵了，也没有人来处理。一个电话打到“市长热线”。5月7日上午，这位居民下楼买菜，见自己的楼道里来了一群人，打头的竟然是王岐山代市长，说是来看这个楼道的垃圾处理情况的。那居民听了很激动，说我昨天虽然电话打到市府，但心里想也就打打而已。谁知你市长真的来了，而且来得这么快呀！王岐山说：“现在都是什么年月啊，垃圾问题可是大问题，我这个市长如果连垃圾问题都处理不了，还做什么市长嘛！”

90%的满意率，不是那么容易得到的。有人说，“抗非”的日子使政府和民众的关系获得空前融洽。这话一点不假。

北京市委办公楼，这是首都“抗非”的总指挥部。在这之前的十来天中，我因采访需要时常不分夜昼地进出这儿。每每走进大楼，感受最深刻的是：所有在这儿工作的人，他们都是那么的忙碌，即使在就餐时也常见他们一手拿着盒饭，一边撑着电话在工作。“唉，简直像打仗！”公务员们总用这样的话回答我的询问。

其实他们就是在打仗！打一场无硝烟的残酷战争。

从4月20日前后开始，指挥部里的每一个房间，每一个工作人员都成了战斗单位，不分日夜，没有间隙，从市长、市委书记到打字员、材料员，他们被要求和自觉地执行着“随叫随到”的24小时工作制。听宣传部的一位同志讲，某处长的家属为给丈夫送几套换洗的衣服，竟然在市府大楼门口等了整半天——她的爱人在指挥部就没有断过电话。

梁万年，一个多月前走马上任的市卫生局副局长，现在北京认识他的人大概超过七成以上。作为政府疫情发言人，如今他成了“抗非战时电视明星”了。在市防控中心接受我采访时，这位大学副校长出身的学者非常感慨地说的一句话令我深思。他说：“过去我当学者，是出了名的政府批判派。可自从我4月22日被一纸任命当了政府一名公务员并参与了整个抗非战役的战斗后，现在我最想说的一句话是：我对我们的政府工作人员有了全新的认识。他们真的是好样的！”

梁万年博士的感叹没有丝毫夸张。他自己就是一个例证。从一个多月前任命当卫生局副局长后，主持全市疫情信息，用他自己的话说：我上厕所都得带上手机，躺下身子却不敢脱衣服，“市长半夜叫我到他办公室，书记一早找我谈疫情，这已经是我每天的例行公事和习惯了。市领导们都这个样，我敢有一分钟的怠慢？你看看我办公室的复印机，最多时一天收发一千多份文件，那纸放在手里是烫的！”

年轻的副局长第一天上班就有一个强烈的“榜样力量”：4月20日是北京“抗非”战役的一个分水岭。刘淇书记和新上任的王岐山代市长在头天一连开了市委常委扩大会议和全市干部大会。第二天一早，两位“司令员”便到了市疾病防控中心。当他们得知中心的网络系统资源不足时，就在现场办公。这个后来被人称之为“北京抗非战役生命线”的网络仅用了几天时间便开通，成为北京疫区24小时防控“非典”的一个畅通无阻的强大信息网络，为扭转前期疫情不明而造成疫情失控的被动局面起了关键性的作用。

疫情的控制，体现在每天的发病数字上。北京人如今最关心的不是自己的钱袋、米袋和居室，而是从他梁万年每天嘴里说出的那个疫情数字。“知道这数字是怎么来的吗？”梁万年说起这话题，眼睛就发亮：光说我一个人的工作的量，早晨八点半听CDC（疾病防控）各部门负责人的交班汇报，他们要将之前的24小时情况汇总并做出书面分析材料。当我收到这些材料后，就要再与全市另外几个防治小组通报情况，并收集他们的反馈信息，然后再充实自己的信息。其间动态的变化随时发生。我们每天对外公布的是主要三个数据——临床新发确诊病例、疑似病例和死亡数字。其实我们要收集和汇总的各种数据多达十几种。而每一种数据本身又是24小时在不断变化的。尽管现在我们建立了数字化的网络平台，可以在几十分钟内将全市疫情的各种数据汇集到指挥部，但对负责疫情信息工作的战斗员来说，我们所掌握的不仅仅是简单的那几个对外公布的几个数据，而是这些数据背后中的大量需要供政府决策的第一手材料。比如进入5月下旬，全市疫情得到明显控制后，大家都在期盼“零”发病，可事实上总有那么几例新发病在扰乱我们的心境。这些新发病是怎么出来的，我们的工作就范围大了。像某一天突然增加了四五例民工患者，我得到这个数字后就要立即将情况报告市长、书记，市长、书记得到这个情况后他们的紧张程度可是老百姓不了解的。他们一发现这个情况，脑子里立即想到的是几十万马上要返京回城的民工疫情控制。因为如果这一环节抓不住，弄不好疫情再度大规模地复燃。市长、书记要决策，我就得给他们准备各种有关民工患者的一系列相关数据，甚至连这些患者是从哪个地方来，他们现在在哪些工地施工，这些施工工地的控制预防情况又怎么样，全市有民工的工地又是个什么情况？如果一旦施工工地出现疫情蔓延又该采取什么办法等等，总之一个简单的病疫数字，就会带出几十个甚至几百个问题，而且这些问题必须以最快的速度得到有效处理和控制。工作量和工作难度就这样产生了。在这种情况下，你想少干和偷懒是根本不可能的。再说，市长、书记现在都成了防控专家，你哪个地方有偷工减料，可以说几乎是不可能的事。你只有准备三百五百个答案，才可以在他们面前回答好一百道题。这就是为什么我们每一个指挥机构分分秒秒地忙碌战斗的缘故。

梁万年仅是整个北京保卫战中一个师长或团长的角色，他哪知道作为全市防控大战的市长、书记这些司令员们的肩头担子有多重！

王岐山，北京市代市长，人称“抗非市长”，从海南省省委书记调任北京代市长，仅一个多月，认识他的和不认识他的人都说北京来了位好市长，他的个人魅力在于他“平民化”：一张平民化的脸，一腔平民化的语言，一颗装着百姓安危的火热之心。

有一个细节很能说明问题：一天，“出巡”的王岐山路过一所刚恢复上课的学校门口，见几个穿着防护衣的人把守在校门口，便立即下车上前询问。那几个穿防护服的人告诉市长，说他们是学校的老师，正在履行对进入校门的学生进行体温测试。王岐山大呼：你们这副样子怎么行？孩子们还小，见了你们这个样还不吓出毛病来呀！防护是需要的，可也得根据情况实事求是呀！学校觉得王市长说得对，很快纠正了。

我第一次面对面地听他讲的第一番话是这样的：我这个人也爱发烧呀，一上火，扁桃体就发炎。到北京来上任，那是“非典”疫情直线往上升的时候啊！我能不上火吗？可我不能发高烧呀！真要烧了，人家把我拉去一“隔离”，我还怎么个与市委、市政府的同志们根据党中央的部署带领大家“抗非”呀！我有办法，就是吃素，天天吃素，不让火上来。

“我现在越来越有信心。可我的信心不在于数字上，而是全市的人民都参与了‘抗非’的战斗，现在的北京啊，到处可见到村自为战，巷自为战，楼自为战，校自为战，家自为战，那情景能不让人感动吗？人民战争的威力啊！市民自身防范疫情的成熟，对政府的理解和信赖，多好啊！正是他们的行动才为我们解决医疗资源的不足和紧张，彻底赢得了时间。我的信心还在于中央的正确领导。看看中央的‘抗非’方针，从一开始就没有变过，这说明中央决策的英明和坚定。所以说，‘非典’战役的胜利是既定的！”市长的声音一直在我耳边回荡。

伟大的军事家毛泽东同志曾经说过这样的话：要取得一场战争的全面胜利，最终将取决于你是否真正的全面的发动了全体民众参与了战争的程度。王市长现在如此响亮地说出上面这番话，我想是他和他的同仁们已经非常满意了自己前期在发动全市民众参与“抗非”战斗的那种程度。王岐山向我们透露过一件事：有一天他陪温家宝总理到郊区看农民们预防情况。有个身体很硬朗的老太太见了温家宝，总理问她：你认识不认识我？老太太摇头，说不认识。总理又问她：你知道不知道“非典”。老太太马上回答说：知道知道，“非典”是天灾，是瘟疫，发烧了就可能是“非典”，得马上到医院去瞅，得了这病就不能再跟别人亲近了。温家宝事后很激动地对王岐山说：你瞧瞧，现在“抗‘非典’”多深入人心，人家老太太不认识我这个总理，可对啥是“非典”，怎样预防说得一清二楚。不简单啊！有百姓这么支持，我对抗“非典”胜利是更加充满信心了。

那一天我见到王市长，是下午3点，“北京地区医院院长联席会议”一直开到晚饭前，王市长的讲话激起了会场上阵阵掌声和笑声。要知道参加会议的都是处在一线的“战地指挥员”，能在“抗非”硝烟依旧的激战时刻，看到他们与市长一起又说又笑，还有谁怀疑这场艰苦的战役不能取得胜利？

那一天，与王岐山代市长在一起六七个小时，而且其中还有一段单独的短暂谈话，我的强烈的感受是：北京的“抗非”最高指挥官们，他们为了人民的生命和北京这个城市的安危，可以用“呕心沥血”四个字来形容。

没有人知道他们在这些日子里是怎样的忘我工作，其工作强度有多大！

年轻的副市长陆昊，只有35岁。说实话，当第一次听说北京市出了全国最年轻的一个直辖市副市长时，我可以做出某种判断的联想是：此人是否是位某某老前辈的公子？陆昊那天在“抗非”物资小组的指挥部里的开场白，不仅彻底否定了我先前的错误联想，更多的是被他的坦诚和睿智及工作能力所打动。

1300多万人口的城市，谁扛得起这么重的担子？而且是一场前所未有的突发疫情，每一分钟的延误，都有可能造成整个城市的溃败和无数生灵涂炭。“凭良心。只有一个想拯救百姓生命的良心来驱使自己！”这是陆昊的开场白。朴实、真切，不带一丝官腔。

良心是什么？良心是对得起别人，对得起市民，对得起自己所干的工作。突如其来的灾难谁都没有经历过，也谁都没有想到一个政府在短时间内要承受那么大的压力。靠什么？能力？能力可能是有限的，但只要凭良心去做了就行；办法？办法可能在某一时间是错误的，但凭良心去做了市民也会理解和能原谅的。有了这两点，我还有什么怕的？干吧！有中央决策在，有全市和全国人民的支持，我怕什么？陆昊说。

当北京的疫情处在最疯狂的时刻，防护服几乎成了唯一可以抵御一下“非典”袭击的武器时，陆昊带领的物资保障队伍不仅以最快的速度调集并送到处在与“非典”肉搏厮杀的一线医务战士手里，而且没有多花国家的钱，相反还以最便宜的价格到了北京指挥部。在此次“抗非”一线被称其为“救命服”的杜邦防护服，平时的市场价为40元一件，陆昊要到的价是每件27元。这是这位学经济做市场出身的年轻市长在“抗非”战役中最得意的一笔。几百万套世界顶级防护服，仅以小时和天数来完成的啊！而更令我感动的是这些被北京人称之为“救命服”的几百万防护服发放中，陆昊向我们保证地说：“虽然都是经我一人之手批准发放的，但每一件防护服到了哪个地方，给了谁，我都经得起任何人的查证！在所有这些防护服的发放中，没有任何的后门与交易存在，只有与患者和医务工作者的生命联在一起。”

铿锵有力，落地有声。这就是“抗非”时期人民公仆的风范！

它不由使我联想起胡锦涛总书记深情地在广东街头与市民们亲切握手交谈的情景。

它不由使我想起温家宝总理在北大学子面前热泪盈盈地说“在这些日子里

我常常泪流满面”的真情流露。

是的，任何一场战争的成败，没有最高指挥员的正确决策，是不可能胜利的。而一场人民战争的胜利，必定是我们人民信赖的领导者站在人民的最高利益面前，将其智慧和能力发挥到最佳水平的结果。

人民的信赖，来自于最直接的真切感受。

北京市教工委负责人在谈到指挥部领导抢救大学生患者时，泣不成声。“在高发疫情时，医院的床位系着患者的生命。那天，北方交大的一名学生被确诊为新发病例，与他同一时段确诊的还有两名患者，一名是电影学院的谢飞导演，还有一名是北京医务系统的患者，当时全市所能腾出的床位只有两张，谢飞是教授，年岁又大了，应该迅速转入‘非典’医院。剩下的是一位大学生与医务专家之间的选择了。指挥部有关部门为这几乎绞尽脑汁反复权衡，最后还是把床位让给了北方交大的这名普通大学生。后来这位大学生和谢飞导演都得救和康复了，可那位医务系统的患者却……”他再也说不下去了。

段杰，北京“SARS”医疗救治中心负责转运的女调度。从4月22日进入指挥部后，没有一天睡觉超过3小时的。她手中的表格和电话，掌控着全市各个医院的病床资源和调度，用她的话说：“我打电话的快慢和做计划的迅速，连着的是一个个患者的生命。在值班时我不敢耽误一个电话，可看着桌子上铃声四起的电话时我又害怕去接，因为一接我就得给人家解决问题，那可是一条条命啊！”段杰有个儿子，快两个月没有见到妈妈了，想通过电话跟妈妈说几句话。有一次儿子听到那边妈妈的声音，刚说了句“妈，你还好吗？”段杰就把电话狠狠地一搁：“这孩子捣什么乱！”连轴转地经过3天最紧张的时刻后，深夜段杰被同事拉到房间休息，这时她想起了前两天儿子要跟她说话的事，便操起电话打到家里，睡梦中的儿子听到妈妈的声音后，竟说不出一句话，委屈地不停哭泣着。母子情的催发，使在指挥部说话像扫机枪的段杰，此时哽咽着半天说不出一句完整的话，却跟着儿子哭了好一阵。而就在此时，指挥部又打电话叫她赶快去处理一件应急事。原来有个女患者确诊为“非典”，医生们随即对她才生出8个月的孩子进行诊断，发现小孩也有明显的“非典”症状。有人建议一起随母送入定点医院。在送不送8个月的婴儿到“‘非典’定点”医院问题上，指挥部里的工作人员为难了，于是他们叫来段杰。“孩子这么小就送‘非典’医院？不行不行，我们一定得再想想办法，不到万不得已的时候绝对不能这么做！”段杰快言快语。“那又能怎么办呢？”同事们问。段杰迅速做了一番思考，当即决定：“我马上调救护车到儿童医院，带上专家前往那儿给孩子会诊。只要有一线希望，就把孩子留下做疑似观察。如果不行，再立即用救护车把孩子送到定点医院。马上行动！”之后的数小时里，段杰亲自出马，四处奔波，最后终于在专家们的共同努力下，对这位最小的患者做了疑似病患者处理，如今这婴儿已经恢复健康。

当处理完这个小患者的事后，段杰不由想起了自己的儿子，她的眼泪忍不住又溢出眶中。

电话铃又骤然响起……

“喂，喂喂，我们这儿又有一个可疑‘非典’患者，说什么他都不敢住院，现在正满大街上乱跑着呢！你们快想法子呀！”某医院发热门诊打来急电，万分焦虑地说着。

“啊?！在什么地方？什么地段?”指挥部人员犹如闻讯又一个前线阵地的失守，紧张气氛骤然而起。

“在雍和宫附近。”

“好，我们立即派人处理，请你们协助追盯患者！务必不能让他失踪!”指挥员放下电话，又重新操起话筒，电话直接打到市委副书记强卫那儿。这位主管全市公安政法工作的医疗防控小组组长立即向公安部门下达命令：“派出警力，追踪患者，以最快的速度让其回到‘非典’病房!”

几分钟后，雍和宫附近的大街上便演出了一幕“四名警察护押‘非典’患者进医院”的惊心动魄的现场直播：患者是个外地民工，六七十岁，一腔听不清的外地口音。当四名身穿白色防护服的警察，左右前后出现在这位企图逃亡的患者面前时，他就是不走，嘴里还不停地说着“没钱看病”四个字。

“大爷，治疗‘非典’，国家不用你出一分钱，不用担心，进去就行了。”警察苦口婆心地给老人讲理，可人家哪信，天下哪有瞧病不出钱的理？农民就是这么实诚。

老人不信，也就不愿向医院走。警察只好一边跟其讲理，一边暗中引领他向医院方向挪步。

这出“现场直播”，全程距离只有100多米——逮住患者的地方到医院病房之间的距离，却整整用了3个小时！

5月31日，北京市“抗非”指挥部新闻发言人宣布：饱受“SARS”疫情蹂躏的北京，至此已取得“抗非”攻坚战的阶段性胜利。他举了一例数据：5月最初的第一周（5月1日至5月7日），其确诊新发病例为666例，而5月底前的最后一周，新发病例仅为65例，两周相比，下降95%。治愈出院人数最后一周则比第一周增加了500%。

北京疫情关联着全国疫情。次日，国务院新闻发布会上，疫情以来一向脸色严肃的卫生部党组书记高强，首度面带笑容地对中外记者说：中国大陆“SARS”疫情经过全国上下的艰苦卓绝战斗，现已得到控制。

呵，那一天从北京“抗非”指挥部机关走出，看到久已冷清的长安街上车水马龙，大街两边是欢笑喧腾的人群和盛夏的鲜花，我的心头不由腾升无限感慨：北京，在那过去的几十天里，你承载了太多太多的泪水与痛苦，那一幕实在令人心悸与颤抖……

第二篇：瘟疫之源

有人把发生在2003年北京的SARS疫情，比作二战时期的美国“珍珠港事件”。然而依我看，此次SARS袭击北京，远比“珍珠港事件”惨烈。

没有一种现代战争武器比空气中的病毒袭击更令人恐怖。

与SARS的厮杀，正是一场这样的决战。“救救我吧，阿姨，我不想死，我才18岁，我还没有对象呢！我要活呀……”一位花季的姑娘，从发热到确诊，从确诊到死亡，总共不到50小时。她离别人世时，那双无力的手一直拉着医生的胳膊，那渴望求生的一幕，让救治她的医生们心如刀绞，不敢直面。

这位姑娘全家七口，有三人相继在不到十天时间内被可恶的SARS夺去生命。如今只剩下母亲，天天在女儿、丈夫和婆婆的骨灰盒前祭奠逝者。一年前，正是这位母亲怀着对北京的敬仰之情，送女儿京城打工。可才多少时间，女儿便死了，而且拉着爸爸和奶奶一起到了天国。这些日子里，悲痛欲绝的母亲天天在埋怨着那个曾经让她多么向往和敬爱的北京。

呵，我的北京，你千年荣耀，何时受过这般屈辱?

而北京本来也是个干净的城市，一个健康强壮的城市。

北京不该接受不公正的指责。

北京是无辜的。

但北京没有避免一场史无前例的瘟疫袭击。

2003年3月1日，301医院

2003年初春的北京，阳光明媚。举世瞩目的第十届全国人民代表大会和第九届全国政协会议分别于3月5日和3月3日在这里召开，全市人民喜气洋洋地沉浸在一个特殊的春天里。谁也不曾想到，SARS在“两会”召开之前已悄悄潜入古都。

历史可以记住这个时间：2003年3月1日，苍天刚刚拉开自己的大幕，凌晨1点，著名的中国人民解放军总医院——北京301医院，迎来了第一例SARS。

“我们有急病号，想住院，无论如何请帮忙给安排一下。”一位山西女患者在丈夫陪伴下，急切地请求医生。

医生指指日历：“今儿个是星期六，住院可不好办，怎么着也得周一才行。”医生对患者做了简单的诊断，说，“要不先到急诊病房。”“行行，只要能住下就行。”患者家属非常感激。

SARS使年轻的女病人高烧不断，于是又从急诊病房转到了呼吸科病房。

“闺女，你咋样了？啊，吃点东西啊！不吃怎么能顶得住呢！”患者的母亲瞅着胸脯剧烈起伏的女儿，心如火焚。那是个56岁的母亲。此时她自己的体温已达39℃！

丈夫在一边焦虑地看着妻子和岳母大人的这一幕，找来医生，说：想法子让我岳母也住院吧！

医生一量体温：可不，烧着呢！住院吧！

大夫佘丹阳心细，说你们家几个患者得的病跟广东、香港的“非典”差不多症状，得分隔住好些。其后，已经同样被SARS传染上的母亲被安排在另一间病房。

与此同时，年轻女患者的父亲从山西打电话说他也在发高烧，而且上医院输液几日后不见好转。父亲跟高烧在病榻上的女儿说，他也想上北京来治病。“那就赶快来吧！”女儿用微弱的力气对父亲说。

3月5日，父亲乘飞机抵达北京，然后直接进了302医院。

这一家人在北京会合，其数量之多，令人惊慑：除女患者本人外，有她的丈夫、1岁多的儿子、父亲、母亲、奶奶、弟弟、弟媳、大伯、小叔子、二婶，加上女患者公司的两个伙计，以及她一个在北京工作的舅舅，共计14人！

此时，这一大家人除女患者和其父母发高烧外，于某的弟弟、弟媳等也相继出现发烧。年轻女患者的丈夫急得团团转，跟医院商量怎么办？

“我们301不是呼吸病专科医院，最好转到专科医院。302医院在这方面比我们要强。”医生说。

也好，父亲已经进了302医院，一家人在一起可以相互更好照应。女患者的丈夫立即向北京120急救中心求助派救护车。

就这样，这一家的患者在自己的亲属和朋友的帮助下，或被抬着或被搀扶着上了救护车，于3月6日住进解放军302医院。后来知道，302医院在没多长时间里就有十几个医务人员被感染，成为北京最早的一批染上SARS的医务人员。同时由于院方及时组织对SARS的反击，也涌出了一群像姜素椿等英勇无畏的白衣战士。

3月7日，女患者的父亲猝然去世。他是北京被SARS疫魔袭击中第一个死去的不幸者。

302医院紧张了，从有限的判断中他们感到这一家人患的病与正在广东、香港流行的“非典”十分相似，于是向当地的丰台区疾病预防控制中心（简称CDC）报告了，据说同时也报告了卫生部。丰台区CDC工作人员去了302医院，但无获而归。

此时正值“两会”召开之时，引起军方重视的病情，自然也使专司疾病预防的北京市“CDC”的高度关注。在接到丰台区“CDC”的报告后，他们立即派出专人，开始了有关北京SARS的第一例正式接触。

受命此任的是年轻的北京市“CDC”应急中心主任沈壮。

“我记得特别清楚那天打的冷战”

这位具有良好素质的公共卫生应急专家，后来参与了北京与SARS战役的所有前线战役，特别是三、四月份，沈壮和他的战友投入了极其紧张和高度危险的战斗，参与了拯救每一位SARS患者的现场工作。他因此成了整个北京SARS战役最知情的几个证人之一。

沈壮其实一点也不壮。在SARS还在不断袭击北京的日子里我见他时，见面第一句我就这样对他说。"大概这段时间被SARS吞掉太多营养了。"这位人称"SARS毒王克星"的年轻疾病防控专家以玩笑回应我。

我们第一次见面就一见如故，而且是那种令北京人惊恐的"零距离接触"——有我们肩并肩的照相和数小时的面对面采访为证。说实话当时我不是心里没有顾虑，但我是采访者，职业和良心驱使我不能在这样一位拯救过无数北京人生命的英雄面前做出任何一点点伤害他感情的行为。虽然我要向读者坦白，我心里还是有点虚的。

沈壮和他同事的出现，使北京的SARS从此有了明晰的脉络，也使我的写作有了最真实的第一手资料。"我这里有北京每一位SARS患者的全部原始病情记录。加起来有这么长——"沈壮伸开双臂，给我做了两个一人长距离的动作。

在我看来，沈壮是整个北京抗击SARS瘟疫保卫战中最伟大的战士之一，尽管在本文发表之前没几个人知道他的名字，但我知道在北京"抗非"伟大战役的纪念丰碑上早晚会有他的名字。正是他和他领导的应急中心的战友们及其后来建立的2500多人组成的"流行病调查大队"队员们，为北京人民和全国人民战胜SARS建立了不朽功绩。许多材料是沈壮与他的战友们一次次冒着生命危险，在SARS患者的病榻前、救护车上，甚至是太平间里获得的。

山西女患者的父亲之死，拉开了北京SARS疫情的黑幕！

"沈壮，快到中心来，有紧急情况需要你去处理！"3月8日清晨四五点钟，刚刚因处理另一件应急事才回家眯盹了不足两个小时的沈壮，突然被一阵急促的电话铃声惊醒。

"我马上到。"沈壮给妻儿盖好被子，轻手轻脚出了门。初春的北京，寒气逼人。沈壮打了个冷战，"不知什么缘故，我记得特别清楚那一天打的冷战。"沈壮在接受我采访时这样说。

当日上午，沈壮带着属下到了302医院。上午的会议是应302医院建议召开的，参加人员有北京市卫生局、国家"CDC"人员，解放军总后卫生部、302医院和沈壮代表的北京"CDC"四方人马。会议议题是分析和处理北京第一例SARS死者及首例SARS对北京的疫情后果。此次会议就302医院当下的SARS患者与死者的处理问题进行了分工：302医院负责救治患者，总后防疫部门负责对医院的易感人群进行追踪，国家"CDC"负责流行病调查，沈壮他们负责军队之外接触过这家患者的排查工作。上午的会议开到11点，死者被拉到医院太平间。

其实，北京市卫生系统在市政府的统一安排下在4月份疫情暴发之前做过一些工作。在2月11日广东省通过新闻发布会的形式正式对外介绍“非典”后，北京卫生局领导当即明确了5家有呼吸传染病医治能力的医院承担监测“非典”任务，它们是安贞医院、朝阳医院、海淀医院、友谊医院和儿童医院。市120急救中心也承担相应的任务。“那时‘非典’还没有SARS这个洋名，我们称其为‘广东非典病’。当时大家思想上根本想不到这个‘非典’会有那么大的传染力。有人认为这种病毒传播跟其他病毒也差不多，每传一代就弱化一代，传上三五代就没啥感染能力了。我们也认为不至于闹到北京来，隔那么远。这种认识在当时不能怪谁，因为大家都不认识‘非典’到底是怎么回事!”沈壮的话代表了当时北京专业人员中的普遍认识。

“但作为北京市卫生局和所属的疾病预防控制应急专业部门，可以这么说，在广东、香港‘非典’疫情正式报道后，我们从来就没有放松过警惕。”沈壮拿出北京市卫生部门的材料给我看。

第一份是他们在发现北京第一例正式确诊为SARS的于某一家的病情后，就有过向上级写的一个报告，那报告中最后一段话是这样写的:“鉴于此次事件发生于‘两会’召开期间，而且病人有过赴广东省的可疑接触史，并高度怀疑其具有传染性，因此若不能及时有效地进行病例排除或诊治，将会造成一定的影响。”

第二份是“北京市卫生局应对非典型肺炎方案”。这个方案共有数页纸，其中特别对小范围的疫情、中范围的疫情和全市性大范围疫情出现时所要采取的“一级警报”“二级警报”和“三级警报”机制提出了建议。

这第二份的“应急方案”写就于3月8日，是沈壮在卫生局当天下午召开的应急会议期间，与市卫生局几位领导一起研究碰头下应急写成的。

也就是在那时，一位局领导急匆匆地过来将他和同一单位的贺雄叫到一边，说:“你们两个，不管采取什么办法，必须在今晚12点钟前，把302医院的那几个山西患者的情况弄清楚，完后马上向局里报告。”

沈壮明白领导是在着急山西那几个患者的疾病传播。晚10点，他和市CDC副主任贺雄到达302医院。当他们走进一层的楼道，有医生听说他们是来调查山西女患者一家的病情时，便随手给了他们每人一个口罩，说:“你们来了，我们就不陪了。”说完就去了另一个病区。留下沈壮和贺雄俩，面面相觑。

“你们当时进去除了口罩还有什么防护?”我问。沈壮:“什么都没有。那时还没有啥防护服呢!”走入病房走廊的沈壮当时留意了一下楼道，见里面空空如也，只有山西女患者一家占着三个房间。

在那里，沈壮了解和记录了北京第一位输入性SARS患者及她一家人的基本发病情况——用专业术语说，沈壮是对这一家人进行了流行病调查。

于某的一家

据患者家属介绍，患者于某今年27岁，山西太原人。做珠宝生意的她，在今年2月因生意上的事到广东出差。临离家时，母亲特意给广州工作的同行打了个电话，询问那边的“非典”情况到底怎样。人家回答得非常明确:“都是谣言，没那么严重。”“还是注意些好。”父亲特意为女儿准备了几包板蓝根。

于某就这样去了广东。记着父母叮咛的她，一到那边就很认真地打听“非典”病情，出租车司机带着嘲讽笑着对她说:“我每天拉这么多人，要得也该轮到我了吧!可你看我不是好好的嘛?”

一次次的证实“没事”后，于某原先的心理防御全然抛之了脑后。该干什么，她就照干什么。2月22日晚，于某乘车从深圳到广州时，便感身体不适，浑身发冷。23日，带着这种不适的她，从广州飞回太原。一量体温:38.8℃!

当天，于某走进太原一家医院。紧张地问医生自己是不是得了“非典”。“别那么大惊小怪。有那么巧就得‘非典’?”医生笑她。不一会儿又拿来X光片和血液检测结果，“没事。”

但“感冒”引发的高烧不断。于某内心有种强烈的不祥感。她拉着丈夫的手，痛苦地乞求着:“我到底怎么啦?快救救我吧!”丈夫一咬牙:“别再耽误了。我们到中国最好的医院去!”

这一决定使患者后来终于脱离了死神的纠缠，却也给北京人带来了无法弥合的痛楚!

上级交给沈壮的任务有两个:一是弄清患者的病历史，以便尽快切断传播源;二是让患者身边的那些还没有传染的人赶紧离开患者，离开北京，回到山西去。“CDC人员按通常的做法也该弄清病例全过程，以便获得最可能的控制。而当时让患者身边那些尚没发病的人回山西，绝对没有其他意思。当时我们还不清楚到底SARS患者有没有潜伏期，潜伏期里传染不传染，这里都不清楚。只是知道‘非典’是传染的，不能让患者传染更多的人。”沈壮一肚子无奈的苦水。

山西方面在第二天就开来救护车。而沈壮在病房与患者家属做思想工作一直做了近10个小时。在于某的几位尚未发烧的亲属同意回山西时，北京下起了少有的春雪。

这一天下午，一辆救护车将于某的奶奶、舅舅、大伯和两个伙计拉回了太原。太原方面将这些人隔离观察，还算好，只有于某的一个伙计后确诊为传染“非典”患者。

留在北京的于某和其余的亲属可就惨了。继其父亲7日死后，56岁的母亲也在15日死去。于某的丈夫、弟弟、弟媳妇、小叔子和于某公司的一个小伙计陆续传染上“非典”而倒在病榻上，于家陷入了极度悲惨和痛苦的深渊。（注：于某本人，一个多月后在302医院医务工作者的全力抢救下，与其他几位亲属一起从SARS的死神中解脱出来，健康地回到了山西。但这位饱受疫魔折磨和为亲人带来痛苦的年轻女患者，再也不愿别人去打扰她。不久前她以“徐丽”的化名曾接受过记者的电话采访。这是后话。）

让沈壮感到宽慰的是于某一家的良好文化修养救了不少人的命。“我们问楼道的服务员小姐有没有接触过于某家人，姑娘说，于某的舅舅一住进来就主动对我们说他们家人得了传染性肝炎，让我们不要接近他们。所以后来也真没有发现楼道姑娘们传染‘非典’。”

可忧心事还在后面。在沈壮他们一再追问于某家人还与什么其他人亲密接触时，于某家人说她还有个舅舅就在北京，而且于某父亲死时就是这位舅舅在场，据说于某的父亲是死在这个舅舅怀里的。

“这不要命嘛！”沈壮一听就跳了起来，“你们为什么不早点告诉我们？啊？为什么？”

不为什么，为的是怕别人知道了，舅舅不好过日子。“他现在在哪儿？”沈壮一个个追问。

没人告诉他。就是不告诉。“你们，你们要为他的生命负责啊！”沈壮想发脾气，可看看一个个倒在病榻上的于某和亲属，心就软了，“你们无论如何要告诉他，一是让他不要再接触人，二是一旦有哪儿不舒服，马上给我们打电话。”沈壮没有其他办法。因为“非典”尚未上法定传染病，就不能按照传染病法规强行让患者履行义务。

这一天应该是3月10日。之后的每一个小时里，沈壮的心一直悬在半空。12日，沈壮不想看到的事出现了——于某在北京的那个舅舅来电话，说发烧了。

坏哉！沈壮的心头“咯噔”一下。“你在家准备一下，我们和救护车马上就到。”“我们不敢把救护车开到于某舅舅住的门口，远远停在一个不起眼的地方。然后我和一名同事手里拿着一件大白褂和两个口罩，但在到患者住处之前不敢穿也不敢戴，怕患者本人心里不好接受，而更怕的是居民发现我们在运送一个‘非典’病患者，我和同事只能做‘地下工作者’。”沈壮说。

到目的地后，沈壮一忧一喜：忧的是于某的舅舅当时的症状已经基本可以确诊是“非典”，喜的是患者在同于某一家接触之后自己隔离了自己，没有与其他人一起生活。

于某的舅舅在沈壮等护送下直接进了佑安医院。

沈壮从佑安医院回到单位，正式在自己的工作日记上写下了这个普通而重要的日子：2003年3月12日。

说它是个普通日子，是因为99.999%的北京市民这时还根本不知道要命的SARS已经稳稳当当地安落在京城宝地。这一天，还有一个特别重要的意义是，世界卫生组织正式将这种严重急性呼吸综合征（SEVEREACUTERESPI-RATRYSYNDRPME）明确病名，简称SARS。并向全世界发出了警报。

3月16日，东直门医院

沈壮还没有来得及对北京的第一例SARS做一个头绪的筛理，3月16日，晚上9点多钟，沈壮接到东城区“CDC”报告，说所辖的东直门医院向他们报告有一例SARS，而且病情非常危急，区“CDC”扛不住，让沈壮他们去。

东直门医院出现的病例让京城老百姓开始知道SARS这只狼真的来了。

沈壮当即与本单位的黄大夫两人一起赶到东直门医院，在急诊科他们看到了患者，是个70多岁的老人。

“患者上午11点半左右到我们这儿门诊，那时X光片呈现为右下肺炎。可到下午4点多钟，X光片检查结果成双肺炎。到晚饭时就不行了，我们刚刚才把他抢救过来，现在仍处在昏迷状态。”急诊科主任刘清泉，一见沈壮他们赶紧把情况做了介绍。

调查开始了。据家属介绍：这位70多岁的患者李某，是3月15日从香港乘CA112航班飞回北京的。在飞机上李某就觉得自己有发烧咳嗽的症状，晚8点来钟从机场进城后直接到了某医院。此医院的门诊医生给他诊断为“重感冒”。结果李某就开了点普通药回了家。回到家的李某睡了一夜仍感高烧不断，家属问他怎么回事，是不是在香港传染上了什么病？这一问让李某神经顿时紧张起来：可不，自己在香港时到过威尔士医院看过正在那儿住院的哥哥。那威尔士医院听说出现过“非典”传染，是不是我也传染上了“非典”呀？李某心头越发不安。吃完早饭，他就坐立不安地打听附近什么医院中医水平好些。家里人听说东直门医院是中国中医药大学的附属医院，随后匆匆送他上了东直门医院。

11点左右，东直门医院急诊室主任刘清泉大夫给李某做了初步诊断，认为可能是老年性肺炎——往常北京在这个季节里每天都有不少肺炎患者到医院就诊，李某年岁已是70多的高龄，刘大夫的初诊无论在技术和情理上都并不见误。更何况那时“广东非典”在普通北京人心目中仅是个遥远的病势概念。就连刘清泉这样的急诊专家也知之甚少，他更不知道在同一个城市里的解放军302医院就在前三四天里已经有一批医务人员被北京第一例输入性SARS患者所感染，而且就是3月16日这一天他刘清泉在给李某就诊时，302医院的一名优秀医务人员已经死于“非典”传染。

信息的阻隔，使刘清泉大夫和东直门医院乃至整个北京市民付出了惨重的代价。

虽然刘清泉大夫此时也不知“非典”为何物，也未诊断出李某的真正病理，但出于敏锐的医学职业习惯，他没有放跑李某，而是让他在急诊室输液观察。下午，李某病情突然恶化，体温顿升，呼吸困难，最后导致心脏停跳。

“赶快抢救!”刘清泉大夫和同事们迅速对李某进行了急救，那一刻参加抢救的医务人员不下六七个……李某的心脏缓缓地恢复了跳动，但呼吸仍然极度困难和衰弱。刘清泉为其上了呼吸机，而患者则一直处于昏迷状态。

“到过广东香港没有?”刘清泉从急救室出来，一边擦汗一边问李某的家属。

“他刚从香港回来。”坏事了！刘清泉虽然在这之前从未见过SARS什么样，但从有限的听说中猜想到这个李某十有八九是传说的SARS患者了。医院的电话迅速打到东城区CDC，之后也就有了沈壮他们的出现。

沈壮与东直门医院领导和刘清泉大夫等根据李某病情，紧急召开了会议，并作出三点决定：一是患者现在不适宜转院，建议就在东直门医院本院救治。二是对病人要实行隔离，并在病房内开通窗户——沈壮说，这是从广东那边听来的唯一一点预防“非典”传染的经验。沈壮还在这一条决定中给东直门医院做了一些补充建议：不要再让医务人员换人了，谁参加过抢救李某的就留下来继续进行救治工作，进患者病房要穿隔离服。三是对密切接触者进行登记和随访。

会议结束后，沈壮还做了一件现在连他自己都感到有些“那个”的事——他走进病房，撬开昏迷中的患者李某的嘴，用一根棉签从他的嘴里采集了一份咽拭子。

“那是SARS患者毒菌最多的东西，而且你是从李某这样的‘毒王’嘴里取的咽拭子，当时你不怕?”我问。

“当时根本就没有想到怕不怕的问题，只是想从病疫角度应该留下这种患者的病菌体，以便带回去让检验所的同志做分析用。另一方面当时确实我也不知道这SARS到底有多大的传染。”沈壮说得很平淡，但可以想象当初他到“毒王”嘴里掏咽拭子的过程是多么的惊心动魄!

袭击设防并不多的东直门医院，是SARS轻而易举的事。虽然医院方面尽了当时他们所能想的回应，如迅速使用了ICU（危重病房），将李某单独隔离治疗，也给医务人员配发了口罩和防护服。“可那时的这些防护东西非常简单，而且都是平时我们用于对付普通传染病的口罩和防护服，哪知道‘非典’病毒传染强度那么大。再说也奇怪，当时我们想买一些质量高一点的口罩和防护服，竟然也找不着什么地方有这样的东西。”急诊科主任刘清泉感叹地说。

就在东直门医院的医务人员处在战斗准备严重不足的情况下，李某身上的SARS，再次发起攻击。一直处在昏迷状态的李某又两次心脏骤停。肺器功能的严重衰竭，同时导致其他器官的迅速衰竭，这是SARS袭击人类的一个显著特征，尤其是对那些抵抗能力差的并患有其他疾病的患者，特别是年龄偏大的患者而言，他们之所以在SARS袭击时很快死亡，这一因素非常突出。20日，经过前后72小时的抢救，SARS还是夺走了李某的生命。后来据我对重症专家的采访了解到，像李某这样的SARS重患者，即便再努力抢救，生还的希望几乎是零。

然而当时的东直门医院或者说在整个北京与SARS搏杀的殊死战斗中，广大医务人员发扬的是基本的人道精神，他们是用自己的肉体与生命在构筑一道保护广大市民的长城，后来上面又要求他们为“减少死亡率”而战。因此，医务工作者在整个战斗中成为高危群体是一种必然。

“我的妻子确诊‘非典了’……”

东直门医院付出的代价比302医院严重得多，因为他们遭遇到的是一个真正意义上的“毒王”。就在李某尚未结束生命时，该医院的医务人员便有人出现发热高烧现象。护士姚小姐是第一个感染者，当日被送进自己医院的隔离室，次日转到佑安医院。在姚护士被确诊患SARS送进佑安医院当日，又有7名医生倒下……

“这是怎么啦?”医务人员中出现了恐慌，庞大的东直门医院在一条条传言和确凿的事实面前开始倾斜。

20日得到李某死亡报告后，沈壮提出要对死者的尸体进行解剖和取样。

“我的直感是这例SARS对北京防治和专家研究这一病因很有用。我们首先做家属工作，人家考虑了半天，说解剖可以，但必须重新将尸体缝合完整。这是自然的事。于是经过申请，21日我们就把要对尸体进行解剖的事告诉给了医院方。开始希望有专业人员来做，但考虑医务人员还不懂SARS这个病的传染性，所以我就主动提出参与解剖工作。可这时的东直门医院内部已经出现严重恐慌心理，再者他们确实已经没有多少人能腾出来顾及已经死亡的李某尸体解剖一事。这时的东直门医院每时都有医务人员在倒下。”

“22日我们去医院准备进行尸体解剖。但医院没有来人。我只好向市卫生局请求支援一个专家来，因为我毕竟没有做过尸体解剖，总不能胡乱给人家破肚开膛。后来地坛医院的刀大夫来了。他的姓名起得真是名副其实。一把好刀，可这把刀在那天没有用上。”沈壮说，“我们到医院后，医院给我们提供的条件是太平间外面的一间破屋。解剖用具都生锈了。刀大夫是好人，蹲下身子，在一块石地板上磨了起来。那时还天寒风急，我心头感慨颇多。一句话：有点儿心酸!”

采访陷入暂时的沉默。

沈壮很快恢复情绪，继续说道：“事先有人告诉我们说李某的尸体装在8

号大铁柜内。但扛到外面的小屋后，我们发现这具尸体上没有标死者的身份，任何标志也没有。刀大夫说，这不符合解剖尸体的基本要求，不能做。我赶紧找医院的人来认，看太平间的一个老头，远远地站在几十米外的地方，号着嗓门说，没错，就是他！刀大夫阴着脸看着我说，你决定吧。我想了想，还是觉得死者没有身体标志不能解剖，心想如果搞错了，采集的标本也失去意义，而且还可能是一种危害。鉴于上述情况考虑，我决定停止解剖。重新把尸体放入太平间8号铁柜。”

沈壮对没能将李某的尸体进行医学解剖十分遗憾：“因为李某基本上是个大家通常说的毒王，对其尸体进行病理解剖，采集其标本是非常有价值的，可惜……”

“你们后来对李某进行没进行流行病调查?”我非常关心这个问题。

“当然做的。”沈壮介绍说，后来他们对李某乘坐的那趟CA112航班进行了“密切接触者”的追踪调查，了解到以下情况：——与李某同坐CA112航班上有个香港旅行团，其中8人传染上“非典”或成为疑似病人；有4名台湾客人在这架航班上传染；——航班上有两名空中小姐被传染，她们是内蒙古民航工作人员，因此她们也成了内蒙古自治区SARS传染源之一；——该航班上另有3名普通客人被传染，其中一名是中央某部委的副司长。此人又于3月17日到泰国出差，23日回到北京。在从曼谷回北京途中，此人已经严重发烧咳嗽，坐在他身边的一位外国人，正是后来死在北京地坛医院的SARS患者、国际劳工组织的派克·阿罗先生。那位副司长坐在B号座位，阿罗坐在A号座位，成为真正的“亲密接触者”（很奇怪，这架飞机上的另外290多名乘客都没有患上SARS)。沈壮调查的结果证明：那个副司长已经知道自己可能得了“广东非典”，所以他一上飞机就比较注意用手和纸挡着咳嗽与透气，但派克·阿罗先生和他太“亲密接触”，则是显然的。阿罗先生是外国人，他从泰国回来就医自然要到平时专为外国人就诊的地坛医院。据了解，北京市最初没有将地坛医院列为“非典”指定医院，由于阿罗的出现和抢救阿罗的过程中又有一些医务人员的传染，地坛医院也被列入后来的“‘非典’指定医院”，并成为在收治众多SARS患者中立下汗马功劳的战场之一。需要指出的是，阿罗从泰国回北京的时候，他乘坐过一辆出租车。而后面要叙述的那位经常到机场接客的出租车司机王某在几天后出现高烧，又成了一位奇异的“毒王”！

"但李某传染给最多的人群还是东直门医院的医务人员。"沈壮说到这里，这位刚强的汉子的眼睛里噙满泪水，"他们医院从接收李某之后的第三天，就开始出现一批批的医生倒下。有一天我的手机突然响起，我一听是东直门医院的急诊室主任刘清泉的声音。清泉与我年龄相仿，我们在抢救李某的日子里成了朋友。'你怎么啦?'我听到对方的声音是颤抖的，而且伴着轻轻的哭泣，便心头一下紧了起来。'沈壮，我们是不是朋友?'刘清泉说。'还用问?快说，到底什么事?'我急着问他。'我妻子已经确诊非典了……'刘清泉说到这儿便哽咽得说不上话。我一听眼泪也跟着出来了，我知道清泉在医院和他同事面前绝对不会掉眼泪的，也绝对不会用这种乞求的口吻跟人说话的。作为朋友，作为共同奋战SARS的战友，我当时忍不住责问他说：'你怎么能回家呢?'我想说的是，你刘清泉是知道SARS厉害的呀！清泉在电话里诉说道，其实他没有回家，而且那几天根本回不了家的，抢救李某的战斗还在进行，而身边的同事一个个倒下时他怎么可能回家嘛！在一个个同事发烧确诊为'非典'时，清泉他也感到了体温在升高。可他看到医院当时的情况，他没有向别人说，他硬顶着。他凭自己所有的医学知识和在抢救李某过程中所了解的一些SARS情况，他判断自己可能是太累了才发烧的（后来证明他就是这种情况，可他忽视了另一个情况——他在SARS一线，接触的毒素太多，他的身体里也确实存有病毒）。清泉在自己不适的那两天，感到嘴干舌燥，于是给妻子说他想吃点稀粥。动完乳腺癌手术不久的妻子就煮好粥，送到医院。见丈夫有气无力的样子，就喂他吃粥。'你救救她吧，帮帮忙把她送到佑安医院好吗?'清泉再一次哭泣着乞求我。当时我的眼泪再也忍不住了……我对他说，你放心这事我来办。于是我迅速与佑安医院联系，并且以最快的速度将清泉的妻子转到目的地。那些日子里，清泉总觉得对不起自己的妻子，是自己害了爱人。正好这时的佑安医院由于接收大批患者，一线医务人员不够，清泉说让我去吧，我有些经验。清泉后来真去了，他两头跑，一边是自己东直门医院处在大面积交叉感染的危急之中，一边是妻子在内的大批确诊病人在佑安医院处在生死线上。可是苍天无眼，清泉的妻子最后还是走了，30多岁，身边留下一个8岁的男孩……"

沈壮说到这儿，几度语顿。

我们一起默默静坐，以男人独有的方式，一支一支地接上烟头，猛烈地抽吸着。而此刻我们的内心像海天巨浪般地激荡……

“东直门医院的失守还在继续之时，我们CDC人员和北京市卫生系统的人都没有想到一个更可怕的袭击又在迅速形成。那就是前面提到的司机王某的出现。”沈壮把手中刚点燃的大半截烟掐在了杯子里，说。

3月25日，一个更大的传染源

王某出现的日子是3月25日。

当日晚上，王某觉得自己不舒服，便开车到三里屯的武警北京总队医院就诊。童医生给王某就诊后，留下王某在单间病房观察。3月26日，王某的肺部阴影开始大面积扩大。当时武警总队医院就怀疑王某可能是“非典”，但大家都没有接触过，也不知道它的传染性，故建议王某到治疗呼吸道感染技术比较好的朝阳医院诊治。

3月27日，王某从武警总队医院出来，到了朝阳医院就诊。“根据前面几个医院特别是东直门医院的SARS传染情况，北京市卫生系统已经重新布置了另一批医院开起发烧门诊，朝阳医院在王某去就诊时的前一天就也有了专门就诊发烧的门诊。所以王某去后，朝阳医院经过诊断，就很快确诊此人是可疑的‘非典’患者。医院一方面留下他在隔离室观察，一方面跟我们CDC联系送他到佑安医院。第二天我们把王某转送到了佑安医院。”但还是同样的原因，武警总队医院和朝阳医院由于都对防备SARS缺乏认识和了解，像朝阳医院虽然有了发烧门诊，可医务人员仍然没有足够的防护意识和防护条件，因此他们在收治王某之后所付出的代价比东直门医院更为惨烈。

惨烈这个词我是慎用的，但在此也只有这样的词能够可以形容这两个医院遇袭击之严重程度，而且需要指出的是后来像北大所属的人民医院及几个校园出现的SARS传染与隔离，其主要传染链正是从这两个医院出去的。

王某送进佑安医院后，经过一段时间抢救，没能活下来。但因为年轻和身体素质好，延续生命的时间也相当长，到5月初才死亡。许多被他传染的医务人员却死于他之前。像北京“抗击SARS战役”中第一名被追认为烈士的李晓红，是4月16日牺牲的，年仅28岁。王某自己的家庭也受到严重传染，其父母、丈母娘和姐姐都死在医院。全家共有8人得了SARS，至今还有他的亲属住在医院。

王某进入朝阳医院就诊后，由于当时需要对他进行观察，所以他在发热门诊室待的时间比较长，这就给当时那些不了解SARS到底有多大传染力的医务人员带来了巨大危害。在王某上朝阳医院就诊第四天的3月31日，毕维杰、张锦等5名医务人员就患上SARS而倒下，他们中为四女一男，都是在收治王某时与他有过接触的人。如23岁的女护士张锦，她是给王某扎过针、采过血和打过点滴而传染上的。第一批倒下的医务人员尚在紧急抢救之中，仅隔一两天时间内，又有刘菲菲等8名医务人员倒下，这回是七女一男。人们赞颂医务工作者为“白衣天使”，我想就是因为在一座座医院和一张张病榻前，出现最多的总是那些如花似玉的女人。

在王某就诊的第五天，李晓红医生就倒下了。这之后的一个星期内，武警总队医院又有十几名医生相继倒下。一天比一天严重的疫情，使得当时的武警总队医院陷入困境。医院所在的三里屯是外国驻华使馆的聚集地，一旦危及各使馆，就不是简单的疫病问题了。在4月初隔离后，医务人员和住院患者中又不断出现一批批的SARS感染者。情况可谓万分火急，他们不得不以最快的军事化方式，将70多名患者转移至北京市郊的大兴武警某基地，以便获得完备的救治。撤离本身并没有错。撤离的目的就是想更快控制疫情，更好救治患者。

沈壮的CDC人员很快得知这一情况，他们和卫生局的干部火速赶往大兴。经过协商，做出如下决定：凡武警患者由武警部队自己转运到如302等部队医院救治，凡地方SARS患者转运到北京胸科医院等指定“非典”医院救治。

武警总队医院在4月初对该院的患者进行大转移时，还有一些前期到过该院就医的散落于市民中的患者则流离在控制之中。4月7日到人民医院就诊并后来造成整个人民医院更大面积传染的秦某，就是其中的一个。她的母亲早先住在武警总队医院，是糖尿病，后感染上SARS，死在了武警总队医院。秦某没等处理完母亲的丧事，自己便出现了发烧症状。于是急着走进了同样没有设防的北京市著名的一所综合大医院，这便是每日门诊量在千人左右的人民医院。

一场更为惨烈的SARS袭击，正等待着北京市民。

呵，那真是山摇地动！那真是鬼哭狼嚎。

……

作为一个突发事件，一种危及人民生命的疫情出现时，人民需要最及时最准确的知情权，这是基本的道理和社会准则。只有把人民的生命和利益放在高于一切的位置上，这个政府才是人民信赖的政府，才是有作为的政府。

看看胡锦涛总书记领导下的党中央“抗非”决策，看看温家宝总理为首的国务院指挥下的全国“抗非”斗争，看看北京市委、北京市人民政府后来所采取的种种措施与做法，看看北京市后来为什么能迅速扼止了疫情的蔓延，在短短时间内取得与SARS战斗的决定性胜利，并且受到市民们的广泛赞誉和信赖，这就是党和政府采取了坦诚、透明、坚决、果断和认真负责的态度的结果！

人民因此无限信赖和热爱他们。

第三篇：的哥和我都哭了……

“妈妈，你怎么走得这么快啊?”4月初的一个早上，当秦女士接到武警总队医院通知她的母亲患SARS已死亡时，当场哭昏在地。她怎么想得到患糖尿病的母亲会在转眼间变成了SARS患者并死得这么快!

那时SARS患者的家属还不是特别清楚自己的亲人为啥突然死亡，而且死得那么快。因此，秦某的心境非常不好，加上前期在医院陪床，已经被拖得很累。母亲没了，秦某的心空荡荡的，也吃不下饭。到第三天，又是咳嗽又是发烧，当时她还以为自己是累的，想吃点药可能就过去了。哪知4月5日到人民医院门诊就医，医院觉得她有点像“非典”症状——“当时虽然听说东直门医院等已经有‘非典’病人了，可到底‘非典’是什么样，说实话我们也不清楚，更不知道应该怎么收治。所以秦某上医院门诊后，我们就把她放在观察室留观。而那时医院的观察室没有什么特别的隔离措施，这让我们人民医院埋下了恶性传染SARS的祸根。”该院的一位工作人员事后这么说。

那是真正的恶性!

人民医院是北京著名的三级甲等医院，拥有85年历史，每年到此就医和住院的患者高达百万人次！为了能够让更多的市民到此方便就医，医院在设计时以尽量节省空间和方便快捷为原则，所有化验、门诊和收费窗口都尽可能地在一起。SARS就像一个杀手端着冲锋枪走进了人群聚集的地方。

秦某在留观期间，旁边是十几个其他病患者，他们后来大多没有脱离SARS的传染，其中有一位心肌梗塞患者转到心脏内科，一人传染了11名内科医生。那些内科医生哪知这位患者与SARS重症者秦某有过“亲密接触”，完全在不设防的情况下又不断传染给其他的同事和家人……4月17日，在向外转出29名患者后，人民医院于当晚关闭了急诊大厅间的天井，意为安排成批的留观患者所用。哪知原本就通风不良的急诊环境更加恶劣，致使急诊药房、急诊检验、急诊收费和近邻的其他几个科室均处在由于空气不畅而形成了SARS强大的交叉感染区。

人民医院终于哭泣了，哭得那么悲恸。人们目睹着一个又一个的倒下，一批又一批的倒下，却无能为力……于是，医院上下，医院内外，一片恐慌。那些来看病和正住在医院的患者听说SARS蔓延后能逃的就逃，不能逃的也纷纷想法远离医院。原先在医院干得好好的清洁工和护工扔下一个月几百元的“瓷饭碗”，不辞而去，SARS病房内的清洁工作和后勤工作不得不由医生护士来完成，这使得又有一批批医生护士感染上SARS而再度倒下……

人民医院再也无法承受这打击，于4月19日、20日、21日，连续三次向上面打紧急报告，请求停止急诊和门诊。中国CDC派出首席专家曾光前去调查核实。“情况属实，建议立即关闭所有门诊急诊。”曾光的结论，给灾难深重的人民医院带来转机。

4月24日，整个医院被市政府宣布隔离。5月初，人民医院向市、区两级CDC报告的“非典”患者高达200余人，其中本院的医务人员89人，年龄最小的20岁，最大的63岁，他们中有相当一部分是医院的骨干和专家。

与此同时，我们知道从人民医院那儿传染上的SARS患者仍然在北京其他医院不停地就诊看病，先是中央财经大学出现SARS暴发，继而是北方交通大学又暴发疫情，北京大学、清华大学、北医三院等地方的疫情也频频而起。

北京城彻底恐慌了——

学生开始成群结队地离校；民工开始成批地乘火车汽车逃跑；有钱人驾着车、搭上飞机匆匆离开北京；

普通百姓扑向商场食品店卷起米面油盐醋往家奔跑……

一个个机关大门开始关闭；一座座小区实行封锁；一条条街巷没了行人和车子；市民们躲在居室不敢出门，惊恐地睁着双眼看着外面那个黑云压阵的慌乱世界……

一天，一辆公交车上一个抱孩子的妇女咳了几声，全车人吆喝司机赶快停车，随即争先恐后跳下车，路近的人干脆步行，路远的纷纷招手“打的”。

“的哥”问：那公共汽车上出什么事了？乘客说，上面有人咳嗽咳得厉害，可能是“非典”。“的哥”一听，脸色煞白，忙推说：“车子没油了，我要去加油。”说着，“哧溜”走了。

“喂喂，我又不是‘非典’！停车停车！”乘客一边喊着，一边追赶。

“的哥”早已溜回自家的巷口，想把车开进大院。

“不能进！你们出租车整天在外面拉人，谁知道有多少‘非典’患者上了你的车。为了你的家人和全院人的安全，我们不能让你进去。”几位老太太严防死守着铁门，任凭“的哥”怎么说，就是不让进人进车。

“的哥”直跺脚：“我、我……这到底是怎么啦？你们不能不让我回家呀！要是我家有人得了‘非典’谁救他们呀？”

“啊？你家有‘非典’病人哪？”老太太们一听，吓得四处逃避，一溜烟人走巷空。

“的哥”抹干泪，走进自己家的楼门，敲了几下，没见动静。又敲：“我回来啦，怎么不开门呀？”

“知道你回来了！可你不能回家，孩子要被你传染了怎么办？”里面的女人说话。

“的哥”一愣，说：“你们怎么知道我会传染‘非典’？”

里面毫不留情地：“我们怎么知道你不传染嘛？你整天在外面拉人……”

“的哥”有口难辩，只好问：“我总不能睡在门外面吧？”

这时门突然开出一条缝，缝里甩出一条被子，门又猛地关上：“你就今晚先在外面睡。不为大人想，也该为孩子想想。”

是啊，孩子比什么都重要。“的哥”想想也是，于是便无奈地卷起被子，萎缩在墙旮旯。真的累了，不管怎么说，先睡一觉再说。

“你别睡这儿呀！离我们门口这么近不行！”突然，对门的邻居在里面高声嚷嚷道。

这是“的哥”想不到的事，他火了：“你们以为我真是得‘非典’了呀？”

“你不是‘非典’为什么你家里人不让你进屋？”

“我……”“的哥”有口难辩，抱起被子就往楼下走。

他重新回到车里，一狠心：妈的，上路拉活去吧！

车子发动起来，轮子向前飞奔。“的哥”突然发现今晚的大街上，这么少的行人，这么少的车子，一条平安大道，竟然从西到东，没遇见几辆车子……

“这么大的城市，见不到人，见不到车，那种情景，不是亲身感受你是无法想象出来的。一句话，它比进地狱还吓人。”一个多月后，这位“的哥”依然心有余悸地这样说。

我就是在那时看到了这位“的哥”，而他也看到我——准确地说是看到了我们全家。

我、女儿和家人，全副武装的几个人：都戴着双层口罩，都戴着厚厚的眼镜，都穿着臃肿的衣服。

“的哥”下车给我们开车门，他的超常规动作，叫我感动。而他的话却更让我意外：“谢谢你们，谢谢你们今晚给我开了彩……”

“北京这是怎么啦？大哥，你说这‘非典’到底是怎么回事？咋弄得大街上一个人也没有啊？”他竟然哭了起来，哭得那么伤心。

兄弟啊，你哪里知道，我们还有比你更痛苦的心理历程呀！我心里这样说，嘴上却不敢对他说，因为他不知道我们一家三口刚刚经历的一场“劫难”比他经历的更加恐惧。

“的哥”将我们送到目的地后，一连向我说了三个“谢谢”。

红色的“的士”消失了，长长的街头恢复了死一般的寂静。

回到家，疲惫的女儿入睡了，家人则在窗台上一遍又一遍地用高强度的消毒药水在我们刚刚脱下的所有内外衣上喷洒着。而我怎么也无法抑制波澜激涌的心潮，独自久久地站在窗台上，俯视和举目远眺着眼前这个正在被SARS奴役和摧残的城市……

那一刻，我发觉自己真的泪流满面。

那一刻，我突然联想到了二十多年前自己在部队参加一场流血的战争时的情景。

我怎么发现眼前的SARS竟然会让我感到比当年参战时的那种心境更加恐惧？呵，我明白了：与敌人拼杀的战场上，我去了，死的可能就是我一个人，死了也会很光荣。可这SARS不一样，它让我看不到，它让我感到自己的生命不属于自己，而是属于我的家庭，属于我的同事和单位，属于周围的环境，属于这个城市，属于看不见摸不着的空气！

就在10个小时之前，当我居住的整个北京城人人都从单位和大街上躲进自己的家居时，人人都在关紧自家的门窗，以家为战，消毒反击，堵疾防魔时，刚因停课回家准备高考的女儿在下午三四点时，开始不停地咳嗽，不停地说她胸口难受。我和家人手忙脚乱地让她从书堆中躺到床头。然后开始测量体温……

“37.5℃。”第一次测量，就吓了我们一跳。

家人忙着找药，而我则忙着打开电脑，上网寻找“非典”的特征。网上的“‘非典’咨询”都这么说：体温在38℃以上，伴有咳嗽，肺部有阴影……

吃药，继续测量体温。半小时一次。

下午4点半以后，女儿的体温一直上升至38℃，而且居高不下。“我难受，爸爸，我难受呀……”女儿的每一声叫喊和哭泣都揪着我的心。我成了热锅蚂蚁。

家人守在床头，负责测量女儿的体温，而我则不停地翻阅网上的“非典”知识，又不停地想操起电话咨询“非典”热线——可这一项又不敢轻易使用，因为知道一旦“暴露”家中有38℃高烧者，当时的情况下准会被视为“非典”患者。“120”急救车说不准马上开到家门口。

我不想这样简单地把女儿划进SARS去。

我们全家谁都不想这样简单地划进去。

是，还是不是？如果是，该怎么样？如果不是，谁能保证？是送医院，还是不送？如果送医院，要是不是“非典”，不是自找传染的死路吗？可如果是，晚送了耽误时间怎么办？

我和家人激烈地争执着，每一次给女儿测量体温后，都会在另一个房间里谁也不让谁地争执着。

我感到我要崩溃了。我甚至已经做好一切心理准备：假如女儿被SARS传染上，被急救车拉走，我一定毫不犹豫跳上车，一起与她走进病房，一起战斗每一分每一秒。那一刻，我觉得什么都可以不要了，我只要比我生命更重要的女儿！

女儿还在哭泣和叫喊。我无法在她床头待着，我的焦虑已经使我失去了作为一个父亲能够克制的情绪——我强装若无其事的表情走出电梯，又走出大楼，我看看周围没有一个人，于是躲到台阶的一侧，然后无比痛苦地扬起头，闭上眼，又合拢双掌，默默地祈祷了三声：老天，请你无论如何保佑我的女儿平安无事。

这是我平生第一次向苍天求助。

女儿的高烧不退，家人的药物治疗不见显效。我们全家需要做出选择——医院是唯一选择的地方。而医院在那时是最危险最容易传染SARS的地方。

我们不能不去了——在无法自我排除“非典”的情况下，只能选择去那个最危险的地方——去医院在那时等于是在死亡阵地上寻找一根救命稻草。

约深夜11时左右，我们一家几口全副武装地走出家门——其实也就是戴上两个口罩，多穿些衣服而已。出门后，好不容易打了一辆“的士”，还不敢对司机说上医院。

车至医院附近的100米处停下。我们一家人走进北大医院，发烧门诊大夫说还不能进去，“刚消毒，得等一小时。”

家人悄悄对我说：“还是上普通急诊去看吧，进发烧门诊不等于接触一次‘非典’嘛，不是‘非典’也会感染上‘非典’了！”

想想也是。于是我们带女儿上了医院一层的普通急诊室。当走进急诊室的那一刻，我的心猛然一紧：完了！

我眼前所看到的，是楼道里一个个“非典”，他（她）们或是有人搀扶着，或是横七竖八地躺在走廊的椅子上哼哼着……

门诊的医生全是全副武装，我也在此刻看到了什么叫防护服。那医生穿的是罩式防护服，就像电焊工头上戴的那种。她每会诊一个病人就拿起消毒剂在空中喷射一次，一个十来平方米的门诊室，涌进排着长长队伍的患者，我想不传染只能算是上帝开恩了吧……我已经把自己列入SARS候选人。

排队半个小时左右，医生让我女儿到另一个诊室拍胸片。

20分钟后，X光片出来。“没事，肺部清晰。”医生递过片子。

我们一家人都不约而同拍拍胸口：老天爷！

紧接下来是验血。我让女儿和家人在远远的医院外等着，而我则回到化验室等着，一分钟一分钟地等着——因为这是排除“非典”的主要依据之一。

25分钟后，化验单子出来。我赶紧出医院交给家人看。

“没事。”当过医生的家人这时恢复了自信。

又一个没事。那一刻，我的心——其实是我们全家的心才算定了下来。

上面的那位“的哥”就是在我们回家的路上遇见的……

第二天清晨，女儿的高烧已退。而我们的生活开始了新的内容：早晨起来，先是打开所有的门窗，再在所有的房间喷射消毒剂。特别是门把手，要进行反复消毒。再在与邻居的接触地段，“狠狠”地喷射高量消毒液；吃饭时，相互监督谁没洗手；出门时，检查口罩戴了没有——能不出门的尽量不出门。上班不能乘公共汽车，也不能“打的”——单位里已经这样明确规定了。有趣的是女儿一反常态，对还需上单位值班的我特别关心起来，只要一进门，就先让我站在门口，把鞋脱掉，再将外衣脱下搁到凉台。然后监督我到门口处的消毒液里洗手，洗完后再进里屋的一只同样盛有消毒剂的盆中再洗一次。然后跟在我后面，不停地朝我身上、头上喷射由她妈妈配制的稀释消毒剂——我呢，每每女儿这样做时，都能自觉地配合。这样的生活方式在北京的这一年四五月间，几乎成了普遍现象。只是我们一家比别人多了几分紧张，因为我们全家都到过一次医院。那时得“非典”的人在别人眼里就是“瘟神”，而发高烧的人则几乎都被视为“非典”患者对待，如果有人到过医院则仿佛你已被死神抱住了——这也不能怪公众有这样的恐惧，因为几乎百分之八十以上的SARS患者都是在医院传染的。事后我才知道，当晚我们全家去就医的北大医院，那几天正处在“非典”患者就诊的最高峰。“24号人民医院被隔离后，在西城的‘非典’患者和发烧疑似患者全都涌到了北大医院，由于定点医院紧缺床位，那些已经确诊的‘非典’患者和需要留观的疑似患者送不出去，只能躺着等在门诊室的走廊内外。那些日子里，天天都是这个样。”西城CDC的张震科长在我采访他时这样说。

数日后，我们全家安然无恙，逃过一劫。那种心境下使我有可能将精力和目光从自己的家庭转向外面的世界。

此时的北京城已经完全发生变化。

“国难当头”，成了许多官员和民众的口头语。

那时北京城里的空气是凝重的，人们的脸上没有一丝笑容，相互之间看不清对方的表情——口罩将一切痛苦的表情包在其中，压在心头。

一条“短讯”，可以在不到一天之内，传遍全市。

“某某时间要封城了！”

“某某夜间要飞机喷药，请关好你家的门窗！”

谣言和消息就是如此迅速传播的。人们虽然不太相信有些太玄乎的“短讯”，但采取的态度是“宁信其有，不信其无”。

那些日子里，市民们的生活这样度过：

有车子的，想跑到市郊，但他们常常被农民赶回来。“告诉你们，不能在这儿通过，更不能进我们村。”农民们警惕地把守着自己的家园。甚至有的村民手持菜刀，列队排在村口的路中央，电视里播出一个村子不仅将全村四周全部用铁网和砖墙围得严严实实，而且把村口的那条通向外面的公路拦腰斩断——路中央挖的坑足可以填进两台坦克。

没有车的人，待在家里，成天开着电视——电视里整天是“非典”节目。那时一天学的预防“非典”和“公共卫生”知识比以往一辈子学的还要多出几倍。

人们的防范意识超出了想象。在管好自己的前提下，将全部的精力注视着周围一切可能出现的漏洞。大家有个共同的认识：要真正地保护好自己的生命，就必须关注别人的和周围的生命是否安全。

“一个僧人发烧倒在马路上，我们竟接到20多个电话。”120急救热线的工作人员告诉我。当急救车前往事发地拉走僧人后，他们又接到了30多个市民电话，是市民在打听那僧人是否是“非典”患者。市民说，如确诊那僧人是SARS患者，我们所有近距离接触他的人就都得赶紧消毒和防范呀！可不能有一丝马虎。“瞧瞧这警惕！”

家住东城的李某一家四口，突然感觉发烧。在犹豫去还是不去医院时，120急救车已经到了他们家门口。原来，邻居听到对门不停的咳嗽声，就打电话叫来了救护车。

这就是“非典”时期。个人的生命不再属于你自己，你要保护好自己的生命，就得以同样警惕和呵护的心态保护别人的生命。

小黄是外地民工，负责一个居民区前的两条大街的环卫工作，说白了——是干扫大街的活。小黄负责的大街是条人来车往密集的地方，有5辆公交车的车站靠近居民院前的大门口。平时的车站旁，早晚满地都是扔弃的垃圾，小黄举着扫帚想清除，常常被乘车的人口出秽言骂道：“你没长眼？想往我身上扫？”

SARS来了，大街上突然没了人影。公共汽车偶尔来一辆也不见几个人上车。小黄的活儿顿时轻松了许多。有些日子小黄也想歇了，传说“非典”能从空气里传播，大街上也不安全。可小黄发现大院前的马路边不知什么时候又堆起了垃圾，他扫尽后，刚想按常规倒入附近的垃圾箱。一群居民追过来，询问他："喂，小兄弟，这垃圾不能随便倒，得放到安全的地方。"

小黄不解："那该倒在什么地方？"

居民："应该拉到垃圾集中的地方。"

小黄："那得有环保师傅拉走才行，我可没能耐叫他们来。"

居民们："这你甭管，我们来。"

不一会儿，环卫车还真来了。是居民们给卫生局打了电话。

小黄扛着扫把要回宿舍。

"慢着，"居民们将他叫住，"你是住在地下室？"

小黄满脸狐疑："是。"

有居民送上两瓶84消毒液："每天在房间里喷上两次。"

当他回到地下室刚刚洗完脸，一群穿白大褂的人已经进来。领头的一个人对他说："我们要改造一下你这间房子的通风设施。"

小黄愣神之间，几位穿白大褂的人七手八脚地忙碌了起来……两小时过后，在房间里从来没有呼吸过新鲜空气的小黄，重重地做了几个深呼吸，那气儿真清纯，他感到特别的惬意。

第二天，小黄举着扫把，正要出门干活，突然发现门口堆着两筐水果、蔬菜和一堆营养品。上面还有一张条子：小伙子，注意你的身体。有情况随时与我们联系。本楼居民每一刻都在关注你。

市急救中心的几十名司机，从投入战斗以后，他们不分日夜，天天都在与SARS争夺患者的生命。每一次白色救护车所到之处，人们就像躲避瘟神似的远远躲到一边。如果迎面遇见一辆私车，那车子的主人便会以最快的速度将敞着的玻璃窗摇起。有一次马师傅的车稍稍挨路边近了些，一位50上下的大婶竟然为躲他的车子，连人带自行车倒在了马路上，造成骨折。"其实当时我们的救护车离大婶至少还有3米远。"马师傅事后说。

"大婶，你伤着了没？"马师傅赶紧停下救护车，想上前扶一把受伤的大婶，谁知那大婶惊恐地连连朝他摆手："你别过来！你别过来！"

马师傅立即止步，开始他没有反应过来，后来一看自己全身穿着的白色防护服，终于明白怎么回事。

"我就是摔死了，也不要你来扶我！"那大婶一边在地上打滚，一边冲马师傅说道。

那一刻，与SARS出生入死搏杀的马师傅只觉得鼻子酸酸的……

“孩子他妈，我今天到咱家附近的一家医院拉病人，我能看一眼你和儿子吗?”在又一次执行任务前，马师傅打电话给妻子。

“行啊，我带儿子去看你。”妻子兴奋地说，又突然疑惑起来，“你穿了防护服，又不能接近你，我们哪看得到你呀?”

马师傅说：“你们在100米左右的地方站着，到时我向你们招手不就行了?”

“哎。”妻子显得很高兴。

马师傅和车队的战友们浩浩荡荡地开着救护车驶向那所收治“非典”患者的区级医院，行动是在深夜进行的。进去的时候，马师傅根本来不及环顾一眼周围的情况，每一次转送“非典”患者的行动就是一场突击战，分秒必争。

一场激烈战斗结束，几十名患者被安全转到急救车上。就在马师傅他们临登上驾驶室的那一刻，他看到了远远的地方站着他的妻子和儿子……

马师傅赶紧举起右手，向妻子和儿子的方向招手。

啊，她和儿子看到了他，也回应着招起了手。

马师傅的鼻子顿时发酸，一直酸到心窝窝……当他再抬头朝妻子和儿子望去时，发现她的手犹豫地放下了，稍许才又重新高高地举起。

马师傅赶紧再度举起自己的手，频频挥动着。

“上车吧上车吧，别再招手了啊！等战斗结束后，我放你们10天假！快快上车吧!”是队长在说话。

马师傅以为队长在说自己呢，可当他转头那一瞬间，马师傅惊愕了：原来他的队友们都一个个高举着双手在向他的妻子和儿子招手呢!

“喂喂，哥们儿，那可是我的妻子和儿子呀！我们是有暗号约定的，你们都招手了，他们怎么看得见我是哪个呀?”马师傅有点急了。

“老马，你别太私心了，嫂子他们是来看你的，可也是来看我们的嘛。在这个时候有人向我们招手致意，我们心头热乎啊！老马，你一定代我们好好谢谢嫂子。”

这回，马师傅的眼泪终于忍不住了。他再次看到几十双战友的手在向自己的妻子和儿子高高地举着，挥动着……

第四篇：救命的“八味方”

作家何建明为本报在第一时间采写的、记录北京遭遇和抗击“非典”过程的长篇报告文学《北京保卫战》，自6月6日在“笔会”刊出第一部分以来，已连续在6月16日、20日刊出第二和第三部分，在读者朋友中得到热情的反响。在我们接到作家传来的第四部分并开始编发之际，获悉了世界卫生组织解除对北京的旅行警告、将北京从“近期有当地传播”的“非典”疫区名单中删除的消息，北京抗击“非典”的工作在党中央，国务院领导下、全国人民的支持下取得阶段性重大胜利！经历风雨见到彩虹的人，谁不能体会这个消息带来的喜悦！

在这个时刻通过作品重新回顾北京在过去几个月中经历的一切，格外令人心潮难平。

国泰民安，伏唯尚飨！

——《文汇报》编者按

什么叫战争？战争就是你死我活的战斗与争夺。

SARS把过了几十年太平生活的北京人，在一夜之间卷入了全面的战争状态。承认也好，不承认也好，那一刻，对所有北京人来说，都是那么的突然和那样的慌乱。无论你是普通百姓，还是国家干部。不宣而战的SARS，牵动着亿万人的神经，这是一场全民的抗战，不能延误！

4月初，惨遭SARS袭击的东直门医院正处在存亡的紧急关头，北京市民通过各种渠道惊恐万分地传递着那个叫“SARS”疫魔“不可治、患则死”的可怕传言。

有位叫姜良铎的中医专家，开出了一帖后来广为流传的“八味方”，亦称“姜八味”。这“八味”分别是：苍术、藿香、金银花、贯众、黄芪、沙参、防风和白术。

北京人在获得越来越多的“‘非典’是治不好的瘟疫”信息之后，在恐慌中见什么信什么。4月8日，“姜八味”在《北京晚报》刊出，从此燃起了北京百姓心目中的“非典”战争硝烟……

下午2时，首批《北京晚报》刚刚到市民手中，北京医药股份有限公司董事长陈济生的办公室内急促响起一连串电话。这位在医药界饱受考验的“京城女药王”在那一刻突然惊呆了：“什么，中药方全线告急?”

“走，去看看到底是怎么回事!”陈济生顾不得披上外衣，向自己的助手招呼一声后风风火火地走出办公大楼，直奔大街对面的公司所属“医保全新大药房安定门药店”。

“你们是怎么搞的，人都要死了，还不快点抓药给我们!”

“对啊，你们不是医保药店吗？保谁呀？是保你们自己，还是保我们老百姓呀?”

“能不能动作麻利一点嘛！我们已经排半天队了!”

陈济生人未到药店，却远远看到长长的队伍从药店的门口伸出，直至大街。喧哗吵闹的顾客，说什么的都有。他们高举着报纸，充满焦虑地喊着、嚷着……

“老郑，库里还有货吗?”陈济生费力地挤过人群，气喘吁吁地走到柜台前，问正在与职工一起恨不得能多长出几双手去抓药的店长郑志新。

“哎呀陈总你可来啦！这可怎么是好呀！我们哪受得了这么多人来买药啊……”郑店长一边擦着汗，一边哭丧着脸嚷。

陈济生一把将他拉到一边：“其他的你什么都别说，我就问你，库里还有多少货？能供到什么时候?”

郑店长一跺脚：“你看这一拨又一拨的人！我看最多能顶到明天。”

陈济生：“好，你现在就去告诉排队的人，说我们的药保证能让大家都买得上!”

郑店长用胳膊一抹额上的汗，说：“行，我去说!”他绕过柜台，踮起双脚，向排队的顾客大声说，“大家不要着急，保证都能抓上药!”

“喂，仓库吗？你们给我查一下存货，看看还有多少中药饮片，查清后让物流部门全部立即送到全市所有连锁店。听明白了吗？全部、立即给我送到店面上!”陈济生操起手机，一连打了七八个电话。

几十辆“全新大药房”货车转眼间出现在北京大街小巷。

陈济生和助手本想离开药店，却被眼前一拨更比一拨长的买药人牵住了。于是她将袖子一挽，走进药铺，与忙得满头大汗的店员们一起抓起了药……“别急别急，我们会尽量保证大家都能抓上药的。”她嘴里不停地向抓药的市民说道。

“你这位同志说得倒比唱得好听，你看看门口的人有多少嘛!”有人提醒她。

陈济生抬头向门外探望了一下，再看看墙上的钟表：整午夜12点。还有那么多买药人啊！她的心头紧揪起来：这可怎么是好啊?!

黎明时刻，陈济生和店员们已经累得双手和眼皮都抬不起来了，刚想喘一口气，却见店门口排队抓药的人比前一日多出几倍!

“我们要订5000服！什么时候可以抓好呀?”

“8000，我们要8000服！马上就要!”

“给我们订1万服！大学生们都等在那儿呢！必须立即给我们，否则出了事你们负责!”

“我们也要1万服！我们是部队，你们不能不给啊!”

“我们是中央单位，你们也得保证!”

陈济生此刻才意识到自己这个“大药王”也是空有虚名。在一千多万人口的大都市里，一旦人人都争着想要一样东西时，这个世界上不会有哪家企业和哪个政府能够担当得起的。

但必须有人出来承担!

这时，满堂哄抢的药店里，挤过一位年轻人。他本想向买药的百姓们说上几句安慰的话，而他其实也说了好一阵子，可没人听他的。人们依旧焦虑地谁也不顾谁地争抢着抓药，仿佛抓上药就是抓到了求生的一线希望。

陈济生和郑店长认出了这位年轻的副市长。

这位副市长紧锁眉头："看这阵势，还得准备更大的供应量！"

"除非你和药检局同意我们改手工抓方煮药，为大机器生产方式煮……"

"不违反药检相关规定？"

"药检规定可以在特殊情况下如战时状态下可采用机器煮提药液。"

"现在就是战时状态，干吧！对了，通知同仁堂等一起上！"一锤定音。

陈济生受命后的第一时间内赶到双鹤药业公司，亲自看着成吨成吨的中草药装进大罐桶内渗泡、调配、起火、转动……好家伙，那是真正的大机器煮药啊！

巨大无比的炉桶，轰鸣震天！日夜不停，开足马力。

同一时间，京城百年"大宅门"——同仁堂老店的后院，更为壮观：原有的大大小小煮药灶、煮药房、小桶烧、大桶渗的所有药具全部用上，而新添置的十几口硕大无比的煮炉更是火焰旺旺，热气腾腾……

大机器煮提，一天能供应10万服"八味方"！

10万服还不够！各药店急报。

10万服不够就再加到15万服！

15万服一天还不够！市民们骂死我们啦！药店老板向陈济生报告。

日供20万服！领导下令。

20万服早晨送市场，午后便空空无货。

陈济生想哭，却哭不出来。要哭也没有眼泪，只有血水——百姓们把"八味方"当成了唯一的救命稻草，而"八味方"其实也就是一根可怜兮兮的救命稻草而已。

"八味方"从4月8号一直供到4月底的20来天时间，全市共卖出800多万服！其中23号和24号最高峰时，日售量高达29万服和29.5万服！

北京市民疯了！但疯了并不要紧，要紧的是死了才真正可怕！

防护服：从几百套到200万

"4月17日中央开会，当晚市领导找我等人谈话，告知当时的疫情，我听后真感到吓人。18日市经委通知我出任抗非物资总指挥。19日物资保障组升格，成了市抗非指挥部的一个小组，组长也由一名副市长当了。当日我出任物资组办公室主任。20日卫生部长和北京市长被免职，我们抗非指挥部的各小组成员正式上任。21日我负责的物资供应办公室62名来自各个部门的人员全部到位。当日23部电话全部开通，30多个网络建立，几百个联络电话列在每个工作人员的办公墙上。而那时遇到第一件最重要最紧急的事就是前线急需的防护服……”张工，市经委副主任在日后接受我采访时，说起那段刻骨铭心的日子时，一连报出几个工作日经历的战斗内容。

防护服太需要了！

每日三位数的确诊SARS患者中有六成是医务人员！他们在抢救从四面八方涌向医院就诊的患者时，由于没有有效的防护服而一批批地倒下了……

“什么，你们那儿又有5个倒下了?”

“我们昨天刚拉走4个，今天又躺倒了7个……”某院长哭着向市长报告。“要不惜一切代价，保护好我们的医务人员！医生假如都倒下了，百姓还怎么个活法?”指挥部里，市领导们的眼睛都红了，他们的声音里带着撕裂的颤抖。

市府热线电话里，市民们的骂声震天，那骂声里包含着恐惧，包含着怨恨，而更多的是焦急和期盼。

“八味方”还在热火朝天地煮提着，陈济生又受命组织防护服的采购与供应。

“陈总，你的任务重啊！重如泰山哪！”市长握住陈济生的手，同样充满期待也充满焦虑。

平时，抬手举足都非常得体的“京城女药王”陈济生，此刻连别人喝过的水她都会端起来往自己的嘴里倒——时间在那个时候真的太宝贵了，每一分每一秒钟都连着市民和医务人员的生命！

“没说的，我们坚决完成任务！”领受任务后，她突然有种奇怪的想法：我一个非国有单位的股份公司，怎么市长们把我看作是他的一个局、一个国营集团来对待呀？如果换了平日，陈济生真会发笑。可现在她想到的只有八个字：国难当头，人人有责。

当年林巧稚大夫给她起名“济生”时，真的有先见之明?

“喂喂，老万啊，你听着：马上全力组织调购几万件一次性防护服！什么时候弄到手，就什么时候送到医院！千万千万！”陈济生对公司副总经理说。

“是。不过陈总啊，由于‘八味方’等药物与器件是贴本买卖，公司已经赔进了近千万元了！是不是向政府说一声……”属下吐出一颗酸橄榄。

陈济生没接，断然道：“现在都什么时候？就是把公司全部资产赔进去，我们也得干！”

陈济生还在市指挥部开着紧急会议，属下的干将们则全被动员起来搞防护服去了。哪知翻遍北京城的家底，只有几百套防护服！

要命啊！

那时医院第一线全线告急。有些医生由于惧怕感染，已经出现穿五六件防护服还是不敢接近SARS患者的情况。

十万火急！

“向全国、全世界订购！”

张工领导的物资供应办公室已经遵照市领导的决定在网上发出帖子。“这怎么行啊，咱们是政府，网上贴帖子不是有点那个嘛！”有人提出不同意，竟然还下令把张工他们发在“千龙”和“新浪”网上的“全球采购”帖子撤了下来。

“妈的，网上有什么不可以嘛！如今是全球化信息社会，我们不利用网络这样的优势，是傻瓜！”张工的手下有人气得直骂。

招标采购的帖子在一个小时后又重新上了网。那时一个小时也是关天大事啊！

“陈总，我们已经从深圳、河南、武汉弄到2万件防护服！”陈济生接到属下报告。她正想向市领导表一下功，却没想到市领导阴着脸对她说：“太少啦，2万件救不了我的命，更救不了火线上的医务人员与患者们的性命啊！”

陈济生一听这话，眼珠顿时发直。那一刻她才真正知道了北京的疫情之严重！指挥部的紧急会议一直开到凌晨4点。陈济生不可能闭一下眼，回公司的路上，她的电话从北京打到上海，打到美国，甚至打到伦敦、南非……将以前一切所有认识和不认识的朋友与客户一一通了遍话。每一个电话里说的第一个字，都是“求”字——陈济生一生难得求人，这回“北京女药王”低下了高傲的头颅。她要求人，要求所有的人——为了她的城市和人民的生命。

“什么什么，你再说一遍！上海有个公司是美国杜邦的代理？他们那儿能有货！太好了！杜邦的防护服是世界名牌。你告诉他们，有多少我们要多少！越快越好！”陈济生突然接到一个信息，高兴得热泪滚滚。

“那合同怎么个订法?”

“就用传真！我签字！”

“人家要200万预付款。”

“给。立即就给！但我的条件是：他们必须明天就把第一批10万套货给我发到北京！”

“对方答应说行。”

“妙！”陈济生的电话刚放下，市府一连来了几个电话催她折回去再开又一个紧急会议。

“口罩、体温计、消毒药水……一个都不能少！一个都不能迟！”市府会议上从来没有这么“不文明”过：市长们、局长们互相扯着胳膊，站着说话，甚至一不留神“他妈的”也上来了！

“口罩20万个，上海市明天就空运过来！上海市的书记、市长亲自批示说，北京要什么他们全力支持什么！听听，多么动人的话语！还有其他省市，也都在想法支援我们。但我们的需求量实在太大，各位要使出吃奶的劲！想法再想法，直到把东西都给我运到北京、送到医院、给到市民手中才行！”市长又在发令。（我后来知道北京在抗击SARS战役中所用去的1100多万只口罩多数是上海支援的，北京人民因此永远记得上海人民这份生死之交的情谊。）

“什么？防护服明天到不了？杜邦的公司在阜阳？那儿每天只有一个航班飞北京？”陈济生的电话连声响起，她只得从指挥部会议室起身到走廊接电话。

“我们的10万件货运到飞机场时被客航甩了下来，人家说不可能装运得了！怎么办呢，陈总？”对方说。

陈济生急得直击双掌。没货时急寻货，有货了运不过来更是急死人的事！

调民航专机！对，调专机！陈济生的脑子里蹦出个大胆想法。她让助手查到民航总局值班室的电话后，将手机直接打到那儿。

“你告诉我急到什么份儿上？”民航总局的值班同志问她。

“急到明早天一亮就必须把10万件防护服送到各医院！否则医生和患者成批成批地倒下啊！”陈济生泣不成声。

“那好，你让市政府出个公函。剩下的事我们来办。”

陈济生一听，快步走进指挥部会议室，本想当面找市领导说一声开公函的事，可一看里面的领导们在激烈争执着千头万绪的其他战事，那火药味浓得呛人。陈济生收住了脚步，迅速从挎在肩上的小包里取出一个记事本，撕下一页，“嚓嚓嚓”地写下几行字，然后悄悄交给一名领导。那领导也干脆，瞅一眼后，立即提笔改了几个字，随手交给市府秘书长，回头对陈济生说：“还有其他事让你办，继续坐下开会……”

清晨两点，陈济生走出市指挥部，就接到了民航总局的来电，告诉她阜阳那边已有两架飞机在装运那批防护服，并将在早晨7点左右到北京。

这回是真的太好了！陈济生一连在手机里向民航的同志说了七八声“谢谢”。

“谢什么，都这时候了，只要用得上我们的，尽管说，我们全力以赴。”

陈济生的热泪又一次噙在眼眶内。

这一天8点钟左右，10万套防护服准时送到一线医院。

20万套！50万套！100万套！200万套！

之后的日子里，陈济生和市物资小组一起完成了共计200万套的防护服采购及配送任务。那时候的北京，防护服就是一线战斗人员冲锋陷阵的盔甲，当“白衣天使”们穿上它重新站立起来时，与SARS搏斗的战场形势便发生了质的变化……

4天半30辆救护车

“什么，已经有几个菜市场和商店出现抢购风了?!”

“我没听错，一块上海药皂卖到了5块钱！有个老农说他拉了一车土豆卖了8万多元！5毛钱一斤土豆现在变成5元一斤!”

“方便面也卖空啦？真是全疯啦!”

“可不，市民们都在传言明天要封城，所以见什么抢什么，了不得呀!”

物资组的张工和市商委副主任李胜利一通电话，两人都愣了：北京解放五十多年来，啥时候见过市面上缺米少菜、店空人饿？但SARS让北京经历了这么一回。

4月22日下午开始，左安门大集市和南苑菜市场先后关门或贴出告示要闭市。一时间，成千成万的市民走出居室、离开单位和工作岗位，直奔商场和超市，凡见油盐米醋必抢。有一对年轻夫妇往市郊的住处运了两旅行车物品，“准备三个月不出门!”他们囤粮存库，甚至在别墅的后院挖了一个2米见方的泥坑做“垃圾处理库”，因为物业人员早已各奔前程，再说业主也不想再让外人接近他们。一位老太太见超市里人头攒动的抢购风，急得当场昏倒。服务员将她扶到一堆方便面的纸箱上休息。当老太太睁眼醒来时，指着身底下的那堆方便面，对服务员说：这些全归我了！

市商委“158”房间内灯火彻夜通明。李胜利在指挥部才上任不到两天，嗓子已经哑得说不出话。哑了也不行，哑了也要喊出声！

“老李啊，无论如何，明天你得从天津给我调拨30万箱‘康师傅’来。对，明天一早就得运到，8点店门打开时我得让市民们能看到啊！”李胜利在手机里向天津市商委主任李泉山求救。

对方停顿了一下，然后说：“好，明天6点前我们在北京市郊见面！”

“我不知道李泉山主任他们是怎么在一天之内把30万箱‘康师傅’方便面调集成功的！30万箱哪！堆在一起真是跟山一样高！天津同志太了不起了。24日清晨，李泉山主任亲自押着浩浩荡荡的几十辆卡车与我们见面时，我看到泉山主任走路都在摇晃，我走过去抱住他时，他却说：胜利啊几天没见，你咋走路都摇摇晃晃的？我听完这话，跟他抱头痛哭起来……”两个多月后，李胜利回忆起那一幕时依然语顿气咽。

其实当晚在天津方面的大车队驶向北京的同时，一辆装载着50节车厢的超长专列，正以最快的速度行进在京哈铁路线上——这是中央政府专为北京救市而动用的特快列车。50节车厢，每节装有60吨大米。上好的东北好大米！

北京市民在24日便在市场上买到了它。

后来我知道，北京其实是有能够吃上半年时间的储备粮的，但它们至少得有15天的加工时间才能进到市民嘴里。突如其来的战争，给以往的备战物资管理提出了一个严肃的课题。

30小时？40小时？北京市民们发现，仅仅紧张了这么一段短暂的时间，全市商场店铺，在24日下午后便再没有出现大的波动。各商场超市的货架上依然琳琅满目，诸如方便面和油盐米醋等食品，你要多少就供多少！

硬气！人民政府领导下的首都北京就是硬气！

然而SARS之战并不因为人们不愁吃喝而停止进攻，SARS专门打击人类的生命防线。

“为什么到处买不到体温计？”

“不是让我们预防SARS吗？可上哪儿买消毒液呀？”

“我为了买几个口罩，竟然跑了70多家药店也没买上！”

市民们的惊恐和焦虑丝毫不减。

张工与陈济生联手从山东调集到130吨过氧乙酸，可那是200公斤一桶的大装置，怎么好卖给广大市民呀？

“我们找人改装2公斤一罐的小装桶吧！”陈济生二话没说，把任务接过来，交给了所属的环科化学试剂公司。

“26万桶哪！我们全部靠手工一桶一桶灌装成的呀！那过氧乙酸腐蚀性特强，可我们谁也顾不了这些，大伙争着抢着干，直到把最后一桶灌装好并送到各个销售店。”陈济生又忍不住要哭了。她看到自己的1000多名职工一个个疲惫到了极点：有人推着装卸的小货车竟然睡着了，有人手脚肿得连饭碗都端不起，却还在24小时不停地抓药灌桶，有人一天十几次往“非典”医院送防护服……

“一天半，就一天半时间！”一位市领导告诉陈济生，小汤山所有的医疗设备和用品，必须一天半内全部运达，没有商量余地。

一天半就一天半！这回陈济生不哭了，她咬紧牙关，豁出命干。她知道这时候叫屈喊冤也没人搭理。市领导和张工他们为解决呼吸机，甚至连美国、德国、澳大利亚驻华的使馆都敢直接“照会”了。

她更不敢向商委李胜利他们求助。商委的“158”会议室此刻正经历着一场惊心动魄的“防守战斗”——好几名指挥部战斗人员突然高烧不止，又咳又吐，吓得商委领导脊梁骨发冷。SARS进入指挥部，岂不全盘皆输？

还好，是劳累所致的普通发高烧。

“我不管你们想什么招，5天之内，必须按质按量把‘非典’特用的救护车给我送到急救中心。记住：第一批是30辆，第二批可能加倍！”张工给北汽福田公司下单的时候，是咧着嘴瞪着眼，那神态真有点凶神恶煞。

就5天。5天内要出一种全新样式的专用救护车！开国际玩笑嘛！

战争从来不开玩笑。北汽福田人也真是神了，一天半内把样车开到张工面前，4天半内又将30辆崭新的SARS救护专用车开到市急救中心。

就这么神！战争状态下北京创造的神奇有一千个、一万个。

第五篇：病毒室中的漂亮大夫

在我接受采访任务的那一天起，我心中一直有个愿望：想看看SARS到底是什么样。它真的就不能让人接近？接近者皆死亡？

机会终于来了。

6月19日上午，我穿着普通的汗衫，普通的牛仔裤，没有戴口罩，什么预防都没有。我要独闯一下那个最恐怖、最神秘的地方——SARS病毒的聚集地。我来到北京疾病预防控制中心的“传染病地方病控制所”。这里集中了北京SARS患者身上采集到的全部病毒样本，也就是说这里可以称之为“北京SARS病毒大本营”。

SARS魔巢！我终于找到你了！那一刻我又好奇又紧张。

我抬头看到一块牌子很醒目地写着五个大字：特殊工作区。下面还有一行小字：未经批准，请勿入内。我一乐：此地此处，怕是怎么请也不会有人愿意进来的啊！只有我——一个想看看SARS真面目的“傻瓜型”作家。不入虎穴，焉得虎子！

再往三楼走。右拐，向前十几步。到了，SARS疫魔就在那个“331室”！

我注意观察，看到上面有一块很小的牌子，写着“流感病毒实验二室”8个字。

SARS，流感病毒？对也，非也。估计那是块挂了很久的老牌子。其实也没错什么，SARS本来就是属于流感型病毒嘛！

“不许进来！”当我靠近那个敞着门的“331室”时，突然被里面那个穿着防护服的大夫严厉警告道。

嘿嘿，再傻我也不会这么随便进去的嘛！心想：大夫，请你们放心。

我站在门口，往里看去，这里比我想象中的恶魔老巢要简单得多：一个不足15平方米的小房间。里面除了几张桌子和几台仪器外，还有一个大冰箱。视线反方向还有个能够观察到“SARS”的操作台，这是站在门外唯一看不到的地方。

就这么些东西！

但谁也想象不出就在这间“331室”房间内，我的主人公在过去的近3个月里与SARS进行了一场场惊心动魄、惊天动地的较量啊！

更令我意外的是：参与决定这场与SARS恶魔决战成败的竟然是位漂亮清秀的女大夫！

我的主人公丁丽新，年纪轻轻，美丽清秀中带着几分纤弱。她有一个美满的家庭，丈夫是位理科博士，还有一个上小学二年级的宝贝儿子。丁丽新是个典型的贤妻良母。儿子长这么大从没有离开过她的怀抱，即使上学了，还是她天天接送，顿顿饭菜伺候。如此温柔贤惠的女人本该在家做个全职太太，但她不是，当年她选择的志向是与病毒打交道。她从事病毒实验工作已经十几年，主攻呼吸道传染病中的流感病毒。

“流感病毒一直在变异，就像我们人类自身不断发展一样，病毒也是在不断优胜劣汰，留下来的和新出来的，绝对都不是些孬种，一定是对人类具有特别的杀伤力。”丁丽新说。

“你与病毒恶魔战斗了十几年，就没有过被击倒的情况？”

“当然有，好几次非常危险，差点丢了小命。前年我还有过一次险情，那次还把我身上的病毒传染给了儿子。当时我真的很紧张，我还拿儿子的血清做了分离，发现他传染的正是一种我正在实验的病毒。要不是采取措施及时，那我们母子俩就危险了……”女检验师的脸上有些暗淡。

丁丽新跟普通百姓一样，是在毫无心理准备和物质准备条件下接触SARS病毒的。她说：“今年2月听说广东那边出了一种叫‘非典’的呼吸道病，当时我们北京市CDC应急中心把我和细菌实验室的几个同志叫去说了这事，大家讨论北京怎么对付这种可能传染过来的流行传染病。当时我提出最好找个病毒来做实验。可由于北京当时没有SARS病例，我们只能等待机会。2月底3月初也做过几例疑似病人的血清分离，但都没发现什么新病毒。3月11日，CDC副主任，也是我们传染病地方病控制所所长的贺雄同志突然过来对我说：以前搞的‘非典’都是假的，这回来真的了，你们一定要认真做啊！”

“我记得非常清楚，那天是3月11日晚，CDC应急中心的沈壮主任气喘吁吁地拿来七八个咽拭子病毒管交给我。他告诉我，这是北京发现的第一例‘非典’病人及受她传染的其他病人的咽拭子标本。从这一天开始，我一直在与SARS病毒打交道。我是检验师，实验室的病毒分离和细胞培养及传代等现场实验都是由我来完成的。我还有两位同事，他们都是我的战友和领导，一位是林长缨博士，一位是副所长刘海林先生。我们的上级单位CDC的领导们也给予了我精神上的全力支持，使我一个弱女子能够面对强大的SARS恶魔而不胆怯，并且按时完成了一项项实验任务。”丁丽新把年轻博士林长缨介绍给我，其实在认识她之前，我已经先认识了林长缨，只是这位年轻博士在抗非战斗中承担的工作太多，那天约定采访他的时间里，他一边还在参加一个SARS科研招标会。采访现场，他一会儿出现，一会儿去开会，因此多数时间我是在听女检验师讲述，而这也是我所希望的，因为整个北京SARS病毒实验都是由这位女检验师在做的，她的美丽外表和平静心态更使我感觉与SARS恶魔的搏杀，是那样残酷和惊心动魄。

“有时我特别兴奋得意”

“第一例病毒实验什么时候出的结果？”

“很快。我的分离SARS病毒实验结果大约是在3月13日就出来了。这个时间与香港中文大学医学院在一个多星期后的3月18日宣布‘非典’的源头是‘副黏病毒科’属同一时间，而要比欧美国家及世界卫生组织在一个多月后的4月16日正式确认SARS的病原体是冠状病毒的一个变种结果要早些。我所在的北京CDC传染病地方病控制所实验室只是一个B2实验室，像SARS这样传染力强度的病毒应该在B3实验室，也就是设备更完备和高级的病毒实验室进行。”

条件有限，责任无限。面对猝不及防的灾难，急切需要充满责任的寻找：寻找病因，寻找疗效，寻找科学精髓……

女检验师的生活因与SARS的战斗而发生了变化。

她离开了温馨的家，告别了心爱的儿子，与丈夫通了一次如同生死诀别的电话——

“我可能回不来了。”

“暂时吧？”

“不，也许是永远……”

“不许这样说！”

“可我知道……”

“无论什么时候都要记住：我和儿子都在家等着你回来，啊！”

她说不下去了。

这一天，她知道几件事：东直门医院的段力军大夫死了，武警医院的李晓红死了，连第一个发现SARS的世界卫生组织专家、意大利医生乌尔巴尼也死了，他们都是在拯救SARS患者时不幸被病毒击中而死的……

女检验师也给自己做了最后的打算——她从侧面知道此时单位领导给她和几位做病毒实验的研究人员悄悄买了“意外伤亡人寿保险”。买这样的“保险”在当时是很具悲壮色彩的。那些日子里，丁丽新奇怪地发现单位里所有的人都对她特别的好，同事们跟她照面时总报以特别友善的微笑。虽然平时她与同事们关系相处也很和睦，可眼下大家对她的微笑里总夹杂着另一种东西——那是一种对勇敢者的敬意？还是对行将死亡者的敬畏？

自3月中旬之后的日子里，SARS的疯狂到达了顶点，整个北京城笼罩在凝重的灾难气息中，人们连呼吸都感到极度困难。那段日子里，成批成批的SARS患者的咽拭子标本被送到实验室，需要进行病源学实验和血清分离。丁丽新常常是刚刚做完一批SARS病毒的分离和细胞接种，又一批患者的咽拭子送到实验台上。按照规定，从病房或者其他地方采集来的患者的咽拭子，必须在6小时之内进行实验，否则就达不到应有的研究价值。

女检验师简直是在与SARS病毒赛跑。

“那时一天不知要进进出出实验室多少回，常常是这一批的病毒刚刚接种上，另一批新细胞的培养又得赶紧跟上。记得最紧张的一天，我在实验室共待了约15个小时。那时SARS还属于未知病源，全世界都在恨不得赶紧将它弄清楚，因为只有弄清楚了才能对付它。那些日子里，我们根本没时间考虑与SARS病毒零距离接触危险不危险的事，而是千方百计摸清病源的真相。做病毒实验，你又不能急，每一个动作都必须按规程办，动作太轻太重、太快太慢，都有可能失败；时间也必须掌握好，太长太短了同样会前功尽弃。所以每一次从实验室出来，我的手指甲都被‘蒸’得紫紫的，眼睛以下的脸部则因为被口罩盖得像猴屁股似的……”说到这儿，我看到那张美丽的脸庞上露出几分动人的羞涩。

“你们别以为跟SARS打交道尽是悲悲切切的，其实有时我特兴奋和得意。”女检验师忽然满眼发光地给我讲述起她的精彩一仗，“有一次我在一例实验时，发现SARS病毒跟一种小动物的红细胞凝聚了！这个现象太重要了！因为能够观察到SARS病毒与另一种动物红细胞发生作用，就能测出病毒在某种滴度情况条件下发生变异，而这种变化过程往往是我们征服病毒的一个突破口。我能不高兴吗？”

真是战地黄花分外香。当别人在疫魔面前闻风丧胆时，女检验师竟然能英姿飒爽，驰骋风云，指点江山。你我能不佩服？

“他们偏要来陪我吃饭，怎么赶也赶不走”

“还记得最危险的一幕吗？”

“当然。”我的提问，使她的脸色一扫光泽。一阵沉默后，她说：“那次我在做北京第一例SARS患者于某的母亲等人的病毒实验时就出了个意外。于某母亲的病毒非常烈性，其本人诊断后没几天就死了。外人可能不知道，我们对每一个病毒实验不是做了一次就完事，而是要反复做几次。所有病毒需要进行分离，分离后还要接种在培养好的细胞上，看它成长变异，而且要保证病毒能够至少传上三代才算一次实验成功。那次我进实验室后先将于某母亲等人的病毒液从冰箱内取出先进行冻融，即让病毒液从冰冻状态转化成能够做实验的适温状态。当时是做一批不同患者的病毒实验，因为在实验室时候太长了，当时又没有什么防护服，绑在耳朵上的口罩带子突然一边松脱了下来，我的鼻子和嘴部有一大半暴露在外，而当时我的双手正在操作，是不能随便动的。为了不使实验中断，我不得不坚持下去，直到半小时后把一个阶段的实验做完后才走出实验室，重新戴好口罩。虽然当时我很紧张，可心里还自我安慰着，总不至于吧！哪知当我再次返回实验室，坐定操作台时，我不由大吃一惊：于某母亲的那只病毒液管里不知什么时候泄漏出了一块毒液汁！这就是说，在我刚才口罩脱落时，我的呼吸道口——鼻子和嘴恰恰零距离地面对着一例烈性SARS病毒液！完了完了！当时我都能听到自己的心跳声。可那会儿我已经进了实验室，而且操作台上的一批病毒实验也正在进行之中，必须等做完了才能出去。一个来小时后，我从实验室出来，便手忙脚乱地赶紧消毒，然后坐在实验室对面的半污染区办公室里，我喘着大气，脑子一片空白，心想这回自己是跑不了啦！因为我知道自己所接触的可不是一般的SARS病人，而是比普通SARS患者传染强度高出几倍几十倍的病毒液！绝对的零距离——不超过半米吧！怎么办？怎么办呢？我的眼泪哗哗而下……”

女检验师满眼噙着泪花，让我仿佛身临其境。

“我敢向天发誓：当时我担心的其实不是我自己的性命怎么样，而是为我的丈夫和孩子担心，我怕他们因我而传染。我爱人他是搞学问的，正在学术步步有成就时，他需要我；我最放不下心的是儿子，他才不到10岁，从小没有离开过我，难道真的我就这样……我不敢往下想。这时，我想到了一个更严重的问题：我所在的单位是市CDC——北京与SARS战斗的主要指挥机构之一，假如我倒下了，传染给了单位的同事们，那就等于让SARS这个恶魔跑到我们的指挥部里来放下一颗大炸弹！这还了得呀！一想到这，我就赶紧坐起来，拨通了所长的电话。我把事情经过一说，问所长现在怎么办，我半天听不到对方的声音。我急得直跺脚问他怎么不说话呀？所长终于说了：小丁你先不要为我们所里的同志想，至于所里同志的安全我们会采取措施的，现在最重要的是你自己的安全。所长又非常低沉地说，你先好好去洗澡，一会儿我跟沈壮过去。沈壮是CDC应急中心主任，他在这次整个北京抗非战斗中一直冲锋在最前面。他是我们心目中的一条硬汉。我洗完澡后，所长和沈壮他们就来了，我看到他们的脸色异常阴沉，这反倒让我感到自己没什么了！沈壮第一句话就带着命令式地说：你得隔离了！我问要多长时间，他说至少两个星期。我问跟不跟家里人说，他们两个大男人竟然面面相觑地不知如何回答我的问题。我知道他们太为难了，怕我丈夫和孩子听了还不急死嘛！不说吧，一旦我出了事，作为单位领导日后可怎么向我家人交代呢？我看他们为难，便说还是我自己跟家里说吧。可真要让我跟家人说时，我难住了……我说什么呢？那夜，我不知多少次拿起电话又放下，后来吞吞吐吐跟丈夫说了个大概。我问他怎么办，他在电话那头，一直不说话，最后只反问了一句：孩子还小，他怎么办？我当时听完这话，心都要碎了……”

“之后我被强制隔离。丈夫天天给我打电话，每一次电话总是打得特别长，他是在监听我咳不咳嗽。最让我感动和难忘的是副所长刘海林和沈壮主任，他们俩天天专门过来陪我一起吃饭。要知道当时我们市控防中心上上下下都为我捏着一把汗，因为一旦我被病毒感染可能就非常危险，而且会祸及整个CDC指挥部系统的工作人员。可刘海林和沈壮偏偏来陪着我吃饭，怎么赶也赶不走！我知道他们的意图，他们是想用自己的行动来安慰我，关心我。可我是搞传染病毒实验的，我知道SARS的厉害，尤其是我直接接触的是已经致命的一例SARS病毒呀！刘海林和沈壮是专家，他们其实比我更清楚这种零距离接触的后果，每次吃饭时见他们俩，我就赶他们走，可怎么赶也没用。我一个弱女子能拿他们怎么办呢？我急得真想骂他们，但骂也不行，因为他们有意在朝我笑。沈壮还说，丽新你放心，真要有事了，就把我的血清献给你。我听了沈壮的话，忍不住泪水汪汪。沈壮是我们CDC的应急中心主任，从北京出现第一例SARS到5月初的两个来月时间内，沈壮几乎接触了所有SARS患者，而且都是第一现场。他的体内是有SARS病毒的，只是他运气好，自身免疫力强，所以没有被SARS击倒。他和刘海林，还有小林博士，都是真正的男子汉。特别是小林博士，我实在拿他没有办法，他跟我在一起时连口罩都根本不戴。我说你别这样，如果我传染给你就犯大罪了，你林长缨是全北京市卫生系统第一位招聘的‘海归’高材生，我要传染给了你还不罪加一等？你猜他怎么说？他说丁姐你是美丽女神，一切魔鬼见了你都会吓跑的。丁姐假如你真有点事，那我们都会毫不留恋地跟着你走……有句话叫患难见真情，我在最困难的日子里，CDC领导和控制所的同事们给予了我最坚定和有力的精神支持。他们的行动给了我无比力量，后来我甚至对所长这么说，我说大家都在研究对付SARS的各种途径，现在最缺的就是没有病毒人体试验。如果我真的被病毒感染了，那正好有了一个难得的人体试验。所长听了跳了起来，说‘你疯啦？’我当时确实说的是真心话，可我看我们CDC的贺雄副主任双眼泪汪汪地看着我半天说不出话。那段时间抗非前方特别需要病例实验，所以我的工作不能停。虽然与同事们在生活环境问题上隔离了，但实验室的事我该干什么还得干什么。领导们劝我停下手中的活，好好休息，注意提高免疫力。我说反正这个样了，闲着也是闲着。隔离7天后，我实在受不了。那天宝贝儿子给我打电话，他不知道我被隔离，说他在外面学画画，爸爸有事回不来，妈你就来接我一下吧。我一想离家的日子太长了，儿子就这么个要求，我该满足他。于是我就偷偷骑上自行车溜出了单位，把儿子接回了家。一路上儿子见我总背对着他说话，觉得好奇，说妈你是不是生我气了，又说妈你工作忙，下次我再不让你接送了。我听到这儿，两眼完全模糊了，发觉不到10岁的儿子似乎一下成了小大人。回到家，在一个醒目的地方我看到一套‘婷美’，这是丈夫特意给我买的。那是我念叨了很久一直想要的东西，可那时我连试都不能试一下，或者也许永远就没那福分穿它一次了……那天我真的很伤感地离开了儿子，离开了家。但一回到单位，我根本就没有什么时间想这些了。看到大家忙得24小时连轴转，我就又一头扎进了实验室……”

“后来你没事?”我焦急地问。

“没事。我命大，可能SARS也是属于欺软怕硬的那类货。这个时间我可能也进入了那种无私才无畏的境界了，你说是吧?”女检验师的脸上露出灿烂一笑。

我不由长长地透了一口气：与SARS之战，仅为方丈之域，竟然也有你死我活的激烈拼杀！

这么多，这么快，这么有成效

“你能给我和读者形容一下与SARS病毒打交道的现场情形吗?”我说。

“那可真是短兵相接，刺刀见红。”女检验师告诉我，4月下旬，他们从CDC应急中心主任沈壮手中拿到他特意从太原取回的北京第一例输入性SARS患者于某的康复血清后，如获至宝。“当时我们真的太兴奋了，因为对付SARS至今全世界还没有找到一种有效的治疗，疫苗研制至少也要几年时间，按照传染病毒学原理，用康复者的血清来对付同一种的病毒应该可以视为一条途径，但这也需要进行实验室实验。在与SARS激战紧要关头，特别是为了抢救倒下的医务人员和危重患者，能够做出血清抗击SARS病毒，这样的实验意义非同一般。当时我们真的又是激动又是紧张，因为于某是北京第一例出现的SARS患者，现在又有了她的康复血清，这对当时整个抗非战役鼓舞士气和拯救危重患者有着特殊的作用。但这样的实验又相当危险，是要用于某的康复血清，注入实验室培养好的SARS病毒上，然后再做各种稀释条件下的病毒变化实验。整个程序很烦琐，先要将血清稀释，同时也要把接种在细胞内的SARS病毒进行稀释，再将它们一起放在培养板上进行观察比较。这个培养板是不能密封的，必须处在半敞的状态下进行，因为要保证病毒细胞能有足够的二氧化碳。这样才能看到康复血清中的免疫细胞与病毒细胞之间展开决战的全过程，而我们做实验的危险性相对就要大多了……”

“你们当时的防护是不是已经相对好些了？”

“对。那次小林博士弄来一套防化服给我穿上，就是防化兵穿的那种头罩跟猴脸一样的防护服，有根长长的呼吸管一直能伸到几十米外的地方。是我先进了实验室，把血清和病毒液都进行了稀释，然后一一放在培养板上，眼睁睁地看着‘红军’和‘蓝军’厮杀……由于这样的实验要求特别高，观察又得仔细，当时天气闷热，实验室又不能开空调，不到一个小时，我就感觉防化服下的全身上下已经汗水淋淋，跟泡在水里一样，可又不能动弹。就这么一分钟一分钟地坐在操作台前。后来小林博士见我一直不出来，也实在忍不住进了实验室。我们两人又配合着一边观察战况，不时又清洗培养板，再分批接种新病毒细胞。经过3个多小时的实验，我们终于获得了成功：在用于某的血清接种到一个SARS病毒细胞上后，很快出现两种血液细胞的凝聚现象，也就是说，SARS康复者的血清立即阻止和击败了另一个SARS病毒！”

哇，这可是了不得的成就！SARS之所以让全人类恐惧，就是因为目前还没有任何有效的疫苗或其他对付它的手段。北京CDC传染病地方病控制所成功进行的血清病毒实验结果，为在目前条件下救治SARS患者提供了一个重要途径。74岁高龄的解放军302医院姜素椿教授在抢救北京第一批SARS患者时不幸感染，像他这样高龄又身患癌症的老人，如果不是用SARS患者的康复血清治疗，要想逃脱死神几乎是件天方夜谭的事。丁丽新告诉我，姜教授用的正是北京第一例输入性SARS患者、山西于某的康复血清。当人类对付SARS袭击的一切手段都无法从根本上摧毁它时（现在所用的治疗均只是支持性疗法），丁丽新和同事们所进行的SARS病毒实验成果因而显得格外引人注目。

丁丽新告诉我，从北京发现第一例输入性SARS患者到今，她共做了1000多例SARS血清学与病源学实验，细胞培养数百次。知道这些数字背后是什么概念吗？就是说，我们这位美丽俊秀的弱女子——北京CDC女检验师在过去的几个月里，与SARS病毒先后进行了1000多次生死搏斗！这是整个北京保卫战中谁也不可比的伟大而壮丽的战斗篇章！

让我们一起记住这个数字，一起记住“丁丽新”这个名字吧！

6月中旬，在北京“双解除”之前，世界卫生组织的专家到丁丽新所在的实验室考察，当了解到这儿所做的SARS实验及成果时，惊喜万分道：“太了不起了！全世界还没有一个机构像你们做了这么多的SARS病毒实验，也没有做得这么快，这么有成效！”世界卫生组织官员口中的这些“这么多、这么快、这么有成效”的评价，是对丁丽新和她同事工作的充分肯定，也是对北京抗击SARS疫情的另一个战场的热情褒奖。

女检验师的脸上放着光，而这种喜悦的光芒只有经历了劫难逢生的人才会绽放和洋溢。

走出SARS病毒实验室，我心中涌起一股崇敬，在将它默默地献给眼前这位清秀俊美的女检验师的同时，也把它献给她的那些勇敢、辛劳和充满智慧的同事们。

第六篇：生死突击队

我们的人类自远古到今天，从来没有停止过与各式各样的灾难和敌人的战斗。SARS仅仅是无数灾难中的一种而已。当疫情过后，我们发现，其实SARS唯一令我们恐惧的就是它的摸不着看不见的强大传染力。至今日，SARS虽然已经在我们生活中基本消失，可是我们赖以取得战胜SARS的全部技术能力，还远远没有达到人类征服天花、麻风那样的水平。一切对付SARS的临床医疗技术仅仅是支持性疗法。

但在与SARS的交战中，我们可以欣慰的是人类毕竟胜利了。这个胜利如果从战术上分析，我们真正可以引以为自豪的是我们在切断SARS传染源上取得的成绩。除了广泛运用传统的“人民战争”武器外，我特别想介绍在北京保卫战中的一支“特别队伍”，他们便是一直在SARS战役中冲锋在前、使得SARS这一恶性传染源无机可乘的英雄的流行病调查大队。

这是一支百姓并不熟悉的特别行动大队。如果不是SARS的袭击，人们也许从来就没有听说过。而SARS具有的特别传染强度，使得这支英雄的队伍一直处在“抗非”最危险、最紧张和最激烈的战斗前沿。他们因此是我异常关注的采访对象。

我把他们比作战前的侦察兵，比作对敌人实施“斩首行动”的敢死队，比作扭转战局的狙击手，比作发起总攻的冲锋号。当今天“抗非”战役取得阶段性重大胜利之时，他们又在承担着“后‘非典’”战役的“排雷”与拯救心灵的任务。

他们的战斗篇章让我感到非写不可。

战役之初，他们像一支“地下游击队”

北京在与SARS的战斗中，组成了一支共有2500人的流调队伍。通常意义上讲，这样一支散布在一个1300多万人口的大都市里的队伍，人们可能根本不觉得他们的存在。2500人的队伍，还是在SARS全面袭击北京时才被应急组织起来的。他们中多数人以前没有搞过流行病调查，甚至连起码的知识和技能都不会。需要一提的是，北京的流调队伍中绝大多数是些柔弱的女性，她们占了全队总人数的85％！

谁说战争让女人走开？在与SARS之战中，女人比男人承担的战斗要多得多！她们是战神，是克敌制胜的战神！

宁芳，1978年生，首都医科大学2002年毕业生。这位文弱的小姑娘坐在我面前，漂漂亮亮、文文静静，你怎么也想象不出她是北京第一位接触SARS患者的流调队员。

“你什么时候接触SARS患者的?”我问。

“3月11日。北京第一例SARS患者出现时，我就跟同事进行了对她和她一家人的流行病调查。”宁芳说。

“你有姐妹兄弟吗?家人知不知道你一直在干这个危险性极强的工作?”

“我是家里的独生女。爸爸妈妈开始一直不知道，直到6月初才知道我在整个抗击SARS战斗中所做的事。”

“他们听说后对你说什么?”

“他们什么都没说，只是流了很长时间的泪，然后又给我做了一顿特别好吃的饭菜……”

我发现自己的眼角噙着泪珠。小姑娘反倒很平静地看着我。“还记得第一次出去搞流调时的情景?”

“忘不了。就是北京第一例输入性SARS患者、山西的于某。当时她一家好几口躺倒了，后来她父母死得很惨。”

“你不害怕?”

“有点儿。可我是学医的，而且当时还不知道SARS到底是什么东西，更不知道它会有那么厉害的传染力。再说，我大学毕业到单位还不满转正期，所以领导让干什么比较积极主动。”姑娘腼腆一笑。

玻璃一样透明的心。

“感觉搞流调最难的是什么？”

“别人不理解，像在干地下工作。”宁芳脱口而出。

从姑娘嘴里我知道了这支英雄的队伍，他们在抗击SARS的生死搏斗中，冲在最前线，干在最危险时，却又常常不被人理解和支持。百姓们对SARS的害怕和恐惧，使流调队员们遭到的非难和对抗，可谓比比皆是。

吴红，西城区福绥境医院大夫，53岁。她瘦小的样子让人感觉比实际年龄要老些。她所经历的一件事让我听后感到非常堵心。那一天她和另一位女大夫获悉一个高干大院内有户人家的小保姆为给主人拿药，在人民医院传染上了SARS。吴大夫她们不敢耽误一分钟，便当即赶到那个大院。严密把守的保安就是不让她们进去，吴大夫她们好说歹说近一个来小时，磨破了嘴皮方才进了院子，却又在上楼梯时被人挡住。

“不行，你们穿着防护衣，又到处接触‘非典’病人，肯定身上不干净。知道我们这儿住的是什么人吗？这电梯上上下下多少人要乘坐，出了事你们负得了责任吗？”开电梯的、管电梯的和上下电梯的人一个个瞪着眼睛，恨不得将吴大夫她们吃掉，可又不敢接近。唯一办法的是坚决不让吴大夫她们上楼。

16楼啊！身穿防护服又背着几十斤重的消毒药水等东西的吴大夫，望着紧闭的电梯和层层围住电梯口的居民，无奈只好沿着楼梯一层层地向SARS密切接触者所住的16层高楼攀去。穿过防护服的“抗非”战士们都知道，就是平时人高马大的人，只要一穿上几层防护服，就会感到像是肩头压了几百斤重的担子。而流调队员对密切接触者所要做的是：在知情后的第一时间内迅速隔离他们，尽快帮助其进行环境消毒。这是流调队员必须完成的一项“规定动作”，而且这样的“规定动作”只要密切接触者一天不解除隔离，队员们就得天天上门，重复进行消毒和测体温。

“那一次攀16层楼梯，就像重新走了一回50年的路……”年届53岁的吴大夫长叹一声，说，“怎么上去的，用了多少时间，现在我都记不得了，反正当时我只感觉特别特别的漫长。可没想到我们费了九牛二虎之力上到16层的密切接触者家时，人家闭着铁门，就是不开门。不开门也罢，我们在门外向里面又是交代政策又是交代注意事项，哪知那位密切接触者突然隔着大铁门号着嗓子嚷嚷说我们是有意在楼道里坏他家和他本人的名誉。那人说他是政协委员，如果我们还不赶快走的话，他就要告我们去！随后听到铁门里面叮哐乱响一通，像是在操什么家伙砸东西。我们怕出什么事，只得下楼。”

“慢着，你们已经踩着我们的楼梯了，以后让我们楼里的人怎么个进进出出？你们得把走过的电梯道消毒！”那密切接触者半开着门，冲着下楼的吴大夫等大声吆喝道。

已是双腿发抖、气喘吁吁的吴大夫她们只好往楼下退一步，就在踩过的地方喷一下消毒水。“上去的时候像攀喜马拉雅山，下楼时像入海底。当我们退到一层地面时，两条腿实在站不住了，哐当一下瘫倒在墙根，恨不得躺下算了。可不行啊，我们还得走。楼里的居民见我们倒下不起，以为我们也得了SARS，那又怕又怒的嘴脸，真够受的！当时我想宁可死在马路上也不想多赖那儿一分钟……”吴大夫又是摇头又是叹气地对我说，“可是我们刚回医院，脱下防护服还没来得及洗完澡，那个楼里的居民却打电话来火急火燎地让我们赶紧过去，说他们听说16层有小保姆得‘非典’了，大伙不放心，让我们把楼上楼下还有院子都消毒一遍。去吧，人家现在又需要我们了。于是我们又重新穿好防护服，背起消毒药水，再到那个大院，一直又忙里忙外干了三个来小时……”

流调队里的黄大夫给我讲的经历更让人又气又好笑。

那天她和同事接到CDC通知，说某写字楼内有5个SARS密切接触者。黄大夫先用电话与对方联系，那边说你们现在不能来，要是你们来，我们就集体逃跑。这怎么行？黄大夫苦口婆心地跟对方做工作。对方说，不是我们不想配合，可你们不知道，要是你们穿着防护服的人一到写字楼来，我们公司就要完蛋啊！黄大夫不明白，问为什么？对方说，这不明摆着，你们一来，整个大楼里的人都以为我们得了“非典”，他们一定要赶我们走的。我们公司才开张半年，业务刚刚有个头绪，你们一来，我们先前做的一切基础，不全部泡汤了嘛！投资人还不把我们这些人的饭碗砸了才怪！黄大夫她们一想也是，因为大家对“非典”都不是特别了解，流调队去一趟人家的公司，真要砸了，也是个事。可留一个“非典”传染源的危害更大呀，黄大夫跟对方商量，说那你们想个办法，按照传染病法规定，我们流调队的工作是必须做的，比如消毒呀，对你们几个人隔离什么的，不管什么情况都得做。对方说，能不能你们不进楼，约个地方我们派车去接应你们。

黄大夫一想也成吧。于是她和另一个流调队员带上消毒用品等先坐上自己单位的救护车，然后在一个路口等密切接触者代表开车来接。到写字楼后，人家没有让她们进楼里，而是将车开到了地下停车场。

“你们先不能出来，等天黑了，楼里没人了你们才能进去。”人家锁上车门，对黄大夫她们说。就这样，黄大夫她们被关在地下车库内不得动弹。

那地下车库是车子待的地方，而非活人久待的地方，更何况黄大夫她们穿的是防护服，不一会儿浑身上下如泡在水里似的难受。难受点儿也就忍了，可关在车子内总不是个事吧！黄大夫一看时间已经过去了两个多小时，咋还不见接应的人？黄大夫赶紧又打手机给楼里的人。楼上的人说别急别急，现在写字楼里还有人哪，他们正在想法引开别单位的人，让他们早点离开大楼。“再坚持一两个小时就差不多了。”楼上的人说。

“啊，还要一两个小时呀？”黄大夫心想，到底是我们去隔离人家，还是人家隔离我们呀？

又过1小时40分钟，接应的人总算神神秘秘地将她们引上楼。黄大夫她们顾不上喘口气，就支起喷射工具，开始为密切接触者的办公场所消毒。就在她们向几位密切接触者交代完隔离事宜时，有个爱串门的外单位女人一边咋呼一边正往黄大夫她们喷药消毒的那层楼道走来。

“快快，你们俩快进厕所躲一躲，不叫你们就别出来。记住！如果被外人发现，我们就说你们是我们公司专门请来的清洁工，正在给房间消毒呢！其他的不准多说一个字！”黄大夫等不由分说地被人关进了又闷又窄的厕所内。

二三十分钟过去了，黄大夫她们不见有人来“解禁”，倒是外面的屋子里又说又笑地没个完。黄大夫她们生气了，在里面一边敲门一边嚷着叫人放她们出去。那个串门的女人好奇，说你们的厕所里怎么还关着人呀？公司的主人忙说是请来的清洁工帮着他们消毒呢！串门的女人又问：消毒就消毒吧，干吗还把人关在厕所里？公司的主人忙说可能锁厕所的门坏了，这时有人悄悄将厕所门打开。黄大夫她们走出厕所的那一瞬，串门的那个女人吓得大叫：呀，你们这儿有“非典”啊！然后像见了瘟神似的转身奔跑而逃。

不得了啦！不得了啦！楼里有“非典”啊！女人一边奔跑，一边嚷个不停。不出几分钟，整个大楼的人全都知道了。

知道就知道呗。黄大夫心想，这样也好向写字楼里的人都进行一次宣传预防SARS知识。“不行！你们不能随便走动一步！待在原地别动。我们会派车子将你们接出去。”黄大夫她们还没来得及挪动脚步，写字楼的经理已经将电话打到她们消毒的那个楼层，并且下了一道“必须执行”的命令。

就这样，黄大夫她们又被秘密接到地下车库，在那儿又足等了一个多小时，等她们被人接上一辆玻璃窗全拉着纱布的小面包车送回单位时，黄大夫她们这一天整整做了近7个小时的“地下工作者”。

在SARS袭击北京的残酷时刻，有一些家庭由于突然惨遭瘟疫的传染而瞬间有数人或进医院，或不幸去世。留下那些孤独无援的人该怎么办？这给流调队的工作带来极其烦琐的难题。地处京城心脏的西城区，就遇到了这样的事。

“找块地方，将这些孤独无助的密切接触者集中隔离起来。”有人建议。

“主意挺好，可西城地处城中央，哪儿找地方呀?”有人对此质疑。

于是一项秘密计划迅速在决策者中形成。

“房子是有，但要让周围的百姓一点不知道，可不是件容易的事。现在的市民，对SARS的警惕性太高了，想在他们眼皮底下放个‘密切接触者大本营’，怕比登天还难。”又有人质疑。

再难也得做。不把有生活困难的“密切接触者”隔离，就极有可能造成SARS传染源的扩散传播。区政府“抗非办”成员一商量就这么定了。

定归定，但执行起来又是另回事。隔离密切接触者容易，可要隔离住百姓的眼睛则是件比登天还难的事。西城区的“密切接触者隔离区”就设在四周居民密集的小西天一带的一栋大厦内，周围的居民平日里可以在自己的窗户前看清那栋大厦内的一切活动。

于是，流调队又接受了一项更为艰巨的“地下工作”任务：他们要随时随地将全区范围内那些需要隔离的密切接触者，在不露任何声色的情况下将他们从四面八方汇集到这一秘密地点，而且不得出现一丝差错。这可怎么做呢?

医院副院长出身的西长安街一带的流调队队长俞蓓蕾说，在担任这一任务时，他们完完全全成了“地下工作者”。上级严格要求，凡接受这种任务时，流调队员不能穿防护服，更不能开救护车，只能穿着便装，像去看一个老朋友似的将密切接触者从所在地方，悄悄接出来，再送到“隔离区”。一路上，谁也不会看出他们是流调队员在紧张地执行着护送SARS密切接触者的任务，倒像寻常亲朋好友一起外出活动办事。

“这样不是很危险吗?”我问。

“危险也得有人去做。”俞队长介绍说：在SARS袭击最危急的时刻，这种将没有生活能力或自我隔离有困难的密切接触者集中起来管理，是万不得已的办法，也是政府采取的一项不得已而为之的应急措施。可又因为城区条件受限，更主要的是不能造成周围百姓的不安，所以整个隔离工作，只能秘密进行。

流调队员们在执行这一特殊任务时，完全置自己于SARS袭击的危险境地。但谁也没有退缩过。队长俞蓓蕾以身作则，先后亲自接应过十几个这样的密切接触者。她在不能有任何防护情况下，以情以礼，以善以友地将那些处在SARS袭击前沿的人在安全而又无心理阻碍的前提下，送进“隔离区”，一些日子后又以笑脸将一个个解除隔离者送回他们的家。

“隔离区”从建立到撤出，前后近两个月，可是西城小西天一带的居民和众多单位，谁也不曾发现，就在他们居住的附近有座大厦在“抗非”战斗中曾先后接待过百十多名SARS密切接触者，并在这儿安全地接受了隔离期的数十天留观。

这样的秘密使命正是由流调队一手完成的。

激战之中，他们用血肉长城狙击来犯之敌

4月至5月初的40多天里，是北京SARS战役最为激烈的阶段。能否控制战局，关键在于能否切断传播源。

流调队员把那些日子里的战斗比作与SARS激战的“上甘岭战役”。最初有600人的防病队，以后迅速组建成的2500人的流调队也冲锋在前。

“喂喂，你们快来，这儿又发现一个SARS患者，是一个外地民工，现在正躺在大街上，我们不知怎么办!”有人打电话到“120热线”。流调队迅速赶到现场，只见数十名街道干部和公安人员远远围着一个直挺挺躺在街头的民工，惊恐万分，又不知所措。

“请让路！让路!”两名流调队员扛着担架，丝毫没有犹豫地直奔患者，并迅速将其抬上担架，送进救护车内。

“流调队吧？这儿有个确诊SARS是刚从另一个医院跑出来的，现在扣在

我们这儿，听说他满城转悠了一圈，了不得呀！你们赶快过来！”某医院紧急呼吁。

流调队的吴疆小组刚刚在市郊做完一个“非典”患者流调，返程半道上又接到十万火急的新任务。

“我在第一次确诊的那个医院是活不了的，他们那儿堆满了患者，连个坐的地方都没有了，我要活命呀！所以不得不跑出来想找个能够好好收治我的医院……”吴疆走到患者病榻前，那患者哭诉着自己的经过。

“打了两次出租车，上过两个医院。是这样吗？”吴疆心急如焚，一边记录，一边核实。

“是。我是满街跑了……”

吴疆知道一个重症患者这样满街跑的后果意味着什么。“走，立即去找他的所有接触者！”

茫茫人海，何处寻觅？吴疆小组离开这位患者后，迅速出击，四处追踪，整整连续奋战了一天一夜，最后将50多名密切接触者全部找到，并又一一调查，逐一布置隔离，其中发现一个出租车司机已被传染并开始发烧……

“吴疆，你那边完事了没有？快到海淀那儿去一趟，有个老年患者真难缠，死活不配合！”

又一个紧急任务。吴疆赶到患者家中，一看是个老太太。

“你们来干啥？我这把年纪了，死就死吧！死也要死在家里，你们别操那个心，我不会上医院的。”老太太果真软硬不吃。

“大娘，您可以不把自己的生命放在眼里，可您也得为家里其他人想一想，万一传染上他们不就麻烦了吗？”吴疆好言好语。

“我就一个人，家里没其他人。你们走吧！”老太太一边拍着发闷的胸口，一边在满屋子找药。

“大娘您先躺着，我给你找。”吴疆当起了亲生儿子。

“我要打点滴。”老太太又说。

“我是学医的，我给您打。”吴疆又操起医生的本行。

“哎呀，我得上厕所去。”老太太又有事了。

“慢着慢着，我扶您起来。”吴疆这回要当闺女。

老人终于感动了，对吴疆说：“看你们这么实诚，我进医院也就放心了。

走吧，我跟你们上医院去。”

吴疆赶紧又给老太太穿衣备物。

上医院的一路上，老太太招出实情：她身边有过两个保姆照顾过她，3个子女也来看过她……吴疆小组大汗淋淋地将这位老年患者抬进医院之后，迅速扭头对5名密切接触者展开调查，等落实到人头地名时，黎明的鱼肚白天色，已经出现在他们眼前。吴疆一看表：到密切接触者居住地的消毒时间定在早晨5点30分……

这30小时里，吴疆小组共截获4名SARS患者，调查和隔离密切接触者86名。这样的战事纪录，在激战时的流调队里，仅是普通不过的战况。

第一时间到达现场，近距离与SARS患者交流、必须准确无误地记录下SARS发病的时间地点所接触的人群等近50多个问题……人们因此称流调队员们是“黄继光式”的英雄，他们专堵敌人的枪眼。其危险程度不言而喻，肆虐的病毒随时在他们面前晃来晃去。

4月25日早上，西城区CDC流调队的李若岚睁开眼睛，想到的第一件事是打个电话给妈妈，向老人家问声生日好。可就在她操起电话的那一刻，出征的命令下达：某医院刚刚收治一名SARS患者，马上前去进行流调！

“是！”李若岚迅速穿上防护服，提起流调专用箱子，一步跨上车子。

躺在医院“非典”病房内的患者是位80多岁的老人。垂危的老人，处在半昏迷状态。“大爷，我是流调队的，能告诉我您得病前后跟谁接触过好吗？”李若岚站在床前轻轻呼喊道。

没有回答她。

“大爷，您能说话吗？”李若岚往前走近一步。

老人的眼睛微微睁开，迷茫而疑惑地看看李若岚，颤颤巍巍地问：“是不是我要死了？”

“不会的，只要您配合医生治疗，会好起来的。”李若岚说。

“我听不到你的话……”老人急躁起来。

李若岚再往前移，一直贴在老人的床头，“大爷，您不会有事的。我们想问问您得病前后跟谁接触过？”

“我跟……”老人的嘴在张，却没有一丝声音。他的手做了一个很小的动作，意思是让李若岚靠近他。

李若岚只得把头靠过去，将耳朵尽量贴近老人的嘴边。

老人在缓缓地讲着一个个名字。李若岚的后背、脖子和整个身子上却像有无数只小虫在爬动，痒得厉害，可又不能抓挠。

老人突然中断讲述病情，说："我要翻一下身。"他吃力地支撑了一下，却又根本动弹不得。那双哀求的目光转向李若岚。

"好，大爷。来，我帮您。"李若岚俯下身子，用双手托起患者的后背……就在这一刻，老人"噢"的一声后突然大咳起来。一惊之间，李若岚的脸正好与老人的脸面对着面。

这是不曾想到过的意外：李若岚的两眼所看得到的是自己防护镜上厚厚一层的痰渍——那是一个SARS患者口中喷出的痰渍！

会有多少个SARS病毒？百个？千个？万个？那一刻，李若岚只感眼前一片漆黑，天地在旋转……可她没有倒下，也没有离开老人病榻半步。

"好点了吗，大爷？您继续给我讲谁跟您接触过好吗？"李若岚定定神，声音依然那样和风细雨，并且微笑着给老人递上一杯水。

此刻，老人的那双浑沌的眼里，滴出一颗泪珠："好闺女……"

这一例调查，李若岚在病房整整待了两个多小时，而且几乎都是与患者面对着面。当她微笑着退出SARS病房，轻轻掩住那扇玻璃门时，竟然"哐当"一下倒在了走廊的墙根边，足足20分钟没起来……

在北京的SARS事件中，有一个患者是不能不记住的，他就是家住西城福绥境地区的孙某。孙某是位北方交大的二年级学生。4月1日孙某在军训时得了感冒，那天回家顺便去了人民医院看病，之后又去过多次，拿药就诊期间他被SARS感染，北方交大也因为他而演绎了一场惨剧——65名学生发烧、之后又相继被确诊为SARS患者或疑似病人，222名密切接触者被遣至校外隔离，万名学生逃离学校，校内的嘉园A、B、C三座学生公寓也被迫整体隔离，里面的400多人因此不得出入。

孙某的病情传到他家所在的福绥境医院流调队，立即使这个小小的流调队陷入了异常激烈的战斗之中。从居委会获悉的情况得知，孙某家里生活比较穷困，几个人挤在两间70年代盖的旧居民楼里，楼上楼下都是密集的居民。而孙某导致北方交大集体大面积感染就是通过电梯和宿舍等途径。

"想尽一切办法，封锁孙家的病源！"流调队几位女大夫接到任务后，立即奔赴孙家，严防死守在那个狭窄的旧楼里……

第一天，孙某的母亲发烧，被流调队送往医院确诊为SARS。

第二天，孙某的奶奶发烧，又被流调队送往医院又确诊为SARS。

第三天，孙某的一个住在楼底做小工的亲戚又发烧被确诊是SARS。

第四天，孙某的父亲——那位长年瘫痪在床头的老病号也在发烧。那时北京正处危急时刻，根本无法联系上一辆救护车。流调队面对居民区内如此严重的传染毒源，将自己的生与死放在一边，他们不分日夜坚守在孙家的现场。“院长，救护车总算来啦，可谁都不敢去接孙某的父亲下楼呀！”前方的流调队员给正在另一个地方忙乎的医院副院长、兼任流调队队长的李硕打电话。

“我马上到！”李硕火速赶到孙家，见救护车前后围了不少人，大家都不知如何是好。

“孙某父亲是个瘫子，200多斤重呢！他家下楼走的那个小梯子只能过一个人，弄不下来呀！”救护的人正跺着脚、搓着手，想不出个办法将SARS患者从屋里接出来。这时周围的居民们则在远远的地方喊着嚷着，说什么的都有，一句话：赶紧快把病人弄走呀！

“我去吧！”李硕抬头看了一眼通向孙家的梯子，三步并作两步地直往上冲。“我一进孙家才知道自己真的面临一场特殊的战斗：那老孙头，又胖又肥，躺在床上就像一座山似的，却又连翻个身子都不成。再看看满屋子乱七八糟的环境，你不知道里面有多少SARS病毒！我当时顾不得那些了，伸开双臂，一步上前就把老孙头从床上托起来，然后抱起他就往楼下走。当我把老孙头从楼上一步步抱下时，在场的人全都惊讶不已，说李硕你个头不大，怎么能抱得动一个200多斤的大块头，而且是从好几层的狭窄楼道上下来的呀！你抱着患者也太危险了！我开玩笑地对同事们说：那也是慌神之下，没了理智思维，反而也有了超常力气呗！”两个多月后，我采访李硕时，他来了回幽默。

正是李硕他们迅速有效的出击，才使这个深埋于居民群里的毒源，后来并没有波及周围的楼宇和街道。

决战时刻，他们以赤诚抚慰着受伤的灵魂

一场SARS之灾，像面镜子透露着这个世界的万般景象。不同的灵魂表现

着不同的光与色。

某女士文化水平不低，但在SARS面前变得过于敏感和蛮横。流调队得知她患上SARS后，紧急求助“120急救中心”调来救护车将其送到医院。可半夜里这位女士趁医生不注意时溜回了家。

流调队李队长接到街道的报警时，已值深夜11点半。这一天老李跑了8户密切接触者，流调对象达18人，累就甭说了，光一次次冲澡他都有些受不住了——流调队规定每外出执行一次任务，回来必须全身清洗一次。

“患者擅自回家，对家属和居民威胁极大，得马上动员其回医院！”老李接到命令，立即奔赴那个女患者家。

半夜里不能狠命敲门，可声音太小了里面又听不见，老李只好压低嗓门不停地朝患者的屋里叫喊起来。

“是周扒皮啊？半夜三更嚷嚷什么呢？”防盗门“哐当”一声打开，闪出一个高大的男人和一条“汪汪”乱叫的狼狗。

老李定神后问那男人：“你爱人是不是从医院跑回家了？”

“回不回家关你们什么事？”男人粗声粗气，一脸不高兴。

“她可是确诊的SARS患者，如果从医院跑回来了，就得赶紧回去。如不抓紧治疗是很危险的，对你们家属也不好呀！”老李像自己家着了火。

“好不好都是我们家里的事，你们别在这儿嚷嚷了。走吧！”男人瞪圆了双眼，猛地掩门。

“不行！”老李双手扳住铁门，严厉道，“传染病法有规定，不将患者送到医院治疗是要负法律责任的。”

男人似乎从来就是“老子天下第一”的君王。愣片刻儿之后，连推带搡地将个小瘦弱的老李支出几十米外的院门外。“我看你是不是吃饱了撑的啊？我们得了病没着急，你这猴子看电视里打架——用得着吵吵嚷嚷吗？”又猛又高的男人耍起威风来。

老李的防护衣都快被对方扯破了，可他还是有节有礼地耐心说：你自己不着急，是因为你不太懂得SARS的传染有多厉害。可我们不行啊！我们是SARS病源的流调队队员，我们知道这种病的传染性呀！所以必须告诉患者，既然传染上了就得赶紧上医院治，否则会耽误时机的。我们还有一项任务就是要让患者的密切接触者注意防止感染上SARS。现在你爱人已经确诊SARS

了，她很危险，你不想看到她更危险的情形吧？

“你能保证她到医院会得到最好的治疗吗？”男人要老李保证。

老李胸脯一挺：“我保证。”

“拿什么保证呀？”

“我陪她一起去医院，如果她住不上病房，得不到好的治疗，我甘愿将自己锁在SARS病房受罚……”老李想不出还有什么可以让对方相信的事了。

“大夫，我去。我回医院去……”那男人正在犹豫不知如何对待老李的保证时，那个从医院跑回来的女患者一边哭着一边走过来对老李说。

后面的事顺利多了。3个多小时后，女患者终于回到医院，也住上了较为满意的病房。由于她配合医生及时治疗，很快在一个多月后出院。可她同病房的另一个SARS患者就是因为跑回家不肯再上医院而耽误治疗，最后在不到一个星期里便离开了人间。

康复的女患者和她丈夫事后万分感激老李的“救命之恩”，多次备厚礼要酬谢老李。可每次都被老李退回。他给SARS这个患者和家属只留下一句意味深长的话：当自己落难时，特别要看看是否对周围和别人造成灾难，这样留下来的生命才更有价值。

那一天吴大夫正在流调队值班。一个年轻的女子打电话，说她的妈妈在发烧，希望流调队马上过去把老太太送到医院。

“我妈身边的保姆几次上人民医院去拿药，准是小保姆传染上了‘非典’又传染给了我妈。你们得赶快把我妈送到医院，如果耽误了我可要找你们算账！”年轻女子说话冲着呢！

吴大夫一听可能是“非典”，赶紧问年轻女子：“快告诉你的地址，我们一会儿就到。”

“哎呀，我又不跟我妈住在一起，她可能传染上了那个病，我们哪敢挨着她呀！”年轻女子说。

原来如此。人家亲生闺女都远远躲着不敢去见重病的母亲，却要一群陌生的流调队员去拯救她妈妈的生命。

疫情就是战斗任务。吴大夫她们没有想那么多，立即跟患者本人联系上，后又迅速操起电话，向一切可能寻求得到的指挥救援机构求助一辆救护车。那时的救护车就是患者的生命。吴大夫等在忙碌了一夜之后，终于安全顺利地将老人送进定点医院。

“丁零零——”早晨，吴大夫等刚想合一会儿眼，一阵急促的电话铃响起。又是那个年轻女子的声音：“喂喂，是流调队吗？真是太谢谢你们了！要不是你们帮忙，我妈怕是没命了呀！谢谢，谢谢啊！”

甭客气，我们昨晚是为“自己的妈”忙乎了一夜。应该的，你甭谢。吴大夫放下电话，朝自己的同胞挤挤眼。哈哈哈……几位流调队员开怀大笑。可不，如果不是待“自己的妈”那种感情，吴大夫她们怎么可能做得到如此耐心、无畏和体贴入微地关心一个不曾相识的SARS患者？

流调队员的故事还在继续。

“你们别来管我，知道吗？别来管我！呜呜……”50岁的苗先生做梦都不会想到一转眼的工夫，全家四口人中除他之外竟然一连三人住院而且两人死亡！先是老岳母死，后是爱妻死，20岁的女儿也不知是死是活……

“我不想活了！活着还有啥意思？啊噢呜呜……”苗先生绝望哀号，完全失去了理智，在他作为密切接触者的隔离日里，因悲切而不堪现实的他，选择了狂躁的街奔——他一刻也不能安宁地待在家里，“待在家里不如让我去死！”

苗先生的不幸和他四处乱走的街奔，让许多人害怕和恐惧。

“太危险了，一定要看护好他，不能让他乱跑，更不能让他再出现意外！”厂桥流调队大夫李治竞又一次接受这样的艰巨任务。

“大哥，您有眼泪，我也有眼泪。我们大家都为您的不幸难过。可是大哥您想想，您还有女儿，她现在正处在生命最危急的时候，她需要力量，需要自己亲人的力量支持！您现在是她唯一的亲人，这个时候，大哥您怎么能再甩手不管女儿的生死呢？大哥您说呢？”李治竞大夫面对着苗先生，像是自己失去了亲人一般悲痛欲绝地流泪。

苗先生愣了。他被一个陌生的女人如此真情的同情而愣了：我还有希望？真的还有希望？

怎么不是呢？您还有女儿，还有正挣扎在死亡线上的宝贝女儿呀！大哥，您现在的一份平静和安慰，对您女儿来说，就是生的希望，生的力量啊！李治竞用心在呼唤一个因过度悲哀而迷失方向的生命。

苗先生的慌乱脚步开始停止，瞳仁中透现一丝亮光。

李治竞以女性特有的温情和细腻将苗先生引领到正常的生活轨道，为他保持清醒，为他稳定身体，为他恢复理性，为他关照需要的一切，点点滴滴，涓涓雨露。

在接通女儿的电话前，李大夫教苗先生如何说，怎么说。在通完话后又教他怎么做，做什么。

隔离日里，李治竞大夫的电话和身影，是苗先生呼吸的清新空气、生命的不竭源泉。

女儿康复出院前一天，李治竞大夫和流调队的众姐妹们一起来到苗先生家中帮他重新布置一番，让这个不幸的家庭换上了喜色。

“闺女，你虽然失去了一个妈妈，可你得到了一群同样深爱你的妈妈……”苗先生拉着女儿，让她向李治竞等流调队员施礼叩拜。

“妈妈——”逃脱SARS魔掌的女儿这一声凄婉动情地呼喊，让天地动容。

流调队以赤诚拯救着受伤的心灵，向世界交出了中国精神。

【编后】

灾难正把一个坚强民族的承受力验证。

在抗击“非典”的硝烟中，多少人用心、用爱、用生命、用灵魂共同修复共和国首都的尊严和创伤。

著名报告文学作家何建明倾力采访，快速发稿，在第一时间为《笔会》独家采写的全景式反映北京“抗非”的系列报告文学《北京保卫战》，从5月底至今已连续发表了6篇，在一个多月时间里发表一个作家6篇报告文学，这在《文汇报》历史上也无先例。在今天编完最后一篇文稿时，我们代表广大读者向作者付出的艰苦劳动致谢。